"인간을 행복하게 하는 의도는
신의 창조계획엔 포함되어 있지 않다."

행복어사전 1

이병주

한길사

행복어사전 1

사막의 나폴레옹들

모두들 그곳을 사막이라고 하고 자기들을 불시착한 사람들이라고 했다. 어떻게 내가 그 불시착한 사람들 틈에 끼어 그 사막에서 살게 되었는지 이건 대단히 중요한 일이란 생각이 들면서도 그다지 중요한 일이 아닌 것 같기도 하다. 사람은 어디엔간 있어야 하는 법이다. 에스키모는 북극의 설원에 있어야 하고, 인디언은 아마존의 유역에 있어야 하고, 틴디가는 탕가니카의 밀림 속에 있어야 한다. 이들에 비하면 그 사막 속의 나의 존재는 필연성이 훨씬 덜한 것 같지만 인생이란 일조一潮, 깨어보니 하룻밤 사이에 천하의 명성을 차지한 바이런 같은 경우가 있고 이렇게 나처럼 불시착한 무리들 틈에 끼어 있는 자신을 어느 날 돌연 발견하게 되는 경우도 있는 것이다.

왜 거기가 사막이었던가. 왜 그들이 불시착한 사람들이었던가. 처음에 나는 그 영문을 몰라 어마지두했지만 그런 까닭과 관념을 익히는 데 그다지 시일이 걸리지 않았다. 전염하는 건 성병균만이 아니다. 관념 또한 비상한 전염성을 지니고 있다. 흉악한 살인자에게 영웅의 칭호를 바치게 하는 건 다름 아닌 전염성을 지닌 관념의 작용이다.

그런 까닭만이 아니라 거긴 칠 포인트 활자 크기만한 모래알이 일망

무제하게 깔린 사막이다. 삐걱거리는 의자가 비록 낙타의 등을 닮지 않아 엑조티시즘을 해치긴 하나 가도 가도 사막의 길인 텐 사하라나 고비와 다를 바가 없다. 그런데 그 사막엔 한없는 권태가 있을 뿐 모험도 목적지도 없다. 캐러밴의 고행은 있으되 캐러밴의 노래는 없다.

캐러밴의 노래도 없고, 장엄한 아침도 없고, 신비가 공포의 빛깔로 짙어버린 밤조차 없는 사막에도 의미만은 있다. 사람과 사람의 접촉이 빚는 의미는 인생이 있는 곳 어디에나 있다. 그런 뜻에서 내게 가장 큰 의미는 윤두명尹斗明이란 사람이다. 그런데 윤두명에 관해선 긴 이야기가 될 수밖에 없다. 그 얘기에 앞서 약간의 사전 설명이 필요하다.

이 년 전이다. 나는 A신문사 교정부원으로 뽑혔다. 당시 A신문사는 교정부원을 모집하는 시험을 실시했던 것인데 놀라지 마라, 거기에 오백여 명이 응모했다. 그 가운데서 열다섯 명이 뽑힌 것이다.

무슨 시험이건 합격했다는 사실은 그다지 나쁜 기분은 아니다. 우리 열다섯 명은 우선 사백팔십여 명을 물리치고 뽑혔다는 사실에 감동했다. 새로 시작한 인생을 축복해볼 만하다고 느낀 것은 아마 나만이 아닐 것이다. 그러니 아무리 태연한 체 꾸미려고 해도 우리들의 얼굴에서 들떠 있는 감정의 표백을 감출 순 없었을 것이다.

그러한 우리들을 처음으로 맞이한 교정부장의 태도를 나는 어제 일처럼 기억하고 있다. 그는 수줍은 듯한 표정, 그리고 부신 듯한 눈빛으로 우리들을 둘러보곤 말을 시작하기에 앞서 입 언저리에 엷은 웃음을 띠었다. 그것은 묘한 웃음이었다. 뒤에야 알아차린 일이지만 교정부장은 축하할 건덕지가 전연 없는데도 축하하는 체는 해야 하고, 무릇 사람과 사람의 만남엔 환영의 의사 표시가 있어야 하는 법인데 덮어놓고 환영할 형편도 못 되는 그런 묘한 기분에 사로잡혀 있었던 것이 분명하다.

마흔을 갓 넘긴 나이인 성싶은 교정부장은 우리의 눈엔 노인으로 보일 만큼 노숙한 사람이다. 게다가 섬세한 감정의 소유자이기도 하다. 교정부원이 해야 할 일이 무엇인지를 그 음미로운 구석에 이르기까지 다 알고 있는 그가 신입자들의 들떠 있는 표정에 부딪혔을 때 약간 당황하지 않을 수 없었을 것이란 기분도 짐작해볼 만하다. 그의 첫 발성은 이러했다.

"하여간 여러분을 환영합니다."

그리고 얼마간의 사이가 있었다. 그 사이 나는 '하여간'이란 말의 뜻을 붙들려고 했다.

'세상에, 하여간 환영한다는 게 뭘까. 왜 하필이면 하여간일까!'

허나, 나는 익숙하지 못한 연설을 할 때 사람은 더러 엉뚱한 서두를 다는 경우도 있으려니 했다. 아니나 다를까 다음의 말은 정상적으로 흘렀다.

"신문을 만드는 일은 중요합니다. 그러니 신문제작의 한 단계를 맡고 있는 교정부의 역할은 중요합니다. 아무리 좋은 기사가 실린 신문이라도 교정이 틀려 있다면 틀린 신문입니다. 교정부가 아무리 서툴러도 나쁜 신문을 좋게 할 순 없지만 교정부의 실수로 좋은 신문을 망치겐 합니다. 이처럼 교정부의 책임은 중대합니다. 책임이 중대한 그만큼 사명도 큰 것이며 긍지도 큰 것입니다. 여러분은 오늘부터 전통과 역사에 빛나는 A신문의 일원입니다. 모처럼 이 직장을 택한 분들이고 사백팔십여 명을 물리친 실력자들이니 각오는 충분히 되어 있고 역량 또한 충분하리라고 믿습니다. A신문사의 명예를 위해서, 신문인으로서의 여러분의 앞날을 위해서 최선을 다하시길 바랍니다."

우리 열다섯 명은 방금 취임한 엘리자베스 여왕의 친위대와 같은 긴

장되고 단정한 표정으로 교정부장의 훈시를 듣고, 제각기의 마음속에,

'세계에서 가장 훌륭한 교정부원이 되리라.'

는 호롱불 같은 불을 켰다. 다른 사람은 모르되 나는 그랬다. 그랬는데 그날 밤, 불고기에 소주를 곁들인 환영회 석상에서 교정부장은 전연 딴판의 소리를 했다. 주기의 탓만은 아닌 것 같았다.

"당신들은 신문사에 들어온 게 아니라 교정부에 들어온 거야. 교정부와 신문사완 아무런 관련도 없어."

나는 구운 불고기를 집다 말고 교정부장의 얼굴을 쳐다봤다. 약간 주기는 있어 보여도 정색이었다. 교정부장은 앞에 놓인 소주잔을 단숨에 들이켜더니 옆자리의 사람에게 그 잔을 쑥 내밀곤 말을 이었다.

"신문을 만드는 건 기자들과 광고부원이고, 교정부는 기껏 수리공일 뿐야. 수리공이 신문인이랄 수 있어? 나는 죽어도 신문인이 아니다, 교정부원이다, 이 각오가 섰을 때 진짜 교정부원이 되는 거여. 이런 각오면 더 좋지. 나는 신문사에 온 것이 아니라 활자의 사막에 왔다!"

"옳소."

하고 소리를 지른 건 어느 선배부원이었다. 그러자 교정부장은 선배부원들이 앉은 쪽을 흘겨보듯 하더니,

"이 친구들은 모두 사막에 불시착한 사람들이오. 자기들을 구해줄 헬리콥터가 오기만 기다리고 있는 치들이지. 헌데 그 헬리콥터가 왔어."

하곤 신입부원들에게 시선을 돌렸다.

"그 헬리콥터가 바로 당신들이다."

나는 그 말을 뒤이어 오간 선배부원들의 말과 합쳐 곧 이해할 수가 있었다.

선배부원들은 한 사람도 교정부원이 되고 싶어 교정부에 있는 것은

아니었다. 정부에 나가선 장관과 맞먹고, 특파원이 되어선 세계를 주름 잡을 꿈을 꾸고 신문사에 들어왔는데 어쩌다 바람에 잘못 휩쓸려 교정 부라고 하는 편집국의 한구석에 낙엽처럼 쌓인 신세가 되어버렸다. 그러나 겉으로 볼 땐 낙엽이지만 그들은 속에서 보면 모두들 하나같이 나폴레옹이었다. 사막에 불시착한 나폴레옹들! 그들은 세인트헬레나의 나폴레옹이 되기엔 경력도 체험도 모자랐다. 고작 '파리'에 돌아가고 싶어 조바심을 치며 이집트의 사막을 헤매고 있는 나폴레옹을 닮았을 뿐이다. 헌데 그들의 '파리'는 결코 먼 곳에 있는 것이 아니니 사정은 안타까웠다. 그들의 '파리'란 불과 두어 발자국 저편에 있는 정치부, 아니면 경제부, 아니면 사회부였으니까 말이다.

이러한 나폴레옹들이 교정부원으로서의 각오를 익힐 까닭이 없다. 죽었으면 죽었지 나폴레옹이 교정의 미스쯤을 두려워할 리가 없다. 드디어 신문사도 나폴레옹을 존경하기로 하고 나폴레옹이 아닌 교정부원, 즉 개미들을 필요로 했다. 개미가 필요하다고 광고를 냈더니 오백여 마리의 개미가 모여들었다. 그 개미 가운데서 열다섯 마리의 개미를 뽑았다.

대학을 나오고도 병역까지 필한 이십육 세의 청년이 이런 눈치를 채지 못했을 턱이 없지만 그날 밤 나는 그저 뽑혔다는 사실에 잇따른 흥분의 여운에 젖어,

"개미라도 좋다. 승리한 개미도 있을 법하잖은가."

하는 기분으로 술에 취했다. 추어주는 배경과 장치만 있으면 사람은 칼날 위에서 춤을 추기도 하고 즐겨 개가죽을 뒤집어쓰고 개의 행세도 한다. 술의 탓만이 아니라 선배부원들은 이태리를 정복한 나폴레옹처럼 떠들기 시작했다. 그러자 교정부장이 소리를 높였다.

"이 사람들은 사막에 불시착한 영웅들이지만 신입부원 여러분은 사막에 입주하길 자원한 사람들이다. 그런 뜻에서 나는 신입부원 여러분을 충심으로 환영한다. 동시에 여러분 덕택으로 불시착한 영웅들이 그 불운을 썻곤 헬리콥터 타고 훨훨 날아갈 형편이 되었으니 이 모임은 또한 환송연이기도 하다. 자, 실컷 마시자."

인생을 새로 시작하려는 신입부원들의 흥분과 탈출의 기회를 맞은 선배부원들의 흥분이 썩 잘 어울렸던 모양으로 그날 밤의 연회는 기쁨으로 가득 찬 화려한 잔치였다.

그러나 우리들은 선배부원들에 대해 미안하게도 알량한 헬리콥터의 구실을 다하지 못했다. 우리들에게서 견습이란 꼭지가 떨어졌을 무렵, 타 부서로 전출한 선배부원은 외신부·조사부·출판부에 각각 한 사람씩 도합 서 명이었고 네 명은 때마침 불어닥친 감원 선풍으로 도태되고 나머지 세 사람은 우리들과 함께 교정부에 남았다.

우리들과 같이 남은 세 선배부원들, 그리고 교정부장까지를 합쳐 네 사람은 어느 모로 보나 제각기 나폴레옹이다. 이렇게 말해도 좋다. 그들은 비록 개구리 모양을 한 나폴레옹일망정 그들의 두뇌, 또는 가슴팍에 한 마리의 나폴레옹을 사육하고 있는 사람들이다.

교정부장 우동규禹東圭는 시인으로서의 나폴레옹이다. 시를 쓰기 때문에 시인이 아니다. 물론 그는 시를 쓰지 않는다. 인정의 기미를 통찰하고, 그러니 관대하고 게다가 기지와 유머가 있다는 점으로 해서 시인이다. 그는 우리들이 교정의 과오를 범하지 않는 한 얼굴을 찌푸리지 않는다. 기껏 성을 내어 한다는 말이,

"우리 신사적으로 합시다아."

또는,

"피차 체면이 있지 않소."

사내에 인사바람이 분다고 하면 누구나 다소 흥분한다. 그런데도 우리 우동규 부장은 인사바람이 분다고 해도, 그 바람이 지나고 난 뒤에도 한결같이 초연했다. 두어 차례 승진의 기회가 지난 후의 일이다. 막상 아첨하는 기분만도 아닌 심정으로 우리 신입부원들이 투덜댔다.

"우리 부장, 적어도 부국장 대우쯤으론 돼야 하는 건데……. 제기랄!"

그 말을 들었던 모양으로 교정부장은,

"오늘 밤 내가 대포 한 잔 사지."

하고 우리들을 술집에 데려다놓고 설교를 시작했다.

"당신들의 그런 말이 딱 내 귀에 거슬려. 당신들이 사장이나 중역이나 되어갖고 승진시켜 준다면야 나두 별말 않겠어. 그렇지도 못한 주제에 도대체 뭐요. 우리 교정부가 무슨 불평분자의 집단같이 되잖소. 뿐만 아니라 괜스레 내가 낙오한 것처럼 되고 말요. 그리고 부국장 대우란 게 또 뭐요. 교정부장! 하면 그만이지. 이것도 보통의 감투는 아니라우. 위位, 인신人身을 극極한 거유. 부, 국, 장, 대, 우, 면 다섯 글자 아냐. 거기다 교정부장 네 글자를 보태봐. 아홉 글자가 되잖소? 씨알머리 없는 글자를 아홉 개나 대가리 위에 얹어놓고 살란 말요. 귀찮아, 딱 귀찮아."

"부장님을 너무 무시하는 것 같아서 하는 말 아닙니꺼."

김 군의 경상도 사투리가 튀어나왔다.

"무시? 김 군은 대단한 어휘를 간수하고 있군. 세상엔 무시고 자시고 할 것 없어. 자기가 자신을 무시하지 않으면 그만 아닌가."

우동규는 껄껄 웃었다.

"그래도 뱃이란 게 있잖아요."

황 군의 말이다.

"뱃? 그건 맹장의 심리학적 명칭이야. 잘라버려! 그런 것보다 내 소원은 오자나 탈자 없이, 다시 말해 노 미스로 십 년 동안만 끌고 갔으면 해. 그런 연후이면 자자손손에게 유언을 하겠어. 현고교정부장신위顯考校正部長神位란 지방을 붙여놓고 내 제사를 지내라고 말야."

"교정의 귀신이 되겠단 얘깁니까?"

이건 내가 한 말이다.

"죽으면 무슨 귀신이 되어도 귀신이 돼야 할 것 아냐? 병원의 귀신은 히포크라테스라는데 교정부의 마스코트로서 우동규가 있다는 것도 나쁠 것이 없잖아."

그런 말투엔 결코 자학이나 자멸의 빛깔은 없었다. 그러나 그것이 우동규의 어느 정도까지의 본심인진 알 까닭이 없다.

어느 비 오는 날이었다. 점심시간이어서 텅텅 비어 있는 교정부 자리를 혼자 지키고 앉아 멍청히 창밖의 빗발을 바라보고 있노라니까, 내 얼굴에 우울한 기색이 보였던지 밖에서 돌아온 그가 살짝 내 등 뒤에 붙어 섰다.

"우울해요?"

"아닙니다."

"교정 보는 일은 우울하죠?"

"그렇진 않습니다."

그는 내 어깨를 두세 번 가볍게 두드려놓곤 자기 자리에 가 앉으며 중얼거리듯 말했다.

"인생, 학문을 배워 신문의 교정을 보는 것도…… 나쁜 일은…… 아니지. 어딜 가나 사막, 사막인걸."

　교정부력 칠 년이라는 박동수朴東洙는 호색가로서의 나폴레옹이다. 작달막하지만 다부지게 생긴 체구, 거무튀튀한 얼굴에 유난히 희게 빛나는 눈의 흰자위와 이를 가진 박동수는 깡깡 울리는 금속성 소리로 자기의 생의 목표는 비원천녀悲願千女라고 했다. 여자 천 명을 치르는 비원을 달성하고 나면 삭발하고 입산수도하겠다는 것이다.

　교정부장 우동규는 박동수를 미스터 탱크라고 부른다.

　"어이, 탱크."

하면,

　"얏."

하는 야무진 반응인데, 신입부원 가운데 두 명의 여성이 있어놔서 호르몬 탱크를 그렇게 생략했다는 얘기다. 꼭 같은 까닭으로 음담과 패설, 쌍스러운 용어를 작업 도중에도 버릇처럼 씨부렸다고 하는데 박동수는 근질근질한 입을 가눌 수가 없어 가끔,

　"제기랄, 언론의 자유가 없는 기라, 언론의 자유가."

하고 투덜대곤 했다. 그런 인물이라서 우리도 수월하게 그와 사귈 수 있었다.

　"오늘 밤, 언론의 자유 안 할랍니까?"

　우리는 더러 이렇게 수작을 걸어선 박동수를 대폿집에 모셔놓고 그로부터 진기한 얘기를 들었다.

　키가 큰 여자는 어떻고, 키가 작은 여자는 어떻고, 살이 찐 여자는 어떻고, 여윈 여자는 어떻고…… 즉 여자의 체격과 여자의 그것과의 상관관계로부터 시작해서 교접의 방법에도 사십팔 수 안팎, 도합 아흔여

섯 종류가 있다는 얘기까지 피력하고 거기에 자기의 경험담을 덧붙인다. 그러고 나면 질문이 그에게 집중한다.

"왜 하필이면 천 명의 여자라야 합니까?"

"구백구십구 명보다는 한 명이 더 많고 천하나보단 한 명이 적은, 이를테면 가장 적절한 숫자니까 그렇지."

"그런 비원을 세운 동기는 뭡니까?"

"사내라면 혁명을 하든지, 돈을 벌어 재벌이 되든지 학문을 해서 아인슈타인같이 되든지, 하여간 뭣을 하건 두각을 나타내야 하는 게거든. 그런데 내겐 혁명가로서도 재벌로서도 학자로서도 적성이 없는 기라. 나의 적성은 오직 여자를 정복하는 일에 있어. 적성이 있는 곳에 취미도 있는 법야."

"그런데 지금까지의 성과는 몇이나 됩니까?"

그러면 그는 수첩을 꺼내 자기만 알 수 있는 부호를 더듬어보곤 빙긋 웃고 말한다.

"그건 일급비밀이다."

"반쯤 갔습니까?"

"천만에, 아직도 일모도원이야."

"지금 삼십몇이시니 앞으로 오십 년은 남아 있지 않습니까. 일모도원이 아니라 해는 바야흐로 중천에 있다, 아닙니까. 일 년에 이백 명씩을 치더라도 넉넉히 목표 달성하겠습니다."

"남의 일이라 생각하고 그렇게 쉽게 말 말아요. 그 유명한 카사노바도 평생 이백 명을 채우지 못했어."

"천 명의 여자를 치르려면 우선 돈이 들 것 아닙니까?"

"그게 문젠 기라. 그러나 돈 안 들이고 하는 방법이 최상인데 흰떡이라고 고물이 안 드나?"

"주로 어떤 여자를."

"닥치는 대로지. 천의 숫자가 문제지 종류는 문제 아니니까."

"청탁을 가리지 않는다, 이 말이구먼요."

"가릴 여유가 없다, 그거지."

그런데 어느 때인가 박동수는 중대한 발표를 했다.

"신문 같은 신문이 되려면 이런 게 기사로 들어가야 하는 건데."

란 서두를 해놓고 그는 다음과 같은 놀랄 만한 사실을 밝힌 것이다. 어떤 일 때문에 남대문시장엘 갔다. 이곳저곳을 두리번거리고 있는데 중년에 들어섰을까 말까 한 어느 여인이 저자바구니를 낀 채 길 한가운데 쪼그리고 앉아 순대를 사먹고 있는 것이 눈에 띄었다. 박동수는 성큼 그 곁으로 가 앉으며,

"순대는 소주하고 먹어야 맛이 나는데."

하며 순대 한 접시를 시키는 동시 소주 한 병을 사오라고 일렀다. 소주가 오자 한 잔을 따라 그 여인에게 권했다. 여인은 처음엔 거절하다가 두세 번 거푸 권하자 술잔을 받아들었다. 그때 박동수는 여인의 눈에 유난히 물기가 많은 것을 발견했다. 눈에 물기가 많다는 것은 성적인 욕구불만이 체내에 쌓여 있다는 증거다. 그 발견과 더불어 박동수는 맹렬하게 '수컷'을 풍기기 시작했다. 드디어 서너 잔의 소주로 박동수는 그 여인을 근처의 여관으로 낚아올릴 수 있었다.

"맹렬하게 수컷을 풍겼다고 하는데 그건 어떻게 했다는 겁니까?"

누군가가 물었다.

"순대를 집는 데도 힘차게 집고 술을 마시는 데도 힘차게 마시고 음식을 씹는 데도 힘차게 씹어 돌리구…… 말하자면 정력이 넘쳐 있다는

걸 과시하는 거지.”

“그런다고 여자가 넘어가요?”

“말하지 않았나, 그 여자의 눈엔 물기가 많더라구.”

“물기가 많으면 성적으로 욕구불만인가요?”

“백에 구십구까진 틀림이 없지.”

그날 재미를 본 뒤론 박동수는 짬만 있으면 시장을 돈다고 했다. 저자바구니를 끼고 느상에서 음식을 먹고 있는 여자, 그리고 그 여자의 눈에 물기가 있으면 스르르 수작을 걸어보는데 지금까지의 실적으로선 백발백중이란 것이다.

“이 친구 안 되겠어.”

같이 야길 듣고 있던 교정부장이 한 소리다.

“물개를 시장 한복판에 놔둔 셈인데 까딱 잘못하면 우리 교정부에 치한이 있다는 사실이 만천하에 폭로될 위험이 있단 말야. 비원천년지 비원만년진 몰라도 그런 실적은 월곡동이나 삼양동에 가서 올려요. 오늘부터 박동수에게 시장 출입을 금한다.”

교정부장 우동규는 그 말이 결코 농담이 아니란 걸 강조하기 위해서 우리들을 돌아보고는 이렇게 말했다.

“미스터 탱크의 말은 어디까지가 참말이고 어디까지가 꾸며낸 말인지 분간할 수 없는 그런 거야. 앞으로도 탱크의 말을 듣는 건 좋지만 믿지는 말어. 그 말 다 믿었다간 모두 머저리가 되고 말 테니까.”

박동수는 킥킥거리고 웃었다. 그건 교정부장의 말을 긍정하는 것 같기도 하고 부정하는 것 같기도 했다.

그러나저러나 박동수의 그 얘길 듣고부턴 우연히 시장을 지나다가 저자바구니를 낀 채 느상에서 떡이나 순대를 사먹고 있는 여자들을 보

18

면 그 눈에 물기가 있건 없건 치사스러운 음수淫獸를 보는 것 같은 기분이 되는 걸 어떻게 할 도리가 없다.

차장 정수영鄭洙永은 자기 말에 따르면 미국적 사고방식을 마스터한 나폴레옹이다. 미국적 사고방식이라고 해도 갖가지가 있을 것이었다. 제퍼슨적인 사고방식, 해밀턴적 사고방식, 링컨적 사고방식, 극단하게 말해 카포네적인 사고방식도 미국적 사고방식이라고 할 수 있으니까 말이다. 그런데 우리 정 차장의 경우는 록펠러를 환상하고 철봉을 갈아 바늘을 만드는 따위의 실리적인 사고방식, 이에 서부적 단기를 섞은 것을 말하는 것 같다.

그는 교정부 차장으로서의 직을 어디까지나 부업으로 생각하고 있다. 부업으로 생각한다고 해서 등한히 한다는 뜻은 아니다. 그는 출근시간에 늦어본 적이 없고 퇴근시간 전에 퇴근하는 법도 없다. 작업 도중 쓸데없는 말을 하지도 않고, 한눈을 파는 예도 없다. 교정부원을 본업으로 알고 있는 사람 이상으로 일에 충실했으니 부업이라고 공언해도 누군들 탓할 사람이 없다. 그러나 그에게 있어서 교정부 차장직은 역시 부업일밖에 없다.

그의 본업은 구멍가게다. 그의 꿈은 그 구멍가게를 큼직한 백화점으로 키워 백화점 사장으로 군림하는 날을 굽어보고 있다. 현재는 그의 부인이 맡아 경영하고 있는데 아마 계획대로 진전하고 있는 모양이다. 삼 년 계획으로 미아리의 후미진 골목에 있던 가게를 큰 도로변으로 끌어내는 데 성공했다고 하니 혜화동 로터리 근처로 상점을 옮길 오 개년 계획도 성공할 것이 틀림없다.

그의 책상 위엔 필요한 물건이 있으면 기입하라는 한 권의 노트가 있다. 처음엔 모두들 모처럼의 제안이니까 인사치레로서 응한다는 기분으로 치약이니 칫솔이니 비누니 타월 등 품목을 적었던 것인데 어떻게 된 영문인지 정 차장이 가져다주는 물건은 시중 가격보다 일 할 내지 이 할이 쌌다. 그렇게 되니 모두들, 교정부 이외의 사람들까지 그 노트에 기입하러 오곤 했다. 그러니 정 차장은 매일 아침 큼지막한 보퉁이를 들고 출근한다. 출근시간을 어기지 않는 까닭도 그런 사정이 거들고 있는 것 같다. 출근시간 전에 와서 주문을 받은 물건을 그 가격 명세서와 함께 주문자의 책상 위에 놓아두는 것이다. 대금은 물론 봉급날 받는다.

대금을 받으면 그 가운데서 일 할에 해당하는 금액을 교정부장의 책상 위에 놓는다. 교정부의 자리를 이용해서 장사를 하는 거니까 그 자릿세를 내야 한다는 계산속으로 하는 노릇이다. 처음 교정부장은 그걸 한사코 거절했던 모양이지만, 그럼 장사를 할 수 없다고 우기는 바람에 할 수 없이 그걸 받아 부비로 쓰게 된 것이다. 우리가 들어갔을 당시는 이미 그 관례가 굳어져 있었다.

이렇게 경우가 바른 사람이고 보니 우리가 한턱을 내겠대도 응할 까닭이 없고, 그가 우리에게 공술을 먹여줄 까닭도 없다. 일이 끝나기가 바쁘게 본업으로 돌아가버리니 직장 이외에서 만날 기회도 없는 터라 우리 신입부원에게 있어서 정수영 차장은 항상 거북한 존재다.

그는 또한 정직이 최상의 상술이란 지혜와 함께 불칼 같은 신경질의 소유자이기도 했다. 어쩌다 교정의 과오라도 있으면 추호도 용서가 없었다.

"뭐요 이게! 눈은 치레로 뜨고 있는 거유?"

심할 때는,

"눈이 나빠 그랬으면 그 눈깔을 빼버려요. 손이 나빠 그랬으면 손목을 잘라버려요."

하기도 했는데, 만일 정 차장의 위령을 지키려면 눈이 백 개가 있고 손이 천 개가 있어도 모자랄 판이다. 그의 지론은,

　"교정부에 붙어 있는 것도 억울하기 짝이 없는데 안 해도 좋은 실수까지 해갖고 남의 욕을 먹는대서야 억울해서 어떻게 살 수 있겠느냐."
는 것인데 따지고 보면,

　"너희들의 실수로 나까지 욕을 먹어야 하니 그게 분하다."
는 얘긴 것이다.

　부장 우동규도 교정상의 과오에 대해선 퍽이나 엄격하다. 그런데 부장과 차장의 태도엔 그 근본에 엄연한 차이점이 있다.

　부장은 신문을 하나의 예술품으로 보고, 거기 하자를 있게 해선 예술품으로서의 가치가 떨어진다는 생각이다. 말하자면 누구로부터 욕을 먹을까 봐 두려운 것이 아니라 자기의 원칙을 관철시키기 위해선 미스가 있어선 안 된다는 것으로 풀이할 수 있는 태도다. 차장의 경우는 다르다. 이왕 부업으로 치고 있는 신문이기 때문에 신문 자체에 문제가 있는 것이 아니라 틀리면 남의 욕을 먹어야 한다는 데 문제의 초점이 있다. 결과는 마찬가지지만 근본적인 견해가 다르니 나타나는 태도도 다르다.

　부장은 신문을 펴들고 미스가 발견되면 잔뜩 상을 찌푸리고 혀를 몇 번 찬다. 그러고는,

　"허허 참, 허허 참."
하며 입맛을 다신다. 누구를 욕하는 법은 절대로 없다. 그건 흡사 조그마한 실수로 도자陶磁의 명기에 하자를 만들어버린 것을 아쉬워하는 태도다.

차장은 이왕 욕을 먹게 되었으니 욕을 먹을 그만큼 미리 욕을 쏟아 욕의 차인잔고를 없애버려야겠다고 서두는 품이다. 정 차장의 신경질이 극도에 달해 갖은 욕설이 튀어나오기 시작하면 부장은 이런 식으로 넌지시 한마디 끼운다.

"정직이 최상의 상술이라고 하시던데 지나친 신경질은 어떤 상술이 되는 거요."

"손님들이 어디 교정 미스를 합니까?"

정 차장의 시무룩한 답이 이렇게 되면,

"그것도 그렇군."

하고 부장은 웃는다. 부장이 웃으면 정 차장의 신경질도, 얼어버린 듯한 교정부의 분위기도 단번에 누그러든다.

정 차장의 좋은 점은 아무리 신경질이 나도 부장의 말이 있기만 하면 그 신경질을 단번에 거둬들이는 데 있다. 그 반면 부장의 개입이 없으면 삼십 분이고 한 시간이고 미스를 한 부원을 상대로 물고 늘어진다. 백 년 왼한을 쌓은 원수를 만났으니 만난 김에 결판을 내자는 그런 태도로 나오는 수도 있다. 그럴 땐 잠자코 있어야지, 그 야료를 단축할 셈으로 "잘못했다."든가 또는 "미안하다."든가 하는 말을 하기만 하면 사태는 수습할 수 없을 정도로 번거로워진다.

"뭐라구요? 잘못했다구? 그건 내게 하는 말이우? 내가 뭔데, 내가 뭔데 내 앞에서 그따위 소릴 해요. 사람을 뭘로 보구 하는 말요, 그게. 내가 그런 말 들을려구 이처럼 악을 쓰고 있단 말요? 사과를 할려면 백만 독자를 보구 해야 할 거요. 내게 사과하면 된다는 그런 안이한 의식이 있어놓으니까 그런 실수를 예사로 하는 거요. 실수를 해도 사과할 방법도 없고 백만 독자의 욕을 막을 수도 없으니까 내가 흥분하고 있단 말요. 독자들이 이걸 펴놓고 할 소리가 들리지 않소? 무식하기 짝이 없는 놈들, 이따위를 몰라 이렇게 틀려놓다니, 하고 욕하는 소리가 들리지 않소? ……."

이런 식으로 당하고 있다가 언젠가 나는 다음과 같이 말했다.

"정 그렇다면 정정사고를 내고 사과를 하죠 뭐."

정 차장은 펄쩍 뛰었다.

"뭐라구요? 사고를 내자구요. 이 센티 평방의 사고를 낸다고 칩시다. 그걸 오십만 부 찍는다고 계산해봐요. 백만 센티 평방이 되는 것 아뇨? 백만 센티 평방은 일만 미터 평방이오. 일만 미터 평방의 종이면 이 종로구의 반을 덮을 수 있는 종이가 되는 거요. 당신의 어쭙잖은 실수 때문에 일만 미터 평방의 종이를 낭비하란 말요?"

나는 고개를 숙인 채 내게 퍼붓고 있는 정 차장보다 그 자리에 없는 교정부장을 원망했다. 교정부장이 있기만 하면 이만한 정도에서 나를 구해줄 것이었다. 그런데 교정부장은 어디로 갔단 말인가.

"일만 미터 평방의 종이 값이 얼마나 되는지 아시오?"

정 차장은 다시금 목소리의 피치를 올렸다. 이것 야단났군, 싶었을 때 건너편에서 소리가 있었다.

"기가 막힌 산술이군요. 정 차장, 그 정도로 해두시구려."

윤두명 씨의 목소리였다. 그러자 정 차장은 말을 뚝 끊어버렸다. 산문적인 메아리만 남았다. 정말 기적 같은 일이었다. 정 차장의 그 신경질적인 불꽃을 윤두명의 말이 단숨에 꺼버릴 수 있다는 걸 안 것은 중대한 발견이었다. 이건 견습 두 달째의 사건이었는데 그 뒤 줄곧 관찰한 결과 차장 정수영이 자기의 하급자임에도 불구하고 윤두명 앞에선 오금을 펴지 못한다는 사실을 확인할 수 있었다.

윤두명에 대해선 교정부장도, 그밖의 선배부원들도 한몫 놓고 있는 것이 분명했다. 그에게 대해서만은 모두들 말이 공손했다. 서투른 농담을 거는 사례도 없었다.

윤두명이 하루 종일 한마디의 말도 없는 때가 있었다. 얼굴은 언제나 온화했다. 우울한 기색도 걱정이 있는 빛도 없었다. 요컨대 그늘진 곳이란 한 군데도 없는, 그저 호인의 타입이었다. 나는 그를 교정 보는 일을 천직으로 아는 평범한 인간으로 보았다. 술자리에 잘 어울리는 법도 없어 그의 사람 됨됨을 알 길이 없었으나 알려고 하는 호기심도 일지 않았다.

내가 그 사람에게 다소나마 관심을 갖게 된 것은 정 차장의 야료가 있고 난 직후부터. 초여름의 어느 날 밤, 신입부원들이 첫 월급을 받은 김에 교정부장을 모실 기회를 가졌는데 그때 내가 물었다.

"윤두명 씨란 어떤 분입니까?"

"윤두명 씨? 당신들이 본 그대로의 사람이지. 그런데 왜 묻나?"

"조금 이상해서요."

"이상할 건 없어. 아주 좋은 사람야. 차차 알게 될걸."

하고 한숨을 쉬는 듯하더니 교정부장은 이렇게 말했다.

"그 사람이야말로 불시착한 사람이지. 다른 치들은 전부 헛거야, 헛것."

"그 뜻이 뭡니까?"

나뿐 아니라 신입부원 전부가 호기심을 발동했다. 교정부장의 얘기는 다음과 같았다.

십수 년 전 B신문사에서 견습기자 시험을 치렀다. 그때 응시한 지원자의 수는 사천 명을 넘었다. 사천 명 가운데서 스물일곱을 선발했는데 윤두명은 최고점으로 합격한 사람이다.

"왜 그때 B신문사가 스물일곱이란 숫자를 뽑았는가 하면 오백 점 만점의 시험에 사백오십 점 이상이 스물일곱이었던 까닭이었지. 다섯 과목의 시험에 사백오십 점이면 평균 구십 점 아닌가. 시험성적이 그랬으니 놀랄 만한 일이지."

그땐 대학을 나온 수재들이 갈 곳이 없었다. 지금처럼 대회사가 많아 공개 시험을 치러서 사원을 모집하는 경우는 극히 드물었다. 포부를 가진 수재들이 응시해볼 만한 시험이란 신문기자 시험을 두곤 없었다.

"B신문만이 아니라 A신문도 C신문도 모두 그러했는데 그해의 시험이 아마 피크였던 것 같애. 천하의 수재가 신문사에 모여든 셈이지."

"그런데 왜 윤두명 씨는 A신문사의 교정부에 앉아 있는 겁니까?"

나는 다급한 심정으로 물었다.

"차근차근 들어봐."

하고 교정부장은 윤두명 씨와 동기에 들어온 사람들의 이름과 현직을 열거하기 시작했다. 편집국장을 하는 사람도 있었고, 논설위원을 하는 사람도 있었고, 해외특파원으로 명성을 날리고 있는 사람도 있었다. 명기자란 평가를 발판으로 국회의원으로 진출해서 활약하고 있는 사람도 몇인가 있었고, 대기업의 중역 노릇을 하고 있는 사람들도 있었다.

그런데 윤두명 씨는 A신문사 교정부의 다 떨어진 의자에 앉아 있는 것이다.

"왜?"

"어떻게 해서?"

우리들의 호기심은 치열했으나 교정부장은,

"그러니까 불시착한 사람이라고 하지 않았소."

하고 더 이상 말하려 들지 않았다. 그 이상의 말은 개인의 프라이버시를 침범하는 것이 된다는 얘기였다.

오백 명 가운데서 뽑힌 열다섯 명 중의 하나란 의식은 견습생활 한 달 정도의 기간에 이슬처럼 녹아 없어졌지만 한시나마 들뜬 기분을 가졌다는 기억은 아직도 남아 있는데 사천 명 가운데서 톱으로 뽑혔다는 윤두명을 앞으로 할 때 그 기억마저 부끄러운 것이 되었다. 뿐만 아니라 내가 치른 시험은 교정부원의 채용 시험이다. 생각해보면 교정부원의 채용 시험이란 형무소 간수 시험과 더불어 가장 우울한 시험이다. 평생을 신문사의 교정부원을 하겠다고, 또는 형무소 간수를 하겠다고 그런 시험을 치른 사람이 있을까.

모두들 일시적인 방편이라고 생각하고 시험을 치른 것이 아닐까. 기자 채용 시험이 송이송이 꽃 가운데서 가장 아름다운 꽃을 가려내는 작업이라면 교정부원의 시험은 철이 오기도 전에 낙엽진 병든 이파리 가운데서 덜 병이 든 이파리를 가려내는 작업이라고 하는 게 타당하지 않을지……. 그러나저러나 일시적인 방편으로 이십여만 원의 월급을 탐해 내 앞에 혹시 전개되었을지 모를 무한한 가능을 잘라 없앴다는 생각은 눈물겹도록 안타깝다.

보잘것없는 내 기분이 이럴 때, 나의 맞은편에 앉아 있는 윤두명 씨의 기분은 어떨까 하고 생각하게 된 건 당연한 일이다. 나는 되도록이면 그와 가까워지도록 신경을 썼다. 나는 인생을 연구하는 요량으로 그를 연구할 작정도 했다.

두드리면 열린다는 말은 너무나 속되지만 계속 두드리고 있으면 윤두명 씨도 그 굳게 닫힌 가슴의 문을 활짝 열어젖혀줄 것이란 기대는 가져볼 만했다. 나는 한동안 그 기대만으로 활자의 사막 속에서의 권태를 잊을 수 있었다.

비 오는 밤에 생긴 일

저무는 여름의 서울에 어느 날 비가 억수로 내리고 있었다. 빗발이 휘청거릴 만큼 바람도 거셌다.

퇴근시간의 러시에 몰려 광화문 네거리의 지하도 입구에 서서 나는 고개를 들었다. 동상 이순신 장군이 눈을 꽉 감은 자세로 비바람을 견디고 서 있다. 억센 빗발, 거센 바람으로 해서 하늘은 보이지도 않았다. 좀처럼 갤 것 같은 비는 아니다.

"천기예보를 무시한 죄야."

"천기예보가 비 온다 했어?"

"응."

"요즘 천기예보는 더러 맞히기도 하누만."

"소 뒷걸음질하다가 쥐 잡은 거지 뭐."

"추워?"

"아아니."

사랑하는 사이인 듯한 젊은 남녀가 주고받고 있는 말이다. 남자의 팔이 여자의 어깨를 안았다. 안긴 여자는 남자의 안 포켓에라도 솔랑 들어앉을 수 있게 자기의 몸이 움츠러들지 못하는 게 아쉬워 못 견디겠다는 그런 표정이다. 잘나지도 못나지도 않은 그 남녀의 표정을 곁눈질로 보면서 나는 그렇게 사랑을 익힐 수 있었다는 사실에 대해서 그들에게 가벼운 질투를 느꼈다.

"우리 비닐우산 살까?"

"이내 뒤집힐걸 뭐."

그러나 그들은 비닐우산을 받쳐들고 한 몸뚱이로 얽혀 빗속으로 나섰다. 비닐우산은 뒤집힐 듯, 뒤집힐 듯하면서도 내 시야에선 뒤집히지 않았다. 그 대신 우산이 있건 없건 빗발은 사정없이 그 남녀를 향해 쏴도했다.

마침 일제히 전등이 켜졌다. 고인 물은 보랏빛으로 빛나고 빗발은 무지갯빛으로 휘황했다. 드디어 그들은 비와 바람과 빛의 향연 속으로 사라지고 말았다. 어떤 인생의 무대에 들어섰다는 느낌이 아픔처럼 내 가슴에 남았다. 그것은 또 선명한 한 폭의 그림이기도 했다.

나는 나도 비닐우산을 살까 말까 하고 망설였다. 한아름 비닐우산을 안고,

"우산 사십시오."

하고 내밀면 살 마음이 사라지고 파는 사람이 어디론가 가버리고 나면,

"하나 살까."

하는 마음이 이는 괴팍한 심정을 되씹으며 나는 속으로 셈을 해보았다.

비닐우산이 오백 원, 버스 값이 백삼십 원, 도합 육백삼십 원이면 하숙까지 갈 수 있지만 옷을 적셔, 게다가 뻘칠까지 해놓으면 세탁소 신세를 져야 할 판이니 줄잡아 삼천 원이 든다. 구두도 손을 봐야 하니 삼백 원……. 그럭저럭 삼천 원 이상이 든다. 삼천 원이면 택시를 타고 하숙집 바로 앞까지 넉넉히 갈 수가 있다.

'택시를 탈까!'

그러나 서둘 것까진 없었다. 기다리는 사람이 있는 것도 아니고 기다리는 일이 있는 것도 아니다. 비 오는 서울의 저녁나절 지하도 입구에 멍청히 서 있는 것도 그다지 나쁜 기분은 아닌 것이다.

빗발이 조금 뜸했을 때였다. 건너편 골목으로부터 몰려나온 사람들 틈에 끼어 윤두명 씨가 나타나더니 날 알아본 모양으로 내 곁에 와 섰다.

"앗, 윤 선배님."

나는 반가워 외치듯 했다. 그는 촉촉이 젖은 등산모를 벗어 물방울을 뿌리면서 인사 대신 빙긋 웃었다. 방향이 같으면 택시를 같이 이용할 수 있겠다 싶어 물었다.

"윤 선생님 댁은 어딥니까?"

"보광동인데요."

보광동이면 방향이 다르다. 나는 신설동으로 가야만 했다.

"어디 다방에라도 가서 앉을까요?"

나는 그와 단둘이 있게 된 그 최초의 기회를 활용할 마음을 먹었다.

"이렇게 젖어버렸는데 다방엔들 들어갈 수가 있겠소."

그는 물독에 빠진 쥐처럼 흠뻑 젖어 있었다.

"젖은 채 오래 있으면 감기 드실 텐데."

내가 걱정스럽게 말하자 그는 또 빙긋 웃었다.

"그럼 택시를 잡을까요?"

"지금 택시 잡긴 힘들 거요."

그는 뚜벅 말했다.

"윤 선배님 타실 버스 정류장은 어딥니까?"

"난 버스 안 탑니다."

"택시?"

"택시도 안 탑니다."

"그럼 어떻게."

"걷습니다."

"보광동까지 걸어요?"

"뛰다가 걷다가 하면 삼십 분밖엔 안 걸려요."

"매일 걸어서 출퇴근을 하신단 말씀입니까?"

"그렇소."

"그럼 매일 남산을 두 번씩 넘는 셈이네요."

하고 내가 놀라는 빛을 보이자 그는 아무렇지도 않게 말했다.

"운동할 시간이 없거든요. 어떤 사람은 아침 남산을 오르내리는 운동을 하고, 어떤 사람은 등산을 하기도 하잖소. 그 대신 나는 걸어서 통근을 하는 겁니다."

나는 그때사 윤두명 씨의 복장을 이해할 수 있었다. 그는 언제나 점퍼 차림이고 신은 운동화를 신고 있었다. 추울 때도 외투를 입는 법이 없었고 넥타이 차림을 한 적은 한 번도 보지 못했다. 언제나 등산모를 쓰고 조그마한 캔버스 가방을 어깨에 걸치고 출퇴근을 하는데 그날, 그때는 가방이 어깨에 없었다. 비가 오기 때문에 가방을 신문사에 둬둔 것이라고 짐작했다.

"그래 오늘도 걸어서 집으로 가실 겁니까?"

"오늘은 집에 안 가요."

"집에 안 가시면?"

"비 오는 날에 가는 곳이 있죠."

윤두명 씨는 이렇게 말하고 웃음을 띠었다.

"비 오는 날에 가는 곳이 있다니, 퍽 로맨틱하게 들립니다."

"사람은 로맨틱하게 살아야 하는 겁니다."

전등의 광채가 한결 강하게 빛나기 시작했다. 빛이 이르지 못한 곳엔 어둠이 괴었다. 어둠과 빛 사이로 빗발이 하얀 스크린을 이루었다.

"비가 멎길 기다렸다간 안 될 것 같습니다. 어디 가서 저녁식사라도 합시다."

하고 나는 비닐우산 두 개를 사서 하나를 윤두명 씨에게 건넸다. 아무런 푸념도 없이 그는 비닐우산을 한 손으로 받아들곤 한 손으론 포켓에서 동전 다섯 개를 꺼내 내게 주었다. 나도 아무 소리 없이 그걸 받았다. 동전은 젖어 있었다. 윤두명 씨는 옷 속까지 젖어 있는 것이었다. 내가 어디로 가겠느냐고 물으려는 판인데 윤두명 씨는,

"빨리 집으로 가시오. 부인이 기다리고 있을 텐데."

하고 비닐우산을 폈다.

"장가도 안 갔는데 부인이 어딨겠습니까?"

하고 나도 비닐우산을 폈다.

"그럼 하숙이오?"

윤두명 씨가 물었다.

"하숙입니다."

"기다리는 사람이 있소?"

"없습니다."

윤두명 씨는 조금 망설이는 듯하더니,

"그럼 나와 같이 갑시다."

하고 앞장을 섰다.

그와 나는 택시 정류장의 긴 행렬에 붙어섰다. 내가 물었다.

"오늘은 택시를 타시렵니까?"

"그곳에 갈 땐 택시를 탑니다."

"그곳이라뇨?"

"비 오는 날에 가는 집 말입니다."

나는 호기심에 가벼운 흥분마저 느꼈다.

"비 오는 날에 가는 집이란 어떤 집입니까?"

"가보면 아시겠죠. 마음에 드시지 않으면 타고 간 택시로 되돌아오면 될 것 아닙니까."

그러고는 그는 말이 없었다. 바람이 강세를 더했다. 내가 쓰고 있는 비닐우산이 간단히 뒤집혔다. 나는 기를 쓰고 우산을 고쳤다. 쓰나마나 한 우산이었지만 얼굴을 가리는 역할을 하는 것이어서 버릴 수도 없었다. 언젠가 읽은 적이 있는 시 한 구절이 생각났다.

'비닐우산, 받고는 다녀도 바람이 불면 이내 뒤집힌다. 대통령도 베트남의 대통령…….'

아닌 게 아니라 베트남의 대통령은 잘도 뒤집힌다. 그러나 그것과 비닐우산을 직결시킨 발상은 너무나 신랄하다.

'신랄하니까 인상에 남는 시가 된 거지. 그렇다면 프랑코나 살라자르는 무엇에 비유할 수가 있을까. 삿갓이다. 삿갓, 삿갓은 대를 쪼개 다듬어 그걸 치밀하게 엮은 것이다. 그 삿갓을 쓰고 삼줄로 턱밑을 동여매어 놓으면 사람의 모가지가 떨어져 날아가지 않는 한 뒤집힐 염려는 없다……. 그건 그렇고 비 오는 날에만 간다는 그 집이 어떤 집일까…….'

미아리고개를 넘고도 택시는 한참을 빗발 속을 누볐다. 윤두명 씨는 계속 말이 없다. 나도 말을 잃었다. 호기심만이 심장의 고동을 나누고 있었다.

어느 골목의 어귀에 이르자 윤두명 씨는 차를 세웠다. 오른쪽으로 좁다란 골목이 트였는데 낮은 처마마다 전등불이 연이어져 있었다. 다른 골목들은 어두운데 그 골목만이 밝다는 게 이상했다.

나는 빗발 가운데 어려 있는 그 밝은 거리를 무심히 내다보고 있었다. 윤두명 씨가 아무 말 없이 앉은 채로 있었으니 나도 그대로 앉아 있을 수밖에 없었던 것이다.

"어떻소."

나는 윤두명 씨의 그 말의 영문을 몰라,

"왜요?"

하고 엉뚱한 소릴 했다.

"나와 같이 가겠소? 이 차로 도루 돌아가실라오?"

억양도 없이 윤두명 씨는 말했다.

"같이 가겠습니다."

영문도 모르면서 나는 그렇게 답했다. 윤두명 씬 셈을 하고 택시에서 내렸다. 나도 따라 내렸다. 비닐우산을 펴며 윤두명 씨가 말했다.

"혹시 여길 와본 적이 있소?"

"없는데요."

나도 비닐우산을 폈다.

골목의 첫째 집이 '정주집', 건너편이 '영변집', 차례로 '해주집', '경주집', '금산집', '부산집', '평화관'이란 중국음식점이 있고 '명월관', '태동루' 하는 집들도 있다. 둥근 문등에 먹글씨를 새긴 간판도 있고, 파랑·빨강 네온으로 채색된 간판도 있다. 각양각색의 모양과 조명으로 빗속에 떠올라 있는 간판들이 야릇한 이국정서 같은 느낌을 풍겼다.

그래도 나는 몰랐다. 왜 하필이면 이런 변두리에 거기에만 환하게 밝은 음식점 거리가 있는지, 그 까닭을 몰랐다. 그러나 나는 그런 눈치를 보일 필요가 없었다. 모든 사정을 잘 아는 체 윤두명 씨의 뒤를 따라가고 있었다. 비가 와서 그런 탓인지 그 골목을 걷고 있는 사람은 윤두명 씨와 나 둘밖엔 없었다. 바람이 멎고 빗줄기는 수직으로 비닐우산을 내리쳤다.

윤두명 씨는 '해남집'이란 아크릴 간판이 붙은 집의 처마 밑에 서더니 유리창 너머로 가게 안을 기웃거렸다. 그러고는 유리창으로 된 문을 열고 들어가며 내게 들어오라는 시늉을 했다. 형광등으로 환하게 밝은 가게 안엔 손님이 없었다. 영양과잉인 듯한 뚱뚱한 소녀와 굵다랗게 주름이 잡힌 여윈 노파가 윤두명 씨를 보자 반색을 했다.

"비가 시작할 때 내 윤 씨를 생각했지."

노파는 수선을 떨며 둥글의자를 챙기고 탁자 위를 닦았다.

"앉으소."

하곤 윤두명 씨는 잠깐 갔다 오겠다면서 밖으로 나갔다. 나는 둥글의자에 궁둥이를 붙이고 담배를 피워물었다.

각종 음식물의 이름을 써 붙인 종이조각이 다닥다닥 붙어 있는 앙상한 벽지, 천장엔 니스 칠을 한, 아이의 팔뚝만큼한 서까래, 이편으로 유리를 격한 낮은 선반엔 낙지를 비롯한 생선과 돼지고기……. 나는 이런 집으로 비가 오면 와야 하는 윤두명 씨의 로맨티시즘이 애처롭다는 생각을 바꾸기로 했다.

"윤 씨가 친구를 데리고 온 것은 처음인디 손님과 윤 씨는 퍽이나 친한가 부죠?"

때 묻은 앞치마에 달린 포켓에서 담배와 성냥을 꺼내며 노파가 한 소리다. 나는 어떻게 대답할 수가 없어 멍청히 노파의 표정을 살폈다.

"윤 씨는 삼 년 내내 우리 집의 단골인데 친구를 데리고 온 것은 오늘 밤이 처음이라우."

나는 그 노파의 말이 어느 지방의 말일까 하고 생각했다. '해남집'이면 해남 사람일 텐데, 사투리에 전라도 흔적이란 없다. 윤두명 씨가 돌아오더니 재료가 놓인 선반을 휘 둘러보곤,

"소주 한 병하고 낙지볶음이나 하나 주슈."

하고 내 맞은편에 앉았다. 술이 오자 윤두명 씨는 첫잔을 아주 맛이 있게 마셨다. 그리고 그 잔을 내게 건네며,

"서 형은 설마 동정은 아니겠죠?"

하고 나의 표정을 살폈다.

"동정?"

하다가 이내 그 말뜻을 알아차렸다.

"동정일 턱이 있습니까. 이래봬도 육군 중사로 제대한 사람인데요."

"육군 중사라."

그는 중얼거리듯 하더니 뚜벅 덧붙였다.

"나는 그 흔한 육군 한 번 못했소."

"그럼 군에 가시지 않았어요?"

"삼대독자인데다 부양할 할머니가 있다고 해서 병역을 면제해줍디다."

"할머닌 지금도 살아 계십니까?"

"아아뇨."

"양친께서는요."

"없습니다."

나는 그 이상 파고 물을 수도 없어 덤덤히 앉아 술잔을 비웠다. 윤두

명 씨도 그 이상 말하지 않았다.

틀림없이 창가娼家의 거리 한복판에 앉아 있는데 그 집이 바로 창가인지 어쩐지 알 순 없었다. 이어 비가 오는 날이면 이곳으로 오게 돼 있다는 윤두명 씨의 버릇이 이상하다고 생각했다. 아까 나는 군대생활을 빙자해서 이런 곳에 익숙한 것처럼 태도를 꾸몄으나 그건 윤두명 씨의 기분에 영합하려는 것이었지 진실은 아니었다. 내가 창가에 간 것은 꼭 한 번 있은 일이었다. 부대가 원주에 있을 때, 어느 외출날 친구 몇과 어울려 간 일이 있다. 서먹서먹한 경험이었고 불결한 기억으로 남아 있을 뿐이다. 나는 오염된 듯한 기분을 깨닫고 그 후 창가에 갈 생각은 전연 하지 않기로 했었다. 소주 한 병이 반쯤으로 줄어들었을 무렵이다. 부엌 쪽으로부터 하얀 얼굴이 나타나더니 윤두명 씨에게 눈짓을 보내는 것 같았다.

"자, 갑시다."

하고 윤두명 씨가 일어섰다. 나도 따라 섰다. 그리고 셈을 하려고 하니까,

"그럴 필요 없소."

하며 남은 술을 보내달라고 노파에게 이르곤 윤두명 씨는 하얀 얼굴이 내민 곳으로 걸었다. 명색이 요리장을 겸한 것같이 보이는 부엌을 지나자 비좁은 골목이 있었고 바로 그 건너편에 반쯤 열린 대문이 있었다. 대문의 빛깔은 아크릴의 조명 탓인지 진회색으로 보였다. 대문을 들어섰다. 좁다란 뜰을 끼고 집은 ㄷ자형의 구조로 되어 있다는 짐작이 들었다. 대청마루에 서 있던 여인은 중년을 지난 듯한 나이로 보였는데 윤두명 씨의 손을 잡아 끌어올리면서 나더러는,

"어서 오세요."

하고 미소 어린 눈짓을 보였다.

36

안내된 방은 그런 곳에 관한 짐작과는 어울리지 않게 호사스럽고 깨끗했다. 한쪽 벽을 화류의 장롱으로 채우고 한쪽 벽엔 큼직한 삼면경이 있었다. 그리고 또 한쪽 벽엔 산수를 그린 병풍이 둘러쳐져 있었다. 창부의 방이라기보다 신방을 꾸민 신부의 방이란 인상이 들었다. 따끈한 방바닥의 감촉이 비에 젖어 으스스 한기를 느끼고 있던 내겐 그지없는 반가움이기도 했다.

"옷을 갈아입으세요."

중년 여자는 벽장에서 두 벌의 파자마를 꺼내놓고 말했다.

"얼른 그 젖은 옷을 벗으세요."

이렇게 재촉의 말을 해놓고 그 중년 여자는 나갔다. 윤두명 씨의 파자마는 세탁한 것 같았는데 내 몫으로 놓은 파자마는 새것이었다. 뿐만 아니라 새 러닝셔츠와 새 팬티까지 갖추어져 있었다. 젖은 옷을 벗어버리고 새 내의와 파자마로 갈아입으니 약간 어색하기는 해도 기분은 좋았다. 나는 그 집과 윤두명 씨의 관계가 창가와 단골이란 그런 단순한 관계는 아니라고 느꼈다. 술상이 들어왔다.

"밥을 지금 짓고 있으니 천천히 드세요."

하고 중년의 그 여인이 주전자를 들었다.

"서 형, 인사나 하슈. 이분은 내 장모뻘이 되는 분이오."

윤두명 씨는 농담 같지도 않게 말했다.

"김입니다. 그저 김 마담이라고 불러주세요."

여자는 가볍게 고개를 숙였다.

"전 서재필입니다."

하고 나도 고개를 숙였다.

"김 마담과 난 서종삼 이래의 친구니까 역사가 꽤 오래된 셈이죠."

윤두명 씨는 이렇게 말했으나 나는 그 서종삼이란 걸 몰랐다.

"서종삼이 뭡니까?"

"이 거리가 있기 전에 서종삼이란 게 있었지. 종로 삼가의 서쪽에 있다고 해서 서종삼."

그랬던 것이 불도저란 별명을 가진 시장이 나타나는 바람에 그 불도저에 밀려 이곳에 정착하게 되었다는 얘기도 나왔다.

포주라고 하면 약간이라도 이색적인 데가 있어야 할 것인데 김 마담에겐 전연 그런 데가 없었다. 어조나 동작이 얌전하고 교양이 없지도 않은 것 같았다.

나는 이런 숙녀가 어떻게 이런 장사를 할 수 있을까, 윤두명 씨는 어째 이런 델 드나들게 되었을까 하는 의혹이 겹치면서 두 사람이 주고받는 얘기에 귀를 기울였다.

"순잔 오늘 아무 일도 없었수?"

"갑자기 비가 쏟아지는 바람에 질겁을 했어요. 그래 얼른 수면제를 먹여놨지."

"그럼 지금 자고 있겠군."

"자고 있어요."

"수면제를 자꾸 먹으면 안 될 텐데."

"그러면 어떻게 할 수가 있수……. 겁이 먼저 나는걸."

아무리 조심성 있게 귀를 기울여도 이런 대화의 내용을 알아차릴 순 없다.

무슨 얘기냐고 물어도 되겠지만 나는 돌연 심각해진 윤두명 씨의 옆얼굴을 향해 쑥스러운 질문을 걸 수가 없었다. 그런데 더욱 해괴한 말이 나왔다.

"윤 선생이 곧바로 달려올 수만 있다면야 수면제를 먹이지 않아도 되긴 하겠지만."

그러자 윤두명 씨는,

"잠깐 가보고 와야겠다."

며 일어서서 밖으로 나갔다.

그 뒷모습을 바라보던 김 마담은 눈을 아래로 깔았다. 내 술잔이 비어 있는데도 술을 따라줄 생각도 않는 것을 보니 그럴 겨를이 없을 정도로 심각한 문제에 휘말려 있는 것 같았다. 나는 주전자를 들어 스스로 내 잔에 술을 따랐다. 김 마담은 잠에서 깨어난 사람처럼 고개를 들더니 내 손으로부터 주전자를 받아선 방바닥에 놓으며 물었다.

"댁께서도 신문사에 계세요?"

"아니, 전 교정부에 있습니다."

어마지두 이렇게 대답해놓고 나는 속으로 웃었다.

"신문사에 왔다는 생각은 아예 버려요. 여러분은 신문사에 온 것이 아니라 교정부에 온 거요."

한 교정부장 우동규의 말이 잠재의식으로 고정된 탓이란 생각이 들었기 때문이다.

"잘 자고 있더만."

윤두명 씨가 돌아와 앉으며 한 말이다. 그리고 다시 도무지 나로선 짐작할 엄두도 내지 못할 얘기가 윤두명 씨와 김 마담 사이에 오갔다.

"그럭저럭 나올 때가 됐죠?"

"나오면 뭣 하겠수."

"농사나 지으라고 해요."

"이번엔 판을 낼 참예요."

"그런 우악스런 소린 안 하시는 게 좋습니다."

"윤 선생님, 몰라서 그런 말씀하세요?"

"미운 정, 고운 정이라 하잖소. 고운 정만 갖고는 못 사는 겁니다."

"도인 같은 소릴 하시네."

"아직 도인은 아니지만 난 도인이 될려고 하는 사람이오."

"도인, 매력 없어."

"매력 있는 도인이 되려는데?"

이럭저럭 하고 있는데 밥상이 들어왔다. 나는 그런 곳에서 밥을 먹으리라곤 상상도 못했다. 상상만 해도 구토증이 날 지경이었던 것이다. 그런데 밥상을 보자 나의 그런 관념은 말쑥이 사라졌다. 그릇이나 차림새가 깔끔했다. 첫 숟갈에 뜬 된장찌개가 우선 마음에 들었다. 돼지고기와 조개가 들어 있는 된장찌개는 여태껏 먹어보지 못한 진미라고 할 수 있었다. 나는 밥 한 그릇을 말쑥이 비웠는데 그건 시장기 탓만은 아니었다.

밤이 깊었다. 빗소리가 멎은 것 같았다. 깨끗한 요를 깔고 역시 깨끗한 질이불을 덮고 누워, 달리 자리를 깔고 누운 정자라는 색시에게 말을 걸었다.

"이 집 방은 모두 이렇게 깨끗해?"

"깨끗하긴 해요. 그러나 이 방처럼 좋지 않아요. 이 방은 주인 아주머니 방인걸요."

"그럼 내가 주인 방을 뺏은 셈이구먼."

"특별한 호의겠죠."

"내가 특별한 호의를 받을 사람은 아닌데."

"윤 선생님과 같이 오시지 않았어요?"

"같이 왔지."

"윤 선생님과 같이 오셨으니까 특별대우를 받는 거예요."

"윤 선생과 이 집관 어떤 관계지?"

"그런 건 몰라요."

"윤 선생은 자주 오나?"

"비가 올 때만 오셔요."

"그것 이상한 일인데."

"비만 오면 순자 언니가 발광을 하거든요."

"그건 또 왜?"

"까닭이 있나 봐요."

"무슨 까닭인데."

"잘은 모르지만 어릴 때 홍수를 만나 집이 떠내려갔나 봐요. 집과 같이 가족들 전부 떠내려가서 다 죽었다는 얘기예요. 순자 언니 혼자 기적적으로 살아남은 거예요."

"흐음."

하고 나는 생각에 잠겼다.

홍수, 떠내려가는 집, 지붕 위에서 아우성을 치는 사람들, 울부짖는 얼굴들, 새파랗게 질린 표정들……. 그렇게 해서 고아가 된 순자란 여인은 거지꼴로 이집 저집을 헤매다가 드디어 이런 곳으로 흘러들었다. 그런데 비가 오기만 하면 그때의 그 공포가 되살아나서 발광을 한다.

"윤 선생이 있으면 발광을 안 하나?"

"발광을 했다가도 윤 선생이 오시기만 하면 조용해져요."

"그것도 이상한 일이구나."

"이상하죠. 이 집엔 이상한 일이 많아요."

하곤 정자라는 색시는 쿡쿡 웃었다.

"그 이상한 얘기 좀 해보려무나."

"어떻게 그런 얘길 다 해요."

정자는 바보스러운 일면이 보일 만큼 순진하기도 한 것 같다. 모처럼의 기회이니 한번 안아볼까 하는 마음이 없지는 않았지만 강한 욕망으로 불붙어 오르진 않았다. 그런 점, 내겐 정욕보다도 강한 결벽이 있다. 눈을 감고 하품을 하자 정자의 말이 건너왔다.

"손님, 그대로 잘래요?"

"음."

"내가 싫으세요?"

"싫긴, 조금 피곤해서 그래."

"아마 내가 싫을 거예요. 다른 색시 불러드릴까요?"

"싫은 게 아니고 피로하다니까. 그런데 이 집엔 색시가 몇이나 있지?"

"일곱 명이 있어요, 럭키 세븐."

"너 굉장한 말을 알고 있구나."

"럭키 세븐이 굉장한 말인가요?"

"굉장한 말이구말구. 헌데 넌 어떻게 해서 이런 델 나왔니?"

"그런 말 물을 줄 알았어요."

"어떻게."

"처음 온 손님은 꼭 그런 걸 묻거든요. 그래 하마나 하고 기다렸죠."

"대답할 준비를 해뒀다, 그 말인가?"

"그럼요."

"그 준비한 대답을 한번 해봐."

"어쩐지 쑥스럽네요."

"준비를 해놨다면서?"

"준비한 얘길 하기가 쑥스럽다는 거예요."

"그럼 준비한 말과 사실과는 다르다, 그 말이지?"

"그래요."

"그렇다면 준비한 얘길 먼저 하고, 기분이 내키면 사실대로 말하구."

"그렇게 하면 나하구 같이 잔 걸루 해두실래요?"

"지금 이렇게 같이 자고 있잖나."

"그게 아니구요. 손님은 참말로 형광등이네요."

"알았다, 알았어. 잔 걸루 하지 않으면 곤란한 점이라도 있나?"

"곤란하죠. 하룻밤 소박도 소박은 소박 아녜요? 그러니 그만큼 인기가 없는 것으로 되는 거예요."

"알았어, 잔 걸루 해두지."

정자는 돌연 쾌활해졌다.

"조실부모하고 어릴 때부터 식모살이를 하던 중 호색한 바깥주인에게 겁탈을 당해 이렇게 신세를 망친 거예요."

"그게 준비한 답인가?"

"그래요. 이게 공식적 답이에요."

"사실은?"

"사실은요."

하고 정자는 다음과 같은 얘기를 한다.

충청도 어느 소읍의 중학교에 다니고 있을 때 정자는 체육교사에게 강간을 당하다시피 했다. 그것이 탄로가 나서 체육교사는 쫓겨나고 정자도 가출을 했다. 아버지는 친아버지였지만 어머니는 계모였다. 넉넉지 않은 살림인데도 중학교까지 보내놨는데 그 꼴이 되었다고 온통 집안이 뒤집혔다. 그 북새통을 견디지 못해 서울로 뛰쳐온 것이다.

서울에 온 정자는 이 다방 저 다방을 전전하면서 레지 노릇을 했다. 동대문시장 근처에 있는 다방에 있을 때 어떤 놈팡이와 친하게 되었다.

"신성일을 닮은 미남이었어요."

정자는 그 놈팡이에게 홀딱 반했다. 돈 벌어 스위트홈을 꾸미자고 약속을 했다. 틈이 있는 대로 근처의 여관방에서 신성일을 닮은 그 놈팡이에게,

"아낌없이 주고 아낌없이 바쳤죠."

그러한 어느 날 밤. 정자는 다방의 그날 매상을 야간은행에 갖다 맡기는 심부름을 하게 되었다. 놈팡이가 꾀었다. 그 돈을 가지고 뛰자는 얘기였다. 그걸 밑천으로 부산에 가서 장사를 하며 살자는 달콤한 속삭임이었다. 놈팡이는 그 돈을 가지고 먼저 서울역에 가 있겠다고 했다. 정자는 하숙집에 들러 옷가지나 챙겨들고 갈 작정이었다. 서울역에 나가보니 놈팡이는 없었다.

정자는 부득불 다방으로 돌아와서 거짓말을 꾸며댔다. 돈을 소매치기 당했다고. 그러나 긴 시간을 소비한 이유를 알맞게 꾸며댈 순 없었다. 주인은 정자를 감금해놓고 가혹한 추궁을 했다. 삼십만 원 남짓한 돈을 갚을 방도는 없었다. 경찰에 넘겨봤자 소용이 없다는 걸 알고 있는 주인은 돈을 갚기 위해선 뭣이든 하겠다는 맹세를 구실로 정자를 사창굴에 팔아넘겼다. 얘기를 끝낸 정자는,

"그럴듯하죠?"

하고 나지막이 웃었다.

"그럼 그것도 꾸민 얘긴가?"

"그럼요. 꾸미지 않고 그런 얘기 할 수 있나요."

하지만 나는 정자의 그 말을 사실일 것이라고 생각했다. 그래서,

"그 놈팡이 나쁜 놈이구만."

해보았다. 그랬더니,

"그래도 난 미워할 수가 없어요. 내가 이렇게 된 걸 알면 그도 마음이 아플 거예요."

하는 시무룩한 답이 돌아왔다.

눈을 감았는데도 잠은 좀처럼 오지 않았다. 그리고 잠이 올 것 같지도 않았다. 담배를 피워보았다.

"잠 안 와요?"

정자의 말이다.

"응."

"한 번 하고 나면 잠이 올 텐데."

나는 피식 웃고 화제를 바꿨다.

"손님이 많나?"

"많아요."

"오늘 밤은 몇 사람이나 들었지?"

"오늘 밤은 윤 선생허구 손님허구 두 분뿐예요. 비 오는 날엔 손님이 없어요. 비가 오면 남자의 그것이 서지도 않는 모양이죠?"

"못하는 소리가 없군. 비가 오면 찾는 윤 선생 같은 사람도 안 있나."

"윤 선생은 참으로 이상한 분예요."

"뭣이."

"순자 언니를 그렇게 사랑하는 걸 보더라도……."

"순자를 사랑하나?"

"비가 오기만 하면 뛰어오는 것을 보면 알 수 있지 않아요."

"비가 오면 발광을 한다니까 동정으로 오는 거겠지."

"어떤 사람도 멈출 수 없는 발광을 거짓말처럼 멈추게 하는 걸 보면 사랑이 아니고 뭐겠어요."

"그런지도 모르지, 사랑은 기적을 낳는 법이니까."

"그런데 아주머니는 윤 선생을 사랑하고 있거든요."

"주인 아주머니라니, 김 마담?"

"그래요."

"나이가 틀릴 텐데?"

"사랑이 나이를 아나요?"

"김 마담에겐 남편이 없나?"

"지금 형무소에 있나 봐요."

나는 아까 윤두명 씨와 김 마담이 주고받던 말을 비로소 납득할 수가 있었다.

"김 마담이 윤 선생을 사랑한다는 걸 윤 선생은 알까?"

"김 마담의 그런 감정은 아마 모를 거예요. 안다면야 어떻게 외고 펴고 순자 언니를 좋아할 수 있겠어요."

"그럼 김 마담은 그 순자 언닌가 하는 사람을 질투하고 있겠군."

"그게 그렇지 않으니 이상한 거죠. 순자 언니는 이 집에서 특별취급이에요. 그런데 그게 윤 선생에 대한 아주머니의 성의 탓인 것 같거든요."

정자는 바보스러운 미모와는 달리 꽤 날카로운 관찰력을 가지고 있는 듯했다. 중학교 교육을 받았다는 것이 꾸민 말이 아니란 생각도 들었다. 그러자 하룻밤 풋사랑이나마 정을 통해보고 싶은 욕망이 슬그머니 일었다. 허나 새삼스럽게 수작을 걸기가 어설펐다. 나는 그냥 자기로 했다. 정자는 뭔가를 재잘거리고 있었으나 나는 스르르 잠에 빠져들었다.

어떤 겨를에 눈을 떴다. 방 안은 어두웠다. 나는 어젯밤의 일을 깨닫고 정자가 누워 있던 쪽을 봤다. 그 자리는 비어 있었다. 침구가 얌전히 개어져 있는 것이 어슴푸레한 빛 속으로 보였다.

'벌써 그런 시간인가?'

하고 시계를 찾아 성냥불을 그어보았다. 일곱 시 반이었다. 일어나야만 했다. 방문을 열고 마루로 나갔다. 화장실과 세면장을 찾을 요량이었다. 비는 말쑥이 개어 있었다. 창문 틈으로 옹색하게 보이는 하늘이었으나 그 하늘의 빛깔은 파랗게 맑았다. 내가 일어난 기척을 알았음인지 김 마담이 건넌방에서 나왔다. 물방울무늬가 있는 하얀 원피스 차림이었다. 벌써 일어나 치장을 한 모양으로 자다 난 뒤의 헝클어진 형색이 없었다.

"잘 주무셨어요?"

김 마담은 생긋 웃었다. 어젯밤엔 중년을 넘어 있는 것같이 보였는데 아침에 본 얼굴과 몸맵시는 서른다섯을 넘긴 것 같진 않았다.

"덕택으로 잘 잤습니다."

하면서 나는 부끄러웠다.

화장실도 세면장도 깨끗했다. 더욱이 세면장엔 새 칫솔, 새 치약, 새 비누, 새 타월마저 준비되어 있어 주인의 호의를 여러 겹으로 느낄 수가 있었다. 방에 들어오자 전등이 켜져 있고 침구는 말쑥이 거둬져 있었다.

"윤 선생은 새벽에 가셨습니다."

김 마담이 커피잔을 앞에다 놓고 말했다. 나는 약간 당황했다.

"왜 날 깨우지 않았을까요."

"회사로 바로 나가시면 될 테니까 깨우지 말란 말씀이었어요."

"그럼 윤 선생은 댁으로 가신 거구먼요."

"권속이 많으니까 아무래도 걱정이 되는 모양이었어요."

"윤 선생 댁 가족이 많습니까?"

"일고여덟 명 되는가 부죠."

나는 이상한 일이라고 생각했다. 어젯밤 그의 입으로부터 삼대독자라고 들었고 부모도 안 계시다고 했던 것이다.

"자녀들이 많으신 거로구먼요?"

했더니 김 마담이 입을 가리고 웃었다. 그리고 물었다.

"윤 선생 사정을 전연 모르시고 계세요?"

"모릅니다. 같은 회사에 반년 넘어 같이 있습니다만 가까이한 건 어젯밤이 처음인걸요."

"그래요?"

하고 이번엔 김 마담이 놀랐다.

"김 마담께선 윤 선생의 사정을 잘 알고 계십니까?"

"잘은 모릅니다. 그저 대강."

"윤 선생과는 퍽 친하신 모양이죠?"

"네, 우연히 그렇게 됐어요."

"윤 선생이 외박을 하셔도 집에서 걱정을 안 하실까요?"

"비가 오면 이리로 오실 것을 다 알고 있으니까 걱정은 안 할 거예요."

나는 깜짝 놀라며 되물었다.

"부인이 알고 계시단 말입니까?"

"윤 선생께선 부인이 안 계십니다."

"권속이 일고여덟 명이나 된다고 했는데, 그럼 부인이 죽었나요?"

"결혼을 하시지도 않았는데 죽을 부인이 있겠어요."

김 마담은 또 입을 가리며 웃었다.

"그럼 그 권속들은 친척들인가요?"

"아녜요. 윤 선생이 거리에서 주워온 아이들예요."

"윤 선생이 고아원을 하신단 말입니까?"

"고아원이라 할 것도 없죠. 그저 같은 집에서 살고 있는 거예요."

"아이들이 어립니까?"

"일곱 살 먹은 아이가 제일 어리다고 들었는데요. 큰아이는 열다섯 살이 되었다던가 하던데요."

나는 점점 윤두명 씨의 정체를 알 수가 없다는 기분으로 빠져들었다. 교정부장 우동규도 차장 정수영도 윤두명 씨의 그런 사정은 알고 있지 않은 것 같았으니 말이다. 아침 밥상이 들어왔다. 미안한 마음이 앞섰다. 그러나 들어온 밥상을 물리칠 순 없었다.

"그럼 천천히 자세요."

하고 김 마담은 일어서 나갔다. 윤두명 씨에 관한 호기심이 더욱 치열하게 일었으나 김 마담을 붙들어 앉힐 순 없었다. 식사를 하고 나자 옷을 가지고 들어왔다. 세탁소에 보냈던 모양으로 양복은 물론 내의, 양말에 이르기까지 깔끔하게 손질이 되어 있었다.

정자란 아이에게 한마디 인사라도 건네고 싶었으나 어느 방에 들어 앉아 있는지 기침소리도 없었다. 정자뿐만이 아니라 그 집에 있는 창녀들은 일절 그림자도 나타내지 않았다. 그럴 경우 그렇게 하도록 그 집의 규칙이 정해져 있는 것으로 보였다.

옷을 챙겨 입고 나서 셈을 하려고 하니까 김 마담은 윤 선생과 계산이 다 되었노라고 짤막하게 말했다.

"또 오세요."

하는 김 마담의 인사를 등 뒤로 듣고 나는 거리로 나왔다. 어젯밤 빗발과 전등불로 해서 다소간 엑조틱하게 느껴지기조차 했던 거리의 기분은 온데간데없고 짜임새 없는 나지막한 판잣집들이 노랑·파랑의 페인트칠 간판을 달고 백일하에 그 누추를 남김없이 드러내놓고 있었다. 성병의 침식으로 쇠잔한 늙은 창부의 몰골, 그 어색스럽게 흐트러진 화장한 얼굴이 풍겨내는 황폐감 같은 것이 그 거리를 점령하고 있었다.

바야흐로 열도가 심해진 태양에 쬐어 간밤의 빗자국이 뭉게뭉게 수증기를 이루고 있었는데 비린내와도 같은 메스꺼운 내음이 코를 찌른 것은 내 관념의 탓으로 돌릴 수 있다고 하더라도 나는 무수한 생명이 살육된 현장에서라도 그처럼 처참한 기분에 사로잡히진 않을 성싶었다.

'이곳은 서울의 치부조차도 아니다. 바로 썩어가는 부분이다.'

나는 비명과도 같은 이런 감상을 안은 채 그 거리를 바삐 빠져나와 큰길에서 택시를 잡아탔다.

미아리 고개를 넘어섰을 때 나는 비로소 크게 심호흡을 했다. 아침의 태양에 서울의 거리는 싱싱하게 숨쉬고 있다는 느낌이었는데 나는 다시 생각에 잠겼다.

'윤두명 씨는 어떠한 철학으로 그런 델 예사로 드나들 수가 있을까.'

윤두명 씨는 그런 곳에 간다는 사전 설명도 안 했고 자기의 태도를 설명하는 유의 말도 없었다. 그럴싸하게 합리화하는 한마디의 말이라도 있을 법한 일인데 그런 일이 당연한 것처럼 행동했다. 나쁘게 말하면 뻔뻔스럽고 좋게 말하면 활달하다고 할 수 있는데, 그런데 어젯밤의 그 김 마담의 집은 그 거리의 한가운데 있는데도 도무지 그 거리랑 결부되지 않게 독립적인 인상을 남기고 있는 건 어떤 까닭일까.

'순자란 창녀를 사랑하고 거리의 부랑아와 같이 살고 있다는 윤두명이란 사람은 어떤 사람일까?'

나는 갑자기 순자라는 여자를 보고 오지 못한 것을 안타깝게 생각하기 시작했다. 그 여자를 보았더라면 윤두명 씨의 비밀을 알 수 있었을 것 같았다.

윤두명 씨는 꼭 한 번 나를 보고 빙긋 웃는 언제나와 같은 태도와 표정으로 일을 하고 있었다. 나는 점심때가 되길 기다렸다. 간밤에 그런 곳에 초대를 받았으니 나도 망설임 없이 그를 점심식사에 초대할 수 있을 것이었다. 그날의 기사는 홍수로 인한 피해기사가 많았다. 낙동강 연안에선 유실된 가옥이 칠십팔 호, 인명의 피해가 이십일 명, 삼남지방에도 거의 같은 수의 가옥유실과 인명피해가 있었다.

"홍수가 났다 하면 사람이 몇은 꼭 죽는단 말야. 어떻게 미리 방비할 순 없었을까."

하고 누군가가 투덜대는 투로 말했다.

"기사를 읽지 말구 글자를 읽어요."

정수영 차장이 한 말이다.

"옳았어 옳아, 우리 차장님 말씀이 옳았어."

교정부장은 이어 다음과 같이 덧붙였다.

"기사를 읽고 있으면 눈물에 가로막혀 글자를 고칠 수가 없을 거야."

"교정부원은 감정을 가질 수도 없단 말입니꺼."

김 군의 경상도 사투리가 튀어나왔다.

"감정은 아침 집에서 나올 때 캐비닛 속에 집어넣고 나와요."

교정부장은 엄숙하게 말했다.

나는 그렇다고 생각했다. 낙동강에서 몇십 명이 죽었건 영산강에서 얼마가 죽었건 그런 사건에 마음을 움직이고 있다간 교정부원으로서의 직무를 수행할 순 없다.

'이렇게 해서 신경과 마음이 마비되어가는 것이 아닐까.'

나는 윤두명 씨의 행동을 이런 차원으로 이해할 수 있지 않을까 하는 생각을 해봤다. 정수영이 교정부의 책상을 빌려 장사를 할 수 있는 것도, '호르몬 탱크' 박이 아무 거리낌 없이 여색 편력의 얘기를 누구에게나 해젖히는 것도 모두 마비된 마음과 신경의 탓이 아니겠는가……. 점심시간이 되었다. 내가 물었다.

"윤 선배님, 도시락 가져오셨습니까?"

"오늘은 못 가져왔소."

"그럼 저하고 같이 갑시다."

"그럽시다."

나는 윤두명 씨를 데리고 회사완 좀 떨어진 곳에 있는 도가니탕집으로 갔다. 그럴 경우 무슨 말이 있을 것 같은데 윤두명 씨는 도무지 말이 없다.

"어젯밤 신세가 많았습니다."

"뭐 신세랄 것이 있소."

"그 집 묘한 집이데요."

"그래요?"

나는 갖가지 수단으로 그로부터 말을 끄집어내려고 했으나 허사였다.

"윤 선배님 고아원을 하신다면서요?"

"누가 그럽디까."

"김 마담이 그러데요."

"쓸데없는 말을 했군."

그리고 그뿐이었다.

나는 하는 수 없이 화제를 거창하게 시작했다.

"윤 선배님껜 무슨 철학이 있을 것 같애요. 비 오는 밤엔 그런 곳으로 가시고, 거리의 부랑아들을 돌보시고 하는데 철학이 없이 그런 일을 하실 수 있겠어요?"

윤두명 씨는 물끄러미 나를 쳐다봤다. 말을 할 기색은 보이지 않았다.

"그 철학이 뭡니까?"

나는 거듭 물었다.

"언젠가는 죽을 거라는 철학이 있소."

그는 뚜벅 말했다.

"그게 철학이 될 수 있는 겁니까?"

"죽을 거니까 살아 있는 동안은 잘 살아야 할 게 아뇨."

"그건 대문제 아닙니까."

"대문제죠. 그런데 이 대문제를 잊고 사는 사람이 얼마나 많소."

그는 묵묵히 도가니탕을 먹기 시작했다. 나도 먹기 시작했다. 먹고 있는 동안엔 나도 말을 하지 않았다. 한 그릇의 도가니탕을 비우고 나서 나는 다시 질문을 시작했다.

"윤 선배님은 앞으로 뭣을 하실 작정입니까. 혹시 무슨 계획이라도 있으세요?"

나는 어설프기 짝이 없는 질문을 한 것이라고 후회하기 시작했는데 뜻밖에도 정열적인 대답이 돌아왔다.

"있죠. 있습니다. 내겐 큰 계획이 있습니다. 이 계획이 성공되는 날

온 누리에 축복이 가득하게 될 겁니다."

"그게 뭡니까?"

"성공하는 날 저절로 밝혀지겠죠."

그 이상 윤두명 씨는 말하려 하지 않았다. 나의 호기심은 대기태세에 들어설밖에 없었다. 윤두명 씨에게 정체불명의 전화가 걸려오기 시작한 것은 바로 그날 오후였다.

꽃을 가꾸는 이유

그날도 신문사의 오후시간은 느릿느릿 진행했다. 신문사에선 오후시간이 오전시간보다, 특수한 사건이 없는 한 줄잡아 두 템포쯤은 늦어지게 마련이다. 일판이 나가고 점심시간이 되면 편집국은 당번을 빼곤 텅텅 비게 된다. 오후에 돌아오는 사람들은 내근기자들뿐이다. 편집국 중앙을 꽉 차게 메우고 있던 외근기자들, 즉 설쳐대기가 내근기자의 두 배 세 배의 스페이스를 차지하고 있던 무리들이 쑥 빠져버리고 나면 내근기자들만 변두리 책상 근처에 초라하게 남게 되는데 그것은 흡사 주력부대가 출동하고 난 뒤의 병사를 방불케 하는 황량함이다.

그 황량한 공간을 먼지의 빛깔과 잉크의 냄새를 띠고 신문사의 오후시간은 느릿느릿 지나가는 것이다.

그 시간 속에 앉아 있는 나는 그날따라 간밤의 비에 씻긴 맑은 하늘과 들 사이로 산들바람을 타고 여름과 가을의 접경을 흘러가는 시간의 호화로움을 생각하고 있었다.

그곳에서의 나의 부재!

이런 말이 뇌리를 스쳤다.

이 말은 언제부터인가 권태로운 오후시간이면 곧잘 마음속에 되풀이되는 말인데 분명 어디에선가 읽은 적이 있는 시의 한 구절일 텐데도 그 앞뒤의 구절은 기억 속에 없다.

그곳에서의 나의 부재. 꼭 있고 싶은 그곳에 있지 못하다는 사정처럼 안타까운 일이 있을까. 그러나 그런 때마다 나는 이렇게도 생각한다. 과연 나는 어떤 곳에 있고 싶어하는가, 하고.

맑은 하늘 밑, 고향의 들 가운데 있고 싶다는 생각이 들었다. 그런데 문득 차성희와 같이란 가냘픈 소원을 마음의 한구석에 발견하고 나는 소스라치게 놀랐다.

차성희란 지금 내 곁에서 같이 일을 하고 있는 여자부원이다. 한데 나는 이때까지 차성희에 대해 무슨 특수한 감정과 의식 같은 것을 깨닫지 못했었다. 그런데 이 돌연한 발견은 무엇일까. 나는 얼굴을 붉혔다.

오전시간은 숨을 크게 쉴 여유조차 없을 만큼 바쁘지만 오후시간은 그렇지가 않아 작업 도중에도 짤막한 한담이 오갈 수가 있다. 지난밤 창가에서 잔 색다른 경험도 있어 그날 오후 나는 왠지 차성희의 마음을 자극해보고 싶어 그 말머리를 손질하고 있는 기사 가운데서 찾으려고 했다.

그런데 내가 맡은 기사란 좀도둑이 트랜지스터라디오를 훔쳤다느니 백주에 강도가 들었다느니 따분한 것밖엔 없었다. 어떤 기사는 강도가 식모아이를 묶어놓고 텔레비전과 돈 얼만가를 훔쳐갔는데 경찰은 그 식모아이와 강도와의 공범 여부를 수사 중이라고 했다. 이게 화제가 안 될까 했지만 그만두기로 했다. 식모아이가 강도와 결탁을 했다면 너무나 깜찍스러운 소행이고 만일 그렇지 않다면 너무나 억울하다. 나는 하숙집 식모아이를 생각했다. 그 혹사당하는 모습, 그러면서도 박정한 태도, 예외 없이 우리나라의 주부들은 식모아이에게 지나치게 가혹한 것이 아닐까. 물질적으로 대단히 짜다는 서양에서도 식모에게 유산을 분배해주는 경우가 있다던데…….

"엘리자베스 테일러가 또 이혼을 할라 쿠느만."

경상도 사나이 김이 한 장의 게라를 집어들며 한 소리였다.

"리즈의 이혼은 이미 뉴스가 아니잖아요?"

안민숙이 제법 같은 말을 했다.

"하루에 한 번씩만 하라지. 그렇게만 하면 언젠가 한국인 차례가 될지도 모르니."

박동수는 그가 함직한 소리를 했다.

"그런디 부장님."

하고 김이 고개를 들었다.

"이혼의 이離자가 격리한다는 격隔자로 되어 있는디 말뜻으론 이혼이나 격혼이나 다를 게 없잖습니꺼. 신조어新造語를 남길 겸, 그냥 둬둘까요?"

"쓸데없는 소리 말고 고치슈."

정 차장이 부장을 앞질러 쏘았다.

"아까 미스 안이 뉴스감이 되고 안 되고 하는 뜻의 말을 했는데 미스안은 뉴스가 뭔지나 아시우?"

교정부장의 말이 날아왔다.

"개는 사람을 물어선 안 되구 사람이 개를 물어야 한다는 그런 뜻인가요?"

안민숙이 덧니를 보이며 애교 있게 웃었다.

"미스 안의 센스도 낡았구먼. 그런 것 같으면 오늘도 난 보신탕을 먹었는데 뉴스가 보신탕 골목에 우글우글하더면. 우글우글한 건 이미 뉴스가 아냐."

정 차장이 오래간만에 재치 있는 말을 했다 싶었는데 부장은 천천히 담배연기를 내뿜으며 점잖게 한마디 했다.

"아무리 보잘것없는 사건이라도 통신을 타기만 하면 뉴스가 되는 거요. 그 역두 진리구."

"옳거니."

하고 박동수는 무릎을 탁 치는 시늉을 했다.

"이 박동수의 혁혁한 행적이 뉴스가 안 되는 까닭을 이제사 알았어."

정 차장의 째려보는 눈이 보이는 듯했다.

"박 형의 경우는 말요. 아무리 범죄행위를 했대두 붙들리지 않으니까 범인이 안 된다는 그런 축에 드는 거요."

"범죄행위라는 말은 너무 고상한데요. 난 내가 붙들리지 않는 까닭을 범죄를 하지 않는 탓으로 생각하고 있습니다."

"나쁜 행동을 하긴 하되 법률엔 안 걸릴 정도로 한다, 이겁니까?"

정 차장의 말엔 가시가 돋쳐 있었다.

그러나 우리는 박동수와 정 차장 사이에 충돌이 발생하지 않는다는 것을 잘 알고 있다. 박동수는 그럴 경우 언제나 그러하듯 겸연쩍게 웃곤 대꾸를 하지 않았다. 정 차장도 그 이상 쫓질 않는다.

한동안 침묵이 흘렀다.

새로 온 게라를 집자 윤두명이 담배를 피워 물었다. 그러고도 곧 연필을 잡지 않으면 심각한 기사에 부딪혔을 때의 그의 버릇이라고 풀이할 수 있다. 그런데 그때 내 앞에 배당된 것도 만만한 기사는 아니었다. 나는 비로소 입을 열어 옆에 있는 차성희를 자극할 수 있는 화제를 발견한 셈이었다.

"한국 여자가 일본 여자를 찔러 죽인 사건인데……. 끔찍하군."

반응은 안민숙으로부터 왔다.

"어마나, 어떻게 된 일예요."

"일본인과 계약결혼을 한 한국 여자가 일본인 본처를 죽인 겁니다."
하고 나는 차성희의 눈치를 살폈다. 그런데 그의 이마에서 코로, 그리
고 윗입술에서 턱 아래로 차가움게 흘러내린 그 옆얼굴의 선엔 어떤 사
소한 반응도 나타나지 않았다.

"그럼 일본인이 본처를 한국에 데리고 와 있었나요?"

안민숙은 호기심에 들뜬 시늉을 했다. 그러나,

"신문이 나오거든 읽으슈."
한 정 차장의 꾸지람 섞인 말이 있은 뒤엔 그 이상의 설명은 할 수 없었다.

나는 그 기사를 한 번 더 읽으면서 여자라는 존재를 새삼스럽게 생각
해보는 마음이 되었다. 여기에 칼날 같은 여자가 있는가 하면 저기엔
얼음장 같은 여자가 있다. 자기의 사랑을 위해서 살인도 불사하는 여자
가 있고 모든 고통을 소리 없이 참고 사는 여자도 있다. 안민숙 같은 언
제나 쾌활한 여자가 있고 차성희 같은 언제나 우울한 여자가 있다. 그
런데 안민숙은 쾌활한 대로 매력이 있고 차성희는 우울한 대로 사람의
관심을 끌게 한다. 안민숙은 쾌활한 만큼 언제든 친숙하게 지낼 수 있
을 것 같은 기대를 갖게 하고 차성희는 우울한 만큼 그 우울을 씻어주
고 싶은 충동을 느끼게 한다. 그러면서도 나는 차성희에게 보다 강하게
끌리는 마음을 어떻게 할 도리가 없었다.

이런 생각에서 깨어난 것은 내 앞에 놓인 전화벨이 울렸기 때문이다.
교정부엔 전화가 세 대 있는데 두 대는 부장의 책상에 고정되어 있고
한 대는 이곳저곳으로 이동할 수 있게 되어 있다. 그때 그 전화기가 공

교롭게도 내 앞에 있었던 것이다. 나는 수화기를 들었다.

"교정부죠?"

하고 또렷또렷한 교환수의 목소리가 흘러나왔다.

"예, 그렇습니다."

"거기 윤두명 씨 계시죠? 수위실에서 전화입니다아."

그 마지막을 길게 끄는 말투가 예쁘다고 생각하며 나는,

"윤 선배님 전화."

하고 전화기를 밀어놓으며 수화기를 건넸다.

의아하다는 듯 주저주저 수화기를 받은 윤두명 씨는,

"윤두명입니다."

하고 잠깐 듣고 있더니 물었다.

"누구시랍니까."

이름을 밝히지 않는다는 말이 있었던 것 같았다.

"이상한 사람도 다 있군. 알았소."

하고 수화기를 내려놓더니,

"수위실까지 갔다 와야겠습니다."

하고 부장의 동의를 구했다.

"갔다 오세요."

부장의 말이 떨어지자 윤두명은 일어서서 나갔다.

"오늘은 이상한데요. 윤두명 씨에게 전화가 다 오구."

박동수가 중얼거렸다. 그 사이, 차성희가 재빠른 동작으로 윤두명이 보고 있던 게라를 자기 책상으로 옮겼다. 얼핏 보니 그 게라엔 큼직하게 '일가족 일곱 명 집단 자살'이란 표제가 붙어 있었다. 그러나 나는 그 표제에 대해서보다도 무슨 일이 있어도 표정 한 번 바꿔본 일이 없

는 차성희가 그 게라를 옮겨올 때 보여준 행동의 민첩함을 인상에 새겨 넣었다.

내 앞에 다시 일거리가 쌓였다. 숙련된 운전사는 졸면서도 운전을 한다지만 숙련된 교정부원도 마찬가지다. 딴생각을 하는데도 교정의 연필은 기계적으로 움직인다. 틀린 곳에 부딪히면 연필은 자동적으로 멈춘다. 심지어 어떤 때는 고쳐놓고 나서 고친 곳을 깨달을 경우도 있다. 그때 나는 그런 상태로 일을 하고 있었던 모양이다.

"서 형, 전화요."

하는 박동수의 말에 나는 정신을 차렸다. 수화기를 받아들었다. 전화는 수위실에서 온 것이었다.

"고향의 후배 된다는 분이 성함은 정진동 씨라는데요, 찾아왔습니다."

"정진동?"

하며 나는 그에 대한 기억을 확인했다. 소읍인 고향의 이웃 동에 살던 정진동, 고등학교 때 나의 한 반 아래에 있었던 후배였다.

전화를 끊어놓고도 나는 망설였다. 우물쭈물하고 있는 나를 보더니 부장이 물었다.

"누구한테서 온 전화죠?"

"고향의 후배랍니다."

"그럼 가보세요."

"잠깐 다녀오겠습니다."

하며 일어서는데 교정부장이 웃음을 머금고 다시 물었다.

"오래간만에 만나는 사람이우?"

"한 육칠 년 만인가 합니다."

"그렇다면 한 시간쯤 얘기하고 오시오. 오 년 이내일 것 같으면 십 분쯤으로 제한할 참이었지만……."

계단에서 올라오는 윤두명을 만났다.
"저도 면회하러 갑니다."
해놓고 물었다.
"누가 찾아오셨던가요?"
"아마 낮도깨빈가 봐요."
윤두명의 표정엔 어이가 없다는 기분이 나타나 있었다.
"낮도깨비라뇨?"
나는 계단 위에 멎은 채 물었다.
"분명히 나를 찾아온 사람이 있었다는데 가보니까 없지 않겠소. 두 사람의 수위가 똑같이 봤다고 하니 거짓말일 턱은 없구……. 수위 한 사람을 데리고 큰길에까지 나가 두리번거려도 없으니 낮도깨비 아니고 뭐겠소."
"이상한 일도 다 있네요."
"참으로 이상한 일이야."
어색한 기분으로 그와 헤어져 나는 수위실로 내려왔다. 정진동이 서 있었다. 수척한 모습이 우선 강한 인상이다. 유복한 집에서 자라고 있는 활달한 소년의 모습이 사라져 있는 것이 이상하기도 했다.
간단한 인사를 나누고 나는 그를 근처 다방으로 데리고 갔다. 지방 농과대학을 졸업하고 군복무를 끝낸 지가 두 달쯤 전이라고 했다. 나는 그의 수척하고 다소 초조해 보이기도 한 태도를 취직 때문이 아닐까 짐작하고,
"농과대학을 나왔다니까 취직도 결국 그런 방면이라야 할 것 아닌가."

하는 말을 걸었다.

"취직보다 앞선 문제가 있습니다."

그는 우울하게 말했다.

나는 그의 얘기를 차근차근 들어볼 마음의 준비를 하며 차를 시켰다.

"서 선배는 제 누님을 아시죠?"

"물론 알지."

좁은 바닥의 부잣집 딸인 정진숙을 내가 모를 까닭이 없었다. 게다가 그는 나보다 국민학교 때 두 학년 위였다.

"그럼 누님에 관한 사정을 다 아시겠구먼요."

나는 그 말이 무엇을 뜻하는 것인지 알 수가 없었다. 고향에서 떠나 살게 된 지 어언 칠 년, 전에 잠깐 들렀다고 하지만 불과 이삼 일 머물렀을 뿐이고 게다가 그 후로 고향 사람들을 만날 기회란 거의 없었던 것이다. 그런데 단 한 가지 기억나는 일이 있었다. 내가 신문사에 취직하고 얼마 되지 않았을 때의 일이다. 나는 뜻밖에 정진숙의 방문을 받은 적이 있었다. 나는 그대로를 말하고 그밖엔 전연 아는 일이 없노라고 했다.

"선배님을 찾아와서 그때 누님은 무슨 말을 하시던가요?"

나는 이 사람이 왜 이러나 싶었지만 기억나는 대로 대답을 했다.

"내가 신문사에 있다는 소식을 듣고 지나가는 길에 들렀다고 하드 먼. 그때도 이 다방에서였어."

"그밖엔 말이 없었습니까?"

"내 편에서 물었지, 지금 무엇을 하시느냐구."

"그래서요."

"보험회사 서무과에 계신다던가? 그래 난 대학을 나온 후에 취직하신 거로구나 하고 짐작을 했지."

"그때 누님의 태도는 어떠했습니까."

"태도라면?"

"복장이나 표정 같은 것 말입니다."

"말쑥한 복장을 하고 계시던데. 화장기는 없었으나 여전히 미인이었구. 조금 우울해 뵈긴 했지만 정숙한 숙녀다운 태도가 아니었을까? 그런데 내게 왜 그런 걸 묻지?"

"선배님은 정말 사정을 모르십니까?"

정진동의 표정은 침통했다.

"그렇다니까."

"그때 누님이 자기의 신상에 관한 얘길 전연 안 하시던가요?"

"그렇다니까. 한 십 분쯤 덤덤히 앉아 있다가 돌아가셨는걸."

정진동은 고개를 숙이고 생각에 잠긴 듯하더니 번쩍 고개를 들었다. 그 눈은 우울하게 빛났다.

"선배님, 절 도와주셔야겠습니다."

"뭣인데."

나는 놀라며 물었다.

"누님은 중이 되었습니다."

정진동이 또박 말했다.

"뭐라고?"

"머리를 깎고 중이 되었어요."

"……."

"수덕사에서 머리를 깎은 것은 확실한데 지금 어디에 계시는진 알 길이 없어요."

"언제 그렇게 되었는데."

"들어보니 선배님을 만난 바로 그 무렵이 아니었을까 합니다. 선배님을 만나 도움이라도 청해볼까 하다가 차마 얘기를 꺼내지 못하고 돌아선 것이 분명해요."

나는 무어라 할 말이 없었다. 정진동은 한참 동안 시선을 허공으로 쏟더니 다시 입을 열었다.

"선배님은 구봉우란 사람 아시죠?"

"알지, 내겐 고등학교 이 년 선배였으니까."

"요즘 만난 일이 있습니까?"

"요즘만이 아니라 고등학교 때 먼빛으로 본 일이 있을 뿐이야. 전연 그 사람관 접촉이 없어."

"그 사람이 지금 뭣 하고 있는지 알죠?"

"그건 들어서 알지. 법관 노릇을 하고 있다던데."

"그렇습니다. 그런데 그자가 누님을 망쳐놓은 겁니다."

나는 멍청히 정진동을 바라보았다. 정진동의 말에 의하면 사정은 다음과 같았다.

정진숙과 구봉우의 연애가 언제부터 시작했는가는 정확하게 알 수는 없다. 그러나 정진숙이 E대학에 입학하자 한 학기만으로 자진 퇴학한 사실을 정진동이 이번에 와서 확인했는데 그 사실로 미루어 벌써 그 시기엔 서로 사랑하는 사이에 있었다고 판단할 수 있다. 정진숙은 가난한 구봉우의 학비를 조달하기 위해서 퇴학했다고밖엔 상상할 수 없으니 말이다. 정진숙은 학교를 그만두고 자기는 취직을 해서 자활을 했다. 그러고도 진숙은 그 사실을 집안사람에겐 숨겼다. 정진동도 물론 몰랐다.

"정군의 누님이 구봉우 씨에게 학비를 조달해줬다는 사실을 어떻게 알았지?"

"누님의 친구를 통해서 알았습니다. 그리고 누님의 하숙집을 찾아가서 확인도 했구요. 하숙도 이것저것 체면을 생각하지 않아도 될 만한 곳을 구했더만요. 토역을 하는 가난한 집이었어요. 하숙에선 부부라고 알고 있었답니다. 남편이 학생인 때문에 가끔 만난다고 하더라는 거예요. 말이 나온 김에 해버립니다만 하숙집 주인의 말로는 누님은 소파수술을 두 번이나 했다는 겁니다."

"……."

"구봉우는 대학을 나오고도 일 년 동안 누님의 신세를 지고서야 고등고시에 합격했답니다. 그리고서 군법무관으로 갔는데 그동안에 K재벌의 딸과 결혼을 했어요. 물론 누님에겐 알리지 않았죠. 원주에서 결혼식을 올렸다니까요. 지금 처갓집에서 사준 시가 이억 오천만 원짜리 집에 살고 있죠. 난 어제 그 집 근처를 한 바퀴 둘러보았습니다."

나는 언젠가 이 다방에서 내 앞에 다소곳이 앉아 있던 정진숙의 모습을 상기했다. 그렇다면 그때 벌써 정진숙은 그러한 고통을 견디고 있었다는 얘기가 아닌가. 한편 나는 정진숙이 구봉우 같은 비열한 사나이의 아내가 되지 않은 것을 다행으로 생각하는 마음이 돋아남을 느꼈다. 그러나 그건 그 분위기에선 너무나 엇갈린 감정이었고 입 밖에 내볼 수도 없는 감정이었다.

정진동의 흥분한 말이 이어졌다.

"헌데 그것까지도 좋다고 합시다. 대강의 사정을 알고 있는 친구들이 구봉우에게 그럴 수가 있느냐고 힐난을 했더랍니다. 그랬는데 구봉우가 뭐라고 했는지 아세요? 누님이 딴 사나이와 붙어 애를 배선 소파수술을 두 번이나 한 여자라면서 소파수술을 한 병원의 증명서를 내보이더랍니다. 그 증명서엔 동행한 보호자의 이름이 씌어 있었는데 그 이름을 누님과 붙은 사내의 이름이라고 하더라나요? 그래 제가 철저하게 조사를 했죠. 그랬더니 그 이름은 누님 하숙집의 바깥주인인 토역일을 하는 금년 칠순 가까운 노인이었습니다. 이런 사실을 알리자 하숙집에선 야단이 났어요. 학생의 신분으로 같이 갈 수 없다면서 구봉우가 부탁하더란 거예요. 그러니 구봉우는 미리부터 배신할 준비를 하고 있었던 것이 아닙니까? 돈 많은 부잣집의 사위가 되고 싶은 유혹에 못 이겨 미안한 마음을 가지면서도 어떻게 그렇게 되어버린 것하고, 치밀하게 그런 유혹의 기회를 위해 준비까지 해두었던 것하곤 엄청난 차이가 아녜요? 어떻게 하다가 보니 그리 됐다, 미안하다, 그런 사정 같으면 누님이 중이 되었건, 극단하게 말해 자살을 했건 난 나서지 않겠습니다. 그런데 이게 뭡니까? 그런 흉측한 놈을 가만둘 수 있어요? 그런 놈을 사회정의를 바로잡는 위치에 앉혀놓을 수 있어요?"

듣고 있으니 내 자신의 피가 끓는 느낌이었다. 정진동의 말은 일일이 옳았다. 나는 나도 모르게 중얼거렸다.

"안 되지 안 돼. 그런 놈은 그냥 둬선 안 되지."

"어쩌다 그런 유혹에 빠지게 되어 배신하게 된 거라면 그래도 나쁜 놈이긴 하지만 보아넘길 순 있어요. 어느 누가 돈 좋아하지 않는 놈 있겠어요? 사랑은 식을 수도 있는 것 아녜요? 아무리 이편에서 희생적인 노력을 했다고 해도 그건 이편이 좋아서 한 짓이니 배신당했대서 뭐라고 하겠어요. 천하에 그런 일이 어디 한두 번 있는 일이겠습니까. 그런데 구봉우란 놈이 한 짓이 뭡니까. 그렇게 배은망덕한 짓을 해놓고도 자신의 체면을 건지기 위해 한 수작이 뭡니까. 제대를 하고 돌아와 이 사실을 알았을 때 나는 각오를 했습니다. 빨갱이를 없애는 일이나 이런 놈을 없애는 일이나 꼭 한가지라구요."

충분히 수긍할 수 있는 말이었다. 나는 몇 번이고 고개를 끄덕였다.

"그러니 선배님, 이 사실을 일단 신문에 나게 해주십시오. 증거는 얼마든지 있습니다. 증인도 있습니다. 이 땅에서 그런 비인간적인 놈을 한 놈이라도 줄이고 사회정의를 올바로 세우기 위해선 아무래도 언론의 힘이 필요합니다. 언론으로써 쳐놓고 나는 다음 단계로 나갈 참입니다."

그의 흥분에 완전히 동조한 나였으나 이야기가 이렇게 전개되자 나는 적이 당황하지 않을 수 없었다. 나의 무력한 처지가 새삼스럽게 느껴져 안타깝기도 했다. 그런 만큼 정직하게 말하지 않을 수 없었다.

"내가 신문사에 있다고 해서 찾아온 모양인데 나는 기자도 아닌 교정부원이야. 교정부원이란 게 뭔지 대강 짐작할 수가 있겠지. 발언권이란 손톱만큼도 없고 틀리기만 하면 욕만 먹는 피라미 같은 존재라네. 정군의 감정은 잘 알겠어. 알다뿐 아니라 나도 치가 떨릴 정도로 공감하고 있어. 그러나 신문에 낼 수 있을지 없을지······."

이렇게 말하는 나를 막고 정진동은 소리를 낮추어 한마디를 다지듯이 사이에서 짜냈다.

"만일 신문에 낼 수 없다면 나는 당장이라도 그놈을 죽일 작정입니다. 어제 그 집을 돌면서 상황을 잘 파악해 두었으니까요. 삼팔선에서 북괴의 침략을 막는 것도 애국이지만 구봉우 같은 놈을 없애는 것도 애국에 통할 겁니다. 난 군대에서 삼 년 동안 애국을 배웠습니다. 지금 나를 분하게 하고 있는 건 사감이지만 이런 사감은 공분으로 통할 수 있다고 생각합니다. 빨갱이 한 놈을 죽이기 위해서도 생명을 바칠 각오를 한 놈입니다. 그러니 빨갱이와 유사한 놈을 없애기 위해서도 나는 목숨

을 바칠 수 있습니다. 내가 그놈을 해치우고 나면 그땐 신문에 실어주
겠지요. 그때 사건의 전모를 알 수 있게 하기 위해서 이렇게 준비를 해
왔습니다."

하고 그는 안 포켓에서 두툼한 종이뭉치를 꺼내 내 앞에 놓았다. 나는
얼떨떨해 그 종이뭉치에 손을 댈 수가 없었다. 정진동의 말이 칼날처럼
가슴팍을 찔렀다.

"내가 그놈을 해치웠는데도 신문에 낼 수 없는 그런 사정이야 안 되
겠죠. 나는 이래뵈도 대한민국 육군 중삽니다. 육군 중사가 생명을 걸
고 발표하자는 겁니다. 내 누님의 체면이나 명예는 생각하실 것 없습니
다. 입산수도의 길을 떠났으니 속세에서 뭐라고 한들 개의치 않을 것입
니다. 부탁합니다."

그는 말을 끝내자마자 일어섰다. 나는 황급히 그를 붙들어 앉혔다.

"정군, 너무 성급하게 서둘 건 없지 않은가. 내가 신문사의 간부들과
의논을 해볼 테니까 마지막 수단은 당분간 보류하는 게 어떨까."

"꼭 해야 할 일은 빠를수록 좋은 것이 아닙니까."

정진동의 얼굴은 핏기가 가서 창백하기조차 했다. 나는 그것을 흥분
이상으로 위험한 징조라고 보았다. 이 청년은 그 각오를 해서 돌처럼
싸늘해진 것이라고 느꼈다.

"신문에 낼 수 있겠습니까?"

그는 다시 물었다.

"신문에 내기만 하면 최후의 수단은 포기할 텐가?"

내가 되물었다.

"사태의 진전을 보기 위해 일단 보류하죠."

"그럼 됐어. 내가 최선을 다해볼 테니까, 며칠만 기다려줘."

하고 나는 그 종이뭉치를 정진동 앞에 밀어놓았다.

"어차피 신문사에선 필요하게 될 게 아닙니까."

하고 그는 종이뭉치를 받으려고 하지 않았다. 나는 하는 수 없이 종이뭉치를 내 호주머니에 집어넣고 그 대신 다시 만날 날짜의 약속을 했다. 사흘 후 하오 일곱 시 반에 그 다방에서 만나기로 한 것이다.

퇴근시간이 가까워졌을 무렵 나는 교정부장 곁으로 갔다.

"오늘 밤 꼭 의논드릴 일이 있는데 시간을 내주시겠습니까?"

"뭡니까?"

하며 부장은 나의 표정을 살폈다. 나는 안 포켓을 가리키며,

"이 안에 폭탄이 들어 있는데 불안해서 견딜 수가 없습니다."

했다. 사실 내 심정은 꼭 그러했던 것이다.

"폭탄이라구? 아까 그 동향의 후배로부터 받은 거요?"

"그렇습니다."

"폭탄이라. 북괴로부터의 괴문서인가, 지하신문인가?"

"그런 것보다도 훨씬 위험한 겁니다."

"그럼 윤두명 씨도 참가시켜야겠군."

"그럼 더 좋죠. 윤 선생껜 부장님이 말씀해주셨으면 합니다."

"그렇게 하죠. 그럼 윤두명 씨를 데리고 갈 테니 길다방에서 기다리세요."

그렇게 해서 그날 밤 나는 우동규 부장과 윤두명 씨와 함께 청진동 어느 안방 술집에서 술을 마시게 되었다. 그 집은 부장의 단골집이어서 외상이 될 뿐 아니라 방을 마음대로 쓸 수 있었다.

"미인과 술을 가져오라고 할 때까진 들어오지 말아요."

하는 부장의 일갈로써 곧 밀실의 토의에 들어갈 수 있게 되었다. 나는

정진동으로부터 들은 얘길 소상하게 하고 그 종이뭉치를 풀었다.

정진숙과 구봉우와의 관계를 적은 내력이 있었고 여러 증인들의 증언을 열거해서 그들의 도장까지 받아놓은 것이었다. 그 가운덴 산부인과 병원의 증명서도 있었는데 보호자와 정진숙과의 관계, 거기에 따른 의사의 증언과 하숙집 안주인의 증언도 있었다. 그리고 중점이라고 하면서,

"배은망덕이다, 사랑을 배신했다."

하는 점에 있지 않고 자기의 비열한 행동을 합리화하기 위한 조작이란 점을 특기하고 있었다. 그밖에도 구봉우의 사진과 이력서, 고등학교 재학시부터 보이기 시작한 간교한 성격 같은 것을 적은 문서도 있었다.

교정부장과 윤두명은 신중하게 그 서류를 검토했다. 그러고 나서 부장이 말했다.

"한 일주일쯤 롱런을 때릴 수 있는 스쿠프가 되겠는데."

"세상이……."

하다가 윤두명은 말을 끊었다.

"신문기사로서 채택될 수 있겠습니까?"

나는 반가워 물었다.

교정부장이 씩 웃고 말했다.

"요즘 고등고시에만 합격하면 돈 많은 사람들이 사위로 삼으려고 대가리 싸매고 덤빈다며? 그래 고등고시를 삼조시험이라구 한다느면. 그 시험에 합격하기만 하면 벼슬하고 미인을 아내로 차지하고 게다가 돈벌구……. 그러니 죄를 따지려면 구봉우 개인의 죄를 따지기 전에 그런 사회풍조를 따져야 할 것 아냐?"

나는 그 말엔 불만이었다.

"걸핏하면 개개인의 잘못을 환경의 탓으로 돌리는데 그럴 수만은 없 잖습니까. 굶어 죽어도 도둑질 안 하는 사람도 있습니다. 오늘 기사로 나간, 그 일본인 처를 죽인 한국 여성 말예요. 그런 여자도 있는가 하면 여기 정진숙 같은 사람은 사람을 죽이기는커녕 욕설 한 번 안 하고 중 이 되어버렸지 않았습니까. 결국은 사람의 됨됨이에 있는 겁니다. 요즘 그런 풍조가 있다고 해서 구봉우 같은 놈을 그냥 둬요?"

"그냥 안 두면 어떻게 하지?"

우동규는 껄껄 웃었다. 그리고 덧붙였다.

"그냥 두고 안 두고를 결정할 자격이 우리에게 있다고 생각해?"

"그러니까 의논을 해보자는 것 아닙니까. 신문을 통해 캠페인을 벌 여보자는 게 아닙니까."

"신문에 내고 안 내고는 편집국장의 재량에 있는 거니까."

"부장님이 국장에게 말씀드려보면 혹시 가능성이 있지 않을까요?"

"현직의 법관을 상대로 신문이 캠페인을 할 수 있다고 생각하는 걸 보니 서 형도 순진하구먼."

"그럼 안 된다, 그 말씀입니까?"

나는 어느덧 목이 말라 있었다.

"얘기야 해보지. 그러나 십중팔구, 아니 백중 구십구까지 안 되는 걸 루 봐야지."

"그럼 우린 어쩌자고 신문사에 있는 겁니까."

내 말이 볼멘소리가 되었다.

"달리 갈 데가 있는데도 우리가 신문사에 있다고 서 형은 생각 하우?"

침묵 끝에 윤두명이 한 말이었다.

"우울한 얘기군요."

내 시무룩한 말이 언짢았던지 우동규 부장이 내 어깨를 가볍게 쳤다.

"우울할 게 어딨어, 세상은 모두 그렇구 그런 거야. 따지고 밝히고 캐내고 해봐. 감당 못해. 어떤 작가가 하룻밤 오십 킬로그램의 몸뚱어리를 팔아서 육백 그램의 쇠고기를 사먹는 게 창부라고 쓰고 있더라만 사람이란 죄다 그 꼴인걸. 내로라하고 뽐내는 자들, 애국을 직업으로 하고 있는 자들의 꼴을 보라구. 약한 자에겐 호랑이처럼 덤비구, 강한 자헌텐 고양이처럼 아첨을 하구. 신문인들 별게 있는 줄 알아?"

하더니 부장은 버럭 고함을 질렀다.

"빨리 술 가지고 오구 미인들도 들여와. 제기랄 것, 술이나 마시자."

그런데 나는 조금도 주흥이 일지 않았다.

"신문에 낼 수 없으면 죽인다는데……. 그 정진동이란 청년은 꼭 그렇게 할 사람입니다."

"방법은 그것밖에 없어."

교정부장 우동규는 돌연 정색을 했다.

"죽이라지, 죽여. 그렇게만 하면 우리 신문뿐 아니라 통신에 태워 전세계의 신문에 나도록 할 테니까……. 그런데 그밖의 방법은 아무짝에도 쓸모가 없어. 설사 신문에 난다고 해봐. 우선 창피해서 사표를 내겠지. 그렇다고 해서 그게 뭐가 되는 거야. 돈 있겠다, 시간 남아돌겠다, 골프나 치구, 여행이나 하구……. 팔자가 더욱 늘어질 판인데 불쌍한 놈만 언제나 불쌍한 거여."

부장의 말엔 조금도 틀린 데가 없었다. 그럴수록 나는 초초해졌다. 정진동으로 하여금 최후의 수단을 쓰게 할 수는 없는 것이었다. 부장의 말이 계속되고 있었다.

"그 정진동인가 하는 사람 꼭 그렇게 할 수 있는 배짱과 각오가 있다면 나는 존경하겠어. 그러나 그땐 서 형은 불고지죄란 벌을 받게 된다는 것을 잊어선 안 돼요."

"뭐라구요?"

나는 깜짝 놀랐다. 부장이 설명했다.

"서 형은 정진동이 살인할 것이란 확신을 갖고 있지 않소. 그러면서도 그걸 당국에 알려 미리 사건을 방지하지 못했으니까 벌을 받는단 말요."

그러자 윤두명이 빙그레 웃으며 말했다.

"그 점에 관해선 서 형 안심하슈. 서 형이 그런 죄에 걸리면 나나 우 부장이나 꼭 같이 걸려들 테니까."

"나는 안 걸려. 나는 그 사람이 그런 짓을 하리라곤 믿지 않으니까."

"서 형이 꼭 그럴 것이라고 설명한 걸 듣기는 했죠?"

"아, 그렇던가?"

하고 우 부장은 다시 한 번 깔깔댔다.

"이 어른들 신문사 때려치우고 변호사 개업을 했나, 왜 법률 문제가 튀어나와 야단이고."

일제 때 여학교를 나왔다는 마담이 바깥으로부터 들어오면서 경상도 사투리로 익살을 부렸다. 부장은 그 마담과 단짝인 모양으로 단번에 어울려 술잔의 응수에 바빴다. 넋을 잃고 있는 내 곁으로 윤두명이 술잔을 들고 와서 가만히 속삭였다.

"서 형, 걱정하지 마시오. 편집국장에게 내가 교섭해볼 거니까. 그리고 실패하더라도 내게 맡기슈. 모레 만나기로 했다면서요? 내가 같이 나가 얘길 해서 대사에 이르지 않겐 하겠소. 안심하고 술이나 드슈."

그 말을 듣고 나는 겨우 마음을 풀 수가 있었다. 그래 낮에 윤두명을 찾아온 사람의 얘기를 물어볼 여유도 생겼다.

"아까 찾아왔다는 사람, 그 후에 나타났어요?"

"전연. 그러니까 낮도깨비라고 하지 않았소."

"이상하네요. 어디 마음에 집히는 사람은 없습니까?"

"없어. 도깨비가 분명해요."

"도깨비니까 더욱 마음에 걸리겠습니다."

"마음에 걸려. 그때부터 줄곧 마음에 걸려 있는 걸."

윤두명이 약간 우울한 얼굴이 되었다. 누구라도 그럴 것이었다. 수위실까지 와서 전화까지 해놓곤 기다릴 새도 없이 내려갔는데 찾아온 사람이 온데간데없이 사라져버렸다면 섬뜩한 기분이 안 될 수 없을 것이 아닌가.

그날 밤 나는 정신을 잃을 만큼 술에 취했다.

가을이 다가오는 은근한 소리가 들리는 것만 같다.

햇살에 가을이 끼었다. 공기 속에 가을이 섞였다. 가로수의 푸르름에 가을이 살짝 깃들었다. 하늘이 가을빛으로 물들기 시작했다. 나는 문득 고개를 들어 창 너머로 하늘을 보곤 한다. 아무리 바빠도 가끔 하늘을 보아야 하는 것으로 버릇을 가꾸고 있는 것이다. 그럴 때마다 차성희 쪽으로 시선을 비껴보는 것이지만 언제나 그 옆얼굴은 정물처럼 움직이지 않는다. 손만이 쉴 새 없이 움직이고 있다. 자동장치가 된 손을 달아놓은 마네킹을 닮았다고 생각하면서 나는 한숨을 죽인다.

'아아, 이 여자에겐 하늘도 가을도 없는가 보다!'

조용한 여자일수록 침실에서의 광란이 격렬하다는 박동수의 말이 귓전에 남아 있다. 그것은 차성희를 두고 한 말은 아니었지만 차성희의 얼굴을 훔쳐볼 때면 으레 되살아나는 상념의 하나가 되었다. 얼굴이 붉어지는 것은 어떠한 까닭일까. 언젠가 코스모스가 만발한 가을 길로 차성희를 초대하고 싶은 마음은 서리 맞은 풀잎처럼 시들고 만다.

이런 가운데서도 나의 연필은 활자의 숲 사이를 누빈다. 거꾸로 된 활자를 바로 세우고 누워 있는 활자를 일으켜 앉힌다. 꼭 바른 자리에 바른 자세로 있어야만 글자가 글자의 구실을 다할 수 있다는 건 뻔한 이치 같으면서도 신비로운 섭리나 다를 바가 없다. 엉뚱한 곳에 꽂혀 있는 글자를 보았을 때의 괘씸한 초조감은 어느덧 몸에 밴 질서의식 때문이다. 활자 한 개가 그러할 때 사람이란 오죽하겠는가.

'끼어선 안 될 곳에 끼지 말 일이다. 그런데 나는 과연 지금 낄 만한 곳에 끼어 있는 것일까.'

내 오른편엔 계수명이 있고, 내 왼편엔 차성희가 있고, 내 정면엔 김달수가 있고, 그 왼편엔 안민숙이 있고, 그 오른편엔 윤두명이 있다. 이렇게 끼어 앉기 위해 나는 오백 명의 경쟁자를 앞질러야만 했다…….

무장간첩을 체포했다는 기사가 내 앞에 펼쳐졌다. 하나는 총 맞아 죽고, 하나는 중상을 입었고, 하나는 생포되었다는 내용이다. 바로 엊그제의 밤, 서해안 어느 섬에서 있었던 일이다. 제보자는 어떤 어부라고 되어 있다.

엊그제의 밤이면 우동규 부장과 윤두명 씨와 내가 청진동 어느 술집의 안방에서 술을 마시고 있었던 밤이다. 그 밤 그 무렵 이 땅 어느 곳에선 그런 전쟁이 있었던 것이다.

'끝날 줄 모르는 전쟁! 이것도 분명히 그 전쟁의 한 토막이다.'

남하하기만 하면 붙들리는 간첩을 왜 자꾸만 보내는 것일까. 무엇을 하자고 무엇을 알자고 간첩을 보낼까. 소정자란 자수한 간첩은 그의 수기에 다음과 같이 쓰고 있었다.

'죽어도 아깝지 않을, 그러면서도 당성이 강한 사람에게 중대한 임무를 가뜩 지워 남쪽으로 보낸다. 붙들리더라도 그만큼 남한을 혼란시키는 결과는 된다. 붙들리지 않는 동안엔 그만큼 파괴공작을 할 수가 있다. 민심을 교란하기도 한다. 남한 사람들을 불안하게 한다. 큰 사건을 일으키면 그것을 남한의 인민이 자발적으로 한 짓이라고 선전할 수가 있다. 극단한 경우 필요 없는 인간을 남한에 보내어 붙들리든 말든 그들이 밑질 건 없다는 배짱이다……'

공교롭게도 소정자는 나와 같은 고향의 사람이라서 그 수기를 꼼꼼히 읽었었는데 사정이 그렇다면 남하 명령을 받은 간첩들처럼 불쌍한 족속은 없다. 그런데도 그들은 자기들의 처지를 모르고 있을 것이니 딱하다고 할밖에 없다.

'그러나저러나 남파된 간첩이 있고, 그들을 붙든 군경이 있고, 그걸 취재한 기자가 있고, 그 기사를 식자한 식자공이 있고, 식자한 게라를 이렇게 고치고 있는 나 같은 존재가 있고……'

나는 고개를 들어 창 너머로 하늘을 보았다. 하얀 구름조각이 빌딩의 모서리에 걸려 있다. 다시 고개를 떨구며 순간의 시선으로 차성희의 옆얼굴을 스쳤다. 역시 정물과 같은 모습이 거기에 있을 뿐이다.

전화벨이 울렸다. 긴장된 공기라고 표현되지 못할 바도 아닌 오전시간, 교정부 책상 위에 울리는 전화벨 소린 유난히 요란하다. 안민숙이 수화기를 집어들었다.

"윤 선생님 전홥니다."

수화기를 건네며,

"여잔데요."

하고 안민숙은 새하얀 덧니를 보였다. 윤두명이 말없이 수화기를 받아 들었다. 차성희의 시선이 일순 그리로 쏠렸다는 것을 나는 직감적으로 알았다. 그러나 내 눈이 힐끔하기에 앞서 차성희는 도로 정물의 모습으로 화하고 있었다. 허나 그 신경은? 차성희의 신경의 행방까지 내가 확인할 수 있을 까닭이 없다.

"누구신데요."

윤두명 씨의 말투는 덤덤했다. 이어,

"이름을 밝히지도 않는 사람과 만나고 싶지는 않은데요."

하는 말이 잇따랐다. 전화기 속에선 한창 무어라고 지껄이고 있는 모양이었다.

"중대한 일이면 왜 이름을 밝히지 못한다는 거죠?"

윤두명 씨의 이마에 짜증스러운 듯 주름이 잡혔다.

전화는 계속 지껄이고 있었다. 귀찮아졌는지 윤두명 씨는,

"좋습니다. 만나죠. 두 시까지 신문사 옆에 있는 길다방으로 나오슈."

하고 전화를 끊어버렸다. 이상한 전화란 짐작이 들었다. 우동규 부장도 나와 동감이었던 모양이다.

"전연 모르는 사람으로부터 온 전화요?"

"그렇습니다."

"윤 선생님을 짝사랑하는 여자 아닙니까?"

박동수가 한마디 끼웠다.

"대강 무슨 말이었어요?"

우 부장이 다시 물었다.

"몇 사람의 운명에 관계가 있는 중대한 문제라고 하더군요."

"거창한 얘긴데?"

우 부장의 말에 잇따라 박동수가 또 한마디 했다.

"틀림없습니다. 짝사랑하는 여자예요."

"쓸데없는 소리."

하고 정 차장이 한마디 쏘았다. 윤두명 씨는 시무룩하게 중얼거렸다.

"이것도 낮도깨빈지 모르지."

오전시간이어서 그 전화에 관한 얘기는 그 정도로 끝났다.

점심식사를 하고 신문사로 돌아가는 길에 나는 경상도 사나이 김달수와 어울려 길다방에 들렀다. 윤두명 씨가 어떤 여자와 만나고 있을까, 하는 호기심에서였다. 시간은 두 시를 조금 넘어 있었다.

나와 김달수는 가까스로 출입구 근처에 자리를 잡았다. 한 자리 건너에 안민숙과 차성희가 앉아 있었다. 구석 쪽으로 윤두명 씨의 얼굴이 보였는데 그 앞자리는 비어 있었다.

십 분이 지나도 윤두명 씨 앞에 여자라곤 나타나지 않았다. 아무리 호기심이 강했기로서니 무한정 버틸 수는 없는 형편이었다. 나와 김달수는 한 잔의 커피를 마시고는 다방에서 나왔다. 안민숙과 차성희는 좀 더 버틸 작정인가 보았다. 그날 당번인 박동수는 혼자서 자리를 지키고 있다가 우리가 들어오는 것을 보자 투덜대기 시작했다.

"모두들 어떻게 된 거요. 두 시가 이십 분이나 넘었지 않소."

사실을 털어놓을 수도 없어,

"박 선배, 차나 한 잔 하고 오시죠."

하고 나는 우물우물 웃었다.

"그까짓 차야 마시나마나."

박동수는 여전히 투덜투덜했다.

"여성 동지들은 또 어떻게 된 거요."

"곧 올 깁니더."

김달수가 담배를 꺼내 물고,

"여성 동지들 오기 전에 요즘의 전과 이야기나 하이소."

하며 슬슬 박동수의 눈치를 살폈다.

"전과?"

하고 박동수는 빙그레 웃었다.

"아까운 여름철을 무위로 보내버렸소. 해수욕장에서 생긴 일도 없었고 피서지에서 생긴 일도 없었구."

"카사노바도 여름철엔 맥을 못 추는 모양이네요."

김달수가 한마디 하자 박동수는 고개를 저었다.

"천만의 말씀, 여름철이야말로 한창 왕성한 계절이란 걸 모르오? 춘삼 하륙 추일 무동이란 선현의 말씀이 있소. 이를테면 봄엔 세 번, 여름엔 여섯 번, 가을엔 한 번, 겨울엔 노, 이런 비율로 하라는 거요. 자연 만물이 여름에 가장 왕성하지 않소. 섹스의 비결도 이 자연의 이치에 따른 거라 이 말씀이야."

"그건 혈거생활을 할 때의 얘기 아닐까? 요새야 겨울 속에서 여름을 만들고 여름 동안에 겨울을 만들어낼 수 있는 시댄데요 뭐."

하고 김달수가 반론을 제기했다.

"그런 걸 식자우환이라 하는 거요."

박동수는 계절에 따라 성감이 달라진다는 사실을 소상하게 설명하기 시작했다.

"그건 그렇다고 치고 박 선배, 요즘 화제가 돼 있는 이십대 유행가수와 사십대 상류부인의 정사에 관해선 어떻게 생각합니까?"

하고 김달수가 화제를 바꿨다.

"열두 번 정사에 천만 원을 받았다니까 일 회에 오십여만 원, 수지맞는 장사지 별게 있소. 돈 많은 여자가 돈으로 젊은 섹스를 샀다 이거거든. 피차 좋은 일이지."

그리고 이어 박동수는 결혼이회설이란 걸 꺼냈다.

결혼이회설은 일본의 정신병리학자 하야시란 자가 제창한 것이라고 한다. 이를테면 이십대의 남자는 사십대의 여자와 결혼하고, 남자 사십대가 되면 이십대의 여자와 바꾼다는 얘기다. 그렇게 하면 성적 만족을 골고루 맛볼 수 있을 뿐만 아니라 각기 경제적인 토대가 잡힌 사람과 살 수 있으니 생활에 여유가 생겨 문화의 발전이 촉진된다는 것이 그 학설의 골자다.

"생각해보슈. 비슷비슷한 나이끼리 결혼을 해놓으면 열심히 섹스하랴 아득바득 생활기반을 닦으랴 힘에 겨운 나날을 보내야 한단 말야. 그런데 사십대의 부유한 여자와 결혼을 해봐. 성적 기술도 배우고, 생활을 즐길 수가 있고, 여자의 재산을 이용해서 한 신세 만들 수도 있구, 일석이조란 바로 이런 것을 이름이라! 서 형이나 김 형, 이 학설에 동조할 생각은 없수?"

김달수가 뭐라고 말하려는 찰나 안민숙과 차성희가 들어왔다. 윤두명 씨도 들어왔다. 이어 의논이나 한 것처럼 교정부원들이 모여들어 각기 자기 자리에 앉았다. 게라의 분배가 시작되었다. 끝으로 부장과 차장이 나타났다. 불그레한 얼굴빛을 보니 보신탕에 소주를 곁들여 기분 좋을 만큼 되어 있는 모양이다. 우동규 부장이 윤두명 씨에게 말을 건넸다.

"윤 형, 미인입데까?"

윤두명이 고개를 들었다. 무슨 말을 하느냐고 묻는 얼굴이다.

"전화의 주인공과 데이트한 것 아뇨? 그 여성이 어떻더냔 말요."

"역시 낮도깨비였소."

윤두명이 쓴웃음을 지었다.

"낮도깨비라, 그럼 바람을 맞았단 말요?"

"바람 맞은 건 아니죠. 별반 기대를 갖고 기다린 것은 아니니까요."

"아아, 실망했어."

하고 안민숙이 끼어들었다.

"어떤 여성이 나타나나 하구 잔뜩 기대하고 있었는데 허탕이잖아요."

"미스 안과 미스 차, 두 미녀가 도사리고 있는 바람에 그 여자, 주눅이 들어 달아나버린 것 아닐까?"

하며 우동규 부장이 웃었다.

"천만에요. 그럴싸한 여자가 아예 나타나질 않았어요. 나나 미스 차는 윤 선생과 같은 자리에 앉지도 않았어요."

작업이 시작되었다. 잠깐 얘기소리가 끊어졌다. 나는 나름대로 생각에 잠겼다.

'어떤 여자길래 전화까지 해놓구 나타나지 않았을까. 비 오는 밤에 들렀던 그 사창가의 여자는 아닐 테구.'

며칠 전 수위실에까지 왔다가 없어져버린 건 남자라고 했는데 그 남자와 오늘 전화를 한 여자와 혹시 무슨 관련이 있는 것은 아닐까.

"윤 형, 전혀 짚이는 데가 없수?"

교정부장이 물었다. 그도 역시 궁금증을 면하지 못한 모양이다. 윤두명은 한참을 생각하는 눈치더니 뚜벅 말했다.

"전연 없어요."

"그것 참 이상한데."

하고 교정부장이 중얼거렸다.

"언제 나타나도 나타날 겁니다. 수줍은 짝사랑이 확실해요."

한 건 박동수,

"윤 형, 고사라도 지내야겠습니다."

한 건 정 차장,

"그럼 퇴근 후에 돼지대가리를 사서 고사를 지냅시다."

김달수가 막상 농담이 아닌 투로 제안했다.

"무당 노릇은 내가 맡지."

계수명이 서슴없이 말했다. 그는 술에 취하기만 하면 신나게 배뱅이 굿을 흉내내길 잘 하는 사람이다.

윤두명 씨에게 걸려온 이상한 전화 얘긴 농담과 활자 속에 묻혀버리고 교정부의 오후시간은 어제와 그제와 그끄제와 다를 것 없이 느릿느릿 저물어갔다.

퇴근시간이 가까워오자 나는 가슴에 압박을 느끼기 시작했다. 정진동과 만나야 할 일이 아침부터 줄곧 부담이 되어 있었던 것이다.

신문에 내달라는 그의 요구를 충족시키긴 아무래도 무망한 노릇 같았고, 그를 위로해서 그의 격한 감정을 풀어줄 수 있는 재간이 내겐 없었다. 그러나 정진동을 위해서 어떻게든 무언가 노력을 해줘야겠다는 마음만은 간절하게 타오르고 있었다.

퇴근시간이 되었을 때 나는 윤두명 씨와 눈을 맞추었다. 알았다는 시늉으로 그는 눈을 껌벅거렸다. 윤두명 씨가 같이 정진동을 만나준다는 것이 내가 의지할 수 있는 유일한 힘이었다. 나는 자리에서 일어나 윤두명 씨가 책상 위를 정리하는 동안 창가에 가 섰다. 거리엔 어둠이 깔리기 시작하고 헤드라이트를 켠 자동차가 빽빽이 흐르고 있었다. 언제나 보는 러시아워의 풍경이지만 볼 때마다 감회는 항상 새롭다.

'어디로 향하는 러시란 말인가!'

싶은데 왠지 '절망'이란 말이 뒤따랐다. 가정의 평화, 인생의 성공을 향한 러시란 상념도 있을 법한데, 러시라고만 하면 나는 절망을 생각하고 심연을 생각한다.

'저렇게 서둘러 모두들 절망을 향해 러시한다!'

이런 상념은 결코 지금 만나야 할 정진동의 사연 때문만인 것은 물론 아니다.

누가 살큼 옆에 와 섰다. 우동규 부장이었다. 부장은 한참 동안 창 아래의 러시풍경을 내려다보고 있더니,

"서 형."

하고 나를 불렀다.

"오늘 그 정진동인가 하는 사람 만나게 돼 있죠?"

"예."

"그 기사는 꼭 내야 하는 건데."

그의 한숨소리가 들렸다.

나는 잠자코 귀를 기울였다.

"그러나 안 되겠다고 딱 잘라 얘기하진 마시오."

부장이 무슨 말을 하려는 것인지 나는 알 수가 있었다.

"그렇게 하죠."

"편집국장도 아쉬워합니다. 좋은 기사래서가 아니라 신문이 신문의 구실을 하려면 그런 기사는 꼭 내야 하니까요. 그런데 사정이란 게 있

잖소. 지면상 이것저것 다 할 수는 없으니까."

"알겠습니다."

"그러니까 조금만 더 기다려보자고 하시오. 편집국장도 방법을 생각해보자고 합디다."

"고맙습니다."

"어떡허든 그 청년을 달래서 과격한 짓은 하지 말도록. 가능하다면 그 일을 잠깐 잊도록 할 수 있는 게 좋은데……. 하여간 성의를 다해 보시오."

"윤 선배가 같이 만나주겠다고 하니까, 윤 선배님만 믿구……."

"윤 형이 들면 혹시 좋은 수가 터질지 모르지."

하고 부장은 돈을 끄집어내더니,

"이것 삼만 원밖에 안 되는데."

하며 내 포켓에 쑤셔넣었다.

"그것 갖구 술이나 같이 나누며 얘기하시오."

"돈은 내게도 얼마가 있는데요."

나는 한사코 그 돈을 돌려주려고 했지만 그는 받지 않았다.

"괜찮소. 정 차장이 다달이 내놓는 게 있잖소. 그거니까 부담스럽게 생각할 필요가 없소. 이럴 때를 위해 써야만 명분도 서는 거니까."

부장은 내 어깨를 톡 치고 돌아섰다. 나는 부장의 인정에 머리를 숙였다. 이런 사실을 들먹여봄으로써 정진동의 마음을 푸는 계기가 될지 모른다는 생각이 들기도 했다.

길다방에서 기다리고 있는 정진동을 데리고 무교동 구석진 술집의 골방에 앉았다. 방이라서 다른 손님이 들어설 틈이 없었다. 윤두명 씨는 술을 두어 잔 연거푸 마시고 나서 입을 열었다.

"신문에 그 사연을 발표하는 것도 좋은데 방법을 좀 달리해야 되겠어요."

정진동과 나는 듣고만 있을 수밖에 없었다.

"서툴게 신문에 내보았자 그놈 팔자만 좋게 해주는 결과밖엔 안 될 것 같애."

하고 윤두명 씨는 며칠 전 우동규 부장이 하던 말을 인용했다. 우동규는 이런 말을 했었다.

"……설사 신문에 난다고 해봐. 우선 창피해서 사표를 내겠지. 그렇다고 해서 그게 뭐가 되는 거야. 돈 있겠다, 시간 남아돌겠다, 골프나 치구 여행이나 하구……. 팔자가 더욱 늘어질 판인데 불쌍한 놈만 언제나 불쌍한 거여."

그래놓고 윤두명 씨는,

"이 의견을 어떻게 생각하죠?"

하고 정진동에게 물었다.

"꼭 그렇겠습니다. 그러나 그런 놈을 사회적으로 영향력을 미칠 수 있는 자리에서 없애버리는 효과는 있지 않겠습니까?"

정진동이 또록또록 말했다.

"나는 무의미하다고 생각하는데요. 그는 그로써 양심의 가책에서 완전히 벗어나는 겁니다. 그놈의 처가에선 책임을 느끼고 더 많은 돈을 주게 될지도 모르죠. 돈이 남아돌아 주체를 못하는 재벌이니까요. 혹시 처갓집 회사의 중역으로 들어가 많은 사람을 직접 지배하고 으스댈지도 모르는 일 아닙니까. 사회적인 영향력을 더욱더 발휘하게 된단 말입니다."

"그러니까 그런 놈을 그냥 내버려둬야 된다는 말씀입니까?"

정진동의 음성이 약간 떨렸다.

"천만에요."

윤두명이 결연한 표정이 되었다.

"그런 놈은 죽여버려야 합니다. 신문에 내도 죽여버리고 난 후에 내야 합니다."

나는 윤두명을 아연한 표정으로 바라봤다. 너무나 뜻밖인 소릴 하기 때문이다. 정진동도 긴장해 있었다. 윤두명 씨의 말은 계속되었다.

"다른 방법 없어요. 그런 놈은 당장 죽여 없애야 합니다. 살인을 죄라고 생각하는 사고방식은 세상을 전연 모르는 철부지의 노릇이거나, 옳고 그른 것에 둔감해진 위선자의 노릇입니다. 남을 짓밟고 제 혼자 잘 살려는 놈은 죽여버려도 죄가 되지 않습니다. 요즘의 사람들은 모두 비겁자가 돼서 제대로 보복할 기력마저 잃고 있습니다. 그런 뜻에서 나는 정진동 씨를 존경합니다. 적어도 내게 화를 입힌 놈에게 보복을 해야 한다는 정열과 의욕을 잃지 않았으니까요."

하고 윤두명 씨는 잔을 정진동에게 건넸다.

"내 의견에 동조해주셔서 감사합니다."

잔을 받으며 정진동이 한 말이다. 한동안 말없이 술잔이 오갔다. 정진동은 구봉우를 죽일 각오를 굳히고 있음이 분명했다.

"나는 오늘의 이 술자리를 장행회와 송별의 뜻으로 알겠습니다."

정진동이 내게 술잔을 건네며 한 소리였다.

나는 이 돌연한 상황에 뭐라고 할 말이 없었다. 정진동의 격한 감정을 풀기 위해 청한 윤두명이 정진동의 감정을 더욱 격화시켜버렸으니 어리둥절할밖에 없었던 것이다.

"나는 누군지도 모르는 놈의 손에 아버지를 잃은 사람이오."

윤두명 씨는 침통한 표정으로 말했다.

"그러니 나는 보복할 수도 없소. 이런 불행이 다시 있을 수 있겠소? 정진동 씨는 꼭 보복을 하도록 하시오. 멋진 보복도 인생의 보람입니다."

나는 윤두명 씨가 그런 과거를 지닌 사람이란 걸 처음으로 알았고, 그런 사상의 소유자라는 것도 처음으로 안 사실이었다.

골방 안에 이상한 긴장이 감돌았다. 버릇처럼 술잔을 입에 갖다대곤 했지만 좀처럼 취기는 오르지 않았다.

"그런데 정진동 씨."

하고 윤두명 씨는 이런 말을 했다.

"보복은 완전보복이라야 합니다. 그래야 멋진 보복이랄 수가 있죠."

정진동의 표정에 의아하다는 빛이 돌았다.

"보복을 하는데 실수해선 안 된다는 말입니까?"

"그런 뜻도 물론 있죠. 보다도 완전보복이란 것은, 보복은 하되 그 보복행위 때문에 이편이 손해를 입어선 안 된다는 뜻입니다."

"손해를 입지 않는다는 것은?"

"감쪽같이 죽여 없애야 된다는 겁니다. 그 행동 때문에 체포되거나 징역을 살거나 해선 안 된다는 뜻이죠."

"그럴 수가 있겠습니까?"

"그럴 수 있도록 해야죠. 당신이 구봉우란 놈을 죽였다, 그래서 경찰에 붙들린다, 재판을 받는다, 형벌을 받는다, 그렇게 되면 그건 보복이 아닙니다. 기브 앤드 테이크죠. 보복을 하고 보복을 당하는 꼴밖엔 안 되는 것 아닙니까."

"사람은 자기가 한 행동에 응당 책임을 져야죠. 그놈을 죽였다, 그로써 보복은 끝나는 것이고, 그 행위에 대한 처벌은 감수해야죠."

"구봉우 같은 놈을 죽이고 사형을 당하거나, 무기징역을 살거나 하는 건 너무나 억울한 일 아닐까요? 그런 놈을 죽였다고 해서 처벌을 받아서야 쓰겠어요? 안 되죠. 그런 놈은 감쪽같이 죽여 없애고 이편은 조금의 손해도 입어선 안 되는 겁니다. 그게 완전보복이죠. 완전보복을 못할 바엔 보복을 안 하는 것만도 못한 겁니다. 그런 놈 때문에 자기의 인생을 희생해요? 어림도 없는 일. 무한한 행복의 가능, 영광스런 인생의 가능을 그 버러지만도 못하고, 개돼지만도 못한 놈 때문에·희생을 하다니 천부당만부당한 소립니다."

정진동이 석연할 수 없다는 표정이 되었다. 윤두명이 소리를 낮춰 말을 이었다.

"연구하고 노력해보십시오. 완전보복은 절대로 가능할 겁니다. 그러니 지금의 시기는 온당하지가 않죠. 정 형이 보복할 뜻을 품고 여러 사람을 찾아다닌 증거가 남아 있을 테니까요. 언제 해도 보복은 보복입니다. 그런 뜻에서 사오 년 또는 십 년쯤 시간의 여유를 두는 것이 좋을지 모르죠. 그때 가서 교묘히 계획을 짜서 쥐도 새도 모르게 해치우면 완전보복을 성공시킬 수 있을 겁니다. 지금 하면 당장 정 형의 이름이 수사 선상에 나타나고 말지 않겠소? 그러니 지금은 시기적으로 불리합니다."

정진동이 쓸쓸하게 웃었다.

"나는 완전보복 같은 건 생각하지도 않습니다. 그놈을 없애기만 하면 그만입니다. 나는 순순히 자수할 생각입니다."

"그렇다면 할 수 없죠. 법치국가의 국민답게 보복하려는 각오를 말릴 수야 없지 않습니까."

윤두명은 순순히 정진동의 의견에 수긍했다. 그리고 쓸데없는 말을 너무 많이 지껄였다는 듯 이것저것 안주를 청하기도 하고 술을 더 청하기도 했다.

화제가 정진동의 군대생활로 옮겨졌다. 정진동은 줄곧 휴전선 근방에서만 근무했다는 것인데 완충지대 어느 지점에 정진동이 발안해서 만든 화원이 있다고 했다.

"꽃을 좋아하십니까?"

하고 윤두명이 물었다.

"꽃을 좋아합니다."

"농과대학을 나오셨다니까 꽃을 가꾸는 기술은 대단하겠습니다."

"그렇지도 못합니다. 그러나 전 가능하다면 육종학적인 실험을 하고 싶었어요."

"씨 없는 수박 그런 겁니까?"

"그런 것보다도 초본草本으로 진달래를 피우고 개나리를 피우고 하는 종자를 만드는 반면 초본에만 피는 꽃을 목본木本에 피워보고 싶은 그런 생각이죠. 칸나나 달리아가 나무에서 핀다면 얼마나 신기하겠어요. 개나리를 꽃피운 선인장, 그런 건 또 어떻겠어요."

정진동은 꽃 이야기가 나오자 열을 올리기 시작했다.

"선인장에 개나리를 피우는 그런 일이 가능할까요?"

"가능합니다. 육종학이나 식물유전학에 흥미가 있는 까닭이 그런 곳에 있는 겁니다. 생명의 신비를 가장 알기 쉽게 나타내고 있는 것이 식물이죠."

정진동은 '루더 버벙크' 같은 사람이 되는 것이 자기의 꿈이라고도 했다.

"루더 버벙크가 어떤 사람인데요?"

하고 윤두명이 물었다.

"미국의 유명한 원예개량가죠. 세계 각지에서 많은 품종을 들여와 갖고 그 품종이 가지고 있는 가장 우수한 형질만을 따서 교배해선 우량종을 만드는 방법으로 많은 품종을 합성한 사람입니다. 캘리포니아 산타로사에 가면 그분의 농장이 있다고 해요. 언젠가 그곳에 꼭 가보고 싶었는데."

정진동은 다시 암울한 표정으로 바뀌었다.

"그 버벙크란 사람은 아직도 생존해 있는가?"

이번엔 내가 물었다.

"1925년에 돌아가셨어요. 그러나 그의 업적은 영원히 빛날걸요. 식물을 어떻게 인간에 유용하도록 길들일 수 있을까, 하는 저서는 여덟 권이고, 방법과 발견이란 책은 열두 권으로 돼 있는데 나는 그 책을 가지고 있죠. 그 책을 참고 삼아 시험을 하면 참 재미가 있어요."

윤두명은 루더 버벙크의 업적을 구체적으로 물어가면서 정진동의 육종학에 대한 정열에 불을 붙였다. 정진동의 얘기는 문외한인 내게도 꽤 흥미가 있었다.

"과학과 예술의 결합이라고 할 수 있군. 해볼 만한 일인데요."

하고 윤두명이 감탄하기도 했다.

"해볼 만한 일이죠."

하곤 정진동이 한숨을 쉬었다.

"그러나 말짱 헛것입니다."

"왜 헛것입니까?"

"며칠 전 구봉우란 놈 집을 둘러봤습니다. 그 집의 뜰에 아름다운 꽃이 만발하고 있드만요.”

정진동은 술잔을 비우고 그 잔을 윤두명 씨에게 내밀었다.

“그래 말짱 헛것이었단 말요?”

윤두명 씨는 잔을 받으며 되물었다.

“그런 놈이 이 지상에 살아 있는 한, 그런 놈의 집 뜰에 꽃이 피어 있는 한, 애써 좋은 품종을 만들 필요가 있겠어요?”

“하기야 개 꼴보기 싫어 낙지 사먹는단 말도 있으니까.”

윤두명 씨는 허허하게 웃었다.

그리고 호기 있게 술잔을 비우고 정진동에게 권하며 말했다.

“그래 한국의 루더 버벙크가 그런 놈 때문에 감옥살이를 할 작정이우?”

정진동은 대꾸를 하지 않았다. 윤두명이 어세를 높였다.

“그러니까 완전보복을 하시오. 그놈은 죽고 우리의 루더 버벙크는 기막힌 과일을 만들며 행복하게 살도록 말요. 정 형, 내 말 이해하겠소?”

정진동은 여전히 말이 없었다.

“보복을 서둘 필요는 없을 거요. 마음만 먹으면 언제든지 할 수 있을 게고 치밀하게 계획을 짜고 기회를 노리기만 하면 완전보복을 할 수 있는 일을 뭣 때문에 서둘러 자신을 희생시킬 필요가 있습니까.”

“필요하다, 필요하지 않다, 하는 문제가 아닙니다.”

정진동은 고개를 숙이며 말했다.

“세상이 싫어진 겁니다. 내 누님의 문제 때문만도 아닙니다. 세상엔 너무나 나쁜 놈이 많드만요. 구봉우 같은 그런 놈이 잘살게 돼 있는 세상 같애요. 내가 아무리 좋은 꽃을 만들고 좋은 과일을 만들어보았자 그런 놈들의 호사를 더해주는 결과가 되지 않겠어요?"

"그러니까 그런 놈은 죽여버려야 한다지 않았소. 단 그 때문에 이편까지 손해를 볼 필요가 없다는 말이죠."

"납득이 안 가는 바는 아닙니다."

"정 형은 너무나 순수해서 그래요. 더러운 세상을 살아가는데 나 혼자 순수할 필요가 없다고 생각해요. 나는 그런 생각으로 살아가죠. 나는 비교적 많은 식구들과 살고 있습니다. 그 가운덴 어린아이들도 있죠. 그들을 보고 나는 착한 일을 하라고는 하지 않습니다. 자기에게 이로운 일만 하라고 합니다. 자기에게 이로운 일이면 뭐든 하라고 합니다. 그러나 이로운 일을 하려다가 손해되는 결과를 가져올 수 있으니 그런 일이 없도록 조심을 하라고는 하죠. 세상엔 그런 일이 많지 않습니까. 이익을 쫓는다는 것이 손해가 되고 마는. 사람들은 모두 다 나름대로 행복하게 살려고 하는데도 왜 다들 불행하게 됩니까. 성질이 급해서 그래요. 진실로 자기에게 이로울 수 있는 일을 선택하지 못해서 그래요."

"윤 선생님의 말씀을 듣고 있으니 윤 선생님은 세상을 대단히 잘 보고 계시는 것 같습니다. 한마디로 말해 저는 환멸했어요. 그 환멸은 어떻게 할 수가 없습니다. 내 누님이 구봉우란 놈 때문에 불행해졌대서가 아닙니다. 그 사건을 계기로 세상을 옳게 보게 된 거죠."

"환멸이라고 하면 나는 환멸할 기회조차 없었소. 내 아버지가 학살당한 것은 내가 여섯 살 때였소. 그때 지각이 있었다곤 할 수 없으나 슬픔은 알았습니다. 절망이란 것도 알았습니다. 말하자면 나는 절망에서 시작한 거죠. 그런 내가 세상을 좋게 볼 수 있겠습니까? 내 각오는 어떤 일이 있어도 손해 보는 장사는 하지 않겠다는 겁니다. 그런데도 나는 많은 손해를 보았죠. 배신도 당했죠. 짓밟히기도 했죠. 그러니까 나는 그 보상을 이 세상에서 받아내야겠다는 겁니다. 어떤 일이 있어도 나는 이 세상으로 하여금 보상을 시킬 작정입니다. 어떤 방법으로 보상을 시킬 것인가고 생각하겠죠? 그건 아직 발표할 단계가 아닙니다. 내가 이런 정도로라도 내 얘길 하는 건 서 형으로부터 정 형의 사정을 듣고 내 사정과 통하는 데가 있다고 느낀 때문입니다. 그래 혹시 내가 정 형의 의논상대가 될 수 있지 않을까 싶어 외람하게도 정 형을 만나기로 한 겁니다."

"윤 선생을 만나게 된 것을 진정 기쁘게 생각합니다."

술자리는 다시 어색한 분위기에 휩쓸렸다.

"우리 이런 얘긴 그만 치웁시다. 장소를 바꿔서 다시 한잔합시다. 미인이 있는 데 가서 말요."

내가 윤두명 씨의 제안에 찬성하자 정진동도 그렇게 하자고 나왔다. 셈을 할 때 약간의 옥신각신이 있었다. 서로 술값을 내려고 서둘렀기 때문이다. 허나 윤두명 씨의 고집을 이겨낼 순 없었다.

다음에 간 곳은 비어홀이었다.

한눈으로 전체를 바라볼 수 없는 정도의 너비의 큰 홀이 소음과 일루미네이션으로 들끓고 있었다. 한구석에 높다랗게 만들어 놓은 무대 위엔 꽤 이름이 알려진 희극배우가 뭐라고 지껄이기도 하고 가수가 노래를 부르기도 했다.

89번이란 기장을 허리에 찬 미니스커트 차림의 소녀가 맥주와 안주를 날라왔다. 얼굴은 십대를 넘어서지 않은 것 같았으나 가슴팍과 허벅다리엔 벌써 여자로서의 교태가 있었다.

"이 집에 너 같은 아이들이 몇이나 있니?"

하고 정진동이 물었다.

"한 이백 명 있어요."

89번의 아가씨는 새침한 대답을 했다.

세 개의 글라스에 맥주를 따라 넣는 솜씨가 여간 익숙해 있지 않다.

"고향이 어디지?"

내가 싱거운 질문을 했다.

"제천이에요."

"언제 서울에 왔니?"

"아버지 고향이 제천이랄 뿐이지 난 서울에서 났어요."

그러고는 홱 몸을 돌려 일루미네이션의 바다 속으로 사라져버렸다.

소음 때문에 얘기를 하려면 소리를 높여야 했다. 소리를 높여서까지 할 얘기가 있을 턱이 없었다. 세 사람은 덤덤히 앉아 가끔 맥주잔을 입에 갖다대곤 하며 가사가 분명치도 않은 노래에 귀를 기울이곤 했다.

나는 일루미네이션과 소음의 바다 속을 헤엄치듯 좌왕우왕하고 있는 아가씨들에게 막연한 시선을 보내고 있었다. 조명의 탓인지 주기의 탓인지 놀랄 만한 미모와 몸매를 간혹 발견했다.

'저 몸뚱어리와 얼굴을 얼만가의 돈으로 살 수 있는 것일까!'

유혹에의 기대 같은 것이 내 가슴속에 일기 시작했다. 그 무렵이었다.

"여보슈."

하고 윤두명이 지나가는 웨이터를 불러 세웠다.

"여기 있는 여자들을 돈으로 하룻밤 살 수가 있는 거요?"

"농담의 말씀을. 그렇게는 안 됩니다."

웨이터는 제법 폼을 잡으며 말하곤 저편으로 가버렸다.

왠지 나는 그 말에 마음이 놓이는 것 같았다. 저 아름다운 아가씨들,

소녀티가 이제 막 가신 듯한 아가씨들이 얼만가의 돈으로 팔려간다고 하면 참으로 한심스러운 일이 아닌가. 그러니 그렇지 않다는 말이 순간 고마울 수밖에 없었다. 마음의 탓인지 정진동의 얼굴도 일순 밝아진 것 같았다. 맥주잔을 잡는 동작마다 달라진 느낌이었다.

그런 기분으로 89번 아가씨를 불러 맥주 세 병을 추가 주문했다.

"나이는 몇 살이지?"

"학교는 다녔니?"

하는 가벼운 말들을 쏟아볼 수도 있었다.

능청맞은 유행가 소리가 과히 듣기 싫지도 않을 만큼 되었다.

"한국 여자가 다른 나라의 여자에 비해 예쁜 축에 든다죠?"

들뜬 기분으로 윤두명 씨에게 나는 이렇게 말을 걸었다. 그러나,

"글쎄요. 외국이란 델 못 가봤으니까 알 수가 있어야지."

하는 맥이 풀어진 답이 돌아왔다. 아까의 웨이터가 어느 틈엔가 윤두명 씨 곁에 와 섰다.

"마음에 드시는 아가씨가 있습니까?"

윤두명 씨는 그 말이 무엇을 뜻하는 말인지를 모르겠다는 표정으로 그를 쳐다봤다.

"89번 아가씨는 어때요?"

웨이터는 무표정한 얼굴로 말했다.

"어떻긴, 상냥하고 좋은 아이 같은데요."

윤두명 씨가 이렇게 말하자 웨이터는 상체를 구부려 윤두명 씨의 귀에 대고 뭐라고 말했다.

"이따 봅시다."

윤두명 씨의 얼굴에 씁쓸한 웃음이 떠올랐다. 웨이터가 사라지자,

"갑시다."

하고 윤두명 씨가 일어섰다.

"이번 셈은 제가 하겠습니다."

나는 우 부장으로부터 오늘 밤을 위해 돈을 받았다는 얘기를 했다.

밖으로 나왔다.

"아까 웨이터가 뭐라고 합디까?"

하고 내가 물었다.

"한 사람이 삼만 원씩 내래. 아가씨를 소개해주겠다구."

나는 무심코 그 비어홀의 네온사인을 쳐다봤다. 그 네온의 저편에 어두운 하늘이 있었다.

"한 군데만 더 갑시다."

정진동이 제안했다. 이번엔 꼭 자기가 한턱 사겠다는 것이며 이대론 절대로 헤어질 수 없다는 고집이었다.

"그럼 꼭 한 잔씩만 합시다."

하고 가까운 스낵바에 들어가 카운터에 앉았다. 스카치 잔이 놓였을 때,

"정 형, 한 가지 부탁이 있소."

하고 윤두명이 입을 열었다.

"무슨 부탁입니까."

"우리 집에는 화원이 있는데요, 조그마한 화원입니다. 고양이 이마 넓이만하죠. 그 화원에 개나리꽃을 피운 선인장을 심어보고 싶소. 정 형, 그것 하나 만들어주시지 않겠어요?"

"다소 시간이 걸릴 텐데요."

"시간은 얼마가 걸려도 좋습니다. 정 형이 그걸 만들 때까지 기다리죠. 내겐 그것이 꼭 필요합니다. 필요한 까닭을 말씀드릴까요. 내겐 소

아마비에 걸린 동생이 있습니다. 살아갈 자신을 잃고 있어요. 아까 정형으로부터 개나리꽃을 피우는 선인장을 만들 수 있다는 얘길 듣고 선뜻 생각한 겁니다. 만일 그 애가 선인장이 개나리꽃을 피울 수 있다는 걸 알면, 그리고 그것을 볼 수만 있으면 살아갈 자신을 되찾을 수 있지 않겠어요? 그 애는 굉장한 소질을 가지고 있는 앱니다. 그런 애를 하나 살리는 겁니다. 정 형, 어떻소. 보복도 중요한 일이지만 소질이 좋은 아이 하나를 갱생시키는 것도 좋은 일이 아니겠소? 개나리꽃을 피우는 선인장을 만들어놓고, 아니 아이 하나 살려놓고 할 일을 하셔도 무방하시리라고 생각하는데 정 형, 어떻습니까.”

정진동은 양손으로 머리를 에워싸고 묵묵히 앉아 있었다. 그러더니 어느덧 어깨가 들먹거리고 있었다. 울고 있는 것이었다.

“내 부탁이 지나친 것이면 취소하겠소.”

윤두명의 말은 조용했다.

“아닙니다. 해보겠습니다.”

“저의 부탁을 들어주신다는 거죠?”

정진동이 손으로 머리를 안은 그대로 끄덕였다.

“고맙소.”

윤두명이 정진동의 어깰 안았다. 정진동이 흐느끼는 소리로 말했다.

“십 년쯤 걸릴지 모릅니다. 다행히 빨리 필지도 모르죠. 하여간 그 아이에겐 이렇게 일러주시오. 선인장에 개나리꽃을 피울 수 있다구요.”

선인장에 핀 개나리꽃

"십 년이 어디 문제가 되겠소. 선인장에 개나리꽃을 피운다는 건 기막힌 일 아닙니까."

이렇게 중얼거리며 정진동의 흥분이 사라지길 기다려 윤두명이 다음과 같은 제안을 했다.

"정 형, 오늘 밤 우리 집으로 갑시다. 우리 집에 가서 선인장에 개나리꽃을 피울 수 있다는 얘길 정 형이 직접 말해주시오. 내가 전하는 것보다 훨씬 보람이 있을 것 아니겠소."

정진동은 멍청히 자기 앞에 놓인 술잔을 만지작거리고 있을 뿐이었다.

"아무래도 여관에서 주무실 것 아뇨?"

윤두명이 물었다. 정진동이 고개를 끄덕였다.

"여관에 누가 기다리는 사람이라도 있소?"

"없습니다."

"그럼 나허구 같이 갑시다. 여관에서 혼자 주무시는 것보다야 나을 겁니다. 보다도 어쩐지 난 정 형을 우리 집 식구에게 소개하고 싶습니다."

윤두명의 어조엔 거절을 못하게 하는 성실함이 넘쳐 있었다.

"폐가 안 된다면……."

정진동이 어물어물 말했다.

"폐가 뭡니까? 환영한다는데요."

윤두명이 술잔을 비우고 일어섰다. 정진동과 나도 술잔을 비우고 일어섰다. 세 사람은 스낵바를 나와 아직도 붐비고 있는 거리를 천천히 걸었다.

"좋은 아가씨 있어요."

"아가씨들이 누드로 서비스합니다."

속삭이듯 하는 소리가 귓전을 스쳤다.

광교 네거리까지 왔다. 스톱의 사인이라서 걸음을 멈췄다. 나는 무심코 고개를 젖혀 하늘을 봤다. 하늘의 바닥에 별들이 찬란했다. 참으로 오래간만에 보는 하늘의 별들이다.

매연이 하늘의 별들을 뭉개 없앨 만큼 서울을 침범하고 있는 요즈음인데 가을의 상량한 대기가 그 매연을 밀어젖히고 오랜만에 서울의 하늘에 별을 빛나게 한 것이다.

신호가 풀렸다. 관철동 쪽으로 건넜다. 하숙으로 가려면 나는 거기에서 화신 쪽으로 빠져 종각 근처에서 버스를 타야만 한다. 그러나 나는 오늘 밤은 정진동과 같이 윤두명 씨의 집으로 가야 한다는 생각을 했다. 그러니,

"나도 윤 선생 집으로 갈까요?"

한 것은 당연히 승낙할 것으로 믿은 소리였다. 그랬는데 대답은 뜻밖이었다.

"서 형은 하숙으로 가슈."

얼떨떨하고 약간 서운한 기분이었지만 달리 도리가 없었다.

"그럼 내일 만나자."

이 말을 정진동에게 던져놓고 나는 화신 쪽을 향해 걸었다.

'선인장에 개나리꽃을 피운다?'

혼자가 되자 취기에 어려 있던 의식이 차츰 수렴해드는 느낌이었는데 나는 마음속으로 이렇게 중얼거려보았다.

'선인장에 개나리꽃을 피운다?'

나의 얄팍한 지식 때문인진 몰라도 그것은 도저히 불가능한 노릇일것만 같았다. 선인장은 다년생이긴 해도 초본이고 개나리는 목본이다. 그런 차원이 다른 것을 어떻게 교배할 수 있단 말인가. 동물로 치면 소와 닭을 교배시키자는 얘기나 다를 바가 없다. 말과 나귀를 교배시켜노새를 만드는 정도가 고작이다. 말과 소만 해도 염색체가 다르기 때문에 교배는 불가능한 것이다.

'그러니까 십 년 넘어 걸린다는 건가?'

선인장을 개량해서 목본 가깝게 만들고……. 그렇게 해서 무수한 과정을 밟아 드디어 선인장에 개나리꽃을 피우게 된다면 이 우주에 하나의 기적이 나타나는 셈이 된다.

불가능한 것을 가능한 것으로…….

나는 돌연 이 밤에 어떤 기적을 찾아보고 싶은 마음으로 들떴다.

시계를 보았다.

아직 열 시다.

호주머니엔 얼만가의 돈이 있다.

심해의 해저를 탐험하는 잠수부의 기분으로 서울의 밤의 어느 으슥한 구석을 찾아내지 못할 바도 아닌 것이다.

용궁과 같이 현란한 곳에서 어떤 선녀가 나를 기다리고 있을지도 모를 일 아닌가.

나는 덮어놓고 네온이 눈부신 어느 골목으로 들어섰다. 그러나 한결같은 술집일 뿐이다. 나는 입구에 들어서다 말고 등을 돌리고 해선 몇 개의 술집을 돌았다.

나는 드디어 기적을 찾기에 지쳤다. 술집에서 기적을 찾는다는 것부터가 어리석은 노릇으로 생각되었다.

나는 언젠가 비 오는 여름밤, 윤두명 씨와 같이 간 그 거리와 그 집을 찾아볼까 하는 생각을 선뜻 해봤다.

정자라는 여자!

그 여자는 자기를 속여 신세를 망쳐놓은 사나이를 원망하지 않았다.

"그래도 난 미워할 수가 없어요. 내가 이렇게 된 걸 알면 그도 가슴이 아플 거예요."

이러한 말을 했던 그 정자란 여자!

그런데 어디서 그러한 관용이 나타나는 것일까. 나는 라스콜리니코프를 타이르는 소냐를 연상한다. 정자는 분명 소냐 같은 여자다. 짓밟혀도 짓밟혀도 원망할 줄 모르고 살아가는 여자라는 존재, 그 운명…… 이에 비하면 누님의 원수를 갚겠다고 설쳐대고 있는 정진동은 세상을 모르는 풋내기에 불과한 것이 아닌가.

나는 포기해버렸다.

"서 형은 하숙으로 가슈."

한 윤두명의 말이 상기되기도 했거니와 정자를 만나 할 얘기도 없었고, 거기에서 허전한 가슴팍을 채울 수 있는 기적이 나타날 것 같지도 않았기 때문이다. 그러면서도 그냥 하숙으로 돌아가버리기엔 뭔가 아쉬움이 남았다.

비어홀에 들어 생맥주를 한 조끼 청했다. 건너편 좌석에 남녀 대학생인 듯한 커플이 앉아 맥주를 마시고 있다. 뭣이 그처럼 즐거운지 생글생글하며 여자는 계속 지껄이고 있다. 옆자리에 놓인 두툼한 책과 노트가 눈에 띄었다. 그 노트를 한번 봤으면 하는 충동이 일었다.

노트와 책을 들고 비어홀에 와 있는 그들의 생태는 짐작할 만하다. 그러면서도 석연할 수가 없다. 이제 막 산 책 꾸러미면 몰라도 학교에서 필요한 책과 노트라면 집에 갖다 두고 나올 만한 지각은 있어야 하는 것이다.

조끼를 날라다준 웨이트리스는 팔등신 미인이었다. 얼굴의 조각이 큼직큼직하게 된 시원스러운 얼굴인데 어딘지 바보스러운 티가 있다. 마음만 한량없이 좋아가지곤 성을 낼 땐 안 내고 안 내야 할 땐 성을 내는 그런 엉뚱스럽고 짓궂은 성품이 있어 뵈는 타입이다. 나는 이런 타입과는 로맨스도 불가능할 것이라고 생각하면서도 수작을 걸었다.

"개나리꽃을 피운 선인장을 본 적이 있나?"

"뭐라구요? 개나리가 어쨌다구요?"

나는 차근차근 말을 되풀이했다. 그러나 웨이트리스는,

"흥."

하며 돌아서버렸다.

선인장이 개나리꽃을 피우건 개나리가 선인장꽃을 피우건 그에겐 아랑곳없는 것이다. 구봉우란 놈은 그 때문에 생명을 구할 수 있을 것인데 말이다.

나는 문득 그런 생각을 하곤 다시금 기적의 의미를 느꼈다.

선인장에 개나리꽃을 피우는 일은 터무니없는 공상일진 모르나 그 때문에 구봉우란 놈은 맞아 죽을지도 모르는 운명으로부터 벗어날 수 있을지 몰랐기 때문이다.

정진동이 윤두명에게 한 약속에 성실하지 않을 수밖에 없다면 선인
장에 개나리꽃이 피기까진 구봉우가 정진동에게 맞아죽는 운명은 모
면한 것이다.

그렇다면 구봉우를 살리는 데 나와 우동규 부장과 윤두명이 한 역할
씩 담당한 셈이 된다. 자기도 모르는 어느 곳에서 자기를 죽일 음모가
진행되고 있는 경우도 있고, 자기도 모르는데 자기를 살리기 위한 노력
이 생면부지의 사람들에 의해 진행되는 경우도 있다는 것은 인생을 오
묘하다고도 풀이할 수 있게 하는 의미랄 수도 있다.

나는 그 오묘한 의미를 하필이면 왜 그 웨이트리스에게 전하고 싶은
충동을 갖게 되었는지 모른다. 그것은 갈증과 같은 것이었다.

"13번."

나는 그 웨이트리스를 불렀다.

"한 잔 더 가지고 와요?"

하고 웨이트리스는 나를 쳐다봤다. 말을 통하게 하자면 그럴 필요가 있
다고 느꼈다.

"한 잔 더 가지고 와요."

나는 뒤돌아서 가는 13번 웨이트리스의 궁둥이에 특별한 시선을 쏟
았다. 저 큼직큼직 너그럽게 생긴 육체를 활씬 벗긴 채 눈 아래 눕혀보
았으면 하는 에로틱한 정열이 와락 나를 덮쳤다.

내겐 있기 드문 정열이었다.

나는 조끼를 갖다놓은 13번의 손목으로부터 그 가슴팍, 목덜미로 해
서 얼굴로 시선을 옮기면서 떨리는 목소리로 말했다.

"선인장의 개나리꽃 보고 싶지 않소?"

13번은 나를 말끄러미 내려다봤다. 그건 나를 본 것이 아니라 나의 동공을 들여다보는 동작이랄 수가 있었다. 그는 나의 정신상태를 의심하고 있는 것이 분명했다.

"선인장에 개나리꽃이 핀단 말야. 그 꽃이 피기만 하면……."

말을 끝맺기도 전에 13번은 너그러운 웃음을 띠고 너그러운 육체를 움직여 저편으로 멀어졌다.

"그 꽃이 피기만 하면……."

해놓았을 뿐 사실 이어질 말은 없었던 것이다. 허나 13번이 그냥 버티고 서 있었더라면 어떤 말을 이었을까.

건너편 좌석의 남녀 대학생은 드디어 긴 얘길 끝낸 모양이다. 여학생이 책이며 노트를 한아름 안았다. 남자는 아무것도 든 것이 없었다. 셈을 하고 그 두 남녀는 밖으로 나가버렸다. 그처럼 오래도록 이런 자리에 앉아 있었던 것을 보면 같이 하룻밤을 지낼 사이는 아닌 것 같다. 그런데 나는 맹렬한 질투를 느꼈다.

그런 때문도 있어 나는 다시 13번 아가씨에게 수작을 걸어볼 생각을 했다. 13번은 가까이로 오자 맥주잔이 비지 않은 것을 보고 무엇 때문에 불렀느냐는 표정을 보였다. 그런 멋쩍은 표정을 상대로 수작을 어떻게 건단 말인가. 나는 또 어물어물 선인장 얘기를 꺼내고 말았다.

"별 손님 다 보겠어."

13번은 노골적으로 퉁명스럽게 말했다.

"빨리 들고 가세요. 시간이 거진 다 됐어요."

아니나 다를까 시계는 열한 시 십 분 전을 가리키고 있다. 나는 겸연쩍게 일어서지 않을 수 없었다.

새로 가져온 맥주의 조끼는 입도 대지 않은 채 그냥 남았다.

정신은 말짱한 것 같은데 아랫도리가 약간 휘청거렸다. 나는 휘청거리며 버스 정류장으로 향했다.

이 넓은 서울에 오직 갈 곳이란 그곳밖에 없다는 건 한심스러운 얘기다.

버스 정류장. 웅성거리는 사람들의 뒤편에 서서 나는 하늘을 보았다.

여전히 찬란한 별들. 허허하게 어두운 밤하늘에 주책없이 찬란하기만 한 별들이 나와 무슨 관계가 있단 말인가.

어느 지점을 골라 서 있으면 되었다. 버스가 도착하기만 하면 군중들에게 밀려서 바깥으로 튀겨나가든지 그렇지 않으면 버스 속으로 밀려들어가든지 할 뿐이다.

두 번 밖으로 튀겨나갔다가 세 번째야 버스를 탈 수 있었다. 탈 수 있었다가 아니고 밀려들었다.

나는 밀릴 수 있는 데까지 밀려가 반대편의 저항으로 그 이상은 도저히 어쩔 수 없는 곳에 가서야 걸레조각처럼 꼬인 자세로 간신히 짐칸 언저리를 잡았다.

저마다의 입에서 토해진 입김들이 모여 시궁창의 냄새로 괴었다.

"밀지 말아요."

"왜 발을 밟아요."

신경질적인 소리와 짜증스러운 소리가 섞였다. 그러나 그 사이에도 태평스러운 말들과 웃음소리는 있다.

"정말 버스는 못 타겠어."

하고 아가씨의 짜증 내는 소리가 났다.

"버스를 못 타시겠거든 택시를 타시지 그래."

털털한 남자의 소리가 받았다.

"이 시간에 택시를 잡을 수 있어야죠."

"그럼 자가용을 타시구려."

"이이가 정말 누굴 놀리나?"

"놀리긴. 난 버스가 좋아 죽겠소. 오동통한 아가씨의 궁둥이와 이렇게 탁 붙어 갈 수 있으니 오죽이나 좋은가."

"아이구 치사해."

"치사하면 자가용 타시래두."

포개이고 재이고 밀치고 밀리고 해도 도어가 닫히고 버스가 움직이기 시작하면 나름대로 자리는 잡힌다. 바로 내 앞에 궁둥이를 돌리고 선 여자는 무슨 보물처럼 몇 권의 노트를 안고 있다.

'또 노트다.'

아까 비어홀에서 본 그 여대생은 아닌데 또 여기에 노트를 안고 있는 아가씨가 있다 싶으니 괜히 메스꺼웠다. 이렇게 밤늦도록 술 냄새까지 풍겨가며 노트를 안고 돌아다니다가 버스를 탈 건 뭐냐, 싶은 메스꺼움이었다.

논 팔고 소를 팔아 대학에 보낸답시고 서울에 보냈더니 이처럼 노트를 안고 술 냄새를 풍기면서 궁둥이를 어떤 사나이의 사타구니에 밀착시키고 심야의 버스를 타고 있다는 것을 부모들이 알면…… 그 꼴 좋을 거다. 그런데도 이런 며느리를 보려고 할까. 나는 아까부터 느껴오던 노트에 대한 호기심을 깡그리 포기하기로 했다. 오자투성이의 글들이 아까운 백지만 더럽혀놓았을 게 분명하기 때문이다.

내 귓전에 소근소근하는 말소리가 들려오고 있었다. 그 말꼬리가 나의 호기심을 자극했다.

"……치사한 놈이지 뭐야."

"그렇게 치사한 사람은 아닐 텐데."

"어머머, 그렇게 사람을 초저녁부터 이곳저곳 주물러대놓구 기껏 팁을 오천 원밖에 안 주는 사람이 치사하지 않단 말야."

"가진 돈이 모자랐겠지 뭐."

"멋진 신사는 마담에게 빌려서까지 팁을 주더라 얘."

"그건 성격 나름이지 않겠니?"

"그러니까 그 성격이 치사스럽다는 것 아냐?"

"그렇게 말해버릴 건 아냐."

"어머머, 너 뭐 있는 것 아냐? 그 사람허구."

"천만의 말씀."

"그럼 너 왜 그러지?"

"넌 그 집에 온 지 얼마 되지 않아서 모르겠지만 자주 오는 단골이니까 대강은 알지."

"하여간 대머리 까진 놈치구 깍쟁이 아닌 놈 못 봤어. 징글리스트 아닌 놈 못 봤구."

팁 오천 원을 낸 바람에 이렇게 지독한 욕을 얻어먹을 수 있다는 걸 안 것만 해도 대발견이었다. 팁을 내야 하는 곳엔 아예 접근도 말아야 한다고 나는 마음을 먹었다.

버스가 섰다.

내리는 사람은 없고 타는 사람만 벌떼처럼 모여들었다. 또 한동안 옥신각신이 벌어졌다.

욕지거리, 비명소리, 투덜대는 소리, 저주하는 소리, 내 앞 아가씨의 노트는 내 턱밑에 바싹 닿았다. 뒤편 여자들의 불룩한 곳이 등 뒤에 착 달라붙었다. 버스 안은 이렇게 해서 에로틱에 그로테스크를 겸했다.

"돈만 알고 사람은 모르는 기라. 씨팔, 사람 좀 밀지 말란 말요."
하고 누군가가 악담을 퍼붓자,

"그렇게 짜증을 내지 말고 이것도 재미라고 생각하소."
하는 텁텁한 익살이 있었다.

"이런 살인적인 버스를 타고 재미라고 생각하라꼬요?"
경상도 사투리는 앙칼스러웠다.

"재미라고 생각하면 되는 거요. 천 년 만 년 타고 있을 것도 아니구,
열 시간, 스무 시간 타고 있을 것두 아니지 않소. 기껏 한 시간 미만일
텐데. 모두 살아 있으니까 이런 버스도 타게 되는 것 아뉴."

"그 철학 조옿소."
하는 말과 웃음이 터졌다.

살아 있으니까 이런 버스도 타게 된다는 말은 좋다. 뭐니뭐니 해도
그런 낙관주의가 이 사회를 지탱하고 있는 것이다.

나는 괜히 기분이 좋아졌다. 아닌 게 아니라 나도 불과 대여섯 정류
장 거치면 되는 거리인데도 약간 짜증이 나 있었는데 그 영감 말 한마
디로 그런 감정을 씻어버릴 수 있었다.

버스의 출발과 동시에 뒤편 아가씨들의 얘기는 다시 계속되었다.

이번의 화제는 아파트다.

"이왕 전세로 들 바엔 아파트가 낫다더라, 얘."

"관리비가 비싸다던데."

"그만큼 편리할 것 아냐?"

"그러나 추근대는 놈이 있을 때 여염집에 있으면 주인집의 도움을
받을 수 있잖아? 아파트는 그게 안 될 것 아냐. 어쩌다 놈팡이를 아파트
에 데리고 갔다가 혼난 얘기 듣지 않았어? 걸핏하면 찾아와서 성가시

게 구는 바람에 할 수 없이 이사를 했다지 뭐야."

"그것도 자기 나름이겠지 뭐."

"그건 그래, 그러나 돈만 있으면 아파트 한 칸쯤 사고 싶어."

"두말하면 잔소리다 얘."

잠깐 얘기가 끊어졌다 했더니 얘기는 다시 계속되었다.

"오늘 밤 느이네 집에 가 잘까?"

"왜?"

"아무래도 연탄불이 꺼져 있을 것 같애."

"얘두."

"좋지? 느이네 집에 가두."

"오늘 밤은 안 돼."

"안 돼? 왜?"

"그럴 일이 있어."

"이것 오는 날이야?"

"이것이라니."

"그럼 그분?"

"어쨌건 오늘 밤은 안 돼."

한편의 표정이 시무룩해졌다는 것은 보지 않아도 알 수가 있다.

"그럴 줄 알았더라면 대머리 따라갈 걸 그랬지?"

한숨이 섞인 말이었다.

"징글리스트니 뭐니 하더니만 그 사람을 따라가?"

"냉방에서 자는 것보다야 낫지 뭐야."

"얘, 얘, 철 좀 나봐라."

"철이 나두 냉방에 혼자 자는 건 난 싫어."

"꼭 그렇다면 연탄을 단단히 단속하지 않구."

"오늘 밤엔 한 놈쯤 걸릴 줄 알았지."

"냉수 먹고 정신 차려 얘."

버스간이면 일종의 공공장소다. 아무리 붐비고 소란스럽기로서니 듣는 사람이 있을 거란 짐작은 하고 무슨 말이건 해야 할 것이 아닌가.

그런데도 못할 말 없이 지껄이고 있는 여자들이 어떤 얼굴을 하고 있는지를 나는 보고 싶어졌다.

고개를 돌렸다.

퇴폐의 극에 이르렀다고 할밖에 없는 얼굴의 여자가 있었고, 선명한 윤곽을 가진, 그리고 비교적 신선하다고 못할 바도 아닌 여자의 얼굴이 있었다. 나는 순간 퇴폐적인 얼굴을 한 여자가 연탄불을 꺼버린 여자일 것이라고 짐작했다. 그런데 그 짐작은 빗나갔다.

"냉수 먹고 정신 차려도 난 냉방에서 자긴 싫어."

한 것은 선명한 윤곽을 가진 그 여자였던 것이다.

또 버스가 섰다. 입추의 여지가 없다는 표현도 무색할 판인데 차장은 또 사람을 태우기 시작했다.

"왜 자꾸 손님을 태우는 거야. 이렇게 꽉 차서 질식을 할 판인데 사람을 또 태워?"

하는 고함이 중간쯤에서 났다.

"태워라 태워, 이 버스는 고무로 된 버스니까 얼마라도 늘어난다."

는 익살을 부리는 자도 있었다. 누가 뭐라고 해도 태울 수 있는 데까진 태운다. 일단 차 안으로 끌어들여놓고 문만 닫을 수 있으면 그만인 것이다.

"이 사람이 왜 이래요."

여자의 앙칼진 소리가 났다.

"팔등이 가려워 긁었더니 남의 팔등을 긁었구만."

와 하는 웃음소리가 터졌다.

밤중에 남의 다리 긁는단 말이 있다. 버스간에서 남의 팔을 긁었기로서니 탓할 수 없는 것이 아닌가.

버스가 움직이기 시작하자 아까의 여자들은 다시 얘기를 시작했다.

이번 화제는 또 다르다.

동료들을 헐뜯는 얘기다.

"아, 그 경상도 가시내. 뭣을 믿고 지랄이지?"

"매니저허구 뭐 있는 모양이더라."

"더러워, 아 더러워. 그 짓 안 하면 안 되나?"

"매니저헌테 잘 봬야 좋은 손님을 차지할 것 아냐?"

"제가 데리고 잔 여자를 다른 사내에게 내맡길 기분이 될까?"

"돈만 준다면 조강지처라도 내맡길 놈들인데 너 무슨 소리 하노."

"하기야 한강에 배 띄운 흔적 있을라구."

"그 조그만 가시내 이름 뭐랬지?"

"미스 윤."

"그래그래, 그 윤인가 하는 애 말야. 소문 들으니까 대단한가 봐."

"뭣이?"

"애인을 셋이나 가졌다지 않아."

"그것도 기술이지 뭐."

"사내들은 조그만 계집을 좋아하는가 보지?"

"사람 나름이지 뭐."

"난 딴 곳으로 옮길까 봐."

"왜?"

"놈팽이 하나 생기지도 않구, 따분해."

"너 온 지 얼마 됐다고 그러니."

"얼마 되구 안 되구 싹이 노랗더라 얘."

"덤비지 말어, 덤비지 말란 말여."

"아, 그건 그렇구 오늘 밤 냉방에서 잘 생각하니 우울하다."

"이불을 뒤집어쓰고 자려무나."

"이불이 햇볕 구경한 지가 오래야. 게다가 방에 습기가 차거든. 불기가 없기만 하면 축축해……. 아아, 우울해."

동대문을 지나서야 내리는 사람이 많아졌다. 나는 터무니없게도 그여자들을 따라갈 속셈을 세웠다. 냉방에서 자기가 우울하다는 그 여자에게 수작을 걸어볼 참이었다.

나는 내가 내려야 할 정류장을 그냥 지나쳤다. 다행히도 그 여자들은 다음 정류장에서 내렸다. 나는 그들을 따라 내렸다.

어디서 그런 용기가 났는지 모른다. 아직 가게를 열어놓은 목로술집 앞에서 나는 여자들을 불러 세웠다.

"아가씨들 여기서 한잔하고 갑시다."

두 여자는 찔끔하는 것 같더니 걸음을 멎고 내 쪽을 봤다.

"별이 좋은 밤이오. 한잔합시다."

하고 나는 가로등이 얼굴을 비출 수 있는 위치에 섰다. 취중에서도 이상한 사람으로 보이지 않을 만한 자신이 있었던 것이다.

뭔가 낮은 소리로 소곤대고 있더니 두 여자는 내 곁으로 다가왔다.

나는 무작정 목로술집에 들어섰다.

여자들도 뒤따라왔다. 그리고 어름어름 내 앞자리에 앉았다.

퇴폐의 극치라고 할 수 있는 얼굴을 가진 여자는 서른을 넘긴 것 같았고 선명한 윤곽을 지닌 여자는 스물두세 살로 보였다.

"나는 결단코 나쁜 사람이 아닙니다. 그렇다고 해서 좋은 사람도 아닙니다. 어쩐지 그렇소, 어쩐지 당신들과 한잔하고 싶어졌다, 이 말씀입니다."

여자들은 쿡쿡 서로의 허리를 찌르며 웃었다.

"좋아요, 한잔합시다아."

젊은 쪽이 말했다.

소주와 순대를 시켰다.

"난 족발 먹고 싶어."

나이 든 여자의 말이었다.

"좋소, 족발로 주시오."

이렇게 해서 잔치는 시작되었다.

두어 번 잔이 오간 뒤에야 통성명이 있었다. 나이 많은 여자는 미스 강, 젊은 여자는 미스 김.

"나는 성은 서가고 이름은 재필이오. 김옥균 선생과 같이 혁명을 하려다가 실패한 서재필 박사의 이름과 꼭 같소."

그러나 그들은 서재필 박사를 알 까닭이 없다.

"직업이 뭐죠?"

미스 김이 물었다.

"뭘로 뵙니까. 한번 알아맞혀보시오."

나는 가슴을 펴고 제법 으스대 보였다.

"형사는 아닐 테구."

미스 강이 한 소리다.

"학교 선생?"

한 것은 미스 김.

"학교 선생님이 술에 취해 밤거리에서 숙녀들을 불러 세울까요?"

나는 이렇게 빈정댔다.

"학교 선생님? 말 마세요. 가장 짓궂게 구는 건 학교 선생님예요."

미스 강이 입을 삐죽하며 말했다.

"우리는 숙녀들이 아닌데요 뭐."

미스 김은 순대를 아작아작 씹었다.

"알 까닭이 없지. 내 직업은 하두 괴상망측한 게 돼놔서 아무도 알아 맞힐 수 없을 거요."

"괴상망측한 일을 할 분으로 보이지 않는데요?"

미스 강은 관상을 볼 줄 안다는 투로 말했다.

"이런 얘긴 집어치웁시다. 하루 벌어 하루 먹는 놈으로 쳐두쇼."

하고 나는 소주잔을 미스 김에게 내밀었다. 미스 김은 서슴없이 잔을 비우고 내게 도로 주었다. 그리고 한다는 말이,

"무슨 까닭으로 우리들과 술을 마실 생각을 한 거죠?"

"아까 버스 안에서 숙녀들이 한 얘길 죄다 들었소. 냉방에서 자기 싫다고 하시데요. 그래서."

"그래서 뜨뜻한 방에 재워주실 작정이세요?"

미스 김도 빈정대는 투가 되었다.

"어렵쇼. 나는 기막힌 행운까진 바라지 않소. 선인장에 개나리꽃을 나는 피울 수가 없어요."

"뭐라고 하셨죠?"

미스 김은 긴장한 표정이었다.

"선인장에 개나리꽃을 피울 순 없다고 했소."

"그건 당연한 얘기 아녜요?"

미스 김의 표정은 긴장한 채로였다.

"당연한 게 아니죠. 나는 오늘 밤 선인장에 개나리꽃을 피우는 사람과 술을 마셨단 말요."

"사기꾼과 술을 마셨다, 그거죠?"

미스 강이 한마디 끼웠다.

"큰일날 소리."

나는 당황해서 말했다.

"사기꾼이라니, 아닙니다. 진짜로 선인장에 개나리꽃을 피우는 사람이오."

미스 김이 깔깔대고 웃었다.

나도 따라 웃었다.

"그 바람에 나는 그 버스를 탔고 당신들을 만날 수 있었고, 당신들을 불러 세울 수 있는 용기를 낼 수 있었고……. 자, 술이나 합시다. 선인장에 개나리꽃을 피우는 놈도 있는데 밤새워 술 마시는 놈이 있대서 어떻단 말요."

"아이구 재미있어."

미스 김이 손뼉을 쳤다. 그리고 말했다.

"그래 우리도 오늘 밤 선인장에 개나리꽃을 피워봐요. 샛노란 샛노란 개나리꽃을 말요."

"그럽시다. 오늘 밤 개나리꽃 한번 피워봅시다."

"그럼 내가 선인장이 될까요? 서 씨라고 하셨지, 서 씨는 개나리꽃이 되구요. 서 씨는 미남자니까 개나리꽃이 어울려. 아 신난다."

하며 미스 김은 미스 강 앞에 있는 잔까지 끌어다 마셨다. 그러더니 돌연 미스 김은,

"설마 당신이 간첩은 아니겠죠?"

하며 눈을 둥그렇게 떴다.

"얘두, 이런 미남 간첩이 어딨어."

미스 강이 잘라 말했다.

"태어나고 처음으로 미남 소릴 들으니 기분이 좋구나. 헌데 나는 결단코 간첩은 아닙니다."

"아냐, 미남이니까 간첩이지."

하고 미스 김은 나를 똑바로 봤다.

"당신은 틀림없이 간첩일 거야. 그래 놓으니까 우리를 불러 술을 먹이고 있는 거야. 선인장이 뭐? 개나리꽃? 그건 암호야, 암호가 틀림없어, 그렇지? 내 말이 맞지?"

미스 김은 어느덧 혀가 꼬부라졌다. 내 의식도 몽롱했다.

"나는 결단코 간첩이 아니다. 아니라면 아니다."

"아까 뭐랬지? 괴상망측한 일을 한다고 했지?"

미스 김은 버럭버럭 고집을 세웠다.

"얘얘, 너 취했니?"

미스 강이 안절부절못했다.

"안 되겠다. 안 되겠어. 선생님 실례했어요. 얘가 대단히 취한 모양이에요. 자 가자, 미스 김."

하고 미스 강은 미스 김을 일으켜 세우려고 애썼다.

"내가 술에 취했다구? 천만의 말씀. 정신이 말짱한데 술이 취해? 갈라면 너나 가거라. 애인이 기다리는 뜨뜻한 방으로 너나 가거라. 나는

이 미남자가 간첩인지 아닌지를 밝혀내고야 말 테니까."

"선생님, 미안해요."

미스 강은 나에게 미안하다는 눈짓을 보내며 미스 김을 계속 끌어 일으키려고 애쓰고 있었다.

"미안할 것 없어요. 미스 강은 돌아가시오. 미스 김은 내가 맡을 테니까요."

이럴 때 나는 어지간히 취해 있었던 모양이다.

다시 술을 시켰다.

주인이 시간이 다 되었다는 말을 한 것 같았다. 그래도 술을 달라고 한 기억이 있다. 그러고도 아마 한 병은 더 마시지 않았나 싶다. 그리고 나는 의식을 잃었다.

맹렬한 갈증이 나를 깨웠다.

셰이드가 달린 스탠드에서 전등불이 붉게 물들어 있었고 창은 어슴푸레 밝아 있었다.

분명히 내 방은 아니었다. 여기가 어딘지 통 종잡을 수가 없다. 그러자 나는 팬티도 걸치지 않은 알몸으로 누워 있다는 것을 깨달았다. 아랫목에 자고 있는 여자의 머리칼이 보였다.

아련한 기억이 되살아났다. 버스간, 목로술집, 두 사람의 여자들.

미스 김이란 여자는 자기의 방이 냉방이라고 하던데 이 방은 바닥이 따뜻할 뿐 아니라 공기도 훈훈했다.

'여관일까?'

했으나 책상이 있고, 캐비닛이 있고, 경대도 보였다. 여관방이 아닌 것만은 확실했다.

나는 일어나 앉아 물그릇을 찾았다. 책상 위에 주전자와 컵이 있었다. 나는 실컷 물을 마셨다. 그렇게 해서 갈증을 면해놓고 다시 이불 속으로 기어들며 아랫목 여자의 얼굴을 들여다봤다. 미스 김이란 아가씨였다. 이불을 젖혀보았더니 역시 한 오라기의 옷도 걸치지 않은 알몸이었다.

'어떻게 된 셈일까.'

그러나 쑤셔대는 두통과 아직도 남아 있는 주기에 지쳐 생각을 가다듬을 여유도 없이 다시 눈을 감았다.

그 뒤 잠을 깬 것은 미스 김이 알몸인 채 이편 이불 속으로 기어들고 있었을 때다.

나는 부득이 그 여자를 안을 수밖에 없었다. 탐스러운 유방, 잘록한 허리, 탄력 있는 허벅다리, 꽤 털이 무성한 그곳, 미스 김의 육체는 그의 입처럼은 더럽혀져 있진 않은 것 같았다.

두통은 여전하고 속은 쓰렸지만 하나의 본능은 건전하게 발동했다.

나는 미스 김의 육체를 통해 처음으로, 그렇다, 이 세상에 나온 지 처음으로 섹스의 쾌락이 있다는 것을 실감했다. 원주의 창가에서 겪은 경험과는 전연 딴판이었다. 미스 김의 섹스는 살아 있었다. 미세한 부분에서까지 살아 있었다.

"아이를 배면 어떻게 하지?"

이것이 그날 아침 처음으로 내 입에서 나온 말이었다.

"낳구 싶으면 낳구, 낳기 싫으면 그만이구……."

미스 김은 아무렇지 않게 말했다.

"지난밤엔 어떻게 되었을까."

하고 물었다.

평생 처음으로 그렇게 많은 술을 마시고 형편없이 취했다면서도 미스 김의 기억은 소상했다.

그 목로주점에서 나와, 미스 강과 헤어져 미스 김은 비틀거리면서도 나를 데리고 자기 집으로 왔다. 냉방이 걱정이 되었지만 근처엔 적당한 여관이 없었다. 그런데 집에 와보니 방은 따뜻했다. 주인 아주머니가 연탄을 지펴놓은 것이었다.

"옷을 벗은 것은?"

"내가 벗겼죠. 방에 들어서자마자 당신은 자버렸어요. 할 수 있어야죠. 방도 따시고 해서 술에 취한 김에 아마 그렇게 해본 걸 거예요."
하고 미스 김은 장난스럽게 웃었다.

'지금 몇 시나 됐을까?'
하는데 책상 위의 시계는 벌써 열 시를 넘게 가리키고 있었다.

'이것 큰일났군.'
싶었지만 몸이 말을 듣지 않았다. 술에 지친데다가 몇 라운든가의 섹스를 했으니 무리도 아닌 것이다.

'일 년 넘어 결근 한 번 안 했으니까 하루쯤은……'
하는 핑계가 생겼다.

"좀더 누워 있어요. 내 밥 지어갖고 올게요."
하고 미스 김은 옷을 입기 시작했다.

"밥 생각 없는데."

"그래도 해장은 해야죠."

"조금 정신이 차려지면 나는 갈 테니까 걱정 말아요."
했으나 미스 김은

"그렇겐 안 된다."

면서 주인집엔 오래간만에 약혼자를 만나 데리고 왔다고 거짓말을 했다는 것이다.

"뻔한 거짓말이란 걸 주인집도 알고 있을 테지만 그런 말을 해놓은 체면도 있잖아요. 아침밥도 먹이지 않고 쫓아버릴 순 없다, 이 말예요."

하고 밖으로 나가다 말고,

"심심하거든 이거나 보세요."

하며 낡은 여성잡지를 꺼내놓았다.

그런 것을 뒤질 기력이 있을 까닭이 없다. 나는 다시 이불을 쓰고 눈을 감았다. 그렇게 또 두어 시간 잔 모양이다. 어깨를 흔드는 바람에 눈을 뜨고 시계를 봤더니 열두 시가 넘어 있었다.

"세수를 하세요."

미스 김은 상냥하게 웃고 있었다.

나는 주섬주섬 옷을 주워 입고 우선 변소로 달려갔다. 참았던 변이 한꺼번에 발작을 일으켰던 것이다. 기역자로 된 집의 한쪽을 미스 김은 빌리고 있는 모양이었다. 좁은 뜰이었지만 조그마한 화단까지 마련되어 국화꽃이 마침 봉오리를 열려는 참이었다.

새 칫솔로 양치를 하고 부엌 앞에 있는 수돗가에서 세수를 했다. 주인집에서 아무런 기척이 없는 것이 다행스러웠다.

식사는 성찬이었다. 고깃국이 있었고 생선조림도 있었다.

"기막힌 성찬인데."

하니 미스 김은 일부러 저자까지 봐왔다는 얘기였다.

"돈을 많이 썼겠군."

"어젯밤 받은 팁 반쯤 썼어요."

나는 버스간에서 오천 원의 팁을 주었다고 욕지거리를 퍼붓던 일을 생각하고 속으로 웃었다. 입맛이 없었지만 미스 김의 성의를 생각해서 맛이 있는 듯 먹었다.

"당신 직업을 물어도 돼요?"

이럴 때의 미스 김은 지난밤의 미스 김과는 전연 딴판인 아가씨였다.

"신문사에 있어."

"신문기자?"

"아냐, 신문기자는 아냐."

"기자 아닌 사람이 신문사에 있수?"

"나는 교정부원이야."

"교정부원이란 게 뭔데."

"틀린 글자가 나타나면 고치는 일을 하지."

"어머, 그럼 유식하겠네."

"유식할 필요도 없지."

"기자들이 쓴 글을 고치려면 기자들보다 유식해야 할 것 아녜요?"

나는 그렇지 않다는 설명을 누누이 했다. 그러나 미스 김은 그걸 나의 겸손으로 알고 유식한 사람으로 나를 칠 작정인 것 같았다.

"그런데 어젯밤 내가 어떻게 해서 그렇게 돌아버렸을까. 통 기억이 없으니 말야. 그런 일은 난생처음야. 또 한 가지 처음 일이 있지만."

"그 또 한 가지가 뭐죠?"

나는 얼굴을 붉혔다. 차마 입 밖에 낼 수는 없었다.

"말해봐요. 뭐죠? 이런 누추한 방에 잔 것이 난생처음 있었던 일인가요?"

"아냐, 아냐, 그런 건 아냐."

하고 나는 섹스에 관한 얘길 살금 비쳤다.

미스 김이 이번엔 얼굴을 붉혔다.

"그럼 당신이 처음으로 그것을……."

하다가 우물우물했다.

"난 처음이야."

거짓말이란 의식 없이 이렇게 말했다.

"그거 참말?"

미스 김은 수줍음과 놀라움이 섞인 어조로 말했다.

"내가 거짓말을 꾸밀 까닭이 있겠어?"

"그건, 진정 좋은 사람끼리만 해야 하는 건데……."

미스 김은 중얼거리다 말고 고개를 숙였다. 그러고는,

"이 집에 남자를 데리고 온 것이 당신이 처음예요."

하고 덧붙였다.

"미스 김은 많은 남자와 교제가 있었던 모양이지?"

"도리가 있나요 뭐. 꼬시는 사람이 있으면 꼬셔주는 거지. 양반집 규수가 될 것도 아니구, 요조숙녀가 될 것도 아니구."

이럴 때의 미스 김은 바로 어젯밤의 미스 김이었다.

"그러나 사랑하는 사람이 있다면야 나는 그런 짓은 안 할 거야."

"사랑하는 사람을 만나려면 행동을 조심해야지."

"누가 나 같은 년을 사랑할라구?"

"아니지. 미스 김은 아름다워. 행실만 좋으면 그 아름다움이 더욱 빛이 날 거야."

"역시 당신은 유식한 사람이구먼요."

미스 김은 다시 빈정대는 투가 되었다.

"그런 게 아냐. 행실만 얌전하면 기막히게 아름답게 된다니까."

"흥."

하곤 미스 김은 밥상을 들고 밖으로 나갔다.

밥을 먹고 나니 온몸이 나른해서 견딜 수가 없었다. 나는 다시 비스
듬히 누웠다. 그리고 어젯밤의 일을 기억해내려고 애썼다. 간첩이란 말
이 뇌리에 떠올랐다. 분명히 미스 김이 한 소리였다. 다시 방으로 들어
온 미스 김에게 물었다.

"어젯밤 날 보구 간첩이라고 했지?"

"당신을 간첩이라구? 그런 기억은 없는데요."

하며 미스 김은 고개를 갸웃하더니,

"모르죠, 그런 말을 했을지두. 기억은 없지만."

하고 불안한 표정을 지었다. 나는 미스 김이 나를 보고 간첩이라고 했
을 때만은 의식을 잃고 있었던 것이라고 판단했다. 내 경우처럼 어느
시점에서 어느 시점까지의 기억을 전연 상실할 수 있다면 부분 부분의
기억상실도 가능할 것이 아닌가.

"내가 당신을 간첩이라고 하던가요?"

미스 김은 불안한 표정 그대로 물었다.

"분명히 했어. 내가 의식을 잃기 직전이 아니었던가 해. 옳지, 내가
선인장과 개나리꽃을 들먹였지? 그건 기억하지?"

"들은 것 같애요."

"미스 김은 그 얘길 암호일 것이라고 했어."

"그랬어요, 그랬어요. 그런데 어쩌죠? 내가 그런 실수를 했
으니……."

미스 김은 울상이 되었다.

"괜찮아. 나는 아무렇지도 않았으니까. 다만 알고 싶은 것은 왜 얼토당

토 않은 그런 말을 미스 김이 하게 된 동기랄까, 이유가 궁금하달 뿐야."

미스 김은 고개를 숙였다. 그것은 흡사 낭패를 당한 사람의 태도였다. 한동안 그렇게 묵묵하게 앉아 있더니 미스 김은,

"죄송해요. 그럴 까닭이 있어요."

하고 뜻밖인 얘기를 꺼냈다.

"내가 이런 꼴이 된 것은 간첩 때문이에요."

"······?"

"오륙 년 전엔가 정릉 뒷산에 목을 매어 죽은 여자의 얘기 신문에 났죠?"

정릉 뒷산에 목매어 죽은 여자! 그런 걸 읽은 것 같기도 한 알쏭달쏭한 기억이다. 나는 숙인 채 있는 미스 김의 머리만을 바라보았다.

"그게 우리 엄마였지요."

이어 미스 김의 두서없이 한 말을 간추려보면 다음과 같다.

미스 김의 아버지는 회사원이었다. 잘살진 못해도 그럭저럭 체면 수습을 하며 살아가는 가정이었다. 어느 날 '삼촌'이라는 사람이 찾아왔다. 미스 김이 열 살 때라고 했다. 그 삼촌이 간첩이었다. 할아버지는 시골에 살고 있었고, 아버지의 형제는 다섯이었는데 그 가운덴 대학교수도 있었다.

어느 날 아버지와 삼촌이 경찰에 붙들려 갔다. 할아버지와 큰아버지, 작은아버지 할 것 없이 형제들이 모두 잡혔다. 할아버지는 바로 풀려나왔으나 곧 죽었다.

간첩이란 삼촌은 사형을 받았고 미스 김의 아버지를 비롯한 세 형제는 무기징역, 대학교수를 하는 큰아버지는 십 년 징역을 받았다. 어머닌 식모살이를 했다. 미스 김도 어느 집 심부름하는 아이로 들어갔다.

그렇게 하길 오 년이 지났다.

"그런데 어느 날 아버지가 감옥에서 병사했다는 소식이 있었나 봐요. 나는 그땐 몰랐죠. 남의 집에 있었으니까요. 그래도 어머닌 기를 쓰고 사셨죠. 정릉 산마루에 셋방을 얻어놓고 동생을 거기에 두곤 사흘에 한 번꼴로 와보고 했는데…… 동생 하나는 열 살이고 하나는 여섯 살인데 여섯 살 먹은 동생이 열병을 앓다가 죽었어요. 어머니가 뒷산 소나무에 목을 매어 죽은 것은 동생을 화장하고 난 그 이튿날이었죠."

나는 뭐라고 할 말이 없었다. 울고 있기나 했으면 울지 말란 말이라도 할 수 있었을 것인데 미스 김은 울지도 않고 담담히 말했다.

"그래, 그때 열 살 난 동생은 어떻게 됐수?"

"지금 울산에 가 있어요. 기능공이 되겠대요."

"대학교수였다는 큰아버진?"

"작년엔가 나왔죠. 나를 보고 울기만 하시더군요. 나 있는 곳을 알리지도 않았죠. 알릴 사정도 못 되구요."

나는 가만히 그 어깨를 안았다. 안긴 채 미스 김은 덧붙여 말했다.

"그 삼촌은 참으로 미남이었어요."

우리는 다시 자리를 깔았다. 나는 그 슬픈 운명으로 얼룩진 육체를 만졌다. 그리고 또 잠에 빠졌다.

잠을 깬 것은 오후 세 시. 나는 드디어 일어날 작정을 했다. 옷을 챙겨 입고 호주머니를 털어봤더니 칠천오백 원이 있었다. 천 원을 남기고 육천오백 원을 방바닥에 놓고 일어섰다.

미스 김은 그 돈을 주워 황급히 일어서더니 내 주머니에 쑤셔넣었다. 눈엔 원망스럽다는 빛이 있었다.

"잘 있어요."

하며 어깨를 두세 번 두드려놓고 나는 그 방에서 나왔다. 신을 신고 있는 것을 우두커니 지켜보고 있더니 나를 따라 문간까지 나와 선 미스 김은,

"잘 가요."

하곤 문간에서 밖으로 나오진 않았다.

문이 닫히고 빗장을 지르는 소리가 들렸다.

나는 한길에 나와서야 미스 김의 직장이 어디에 있느냐고 묻지 않았다는 사실을 깨달았다. 그렇다고 해서 되돌아설 생각까진 하지 않았다.

'선인장에 핀 개나리꽃!'

하숙을 향해 걷고 있는 나의 뇌리와 가슴에 이 말이 자꾸만 반복되고 있었다.

컵 안의 폭풍

공중전화 박스.

그것이 눈에 띄자 나는 소스라치게 놀랐다. 돌연 나는 거기서 분실된 교정부원을 발견한 것이다. 나는 내 자신이 어느 신문사의 교정부원이었음을 망각한 동안의 시간을 헤아려봤다. 계산하는 버릇으로선 불과 일고여덟 시간일 것 같은데 내 마음의 빛깔로선 막막한 시간이다.

시계는 네 시 십 분 전.

'전화를 걸어야 한다.'

는 의식이 돋았다.

'그저 지나쳐버려라.'

하는 의식이 엇갈렸다.

'그렇고 그럴 수 있는 거지 뭐.'

하는 생각에,

'나는 이만저만한 과오를 저지른 게 아니지 않을까.'

하는 생각이 겹쳤다. 불안했다. 그런데 불안해하는 마음 자체가 한편 나의 프라이드에 거슬렸다.

'일 년 내내 무결근, 무지각, 무조퇴, 하루쯤이야!'

그러나 망설일 순 없다고 생각했다. 공중전화 박스에 들어섰다.

나는 대범한 심정으로 다이얼을 돌렸다.

"……신문삽니다아."

은화식물의 내음이 살큼 묻어 있는 교환수의 목소리가 흘러나왔다.

"교정부장 부탁합니다."

"감사합니다아."

하는 말이 되돌아왔다.

'감사하긴? 조금도 감사할 생각이 없는데 버릇처럼 남발되는……아까운 말들……'

이런 생각을 하면서도 나는 숨을 죽였다.

"교정붑니다."

감정의 악센트를 쫙 빼버린, 바래진 듯한 우동규 부장의 음성이었다. 찔끔했지만 태연하게 꾸몄다.

"저 서재필입니다."

"누구라구요?"

음절 하나하나에 고슴도치의 바늘이 느껴졌다.

"서재필입니다."

"서재필 박사는 미국으로 가신 줄 알았는데요. 거긴 미국이우?"

우동규 부장의 말인 것은 분명한데 여느 때 우동규 부장의 음성은 아니었다. 농담에 곁들여 이렇게 쌀쌀할 순 없다. 나는 송수화기를 귀와 입에 댄 채 말을 잊었다. 이편에서 말이 없자 저편에서 말이 있었다.

"사표는 우편으로 보내도 되니까 무리해서 나오실 것까진 없을 거요."

나는 어안이 벙벙했다. 송수화기를 그냥 들고 있을 수도 없는 어정쩡한 상태로 있는데,

"서 형이오?"

하는 다른 목소리가 들려왔다.

정 차장이었다.

"사람이 어찌 그래. 서 형 때문에 수도 서울의 경찰이 총동원됐소. 덕분에 교통사고가 평일의 여덟 배, 강도 사건이 열여섯 배, 절도 사건이……. 이건 내 짐작이지 공적인 통계는 아니지만."

하고 킥킥하는 웃음소리에 섞어 물었다.

"도대체 거기가 어디요?"

"동대문 밖 공중전홥니다."

"신체에 이상이 없죠?"

"예."

"신상에도 이상이 없죠?"

"예."

"보행하는 데 부자유라도 있습니까?"

"없습니다."

"피치 못할 시간 약속은?"

"없습니다."

"그럼, 일곱 시 반에 무교동 다방으로 나오세요."

"예."

전화는 끊어졌다. 나는 얼떨떨했다. 언제나 부드러운 부장의 서슬은 시퍼렇고, 언제나 냉정하던 차장의 말은 부드럽기 비단 같았으니 말이다. 나는 사태의 심각성을 깨달았다.

공중전화 박스에서 나왔다.

자동차들이 환장을 한 동물처럼 동으로 달리고 서로 달리고 있었다.

각기 저편에 천길만길의 절벽을 두고, 그 절벽으로 빨리 굴러떨어지기 위한 경주를 하는 것처럼 보였다. 사람들은 빨리 죽어야 한다고 서둘 만큼 바쁜 모양이었다.

타성처럼 걷고 있는데 동대문이 시야에 들어왔다. 분명히 그것은 장애물이었다. 바로 뻗어나갈 수 있는 길을 고색창연한 덩치로 턱 버티어 막고 해볼 테면 해보라는 배짱을 부리고 있음이 분명했다.

이조의 선비들이 혼비백산해서 도망을 쳐야 할 계제에 하도 버겁기만 한 짐을 아무렇게나 길바닥에 버려둔 것이라고밖엔 생각할 수가 없었다. 석양을 등지고 그 윤곽이 뚜렷해질 때 나는 동대문의 슬픔을 알았다.

그러나 그것은 내 마음의 빛깔이었을지 몰랐다. 우동규 부장이 들먹인 사표의 의미와 상상할 수도 없었던 정 차장의 상냥한 목소리의 의미를 나는 분석해야 했던 것이다.

하숙집이 가까워졌을 무렵, 내 마음속에 각오 비슷한 것이 응결되기 시작했다. 교정부원을 그만두어도 좋다는 각오였다.

그러자 오백여 명 가운데서 제1번으로 뽑혔다는 사실이 아픔처럼 기억 속에 되살아났다. 동시에 그따위에 사로잡혔다간 인생이 가련하다는 상념이 일었다.

'오백 명 아니라 오만 명 가운데서 일 번으로 뽑혔어도 교정부원은 교정부원 아닌가. 품평회에서 일등을 했어도 돼지는 돼지, 결국 도살되어 사람의 아가리에 들어가기 위한 돼지인 것이다.'

이렇게 생각이 미치자 약간 기운이 났다.

나는 하숙으로 들어가 타월과 비누를 챙겨 들고 목욕탕으로 갔다. 교정부원의 탈을 벗기 위한 각오를 다짐하는 동시, 어젯밤 이래의 센티멘털리즘을 말쑥이 씻어버릴 작정이었다.

그런데 활씬 벗고 탕 속에 들어 나 자신의 나신을 바라보고 있으니 이제 막 헤어지고 돌아온 미스 김의 얼굴이, 그 자태가, 그 감촉이, 그 허벅다리의 탐스러움이 한꺼번에 되살아났다.

그것은 뭔가 향수를 닮아 있었다.

하숙으로 돌아와 시간을 재어봤다.

일곱 시 반의 약속이니 한 시간 동안쯤 누워 있을 여유가 있다는 계산이 나왔다. 나는 요를 깔고 벌렁 드러누워 이런 생각을 했다.

'술과 색으로 신세를 망친다는 말이 있다. 신문사의 교정부원 자리가 정말 중요한 것인데, 어젯밤부터 지금까지의 일 때문에 그 자리를 그만두게 된다면 정말 주색이 내 신세를 망친 셈이 된다. 그럴 때 미스 김은 두고두고 내게 중요한 존재가 된다……'

그러나 나는 교정부원 자리를 그만두게 되는 것이 그다지 중요한 일 같은 생각이 들지 않았다. 쫓기면 쥐새끼도 고양이를 문다고 하지 않는가. 내겐 물어야 할 고양이도 없지만 그 대신 엉뚱한 길이 트일는지도 모를 일이었다.

고향의 형님 생각이 났다.

'만일 내가 돈이라도 좀 부쳐달라고 하면?'

햇볕에 그을린 그 농부의 주름잡힌 얼굴을 잔뜩 찌푸리기는 할망정 얼만가의 돈을 부쳐주리라! 그러자 나는 또 취직 시험을 볼 궁리로 넘어갔다.

S회사, K회사 하고 숱한 회사에서도 사원을 모집하는 경우가 있는데 어쩐지 나는 그런 회사의 사원이 되었으면 하는 마음을 가져본 적은

없다.

'이번엔 교도소 간수 시험이나 한번 치러볼까.'

상상 속의 감방이 전개됐다. 그 방방에 사람들이 감금되어 있다. 감금된 사람들의 표정을 읽으며 산다. 한없이 우울하고 지겨운 낮과 밤이 아니겠는가. 그 지겨운 낮과 밤을 감당해보는 것도 나쁠 것이 없지 않을까.

'돼먹지 않은 기사를 고치는 작업보다는 살아 있는, 그리고 고민하고 있는 사람들을 상대로 사는 것이 훨씬 나은 보람일 수도 있다.'

이런 마음의 주변을 헤매면서도 고등고시에 합격해서 판사나 검사가 되어볼까 하는 생각을 하지 않는 까닭은 남의 일을 따져들고 판단하는 일에 생리적인 외포를 가졌기 때문인지도 모른다.

일곱 시가 되었을 때 자리에서 일어났다. 머리에 살금 포마드를 발라 빗어 넘겼다. 맞춰놓고 입지 않았던 새 와이셔츠를 꺼내 입었다. 제대 기념으로 선물을 받은 넥타이를 맸다. 내가 가지고 있는 세 벌의 양복 가운데 가장 내 마음에 드는 고동색 바탕에 자줏빛 점점이 화려한 양복을 입었다.

거기다 소중히 간직해 둔 백스킨의 구두를 신고 뜰로 내려서니 하숙집 안주인이 깜짝 놀랐다.

"아이구머니나, 어쩌면 저런……. 영화에 나갔더라면 일류 스타가 되겠다. 서 씨, 오늘 밤 데이트하러 가우?"

"예, 데이트하러 갑니다."

하마터면,

"실직하러 갑니다."

할 말을 어느새 이렇게 바꿔버린 것이다.

하숙집엔 이미 혼기를 넘긴 딸과 혼기에 있는 딸 둘이 있다. 그 두 여성이 내가 신문사 교정부원이란 데 대해 잔뜩 경멸하는 감정을 가지고 있다는 것을 나는 잘 알고 있다. 그런 만큼 나도 그들을 잔뜩 경멸하고 있는 바람에 거의 교통이 없다. 그런데 오늘 내가 차리고 나서는 것을 보자 딸을 가진 어머니로서 약간의 동요를 일으킨 모양이라고 나는 그렇게 해석하고 하숙집을 나왔다.

택시를 탔다.

'신사가 버스를 탈 순 없지 않은가.'

실상은 다소 자포자기의 기분이었던 것이다. 그러나 택시를 타고 약속장소에 턱 도착하는 기분은 나쁘지 않았다. 샹부루이에의 정상회담에 참석하기 위해 포드 대통령이 회담장소에 리무진을 턱 갖다대는 기분이나 다를 바가 없었다.

S다방에 들어서자 정 차장의 모습을 곧 찾아낼 수 있었다. 카운터를 등진 자리에 얌전하게 앉아 안경 너머로 입구 쪽을 응시하고 있었기 때문이다.

다방엘 가거들랑 가능한 한 카운터 가까이에 앉아야 한다는 것이 정 차장의 지론이었다. 심부름을 시키기 편리하고, 전화하기 편리하고, 기타 갖가지의 이득이 있다는 것이다.

"서 형, 어떻게 된 거요."

앉기가 바쁘게 정 차장은 쏘았다.

"너무 술에 취해서요, 깨어보니 엉뚱한 집에 누워 있지 않습니까. 출근시간은 이미 늦어 있었구요. 등은 떨어지지 않구요……."

"누굴 시켜서라도 전화 한 통 했으면 됐을 것 아뇨."

"……."

"아파서 못 나간다, 이 한마디면 된단 말요."

"······."

"생각해보슈, 전화 한 통을 못할 까닭이 없지 않소. 아무리 서울이 불편한 곳이기로서니······. 하숙집이면 하숙집, 여관이면 여관, 여염집이면 여염집, 근처에 전화 한 통 해달라고 부탁할 사람도 없었단 말요?"

"그렇게 되어버렸습니다."

"그렇게 되어버렸다구? 그래 다섯 시에 전화를 건 거유?"

"······."

"솔직하게 말해 나는 별다른 걱정은 안 했소. 사고가 있건 말건 할 수 없는 일이구, 걱정을 해봤자 소용없는 일이라고 생각했던 거요. 그러나 우 부장은 달라요. 말은 안 합니다. 하루 종일 정신이 없는 것 같습니다. 다른 사람은 몰랐을 거요. 그저 태연한 줄만 알았겠죠. 그러나 나는 알아요. 불이 붙어 있는 담배를 재떨이에 그냥 두고 새로 담배에 불을 붙입니다. 그러길 아마 서너 번 했을 거요. 점심 먹으러도 안 나갑디다. 자기는 엉뚱한 이유를 들먹입니다만 나는 알아요. 혹시 어디서 전화나 올까 봐 그걸 기다린 거요. 서 형이 멍청한 사람이라면 또 모르지······. 아무리 생각해도 전화쯤 못할 그런 인간이 아니지 않소. 아파서 못 나간다 이 한마디면 그만이구. 그로써 다 해결되는 건데 어째서 전화를 안 했느냐 이 말이오. 그러니 무슨 사고가 난 거라고 생각하지 않겠소. 우 부장이 걱정 안 하게 됐수?"

"죄송했습니다."

"다섯 시에라도 전화를 했으니까 다행이긴 했소. 하여간 우 부장이 성을 낼 수밖에 없었다는 사실만은 이해하시오. 건강한 목소리가 들려오자 우 부장은 서 형이 직장을 깔보고 있다는 생각을 하게 된 거요. 직장이란 것을 생각하고 걱정하는 동료, 아니 책임자가 있다는 생각을 조금이라도 할 수 있었다면 어떻게 그럴 수가 있단 말요."

정 차장의 말은 일일이 옳았다. 하루쯤 결근을 한들 어쩌랴 싶은 나태한 생각이 실은 이만저만한 과오가 아니었다고 뼈저리게 느껴지기도 했다.

"그래 사표를 낼 생각을 하고 있습니다."

나는 죄송해서 못 견디겠다는 심정을 그대로 말했다.

"뭐라구?"

정 차장은 발끈했다. 이때까지 사근사근 부드럽게 말하던 사람은 온데간데없고 표독스러운 표정마저 돋아났다. 나는 적이 당황했다.

"보아하니 당신 형편없는 사람이구려. 사표를 내겠다구? 부장님한테 사과를 드리고 처분을 받을 생각을 안 하구 사표를 내요? 사표만 내면 다요?"

"아까 부장님 전화에 사표를 내려거든 우송을 하라는 말씀도 있었고……."

"그럼 당신은 신문사를 그만둘 생각을 하고 무단결근을 한 거요?"

"그건 아닙니다."

"그러나 책임자 되는 입장에선 아무런 탈도 없이 전화 한 번 없이 결근을 했다는 사실을 알았을 때 혹시 이 사람이 직장을 그만둘 생각으로 그렇게 하지 않나, 하는 생각을 해볼 수 있지 않겠소?"

"그럴 수도 있겠습니다."

"그럴 수도 있겠습니다가 아니라 우 부장은 그렇게 생각한 거요. 그래 사표를 내려거든 우송해도 좋다고 한 거요. 사표를 내려거든이라고 했지 사표를 내라고 부장님이 말합디까?"

듣고 보니 그랬다. 그렇게 말했다.

"제가 말뜻을 잘못 알아들은 것 같습니다. 지레 겁을 먹었거든요."

"그렇다고 칩시다. 그렇다고 치고 당신은 사표를 낼 거요?"

"그럴 생각으로 왔습니다."

"그래 꼭 사표를 낼 거요?"

나는 뭐라고 대답해야 좋을지 망설였다. 정 차장은 부드러운 표정으로 돌아가더니 타일렀다.

"내일 아침 우 부장 댁으로 가시오. 가서 잘못했다고 하시오. 서 형은 이 기회에 그만둘 생각을 했는가 몰라도 그건 안 되오. 그만두더라도 이런 일을 계기로 해서 그만두는 건 좋지 않아요. 사과를 하고 이번 일은 이번 일대로 수습하고 나서 적당한 기회를 찾아야 하오."

"그러나 부장님의 의향이……."

"부장의 의향이 어떻든 간에 서 형이 할 일은 해야 할 것 아뇨. 뭐니 뭐니 해도 우 부장만큼 서 형을 아끼는 사람은 없을 거요."

"그렇게 하겠습니다."

"그런데 말요. 내일 아침 우 부장께서 무슨 가혹한 말을 해도 끝까지 참아야 하오. 그저 죽을죄를 지었습니다 하는 태도로 나가란 말요."

"알겠습니다."

"그럼 됐소."

하고 일어서더니 정 차장은 윤두명 씨의 전갈이라면서 정진동이 윤두명 씨의 집에 하룻밤 더 묵게 되었으니 그렇게 알라고 했다.

"윤두명? 정진동?"

정진동이 윤두명 씨 집에 하룻밤을 더 묵게 되었다면 확실히 무슨 변화가 일어난 것이었다. 그러나 일이 이쯤 되었으면 윤두명 씨도 퇴근길에 나를 만나줄 마음쯤은 씀직한데 싶으니 쓸쓸했다.

정 차장과 헤어져 종로 쪽으로 걸어 나오는데 등 뒤로부터,

"서 선생님."

하는 여자의 목소리가 있었다.

뒤돌아섰다. 안민숙이었다. 안민숙과 나란히 차성희가 있었다.

"정 차장님과 약속하는 얘길 들었어요. 그래 우리도 나온 거예요."

안민숙이 살짝 웃어 보였다. 차성희는 말이 없었다. 공교롭게 가등의 그늘 쪽에 서 있어서 그 표정마저 읽을 수 없었다.

"그럼 모처럼 나온 거요? 여기에."

하고 나는 다시 다방에라도 들어갈 몸짓을 했다.

"우리 배가 고파요. 어디 가서 식사나 해요."

안민숙의 말이었다.

거리에 늘어선 건 죄다 음식점인데도 알맞은 식사를 할 만한 곳은 드물다. 청진동으로 되돌아가서 어느 설렁탕집을 찾아 들었다.

"모처럼 나왔으니 그 S다방으로 오실 일이지 왜 밖에 서 있었소."

내가 물었다.

"정 차장님이 가시길 기다린 거예요."

안민숙의 대답이었다.

"그럼 정 차장 앞에선 못할 얘기를 가졌단 말요?"

"식사나 하구 천천히 얘기해요."

하고 안민숙은 차성희와 눈을 맞췄다.

나 역시 배가 고팠던 모양으로 설렁탕 한 그릇을 깨끗하게 치웠다.

식사를 끝내자 안민숙이 새삼스럽게 나의 아래위를 훑어보기 시작

했다. 그리고 말했다.

"완전 몰라보게 쭉 빼셨네요."

"내 이런 차림이 어울리지 않는다, 그 말씀인가요?"

"아네요, 서 선생님이 이럴 수도 있었는가 하고 놀라고 있는 거예요."

안민숙의 말과 때를 같이해서 아래로 깔고 있던 눈을 차성희는 살큼 들었다. 그 눈길이 부셨다. 그래,

"이렇게 차려입고 있으니 형편없는 교정부원으로 보이지 않죠?"

하고 어물어물했다.

"신문사 교정부에서 썩히긴 아까워요. 청년 외교관, 그런 타입인데요."

안민숙은 정작 그렇게 생각하고 있는 투로 말했다.

'옳지, 외교관 시험이나 봐볼까.'

하는 아이디어가 일었다.

'그렇다. 내일 아침 우동규 부장을 찾아가서 정중하게 사과를 하고 결과가 어떻게 되건 사표를 내자. 그리고……'

하며 생각이 잇따랐다.

"우릴 이 설렁탕집에 언제까지나 앉혀놓을 참예요?"

안민숙이 장난스럽게 말했다.

"그럼 어떻게 할까요."

"맥주홀에나 가요. 오늘 밤은 우리가 한턱할 테니까요."

"숙녀들께서 술을 하실 줄 압니까?"

"난 맥주 반 병쯤은 해요. 미스 차는 한 병쯤 하구요."

차성희는 가만히 웃음을 품고 있었다.

"헌데 식사 후에 맥주를 마신다는 건……. 그 아이디어가 조금 지각한 것 아뇨?"

"지각한 아이디어는 아녜요. 우리들의 입버릇인걸요. 빈속에 술을 마시면 뱅 돌거든요. 그래 우린 식사 후에 맥주를 마시죠. 아니 마실 필요가 있을 땐 말예요. 건전한 아이디어죠?"

"어딜 갈까."

하고 나는 생각했다.

"음악이 없는 곳, 그리고 불이 밝은 곳으로 가요. 간단하고 깨끗한 그런 곳."

그런 맥주홀을 찾기란 그다지 힘들지 않았다. 바로 그 골목 안에서 찾을 수 있었다.

홀 한구석에 자리를 잡고 맥주가 날라져 왔을 때 안민숙이,

"서 선생님께선 사표를 내세요?"

하고 불쑥 물었다.

"그건 또 왜 묻죠?"

"오늘 오후 우동규 부장의 전화를 들은 거예요. 사표를 우송하라고 하데요."

나는 뭐라고 답해야 좋을지 몰랐다.

"서 선생님이 사표를 내겠다고 한 것 아녜요?"

"아닌데요."

"우동규 부장이 일방적으로 그렇게 말한 거죠?"

"그렇습니다."

"그럼 우리 추측이 맞은 거야."

안민숙과 차성희는 눈을 맞추고 보일 듯 말 듯 고개를 끄덕였다.

"그게 무슨 뜻입니까?"

했지만 그들은 말하는 대신 맥주 글라스를 입으로 가져갔다.

얼마간의 침묵이 흘렀는데 침묵을 깬 것은 안민숙이었다.

"서 선생님은 사표를 낼 요량은 있죠? 난 알아요."

"어떻게 알았습니까?"

"척 보면 알죠."

"관상을 봤다, 그건가요?"

"아니죠."

"말씀해보세요, 어떻게 남의 마음을 그렇게 잘 아시는지."

안민숙은 장난스럽게 나의 얼굴을 쳐다보고 있더니 이렇게 말했다.

"새 양복 새 와이셔츠 새 넥타이로 정장한 것을 보고 알았어요. 무슨 각오 없인 서 선생님이 그렇게 차려입을 까닭이 없어요. 더구나 그런 일이 있고 난 연후에 꼬장꼬장한 정 차장님을 만나는데 말예요. 난 서 선생님이 무슨 각오를 단단히 한 증거라고 봤어요. 내 추측이 옳죠?"

"놀랐는데요."

"그렇게 얼버무리지 말고 대답을 하세요. 내 추측이 옳죠?"

"대강은 맞았습니다."

"대강이라뇨?"

"미스 안은 각오를 단단히 한 증거라고 했는데 난 어렴풋이 각오는 했어도 단단히는 안 했으니까요."

"서 선생님의 생각으론 어렴풋이지만 결과적으론 단단히 한 거나 마찬가지 아녜요?"

"그럴는지 모르죠."

또 한동안 침묵이 흘렀다. 그동안 차성희는 두 글라스째의 맥주를 마시고 있었다. 파리한 얼굴의 아직 소녀티가 남아 있는 숙녀가 맛을 감정하듯 한 모금 한 모금 맥주를 마시고 있는 것은 이상한 광경이라고

142

할 수 있었다.

"그렇다면 우리의 용건을 말하죠."

하고 안민숙이 정색을 했다. 나도 따라서 정색이 되었다.

"서 선생님이 사표를 내시면 우리도 따라서 사표를 내겠어요."

"……."

"미스 차와 나는 그렇게 하기로 합의를 보았습니다."

"무슨 까닭입니까?"

"이유는 간단해요. 그렇게 인정이 각박한 직장엔 있을 필요가 없다는 것뿐예요."

안민숙의 말은 결연했다. 나는 사태가 만만치 않다는 것을 느꼈다.

"그 곤란한데요."

"어쩌다 하루쯤 실수한 걸 갖고 야단법석을 꾸미는 것도 못마땅했구요, 그렇다고 사표를 우송하라고 명령하는 태도도 불쾌했구요. 그건 서 선생님에게만 해당되는 일이 아닐 테거든요. 난 우동규 부장님을 그렇게 보진 않았는데 정말 실망했어요."

"내가 잘못했지, 우동규 부장 잘못은 아닙니다. 그러니……."

"서 선생님이 잘못했다는 건 사실이에요. 그러나 책임자의 인격은 잘못을 저지른 부하에게 어떻게 대하느냐 하는 그 태도에 보다 뚜렷하게 나타나는 것 아니겠어요?"

"그러나 우동규 부장은 아마 농담으로 그렇게 말했을 겁니다."

"그럼 서 선생님은 부장의 말을 농담으로 듣고도 사표를 내실 생각예요?"

"농담으로 들었지만 그게 내 마음을 정하는 계기가 된 겁니다. 그러니 미스 안이 생각하는 것과는 사정이 조금 다릅니다."

"마찬가지예요."

안민숙은 단호했다. 나는 난처했다. 내가 사표를 내는데 그런 파동이 있어선 안 되는 것이었다.

"미스 안, 그렇게 되면 무슨 항의하는 것 같은, 이를테면 스트라이크 같이 되지 않습니까? 곤란한데요."

"선생님이 곤란할 까닭은 없죠. 뭣하면 선생님이 사표를 내신 뒤 우린 일주일쯤 있다가 내죠 뭐."

"미스 안과 미스 차는 내가 사표를 낸다니까 내겠다는 겁니까, 혹시 또 다른 이유가……."

"목하 다른 이유는 없어요."

"그럼 내가 사표를 내지 않으면?"

"그럴 땐 우리가 사표를 낼 이유가 없어지는 거죠."

"꼭 그렇다면 사표를 내지 않도록 노력해보겠소."

"우리를 위해 비굴한 꼴을 참겠다는 거예요?"

"그렇다고 비굴할 것까지야 없지 않겠소."

"아녜요. 사표를 내라고 은근히 압력을 주는데 사표를 내지 않고 견디는 건 비굴하지 않고서야 어려울 거예요."

"아무리 우 부장이 그렇게까지야 하겠습니까."

"우리나 서 선생님은 여태까지 부장님을 잘못 알고 있는 것 같애요. 그러니 너무 낙관해선 안 돼요. 실은 우리가 이렇게 나오게 된 데는 또 하나의 계기가 있었어요. 퇴근 직전 나와 미스 차가 부장에게 물었어요. 서재필 씨의 사표를 받을 거냐구요. 사표를 내면 수리하겠다고 서슴없이 말했어요. 그 태도는 만일 사표를 내지 않으면 사표를 내도록 하겠다는 뜻까질 포함하고 있는 것 같았어요."

144

"……."

그렇게까지 경화되어 있으니 정 차장이 모처럼 나를 만난 것이라고 짐작할 수가 있었다.

"그러니 우리를 위해서나 선생님 자신을 위해서 비굴할 필요가 없다고 생각해요. 선생님은 오백 명 가운데 일등으로 뽑힌 사람 아녜요? 무슨 시험을 못 치르겠어요. 설마 교정부원만 못한 직장이 있을라구요. 전화위복이 될 수 있을지 모르는 일 아녜요? 그리구 우리 걱정도 마세요. 우린 선생님처럼 한 실력은 없을지 모르나 새로 우리가 살 길을 개척할 수 있는 자신이 있어요."

"좋습니다."

하고 나는 글라스를 들었다.

"우리 그런 뜻으로 한잔 듭시다."

안민숙과 차성희는 각기 글라스를 들고 내 글라스에 갖다댔다.

"이러고 보니 우린 조그마한 반란군을 형성한 셈이구먼."

유쾌한 기분으로 이렇게 말하고 나는 다시 맥주를 청했다.

생활의 전기를 목전에 두고 있다는 것은 사람을 흥분하게 한다. 그런 흥분은 씨알머리 없는 말들을 쏟아놓도록 하게 마련이다. 몇 잔의 술에 취해 대담해진 나는 단도직입적으로 차성희에게 물었다.

"미스 차는 왜 그렇게도 말을 하지 않습니까?"

눈 언저리를 분홍빛으로 물들이고 차성희는 나직이 말했다.

"난 너무 말을 많이 해요."

"언제요?"

"항상."

"한 번도 미스 차의 말소리를 들어보지 못했는데요."

"내 마음속에서 하고 있으니까요. 마음속에서 쉴 새 없이 지껄이다 보니 지쳐서 밖으로 나올 말이 없어져요."

"그 마음속의 대화를 녹음하세요. 언젠가 한번 듣고 싶은데요."

"미스 차는 지금도 녹음을 하고 있어요. 자기 일기책에다가요."

안민숙이 한 말이다.

"일기를 쓰세요?"

차성희는 얼굴을 붉힌 채 대답이 없었다. 긍정하는 뜻일 것이었다.

"안민숙 씨도 일기를 쓰세요?"

"난 미스 차완 반대예요. 밖에서 죄다 지껄여버리고 마음속에 간직해 둘 말이 없어요."

"두 분 다 말씀하실 줄 아시는데요."

"이 정도면 말할 줄 아는 편일까요?"

"아는 편이 아니라 당해낼 도리가 없는걸요. 그건 그렇고 안민숙 씬 어떻게 사람의 마음을 그처럼 꿰뚫어보죠? 아까 내게 한 말 같은 것, 내가 무슨 각오를 하고 있다는 것 말요. 정말 놀랐어요."

"이십수 년 살다가 보니 그저 그렇게 된 거예요."

"안민숙 씨의 남편 되실 사람은 행복하겠어. 그렇게 마음을 잘 알고 서비스를 할 테니까요."

"그런데 그게 그렇게 안 되니 걱정이죠."

일순 안민숙의 얼굴이 흐렸다.

"왜 그렇게 안 될까요."

"내게도 한때 보이프렌드가 있었어요. 대학에서 같은 과의 한 반 위에 있었는데요, 평소 썩 잘 지낸 편이었어요. 그런데 그게 사랑으로 결실하지 못하고 말데요. 그 까닭을 지금 생각하니 내가 그이의 의도나 생각을 너무 앞지른 때문인 것 같아요. 다방에 앉아 음악 같은 건 듣지 않고 우물쭈물하는 걸 보고, 자기 돈이 필요한 거지? 하고 물으면 그렇다는 거예요. 손톱을 깨물고 있을 땐, 고향에서 안 좋은 소식이 온 거죠? 하고 물으면 대강 들어맞아요. 이런 것까진 좋은데 괜히 눈을 굴리며 한 말을, 자기 지금 거짓말하구 있지, 서점에 가서 어려운 책을 만지작거리는 걸 보곤, 자기 괜히 허영심 부리지 말어, 하는 따위의 말을 예사로 해버리거든요. 그럼 기가 꺾이는 모양이었어요. 어느덧 사이가 멀어져버렸어요."

"그럴 수도 있겠지."

"여자는 조금 어수룩한 데가 있어야 할 것 같애. 속는 줄 알면서도 속아주는 그런 데가 말예요. 그런데 나는 그게 안 돼요. 누가 내 남편이 될지 모르지만 골탕을 먹을 거예요. 물론 난 결혼할 생각은 없지만서두요."

"결혼할 생각이 없다니 이건 중대한 발언인데요."

"주변의 결혼생활을 보면 하나같이 달갑지 않아요. 가난한 사람이구 부자구……. 똑같이 구질구질해요. 그리구 돼먹지 않았어요. 어느 가정이건 가보면 비눗물과 땟국이 섞여 있는 미지근한 목욕탕에 들어앉은 것 같은 느낌이 되는걸요."

"그럼 미스 안은 평생을 독신으로 살 작정입니까?"

"무슨 작정이 있겠어요? 버틸 대로 버텨보는 거죠 뭐. 세상을 자기 마음대로만 어떻게 삽니까. 강도를 맞는 것처럼 어떤 사내에게 당할지도 모르죠. 그러곤 아가리 한 번 놀리지도 못하구 쥐여살게 될지도 모르는 일 아녜요?"

"여하간 남편은 폭군이라야 하겠구먼요."

"폭군적인 소질이 없는 사나이는 나 같은 것 감당을 못할 거예요."

안민숙이 거침없이 해젖히는 말이 차성희에겐 퍽 재미있는 모양이
었다. 홀린 듯 안민숙의 옆얼굴을 보고 있는 차성희의 옆얼굴에서 그런
기분을 느낄 수 있었다.

"차성희 씨는 어때요."

불쑥 이렇게 물어보았다. 말뜻을 채 깨닫지 못한 탓인지 차성희는 내
얼굴을 말끄러미 쳐다봤다. 나는 고쳐 물었다.

"차성희 씨는 독신생활을 어떻게 생각하시죠?"

차성희는 고개를 갸웃하며 생각하는 빛이 되더니 조용히 말했다.

"제 마음대로 할 수 있다면 전 수도원으로 가고 싶어요."

"수도원에요? 수녀가 되고 싶단 말씀입니까?"

"심신에 자신만 있다면 그렇게라도 하구 싶어요."

하고 차성희는 고개를 숙여버렸다.

"나 좀."

하고 안민숙이 일어섰다. 화장실로 가는 모양이었다. 그러자 차성희가
번쩍 고개를 들었다. 그리고 나를 쏘아보듯 하며 나지막하나 또렷또렷
하게 말했다.

"안민숙 씬 서 선생님을 사랑하고 있어요. 그 마음을 선생님께선 알
아두셔야 합니다."

나는 몽둥이로 뒤통수를 한 대 얻어맞는 기분이 되었다.

"천만에요, 그건 오해일 겁니다. 오해가 아니더라도 난……."

하고 중얼거려본 것이 고작이었다.

차성희는 다시 말을 할 듯했으나 입을 다물어버렸다.

안민숙이 화장실에서 돌아왔다. 이상스러운 공기를 눈치챈 모양으

로 두리번거리며 앉았다.

시간이 꽤 오래되었다.

"우리 결론을 다시 한 번 확인해요."

하고 안민숙이 내가 사표를 낼 경우 자기들도 사표를 낼 것이라고 다짐했다. 그리고 다음과 같이 덧붙였다.

"특별한 사유의 발전이 없는 한 이 기회에 새로운 전기를 마련하는 뜻으로 사표를 내도록 합시다. 서 선생님, 절대로 비굴해선 안 됩니다아."

셈은 꼭 자기들이 하겠다면서 각기 핸드백을 열곤 안민숙과 차성희는 계산서에 맞춰 돈을 합쳤다.

화신 앞에서 헤어져야 했다. 인사를 나누고 저만큼 걸어가다가,

"잠깐."

하고 안민숙이 내게로 뛰어왔다.

"선생님, 미스 차는 서 선생님을 사랑하고 있어요. 선생님이 사표를 내면 우리도 사표를 내자고 먼저 제의한 건 미스 차예요. 아시겠죠?"

이렇게 속삭여놓고 안민숙은 기다리고 서 있는 차성희 곁으로 달려가버렸다.

나는 그들이 사라져간 방향을 한참 동안 서서 지켜보다가 하늘을 보았다. 오늘 밤엔 별이 보이지 않았다. 얼떨떨한 심정을 진정할 방도를 잃은 기분으로 나는 얼마간 어두운 하늘을 쳐다보고 있었다.

우동규 부장의 집을 찾아가기 위해 여섯 시에 일어나 채비를 하고 있는데 들창 저편에서 소리가 났다.

"서 선배님, 서 선배님."

정진동의 음성이었다. 대문으로 나가 빗장을 뽑았다.

"어디서 오는 길이지?"

하고 물었다.

"윤두명 씨 집에서 오는 길입니다."

하는 대답이었다.

"그런데 어떻게 새벽에……."

나는 정진동을 들어오게 하고 대문을 잠갔다.

"윤두명 씨의 부탁을 받고 왔어요."

하고 정진동은 깔린 채 있는 이불을 밀치고 앉았다.

"무슨 부탁인데."

"오늘 아침 일찍 우동규 부장을 찾아가라는 얘기였습니다."

"그러지 않아도 그럴 작정으로 일찍 일어났지."

"어제 무슨 일이 있었던 모양이죠?"

"윤두명 씨가 뭐라고 안 하든?"

"별말씀 없었어요. 그저 우 부장님을 출근 전에 찾아가라는 말씀
밖엔."

"어제 내가 무단결근을 했거든. 그게 말썽이 난 거라."

"무단결근? 왜 그랬죠?"

"그럴 일이 있어서."

"군대 같으면 영창감인데요."

"영창이라도 있었으면 좋겠다."

나는 옷을 입고 밖으로 나왔다. 정진동이 따라 나왔다.

"자넨 내 방에 있게. 곧 돌아올 테니까."

했으나,

"그 집에까지 같이 가겠어요. 선배님 말씀하는 동안에 전 밖에서 기

다리죠."

하고 굳이 가겠다는 것이다.

"밖에서 기다리긴 추울 텐데."

"무슨 말씀입니까. 이래봬도 영하 사십 도의 추위 속에 보초근무를 한 놈입니다."

인적이 없는 새벽의 거리로 반딧불 같은 루프 램프를 켠 택시가 질주하고 있었다.

"새벽의 서울 거린 그런대로 멋이 있지?"

"그런데요."

택시를 잡아탔다. 홍제동으로 가자고 했다. 우 부장의 집은 홍제동에 있었다.

"참, 윤두명 씨 집은 퍽 재미가 있었던 모양이지, 하루를 더 묵은 것을 보면."

하고 사정을 물었다.

"전 지금도 얼떨떨한걸요. 한마디로 말해 이상했어요."

"뭣이."

"그 집 구조도 그렇구요, 가족 구성도 그렇구요. 전체적인 분위기도 그렇구."

하고 시작한 정진동의 설명은 다음과 같았다.

윤두명 씨의 집은 남산의 지맥이라고 할 수 있는 봉우리의 꼭대기에 있었다. 그런데 그 보광동 일대는 6·25 때 남하한 피난민들이 염치불구하고 나무를 베어내고 산을 깎아 판잣집을 지어 정착해버린 곳이다. 그렇게 해서 수만 호가 밀집해버린 것을 당국에서도 어떻게 할 수 없는 동안에 그곳 주민들은 완전히 그곳에 뿌리를 박았다.

윤두명 씨는 그러한 지대의 꼭대기에 자리잡은 판자집을 네 개를 사들여 독특한 모양의 집을 지었다. 네 개의 계단으로 단단으로 이어진 그 집 전체는 먼빛으로 보면 일종의 탑 모양이다.

그런데 계단을 따라 화단이 양측으로 만들어져 가을꽃이 만발해 있었고 집 주위도 좁다란 공지를 이용해서 꽃을 심었다. 그러니 사중의 탑이 커다란 화환을 두른 것처럼 보였다.

맨 꼭대기 집에 윤두명 씨는 소아마비에 걸린 소년과 쉰을 넘어 보이는 식모와 같이 살고 있고, 그 다음 집엔 국민학교 다니는 소년이 대학생인 듯한 청년과 같이 살고, 그 다음 집엔 중학교 학생 또래의 소년이, 맨 아랫집엔 고등학교 학생 또래의 소년들이 살고 있었다.

뒤뜰엔 각종의 운동기구가 있었고 우천이 아닐 때는 매트를 깔고 태권도 연습장으로 사용하고 있다는 공지도 있었다. 가족의 총수는 식모를 합해 열한 명, 윤두명 씨의 말대로라면 맨 아래채에 방이 하나 비어 있으니 앞으로 세 명은 더 수용할 수 있을 것이라고 했다.

집 전체의 관리는 대학에 다니는 청년이 책임지고 있었다. 모든 생활은 규칙적인 것을 원칙으로 하지만 기상 몇 시, 취침 몇 시 하는 따위로 기계적으로 분할하지 않고 "잘 때가 됐으니 자자." "일어날 때가 되었으니 일어나자."는 식으로 규제하고 있고, 밤늦게까지 일어나 있어야 할 사람과 늦잠을 자야 할 필요가 있는 사람은 정해진 방으로 가면 되게 돼 있었다.

윤두명 씨는 그 소년들을 옥황상제의 직계 자손들이라고 아침저녁 간단한 형식으로나마 예배를 드리고 있는 것으로 보아 유사종교의 냄새가 없는 것도 아니었다. 이렇다 할 교육을 별도로 시키는 것 같지는 않았는데,

'상제를 위해선 생명을 바친다.'

는 표어가 방방에 붙어 있는 것으로 보아 무언가 목적의식이 있는 교육이 행해지고 있는 것만은 사실인 것 같았다.

침구는 깨끗했고 냉장고, 텔레비전 등도 있었다. 식사는 호화스러울 정도라고 할 수가 있었다.

"내가 첫째 이상하게 느낀 것은 그 가족들이 윤두명 씨에게 대하는 태도였어요. 모두들 어리광을 피우기도 하고 함부로 굴기도 하는데도 형식적인 것이 아닌 예절이 바로 서 있고 동시에 훈훈한 정이 느껴지기도 합니다. 내가 보긴 윤두명 씨가 명령을 내려 누굴 죽이라고 하면 서슴없이 누구든 해치울 것 같은 그런 기분이었어요. 또 한 가지 이상한 것은 윤두명 씨의 신문사 월급 갖곤 어림도 없을 텐데 그 많은 식솔들을 어떻게 깨끗이 입히고 잘 먹이고 할 수 있느냐는 겁니다."

나는 정진동의 말을 듣기만 해도 어리둥절했다. 윤두명 씨가 자꾸만 미스터리 속의 사람처럼 느껴졌기 때문이다.

"소아마비에 걸렸다는 소년은?"

"한마디로 말해 천재라고 할 수 있는 아이였어요. 탈이라면 절대로 집 밖엘 나가지 않으려는 것이었는데, 온 식구가 그 애를 애지중지하고 있으니 그게 또 가관이드만요. 꽃은 전부 그 애가 돌본답니다. 부자유한 다리로 그 높은 계단을 오르내리며 화단을 돌보고 있었어요. 나란히 윤두명 씨와 누워 밤에 한다는 얘기가 내일 아침이면 뒤뜰에 무슨 꽃이 몇 송이쯤 피어날 것이란 그런 얘기였었는데 듣고 있으니 무슨 꿈나라에 온 것 같은 기분입디다."

"선인장의 개나리는?"

"얘기했죠. 그러나 믿으려 하지 않습니다. 그래도 그것에 따른 육종학의 설명엔 퍽 흥미가 있었던 모양이에요. 대학을 가야만 육종학 같은 공부를 할 수 있다고 윤두명 씨가 말하니까 그럼 학교엘 다녀볼까 하고 중얼거리고 있었으니까요."

"그래저래 구봉우를 죽일 생각은 없어졌겠구나."

"글쎄요. 그 집의 분위기에 젖고 있으니 하여간 기분이 이상해요."

이런저런 말을 하고 있는 동안에 택시는 무악재를 넘어가고 있었다. 이제 막 세수를 마친 듯 우동규 부장은 타월로 얼굴을 닦으며 철문에 달린 귓문을 열었다.

그리고 말없이 돌아서서 현관 안으로 들어갔다. 나는 따라 들어가 응접실로 쓰고 있는 듯한 현관 옆 조그마한 방에 들어서서 선 채 기다렸다.

우동규 부장은 파자마를 양복으로 바꿔 입고 와이셔츠를 걸친 채 나와 그 비좁은 방의 소파에 앉으며 턱으로 내게 앉으라는 시늉을 했다. 나는 앉기가 바쁘게 죄송하다는 사과를 시작했다. 그리고 그저께 밤과 어제 있었던 일을 소상하게 설명도 했다.

"요는 얼이 빠져버린 겁니다. 그러니 용서해주시기 바랍니다."

"누가 누굴 용서한다는 거요."

우동규 부장은 겸연쩍게 말하곤,

"설사 용서를 하고 용서를 받을 일이었다고 해도 집에까지 찾아와 할 얘긴 아닌 것 같은데."

하며 웃었다.

그리고 곧 장난스럽게 얼굴을 꾸미곤,

"정 차장이 가라고 했죠?"

했다.

"예, 뿐만 아니라 윤두명 씨도 그렇게 말했습니다."

"그럼 내 연극이 성공한 거요. 무단결근을 해도 대수롭잖게 지내버리면 뒷일이 큰일 아니겠소. 아무라도 하루쯤은, 하고 쉬게 되면 곤란하거든. 무슨 사고가 있었던 것이 아닌가 해서 조바심도 나구요. 그래 가당찮게 서슬을 시퍼렇게 해봤지, 핫하하."

이렇게 말하는 사람을 상대로 나는 사표 얘길 꺼낼 수가 없었다. 같이 아침식사를 하자는 것을 사양하고 일어선 내 귀에 대고,

"우리 앞으로 일주일쯤은 서로 말하지 맙시다. 꼭 일주일요. 그래야 연극에 기승전결이 있을 것 아뇨."

하고 우동규 부장은 속삭였다. 골목 어귀에 서 있는 정진동을 보고 나는 말했다.

"도루아미타불이 됐어."

"도루아미타불이라뇨?"

"난 사표를 낼 생각을 했거든. 그런데 그럴 수가 없게 됐어."

"선배님이 있는 그 교정부라는 곳엔 좋은 사람만 모여 있는 모양이죠?"

정진동이 이제 막 돋아오른 햇살에 눈을 가늘게 뜨며 웃었다.

로맨스의 파편

어느덧 가을이 깊었다. 가로수의 낙엽이 광화문 거리에 휘날리고 있었다. 자동차의 흐름은 아쉬움 없이 그 낙엽을 까뭉개며 질주하고 있었다.

나는 점심시간이 지난 무렵의 그런 때의 버릇으로 창가에 서서 거리를 보다가 하늘을 보다가 했다.

허허하게 맑은 가을 하늘을 보아도 별다른 감회가 괴지 않는다. 정서가 말라가고 있는 것이다. 머지않아 내 가슴팍은 돌자갈밭처럼 되고 말 것이었다. 풀 한 포기 자라지 않는…….

이럴 때를 위해 몇 마디 시라도 외워두고 있을 필요가 있는 것이 아닐까. 깊은 샘에서 펌프로 물을 퍼 올리려면 한 바가지쯤의 마중물이 필요한 것이다. 그런데 내겐 그런 것도 없다.

자리에 돌아와 삐걱거리는 의자에 앉았다. 윤두명 씨는 신문을 펴들고 있고, 김달수는 뭔가를 열심히 메모하고 있다. 부장, 차장의 자리는 비어 있다. 안민숙과 차성희도 아직 나타나지 않았다.

오늘따라 박동수의 우울한 표정이 마음에 걸렸다. 박동수에겐 그런 대로 가을의 감상이 있는가 보았다.

계수명 씨가 돌아와 자리에 앉았다. 담배를 꺼내 피워 물더니 박동수

의 우울한 표정이 눈에 띈 모양으로,

"비원천녀 사업이 마음대로 안 되는 모양이구려. 박 형 얼굴이 지나치게 어두운데."

하고 빈정댔다. 교정부력이 비슷한 박동수와 계수명은 단짝인 농담 친구였다.

"비원천녀구 뭐구 기분 잡쳤어."

박동수는 완전히 기분을 잡쳐버린 그런 표정을 했다.

"청춘사업은 가을이 제철일 텐데."

계수명이 능글을 피웠다.

"청춘사업에 철이 있나?"

박동수는 말을 하기도 귀찮다는 투였다.

"어떤 여자에게 단단히 딱지를 맞은 모양이구먼."

하는 계수명,

"여자? 말도 마슈, 여자 냄새가 코에서 날 지경이라."

하는 박동수,

"아무래도 이상한데? 무슨 사연인지 얘기나 해보슈? 고민이 있으면 나눠 고민해줄 용의가 있으니까."

계수명이 슬슬 호기심이 이는 모양이었다.

"빌어먹을……."

하고 입술을 깨무는 듯하더니 박동수는 뜻밖인 말을 꺼냈다.

"아무래도 구두가 고장이 난 모양이라. 일주일 전 양동 근처에서 한탕 했더니 글쎄."

"구두가 고장이면 구두 수선을 해야지."

계수명은 아무렇지 않게 받았다.

"물론 수선을 해야지. 그러나 그게……. 하여간 기분이 나쁘단 말야."

"인과응보 아니겠소."

"남의 일이라고 그렇게 말하기요?"

나도 박동수의 불쾌해하는 얼굴을 보면서 무슨 말을 하고 있는 걸까 하고 의아했다.

'구두가 고장이 났기로서니, 아니 약간 찢어졌기로서니 그런 정도를 갖고 박동수 씨가 저렇게 불쾌해할 까닭이 뭣일까.'

그런데 계수명 씨의 말이 또 엉뚱하게 나왔다.

"박 형, 조심해야 할 거요. 요즘의 것은 아주 질이 나쁘대요. 옛날에 페니실린 한 대면 간단하게 처리되었던 것이 그렇게 안 된답디다. 지금은 살바르산도 마이신도 효과가 없다느면. 워낙 그 병균들이 약품 세례를 많이 받아놔서 웬만한 약 갖고는 안 된다는 거요. 그것도 그럴 것이 지금의 병균은 그 갖가지 약의 공격을 이겨 남은, 이를테면 약에 대한 저항력이 여간 아닌 게거든요. 그러니까 조심해요."

"공연히 겁주지 마슈."

박동수는 분연히 말했다.

"겁을 주다니, 나는 지금 진실을 말하고 있는 거라구. 박 형의 구두를 위해서 말요."

하고 계수명이 능글능글 웃었다.

나는 그제야 두 사람이 무슨 말을 하고 있는지를 알았다. 김달수도 눈치를 챈 모양으로 물었다.

"계 선배님, 아까부터 구두, 구두 하시는데 그건 구두가 아니라 귀두 아닙니까?"

"구두건 귀두건 통하면 되는 거니까."

계수명은 웃어넘기려고 했다. 그러나 연구심이 돈독한 김달수는 가만있지 않았다.

"글자 단독으로선 거북 구龜이고 동물의 이름, 또는 지명일 경우엔 구라고 읽지만 다른 뜻으로 쓰일 때, 즉 가뭄으로 땅이 갈렸다 할 땐 균열龜裂이라고 해야 하고 그 아래 대가리 두頭자가 올 땐 귀두라고 해야 한다고 되어 있는데요."

"김 형은 교정부원 자격이 있어. 이 다음 교정부장 자리는 김 형이 맡아야 하겠군."

하고 계수명 씨는 웃었고,

"귀두 수리보다야 구두 수선한다는 게 멋이 있잖소. 그리구 귀두라고 노골적으로 표시하는 것보다는 구두라고 적당하게 얼버무려두는 게 좋단 말요."

하고 박동수 씨도 열을 내었다. 그래도 김달수는 지지 않았다.

"구두라고 해선 바른말이 안 되는 것 아닙니까. 어디까지나 귀두라야 합니다. 그리고 구두, 구두 하는 것보다야 귀두, 귀두 하는 게……."

"여보시오, 김 형."

하고 박동수는 김달수의 말문을 막았다.

"남의 사정도 모르구 구두니 귀두니 하지 마슈. 나는 기분이 딱 잡쳐 죽을 지경이우."

"박 선배 기분은 알겠습니다만 귀두를 구두라고 해서야. 어디까지나 우리가 신는 건 구두, 우리가 차고 다니는 건 귀두, 귀두를 구두와 혼동한대서야 귀두가 항의할 것 아닙니까. 그러니까 구두는 어디까지나 구두, 귀두는 귀두……."

"김 형, 그만하슈. 구두건 귀두건……."

박동수가 다급하게 서둘렀다.

안민숙과 차성희가 들어오고 있었다. 그 방향을 등지고 있는 터라 그들이 들어오고 있는 것을 알 까닭이 없는 김달수는 계속 고집을 부렸다.

"구두건 귀두건 상관없다는 말은 안 됩니다. 어디까지나 구두는 구두, 귀두는 귀두……."

계수명이 폭소를 터뜨렸다. 안민숙이 자리에 앉으며 물었다.

"재미있는 얘기가 있었던 모양이죠? 무슨 얘기였어요."

박동수의 얼굴이 푸르락붉으락했다.

"재미나는 토론이 있었소."

계수명이 웃음을 멎지 못한 채 말했다.

"뭔데요."

안민숙의 호기심은 김달수의 연구심과 맞먹는다.

"박동수 씨의 구두 문제가 토론의 주제였죠."

말이 끝나기가 바쁘게 박동수가 흥분했다.

"계 형, 그렇게 나오기요?"

"대강의 윤곽이라도 말하지 않으면 자기들을 화제로 하고 웃었다고 오해하는 것이 숙녀들의 버릇 아니오? 그래서 한 말인데 뭐."

계수명이 여전히 싱글벙글했다.

"낙엽이 지는 가을의 오후에 앉아 기껏 구두가 화제예요?"

안민숙이 사뭇 안타깝다는 투가 되었다.

"김달수 씨, 역시 구두라고 해야 할 이유를 알았죠?"

계수명의 말에 김달수는 뭐라고 항변하고 싶은 눈치였지만 적당한 말이 생각나지 않는단 그런 눈치였다.

"그러나저러나 비원천녀니 사랑이니 하는 문제가 결국 구두의 문제로 환원된다는 건 우울한 얘기가 아닙니까."

말이 없기로 차성희와 쌍벽을 이루고 있는 목상운이 오랜 침묵을 깨뜨렸다.

"사랑이 구두의 문제로 환원하다뇨?"

안민숙의 눈동자가 호기심으로 다시 불을 켠 듯했다.

"구두는 구두로되 늦은 가을의 오후에 화제로 해볼 만한 구두라는 뜻입니다."

목상운이 점잖게 덧붙였다.

이렇게 '구두'의 화제가 꼬리에 꼬리를 물고 이어지고 있는데 전화벨이 울렸다.

안민숙이 무슨 말인가 하려다 말고 수화기를 들었다.

"예, 예, 그렇습니다. 예, 예, 계십니다."

하더니 안민숙이 송화기 쪽을 막고,

"윤 선생님."

하고 불렀다.

"예?"

윤두명이 고개를 들었다.

"도깨비가 나타난 모양이에요. 이번엔 나이가 든 여자의 목소린데요."

윤두명이 전화기를 받아들었다.

"윤두명인데요."

하고 한참 듣고 있더니,

"지금 바빠서 나갈 순 없습니다. 제게 용무가 있으시면 이십 분 내로 수위실에 와서 전화연락 주십시오."

하며 전화를 끊어버렸다.

"드디어 나타났군."

박동수가 한마디 했다.

차성희가 윤두명의 표정을 훔쳐보고 있다는 것을 나는 보지 않아도 알 수 있었다.

언젠가의 밤, 안민숙에게 차성희가 나를 사랑하고 있다는 말을 듣고 얼떨떨한 마음이 되기도 했는데 계속해서 관찰한 결과, 차성희의 주된 관심은 언제나 윤두명을 향하고 있다는 사실을 나는 확인하고 있는 터였다.

"서 형."

윤두명이 나를 불렀다.

"예?"

"이따가 수위실에서 내게 전화가 걸려오거든 서 형이 빨리 수위실로 내려가서 그 도깨비를 붙들어줘 주시오. 미안합니다만 부탁합니다. 이번엔 꼭 붙들어야겠어."

윤두명이 긴장하고 있다는 것을 그 말소리로도 알 수가 있었다.

부장과 차장이 들어오는 바람에 잡담이 뚝 그쳤다. 일이 시작됐다.

윤두명이 부장에게 뭐라고 나직이 얘기했다. 도깨비에 관한 얘기라고 보았다. 그러자 부장이 나와 눈을 맞추더니 고개를 끄덕여 보였다. 윤두명 씨의 부탁대로 하라는 의사 표시였다. 일에 빨려들려는 무렵, 전화벨이 울렸다. 안민숙이 재빠르게 수화기를 들더니,

"수위실예요."

하고 가쁘게 말하고 전화를 윤두명에게 돌렸다.

나는 반사적으로 일어서 수위실을 향해 달리기 시작했다. 계단을 네

댓 개씩 넘어 뛰었다.

중년을 넘어선 여자가 수위실에서 서성거리고 있었다. 나는 재빨리 걸음을 입구 쪽으로 옮겼다.

그리고 그 여자를 서너 걸음 지나친 곳에 입구를 막아서는 자세로 섰다. 수위와 윤두명 씨의 전화가 이제 막 끝난 것 같았다.

여자는 한복 치마저고리 위에 쥐색 코트를 입고 있었다. 몸이 뚱뚱한 편이고 어딘지 모르게 상스러운 기분이 감돌고 있었다. 새까만 머리를 퍼머한 모양이 굵은 철사를 검게 물들여 억지로 휘어놓은 것처럼 덩실했다. 그런 뒷모습만으로도 여염집의 주부는 아니라고 단정할 수 있었다.

여자는 한쪽 벽으로 붙어서더니 핸드백을 열곤 얼굴을 고치기 시작했다. 뺨이며 턱에 췌육贅肉이 다닥다닥 붙어 있고 주름은 없었으나 쉰 살을 넘겼으리라고 짐작될 만큼 피부에 권태의 자국이 있었다. 그 권태한 자국을 짙은 화장으로 뭉개 없애려고 해도 소용이 없는 일이라고 말하고 있는 것이 그린 눈썹이고 붉게 칠한 입술이었다. 나로서도 나타나길 은근히 기다렸던 도깨비의 정체가 그런 추물이고 보니 환멸이었고 실망이었다.

윤두명이 저편에 나타났다. 그리고 도무지 알 수가 없다는 표정으로 그 여자 앞에 서더니,

"내가 윤두명인데요, 아주머니가 나를 찾았수?"

하고 물었다.

"아이구, 윤 선생님이세요?"

여자는 요염하게 미소를 짓는다는 것이 괴상하게 찌푸린 표정으로 되었다.

"그런데 제게 무슨……."

164

"말씀드릴 게 있어서요."

하고 여자는 주위를 둘러봤다.

"말씀하세요."

윤두명은 굳은 표정인 채로 말했다.

"어디 조용한 데로 갔으면 하는데요."

여자는 어색한 애교를 부렸다.

"간단하게 말씀하실 순 없습니까?"

"얘기가 좀 복잡해요."

"그럼 갑시다."

하고 윤두명이 밖으로 걸어 나가며 날더러 따라오라고 했다. 나는 그 여자의 뒤를 따랐다.

윤두명은 길다방 앞에서 서는가 했더니 계속 걸었다. 그리고 신문사에서 오 분 이상 걸리는 골목에까지 가서 허름한 다방을 찾아들었다.

텅 비어 있는 다방의 한구석에 윤두명이 먼저 자리를 잡고 여자를 맞은편에 앉혔다. 우물우물하고 있는 나를 자기 바로 옆에 앉으라고 눈짓을 했다. 차를 시켜놓고 윤두명이 무뚝뚝하게 시작했다.

"말씀해보세요."

"다른 분이 없는 게 좋겠는데요."

여자는 분명히 나라는 존재가 신경에 거슬리는 투로 말했다.

"이 사람은 내 아우나 다름없습니다. 나에 관한 일은 이 사람도 알아둬야 합니다. 그러니 이 사람이 있는 자리에서 말씀해주셔야겠습니다."

윤두명은 단호하게 말했다. 나를 증인으로 하고 무슨 얘기건 들어야겠다고 결심한 것같이 보였다.

여자도 각오를 한 것처럼 자세를 고쳐 앉았다. 그때 어떤 젊은 여자가 다방 문을 들어서는 것이 내 시야에 들어왔다. 나는 직감적으로 그 젊은 여자와 눈앞에 앉아 있는 여자와 무슨 관련이 있는 것이라고 생각했다. 윤두명 씨도 그 젊은 여자를 보았을 것인데도 표정엔 아무런 반응이 없었다.

젊은 여자는 우리들과는 오 미터쯤 상거에 있는 자리에 앉았다.

"혹시 유영희란 여자애를 아세요?"

여자의 말이었다.

"알죠. 헌데 유영희가 어쨌다는 겁니까?"

윤두명의 말은 침착했으나 마음의 동요가 피부로 느껴졌다.

"그 애는 내 딸입니다."

"그래요?"

믿어지지 않는다는 기분이 윤두명의 말투엔 있었다.

"그 애 문제로 윤 선생을 찾아온 거예요."

"지금 유영희 씬 어디에 있습니까?"

그러자 여자의 얼굴에 이상한 그림자 같은 것이 지나갔다. 순식간의 일이었다. 그러고는 자동인형처럼 고개가 돌아가 뒤에 들어온 젊은 여자와 눈을 맞췄다. 다시 얼굴을 이편으로 돌린 여자는,

"그 애가 어디에 있는가를 말하기 전에 윤 선생의 도장을 여기에 찍어주셔야겠어요."

하고 핸드백에서 종이 한 장을 꺼내놓았다. H은행의 예금인출증 용지였다.

윤두명은 영문을 모르겠다는 표정으로 그 용지를 바라보고만 있었다.

"복잡한 말 할 필요 없이 도장만 찍어주세요. 용지를 보면 알 것 아녜요? 달리 사용할 염려는 없지 않소."

"필요하다면 찍어드리죠……."

윤두명은 이제 막 잠에서 깨어난 사람처럼 중얼거렸다.

"그럼 빨리 찍어주세요."

여자의 눈에 돌연 광채가 돋아났다.

"그러나 통 영문을 알 수 없으니."

윤두명은 신음에 가까운 소리를 했다.

"영문이 별게 있나요? 그 애의 요구면 그만 아녜요?"

여자는 당당하게 나왔다.

"유영희 씨의 요구라는 것을 내가 어떻게 알겠소."

윤두명은 어떤 생각을 쫓고 있는 모양이었다.

"어미가 말하는데두 알 수 없단 말요?"

여자의 이 말이 떨어지자 젊은 여자가 일어서서 이편으로 오더니 중년 여자의 곁에 와 앉았다.

"내 딸예요, 영희의 동생예요."

여자는 시위나 하듯 말했다.

"도장은 언제든 찍어드리겠습니다. 영희 씨에겐 그렇게 말하세요. 영희 씨 본인이 오기 싫으면 편지라도 좋습니다. 그 편지를 가지고 오면 찍어드리겠습니다."

하고 윤두명은 일어섰다.

"아녜요. 조금만 더 계세요."

중년 여자는 황급히 윤두명을 만류했다. 그 동작엔 당황하는 듯한 기미가 있었다.

"사실을 말하죠."

중년 여자는 딸이라고 하는 젊은 여자와 눈을 맞췄다. 젊은 여자가 그 말을 이어받았다.

"사실은요. 언닌 죽었어요."

"……."

윤두명이 격심한 충격을 받은 모양이었다.

"언제요?"

하기가 겨우였다.

"일 년 반쯤 되나요?"

"일 년 반? 확실한 날짜를 말해보세요."

"재작년 일월 이십일일이었소."

중년 여자가 말했다. 처량한 말투였다. 그런데 어쩐지 내게 꾸밈새가 느껴졌다.

"언닌 자살했어요."

"윤 선생으로부터 도장을 받으란 건 그 애의 유언입니다요."

그러면서 여자는 윤두명의 눈치를 살폈다. 윤두명은 넋을 잃고 있었다.

"그 애의 자살이 윤 선생과 전연 관계가 없다고는 말할 수 없을 거예요. 그러나 우린 지나간 일을 따지자고 온 건 아니에요. 여기 도장이나 찍어주세요. 그러면 시끄러울 것도 없을 거예요. 아아, 불쌍한 년! 만리 같은 청춘을 두구……. 이 에미를 두구 가다니……."

여자는 손수건을 꺼내 눈물을 닦았다. 젊은 여자는 손수건을 꺼내 눈시울을 눌렀다.

"찍어드리죠."

윤두명이 조용하게 말했다.

"그래요? 그래야죠."

모녀의 얼굴이 꼭 같이 한꺼번에 밝아졌다. 이제까지 눈물을 짜던 표정은 온데간데없었다.

"그런데 오늘은 도장을 가지고 오지 않았습니다."

이 말과 더불어 모녀의 얼굴은 금세 어둡게 바뀌었다. 중년 여자의 더덕더덕한 췌육이 죄다 심술주머니로 보였다.

"주소를 알려주세요. 여기까지 나올 필요 없이 제가 내일 오후 댁으로 찾아가서 도장을 찍어드리겠습니다."

그리고 윤두명은 레지를 시켜 메모지를 가지고 오라고 했다. 내 손엔 교정을 보다가 그냥 들고 나온 볼펜이 쥐어져 있었다.

"주소를 쓰세요."

윤두명이 메모지를 모녀 앞에 밀어놓았다. 나는 볼펜을 메모지 위에 얹었다. 반신반의하는 마음의 움직임이 모녀의 얼굴에 꼭 같이 나타났다.

"내일 우리가 또 오죠 뭐."

젊은 여자가 중년 여자의 동의를 구하는 듯 말했다.

"그렇게 하겠어요. 시간만 정해주시면 우리가 이리로 나오겠어요." 하고 중년 여자도 덩달아 말했다.

"그렇게 할 수 없습니다."

윤두명이 무겁게 다졌다.

"의심하는 건 아니지만 저도 확인을 해야 하지 않습니까. 어머니 되시는 분이나 동생 되시는 분이 영희 씨완 전연 닮은 데가 없으니까 하는 말입니다. 내일 댁으로 가서 영희 씨의 가족이란 것을 확인만 하면 두말없이 도장을 찍어드릴 테니 안심하고 돌아가십시오."

사리에 어긋남이 조금도 없는 윤두명의 말을 거역할 수가 없었던지 젊은 여자는 메모지에 다음과 같이 썼다.

봉천동 산×××번지 엄필순.

길에서 엄필순 모녀와 헤어진 윤두명은,

"한숨 돌리고 갑시다."

하고 길다방으로 들어갔다. 마음의 탓인지 그의 얼굴엔 핏기가 가셔 있었다.

"회사에 전화를 해둬야죠."

했더니 윤두명이 어설프게 웃으며 수긍하는 시늉을 했다. 전화도 없이 무단결근을 했다가 혼이 난 적이 있는 나는 그 후론 조그마한 일이 있어도 전화를 거는 버릇이 몸에 배게 되었던 것이다. 전화를 받자마자 부장은,

"도깨비를 야무지게 붙들었나?"

하고 웃었다.

"그 도깨비에 지쳐 윤 선생은 조금 숨을 돌리고 들어가겠답니다."

"좋아요. 삼차대전이 터졌다는 뉴스도 없으니 천천히 숨을 돌리라고 하시오."

하고 교정부장은 너털웃음을 웃었다.

윤두명은 갖다놓은 찻잔엔 손도 대지 않고 멍청히 앉아 있었다. 상상 이상으로 큰 충격인가 보았다.

수수께끼의 장면에 끼어 있는 기분으로 궁금하기가 한량없었지만 그러한 상대에게 이것저것 물어볼 처지가 아니었다. 전축에서 흘러나오고 있는 음악에 귀를 기울이며 곡명을 찾아내려는데 잡힐 듯 잡힐 듯 하면서도 잡히질 않았다. 그런 상황이 바로 노쇠현상의 시작이란 것을 어떤 책에서 읽은 적이 있다.

'스물여섯의 나이에 벌써 노쇠현상이라면 이건 어처구니가 없다.'

는 생각이 뒤따랐다.

"서 형헌텐 대강의 얘기라도 해줘야겠는데."

윤두명이 중얼거리는 소리에 나는 고개를 들었다.

"서 형, 이상하다고 생각하지 않소?"

"뭣이 말입니까."

"일 년 반 전에 죽었다고 하는데 지금 나타나 도장을 찍으라는 게 말이오."

"일 년 반 전이구 뭐구, 도대체 예금인출 청구서 자체가 이상한데요. 그리구 유영희란 분은 어떤 사람입니까?"

윤두명은 쓸쓸하게 웃었다. 그런데 그때 나는 윤두명의 또 하나의 특징을 발견했다. 그의 쓸쓸한 웃음은 주위의 공기마저 쓸쓸하게 작용을 한다는 점이다. 아무런 내용도 모르는데 윤두명의 쓸쓸함이 그대로 내 가슴에 전염해왔다.

"서 형, 로맨스란 말이 있죠?"

"예?"

"내게도 꼭 하나의 로맨스가 있었소. 로맨스란 말이 어울리는 사건이 있었다고 하는 게 정확할지 모르죠."

나는 윤두명이 어설프다고 할 수 있는 로맨스란 말을 굳이 발음해 보인 데는 그만한 이유가 있을 것이라고 생각하며 다음의 말을 기다렸다.

"아까의 그 사람은 그러니까 로맨스의 파편이라고 할 수 있지."

"파편?"

"부서진 조각이라는 거요."

나는 잠자코 귀를 기울이고 있을 수밖에 없었다.

"정인숙 사건을 기억하고 있소?"

들은 적이 있는 것 같기도 한 사건이긴 했으나 기억하고 있다고 답하기는 망설여졌다.

"육 년 전에 있었던 사건이오. 한강변 드라이브웨이에서 여인이 살해된 사건이죠. 죽인 사람은 그 오빠였구."

그렇게 듣고 보니 어슴푸레한 기억이 되살아났다.

"그래 그 사건이 어쨌단 겁니까."

"지금도 풀리지 않은 수수께끼로 남아 있는 사건이지. 여자가 죽고 난 뒤 가택수색을 했더니 빳빳한 이십 달러짜리 본토불이 백 장이나 나왔고 백팔십만 엔의 일본수표, 백만 원짜리 보증수표가 두 장, 삼백만 원 잔고의 예금통장까지 있었으니 호기심을 자극하는 사건 아닙니까. 게다가 보통 사람은 엄두도 내지 못하는 복수여권까지 가지고 있는 것으로 보아 높아도 보통으로 높은 지위가 아닌 사람이 그 여자의 배후에 있다는 풍문까지 나돌았지."

"그런 게 모두 밝혀졌습니까?"

"밝혀지긴. 유야무야로 끝나고 말았지."

"헌데 그 사건과 윤 선배님과 무슨 관계가 있었던 겁니까?"

나는 호기심에 몸이 후끈 달았다.

윤두명은 역시 쓸쓸한 웃음을 띠고 한동안 덤덤히 앉아 있더니,

"그때 나는 공항 출입의 기자였지만 그 사건에 비상한 관심을 가졌던 겁니다."

하고 그때를 회상하는 듯한 눈빛이 되면서 얘기를 이었다.

"내 나름대로 그 사건을 추궁해보려고 했죠. 그래 어느 날, 공일이기도 해서 타워호텔로 가봤죠. 정인숙이 죽은 그날 밤 타워호텔에 들렀다고 되어 있어서……. 거길 가본들 수수께끼가 풀리는 것도 아닌데 괜히

그런 기분이 되었던 거죠."

윤두명은 타워호텔의 커피숍에서 한나절을 앉아 있었는데 거기서 유영희를 처음 보았다고 했다. 유영희를 말하는 윤두명의 표현은 다음과 같았다.

"소녀의 계절을 이제 막 벗어난 나이 또래의 여인이었죠. 아름다운 얼굴은 총명히 빛나고 있었소. 큰 눈동자엔 슬픔이 괴인 듯했는데 나는 그것을 꿈의 그림자라고 보았소. 개나리꽃 빛깔의 스웨터가 가슴의 윤곽을 그려내며 어떻게나 화사한지 나는 봄의 여신이 철을 앞질러 거기에 와 앉았다는 감동으로 황홀했답니다……."

윤두명이 서툰 말로 소중한 추억 속의 영상을 오손하지나 않을까 해서 겁을 내듯 정성스럽게 말을 고르고 있는 것이라고 나는 느꼈다.

"소녀의 청순함과 숙녀의 우아함이 조화를 이루고 있는 그 모습을 보면서 나는 생각했소. 저 여인의 사랑을 받고 저 여인을 사랑하는 행운을 가진 사람은 얼마나 행복할까 하고……. 이런 마음으로 있는 나의 존재엔 아랑곳없이 이른 봄의 산을 유리창 너머로 등지고 그 여인은 책을 읽고 있었소. 누구를 기다리는 것 같지도 않은 자세로 말이오……."

그쪽으로만 쏠리는 시선을 감당할 방도가 없어 윤두명은 그 커피숍에서 나오고 말았다. 그러나 그 여인의 인상은 윤두명의 망막에, 가슴팍에, 뇌리에 선명하게 새겨졌다.

"남산을 넘어오며 나는 기이한 상념에 사로잡혔소. 내 일생 어느 고비에서 꼭 만나고 말 여인이 바로 그 여인이라고. 그런데 그 만남이 그렇게 허망할 수 있는가고 서럽기도 합디다."

윤두명은 한 달쯤 지나 다시 그 여인을 만났다. 김포공항에서였다.

"봄이 무르익고 있는 어느 날의 오후였소. 그날따라 송영하는 손님이 많아 택시를 잡기가 힘들었소. 가까스로 택시를 잡았는데 선뜻 시선이 그 여인의 모습을 잡았소. 수청색 원피스를 입은 그 여인이 바로 눈앞에 나타난 거죠. 아마 택시를 잡으려고 뛰어나왔는데 나보다 한 발늦었던 거죠. 나는 택시를 양보하려고 했습니다."

그랬는데 그 여인은,

"같이 타고 갈 수 없어요?"

하고 묻더라는 것이다.

윤두명이 자기는 운전사 옆자리에 앉고 여인을 뒷좌석에 앉혔다. 김포가도를 반쯤 달렸을 때 윤두명이 그 여인에게 말을 건넸다.

"이별이 퍽이나 슬펐던 모양이죠?"

여인의 얼굴이 창백하리만큼 슬퍼 보였기에 물은 말이었다.

"그렇지도 않아요. 먼 친척인 아저씨를 전송한걸요."

여인의 대답은 아무렇지도 않게 조용했다. 그렇다면 그 여인은 슬픈버릇을 가진 것이라고 짐작했다.

제3한강교를 건너오면서였다.

"난 아가씨를 전에 뵌 적이 있습니다."

하고 윤두명이 말했다.

"저를요? 어디서요."

놀라는 빛도 없이 여인이 한 말이었다.

"한 달 전 타워호텔의 커피숍에서 보았습니다."

"……."

"혼자 책을 읽고 계시더구먼요. 개나리꽃빛의 스웨터를 입으시구요."

"가끔 커피숍에 나가기도 하죠."

택시 안에선 그 이상의 대화가 없었다.

신문사 앞에 자동차를 세워 셈을 하고 윤두명이 내렸다. 그 여인도 따라 내렸다.

"타고 가시지 않구."

"이 근처에 잠깐 볼일이 있어요."

윤두명은 그냥 헤어지긴 싫은 감정을 느꼈다.

"바쁘시지 않다면 차라도 한 잔 하실까요?"

"좋습니다."

두 사람은 근처의 다방으로 들어갔다.

"난 바로 요 앞 신문사에 있습니다. 공항 출입을 하고 있죠."

하며 윤두명이 명함을 건넸다.

"전 명함이 없어요. 유영희라고 합니다."

"혹시 공항 관계로 무슨 일이 있으면 연락을 하십시오. 거긴 공항 기자실 전화번호도 있습니다. 신문사에 있지 않을 땐 거기에 있습니다."

"고맙습니다."

하고 유영희는 고개를 숙여 명함을 들여다보았다. 그 숙인 자세에서 보인 가느다란 목덜미가 상앗빛으로 고왔다.

"공항 출입 재미있어요?"

영희의 눈과 입이 동시에 물었다.

"사람이 있는 곳이면 어디든 재미가 있겠죠. 그러나 공항은 더더구나 특수한 곳 아닙니까. 감당하지 못할 만큼 복잡한 곳이기도 하고 감당하지 못할 만큼 허망한 곳이기도 하구요."

"감당할 수 없다는 뜻은?"

"수백 명이 나가고 수백 명이 들어오지 않습니까. 모두들 뉴스감이 될 만한 사연을 지니구요."

"그 사연들을 쫓다 알고 싶은 게로구먼요. 그래 감당할 수 없다는 거죠?"

"그렇습니다."

"남의 사연은 알아서 뭣 해요."

하고 시작한 화사한 웃음이 말이 끝나는 것과 동시에 얼어붙었다. 그럴 때의 유영희의 표정은 가면의 얼굴처럼 보였다.

윤두명은 그때 유영희가 그 나이 또래로선 깊은 인생의 심연을 보아 버린 여인일 것이란 감상을 가졌다. 그런저런 얘기를 하다가 그날은 헤어졌다.

"그날부터 나는 유영희를 매일처럼 생각하게 되었소. 전화벨이 울리기만 하면 신경을 곤두세우곤 했죠. 그러나 두 달 동안은 전연 소식이 없었소."

그런데 늦은 여름, 억수로 비가 퍼붓는 어느 날 오후 유영희가 공항 기자실로 전화를 걸어왔다.

"지금 어디 계십니까?"

하고 묻는 말에,

"바로 이곳 커피숍에 있습니다."

하는 답이 돌아왔다.

윤두명이 그곳으로 달려갔다.

유영희는 커피숍 입구에 서 있었다. 베이지색 레인코트를 입은 채로였다.

"실례가 안 되었을까요?"

영희의 입 언저리에 장난기가 있는 미소가 남았다.

"실례가 뭡니까. 자 들어갑시다."

하고 윤두명이 커피숍으로 들어가려고 했다. 그러나 영희는 그 자리에서 움직이지 않고 물었다.

"돌아가실 시간 아직 멀었어요?"

시계를 보았다. 돌아갈 시간까진 아직 두 시간이 남아 있었으나,

"돌아가도 됩니다."

하는 대답을 해버렸다.

"그럼 돌아가요."

겨우 두 번째 만나는 사나이에게 하는 말치곤 당돌한 것이었으나 윤두명은 마냥 기쁘기만 했다.

그날을 계기로 윤두명과 유영희는 서로 사랑하는 사이가 되었다. 그 소상한 경위를 알고 싶었으나 윤두명은 그런 설명을 생략하고 예금통장 얘기로 옮아갔다.

"가정 사정으로 당장은 결혼할 수 없다는 것이어서 무작정 시기를 기다리기로 했는데 어느 날 우연히 돈이 천만 원 있으면 교외에 조그만 농장을 만들어 몇몇 고아들과 같이 살고 싶다는 얘기가 나온 거죠."

"그건 유영희 씨의 얘깁니까?"

"아니죠, 내가 꺼낸 얘기였소. 그런데 유영희 씨는 내 얘길 듣자 찬성을 했습니다. 고아원이라고 하면 그 이름부터가 싫지만 몇몇 고아들과 같이 산다는 건 좋다는 겁니다. 그리고 천만 원을 만들 자신이 있느냐고 묻지 않겠소. 그래 신문기자 오 년 동안에 저금한 돈이 겨우 오십만 원 정도인데 그런 꼴로 천만 원을 만들자면 백 년은 걸려야 할 것이라고 했소."

유영희는 자기도 그 돈을 만드는 데 협력하겠다고 했다. 윤두명의 저

금통장은 그런 동기로 해서 유영희의 손으로 넘어가게 되었다.

"그것이 육 년 전의 일이었소."

"그렇다면 윤 선배님도 계속해서 돈을 보탠 것 아닙니까."

"그 후 삼 년 동안은 그랬죠. 그러나 삼 년 동안 내가 보탠 돈이랬자 삼십만 원이 될까 말까 한 액수였소."

"그런데 왜 삼 년 동안만 하고 말았습니까?"

"유영희가 그때 행방불명이 된 겁니다."

"전연 찾을 수가 없었던가요?"

"찾으면 찾을 수가 있었죠. 그러나 나는 찾질 않았습니다. 나타나주기만을 기다린 거죠."

"그 이유는 뭐였죠?"

윤두명은 쓸쓸하게 웃음을 머금은 채 입을 다물었다. 그러나 계속 추궁하는 자세로 있는 내가 민망했던지,

"남의 사정을 그렇게 캐어묻는 게 아닙니다."

하고 덧붙여 말했다.

그 무뚝뚝한 태도 앞에 나도 입을 다물 수밖에 없었다. 전축에선 회오리바람이 몰아치는 듯한 선율이 클라이맥스를 기어오르고 있었다. 수십 개의 바이올린이 폭풍 속의 나뭇가지처럼 비명을 올리고 있었다. 그래도 나는 잡힐 듯 잡힐 듯한 그 곡명을 붙들 수가 없었다.

"그러니까 유영희 씨는 윤 선배님 앞에서 사라지고 난 뒤 일 년 반 후에 죽은 거로구먼요."

나는 유도할 셈으로 이렇게 중얼거려본 것인데 윤두명은 응할 기세를 보이지 않았다. 그러고도 한참 만에야 일어섰다.

"우리 신문사로 돌아갑시다."

교정부장에겐 대강의 사정 설명을 한 모양이었다. 그 이튿날 오후 나는 윤두명을 따라 봉천동으로 갔다. 그 번지 있는 곳으로 가려면 버스를 내려서 가파른 길을 한참을 걸어올라야만 했다. 서늘한 날씨인데도 그렇게 걷고 보니 등에 땀이 배었다. 숨을 돌릴 겸 집을 물을 양으로 구멍가게에 들어가서 콜라 한 병씩을 마셨다.

　　"이 근처에 엄필순이란 사람의 집이 있을 텐데 혹시 아십니까?"

하고 내가 물었다.

　　엄필순이란 이름을 듣자 가게 주인인 중년 여자는 돌연 이상하게 표정을 바꾸었다. 그리고 한다는 말이 야릇했다.

　　"댁들은 형사님이시유?"

　　"형사? 형사는 왜요."

　　실소를 터뜨리며 내가 물었다.

　　"우리가 형사들로 뵈요?"

　　"아아뇨, 그렇지만."

　　"그런데 왜 그렇게 묻소?"

　　윤두명이 긴장한 표정으로 물었다.

　　"그 집을 찾는 남자들은 대강 형사들이라서유."

　　"왜 형사가 그 집을 찾죠?"

　　"그걸 내가 어떻게 알아유?"

　　"형사들이 그 집을 찾는 이유를 대강은 알 것 아뇨."

하고 가게주인의 머뭇거리는 눈치를 포착하자 윤두명이 먹지도 않을 콜라를 두 병 또 주문했다. 콜라병을 갖다놓고 구멍가게의 여자는 머뭇머뭇 얘기를 시작했다.

　　"재작년에 그 집의 큰딸이 자살을 했다우. 그 딸은 여기서 살지 않고 다른 집에서 살며 한 달에 한 번꼴로 올까 말까 했는데유, 그런데 공교롭게 여기 와서 자살을 했다우. 그기 이상한개 비유. 경찰은 그 집 식구들을 의심하는 모양이었어유. 그래 한동안 형사들이 뻔질나게 드나들었어유."

"지금도 형사가 와요?"

윤두명이 물었다.

"지금은 안 와유, 아니, 가끔은 와유. 그래 난 댁들두 형산가 했어유."

"자살한 것을 타살이 아닐까고 짐작할 만한 조건이 그 집에 있는 모양 아닙니까?"

하고 나는 윤두명의 표정을 살폈다.

"거 죽은 딸은 엄필순인가 하는 여자의 친딸이 아니라우. 전처의 딸인데 나는 모르긴 하지만두 옛날 구박이 심했던가 비유. 바깥주인은 중풍으로 누워 있는데 딸이 돈 안 벌어온다고 여간 학대가 아닌개 비유. 그러나 딸은 효녀였다우……."

구멍가게의 여자는 여기에서 말을 뚝 끊고,

"댁들은 그 집과 무슨 관계유?"

하고 물었다. 사정도 모르고 지껄였다 싶어 겁을 먹은 모양이었다.

"아무 관계도 없소. 우리들은 형사는 아니지만 물어볼 일이 있어서 온 것뿐이오."

윤두명의 설명을 듣고 안심을 했던지 가게의 여자는 이런 말을 했다.

"양공주 노릇까지 해서 병든 아버지 약값을 대고 그 가족을 먹여 살렸어유. 그러구도 엄청난 돈을 저금하고 있었다우. 경찰은 그 저금 때문에 딸을 죽였을 거라구 의심한 모양이우. 그러나 아무리 지독한 계모라고 그럴 리야 있겠어유. 결국 경찰이 헛수고만 했지유."

윤두명은 어느새 화석처럼 되어 있었다. 나는 얼른 시선을 다른 데로 돌려버렸다. 그리고 또 무슨 말이 나올까 두려워 일어서서 셈을 하고 밖으로 나왔다.

"댁들이 찾는 집은 바로 저게유."

하고 구멍가게의 여자가 따라나와 골목 어귀에서 칠팔 미터쯤 상거에 있는 파란 양철지붕을 가리켰다.

윤두명이 가게에서 나오더니 오던 길로 도로 내려가기 시작했다. 나는 황급히 그 곁으로 따라 걸으며,

"그 집은 저쪽이라는데요."

했다. 윤두명은 중얼거리듯 말했다.

"그 집에 갈 필요는 없을 것 같소."

버스 정류장까지 내려왔다. 버스를 타기 직전 윤두명이 뚜벅 한 마디 했다.

"유영희 씬 양공주는 아니었소."

시내에 들어오는 길로 윤두명은 은행을 찾았다. 그리고 돈 일만 원과 인장, 주민등록증을 꺼내놓고 통장번호를 알려주며 말했다.

"이걸 예입하고 새로 통장을 만들어주십시오."

조금을 기다렸다. 계원이 윤두명 씨를 부르더니 지점장 대리가 만나 할 얘기가 있다며 들어오라는 것이었다.

윤두명은 나도 같이 가자고 했다.

지점장 대리는 명함을 내놓으며 소파에 앉으라고 권했다.

윤두명도 명함을 내놓았다. 명함을 보고 대리는,

"아아, 신문사에 계십니까?"

하고 윤두명과 나를 번갈아 보았다. 나도 명함을 내놓았다. 그리고 덧
붙였다.

"제가 모시고 있습니다."

곤란할 경우를 예상하고 시위를 한 셈이었다.

"그러지 않아도 한번 뵐려고 했습니다."

지점장 대리는 점잖게 입을 열었다. 그리고 다음과 같이 이었다.

"통장을 가지고 있는 분이 있습니다. 몇 차례 개인을 하겠다고 왔어
요. 그러나 은행은 거절했습니다. 하도 심하게 굴어서 윤 선생 앞으로
편지를 냈지요. 주소불명으로 그 편지가 돌아왔습니다. 그래도 통장의
소유자를 확인하지 않곤 개인을 할 수 없다고 우겨왔습니다. 그랬는데
어제 통장을 가진 사람이 나타났어요. 도장을 찾았으니 청구서에 도장
을 찍어오겠다는 거였습니다. 그런 사정이 있고 보니……."

"그런 사정이 있고 보니 어쨌다는 겁니까?"

"통장의 소재를 알고 있으니 재발급을 하기가 곤란하다는 얘깁니다."

"내가 본인인데요?"

"아무리 본인이라도 통장의 소지자가 따로 있다는 걸 은행이 알고
있는 이상은……."

지점장 대리와 윤두명의 응수를 지켜보고 있다가 내가 한마디 거들
었다.

"분실한 통장을 주운 사람이 통장을 내놓지 않겠다고 어거지를 부릴
경우 어떻게 합니까. 재발급을 받는 것이 법정투쟁을 해서까지 받아내
는 것보다 수월하지 않겠어요?"

"이 경우는 그것과는 약간 다른 사정이 있다고 듣고 있습니다."

지점장 대리는 애매한 웃음을 띠었다.

"통장 없이 인감만으로 돈을 찾을 수는 있겠죠?"

윤두명이 싸늘하게 물었다.

"그건 물론……. 그러나 이 경우는."

지점장 대리는 어물어물했다.

"은행이 뭐라고 하든 내가 원한다면 돈을 찾을 권리는 내게 있소. 그러나 나는 당분간 돈을 찾을 생각은 없소. 그러니 통장을 발급해주든지, 그 액수를 일 년 거치의 정기예금으로 바꿔주시든지 해야겠소."

"그것도 통장을 가진 사람과 의논을 해주시면 당 은행으로선 입장이 살겠습니다만……."

"당신 무슨 소릴 하는 거요. 은행의 입장만 제일이고 예금주의 입장은 무시해도 좋단 말요?"

윤두명이 버럭 고함을 질렀다. 은행 안에 있는 사람들의 시선이 일시에 윤두명에게로 쏠렸다.

사환이 지점장 대리를 부르러 왔다.

지점장 대리가 잠깐 어디에 갔다 오더니,

"통장을 재발급해드리겠습니다."

하고 다음과 같이 덧붙였다.

"여기 따른 문제는 당사자 간에 원만히 해결해주십시오."

그렇게 해서 약 십 분 후에 윤두명은 통장을 받아들었다. 통장의 기장액면은 천칠십만 원하고 얼만가의 단수가 붙어 있었다.

유영희가 천만 원을 꽉 채워 예입한 날짜는 1974년 1월 30일, 그 날짜는 또 그 통장에 돈을 예입한 마지막 날짜이기도 했다. 그렇게 해놓고 유영희는 석 달 뒤인 4월 20일 세상을 떠난 것이었다. 통장의 공백 위에 한 방울 눈물이 떨어져 얼룩진 것을 보자 나는 당황을 숨기지 못한 채 시선을 돌렸다. 지점장 대리의 포커페이스가 바로 눈앞에 있었다.

"이걸 정기예금으로 바꿔주시오."

무표정한 얼굴로 돌아간 윤두명이 이렇게 말하며 통장을 지점장 대리 앞에 내밀었다.

주인 없는 그림자

무엇에 쫓기듯 사람들의 발걸음은 황망하다. 무엇에 쫓기는 것일까. 며칠을 지내면 이 해도 저문다. 그러니 이 해가 저물기 전에 새해의 언덕에 가서 미리 앉아 있겠다는 얘긴가.

아니, 바람이 차가운 탓인지 모른다. 가끔 휘몰아치는 바람엔 시베리아의 한기가 느껴진다. 한기엔 살의가 있다. 모두들 그 살의에 쫓기고 있는 것이다. 나는 선뜻 반항적인 기분을 조작해선 걸핏하면 바빠지려는 나의 걸음걸이에 제동을 걸었다.

'천천히! 천천히!'

불빛과 어둠이 엮어놓은 시간의 무늬는 바람결을 타서 해저의 물처럼 휘날리고, 그 휘날리는 물을 수많은 발길이 밟고 지나간다.

'고독하다는 것도 좋은 것이다.'

하다가 나는 그것이 결코 나만의 특권이 아니라는 것을 깨달았다. 내 곁을 스치고 이리로 가고 저리로 가는 모든 사람들이 제각기 고독한 것이다.

술 냄새를 풍기는 고독, 기침에 니코틴이 서린 고독, 꿀꿀 돼지 소리를 내는 고독, 독사가 도사리고 있는 가슴의 고독, 속이자니 속일 사람을 찾지 못하는 사기꾼의 고독, 주인을 찾아 헤매는 그림자의 고독, 굶주린 섹스의 고독!

나는 어느 귀금속점의 쇼윈도 앞에서 발을 멈췄다. 그 진열된 귀금속에 내 마음이 끌린 탓이 아니라, 그 화려하고 정교한 빛깔이 한 잎 떨어진 나뭇잎만큼도 내 마음의 호수에 작용을 하지 않는 의미가 안타까웠던 것이다.

사람의 마음을 끌지 못하는 귀금속은 이미 산비탈의 돌멩이만도 못하다. 그만큼 분수를 지키는 상식에 나의 의식은 순치되어 있다는 얘기도 된다. 귀금속에 끌리지 않는 마음이란 감수성을 상실한 녹슨 심장일지도 모른다. 나는 애써 쇼윈도를 들여다보면서 눈으로 보석 하나를 골랐다. 뭐라는 이름인지 알 까닭이 없다. 그것을 하나 사서 차성희의 손가락에 끼워주는 장면을 상상해보았다. 그렇게 하기만 하면 불모의 동결상태에 있는 그와 나와의 드라마가 그 순간부터 어떤 생명의 리듬을 띠고 움직이기 시작할는지 몰랐다.

만 천 원이란 가격 표시에 가슴의 고동을 느꼈는데 자세히 보니 십일만 원이다. 나는 쇼윈도 앞을 떠나 천천히 걸었다. 얼어붙은 의식 위로 한마디의 말이 스쳤다.

'인생이란 쇼윈도 곁을 지나치는 통행인일 뿐이다.'

버스 정류장은 붐비고 있었다. 차례가 오기엔 꽤 오래 기다려야 할 것 같았다. 나는 근처의 케이크점으로 들어갔다.

케이크점은 밝고 청결하다. 동화의 세계처럼 달콤한 냄새가 꽉 차 있다. 한 모금의 우유를 마시고 한 조각의 도넛을 씹었다. 젊은 남녀의 틈에 끼어 과자를 먹고 있는 것은 혼자 술을 마시고 있는 몰골보다도 초라하고 쓸쓸하다. 그러나 따스한 가게 안의 온기는 내 몸과 마음을 녹였다.

나는 비로소 아까의 사태를 분석해볼 마음의 여유를 얻었다.

아까의 사태란?

윤두명의 한두 발 뒤에 나는 신문사의 정문을 나섰다. 아래 계단을 내려가는 윤두명의 어깨 너머로 가등 밑에 얼씬하는 엄필순 모녀의 그림자를 본 듯했다.

'또 한 소동 있겠구나.'

하는 예감이 일었다.

지난 두어 달 동안 엄필순 모녀는 가끔 나타나서 윤두명에게 대드는 야료를 부렸다. 예금인출증에 도장을 찍어달라는 것이다. 그러나 그 끈덕진 공세에도 윤두명은 바위처럼 움직이지 않았다. 아니나 다를까, 윤두명이 신문사의 모퉁이를 돌려고 할 때,

"좀 봅시다."

하는 앙칼진 소리가 뒤쫓아왔다. 윤두명이 그 자리에 섰다. 나란히 걷고 있던 나도 같이 발길을 멈췄다.

"오늘 밤은 어떻게든 결판을 내야겠수."

엄필순이 가쁜 숨을 몰아쉬었다.

"결판을 내다뇨?"

윤두명은 싸늘했다.

"도장을 찍어달란 말예요."

엄필순이 윤두명의 옷자락을 잡았다.

"도장을 안 찍어주는 속셈이 뭐죠?"

그 딸도 덤벼들듯 앙칼스러운 소리를 질렀다.

"일 년만 기다리라고 하지 않습디까."

윤두명이 조용하게 말하고 한 발을 내디뎠다. 엄필순이 매달리며 발악을 했다.

"뭣 땜에 일 년을 기다릴 거유, 뭣 땜에?"

"이것 놓지 않겠소?"

윤두명의 말투에 노기가 섞였다.

"못 놔요, 못 놔. 도장을 찍어주기 전엔 죽어도 못 놔요."

이렇게 되자 길 가던 사람들이 슬슬 모여들었다.

추위 속에도 호기심은 사라지지 않는다.

그럴 무렵이었다.

모여든 사람 가운데서 싸움이 났다. 발을 밟았다느니 안 밟았다느니 옥신간신하던 것이 돌연 난투극으로 번졌다. 어두운 탓으로 얼굴을 분간할 수 없었으나 건장한 청년들로 보였다. 두 몸뚱어리가 치고받고, 밀리고 밀고 하는데 아차 하는 동안 그 패거리는 윤두명과 엄필순이 승강이를 벌이고 있는 곳까지 후다닥 밀려오더니 주먹을 맹렬히 휘둘렀다. 그런데 그 주먹이 빗나간 탓인지 싸움하는 상대방을 치지 않고 엄필순의 머리와 어깨를 마구 쳤다. 엄필순은,

"으악."

하는 외마디소리와 함께 쓰러졌다.

"엄마."

하는 그 딸의 비명이 섞였다. 어떻게 된 일인가 하고 생각할 겨를도 없는 사이 싸움을 벌였던 그 청년들은 어둠 속으로 어디론지 사라져버렸다. 눈 깜박할 사이의 일이었다.

윤두명이 엄필순을 일으켜 앉혔다. 심한 상처는 없는 것 같았으나 좀

처럼 정신을 차릴 수 없는 모양이었다. 경찰관이 나타났다. 깡패들 싸움에 휩쓸려 엉뚱한 피해를 입었다는 사실을 구경꾼들로부터 들었을 따름이다.

"운수가 사나우면 찬물을 먹다가도 이가 빠지는 거라."

하는 누군가의 말대로 경찰관도 그 사건을 운수소관으로 돌리고 말았다. 엄필순이 의식을 회복하는 듯이 보이자 윤두명은 몇 장의 돈을 꺼내 딸에게 주며,

"빨리 집으로 가요."

하고 발길을 돌렸다. 광교 네거리까지 같이 왔는데도 도중 윤두명은 한 마디의 말이 없었다. 헤어질 때도,

"잘 가요."

하는 인사말밖엔 없었다. 그런데 나는 그 사건이 이상한 것이다. 청년들의 싸움을 자연발생적으로 보기엔 동기와 싸움의 양상을 납득할 수 없었다. 하필이면 왜 그 패거리가 윤두명과 엄필순이 승강이를 하고 있는 데로 몰려왔으며, 꽤 싸움에 익숙해 뵌 그들이 엉뚱한 사람을 칠 정도로 헛손질을 했느냐 말이다. 엄필순이 쓰러지자 도망을 친 것까진 그럴 수 있는 일이라고 하더라도 헛손질을 했으면 덩치가 큰 윤두명이 한두 번은 얻어맞아야 하는 것이다. 싸움을 가장하고 엄필순을 곯려주려는 의도가 명명백백하다고 할 수 있는 심증이 들기도 했다는 것은 내가 그 장면을 시종일관 지켜보고 있었기 때문이다.

그렇다고 해서 그 싸움을 꾸민 것이라고 단정할 만한 증거는 아무것도 없었다. 꾸몄으면 목적이 있어야 할 것이고 목적이 있었다면 그 목적이 무엇이겠느냐 말이다. 설혹 윤두명의 위기를 구하는 데 목적이 있었다고 해도 그때 그 장소에서 그런 승강이가 있을 것은 누구도 예측할 수

없었던 일이 아닌가. 그리고 윤두명이 순순히 도장을 찍어주지 않는 한, 그런 승강이는 언제 어디서 있을지 모르는 일이고 보면 하필이면 그 장면에서만 그런 일이 나타났다는 것도 납득할 수 없는 일이 아닌가.

그런데 꾸민 싸움이 아니고선 싸움이 있을 까닭도 또한 없는 것이다. 그러자 언젠가 정진동이 한 말이 기억 속에 되살아났다.

"내가 첫째 이상하게 느낀 것은 그 가족들이 윤두명 씨에게 대하는 태도였어요. 모두들 어리광을 피우기도 하고 함부로 굴기도 하는데도 형식적인 것이 아닌 예절이 바로 서 있고 동시에 훈훈한 정이 느껴지기도 합디다. 내가 보긴 윤두명 씨가 명령을 내려 누굴 죽이라고 하면 서슴없이 누구든 해치울 것 같은 그런 기분이었어요."

그러나 정진동의 이 말을 근거로 그 싸움을 윤두명의 가족들이 꾸민 싸움으로 단정하긴 어려운 일이었다. 물론 막연한 추측만은 해볼 수가 있다. 그 예금통장 관계로 윤두명의 사정이 어렵게 된 것을 안, 이른바 그 가족들이, 아는 듯 모르는 듯 윤두명의 신변을 돌며 곤란한 사정에 빠져들기만 하면 언제든지 구출할 태세를 갖추고 있는 것이 아닌가 하는…….

정 그런 추측이 들어맞는다면 윤두명은 무서운 사람이다.

윤두명을 무서운 사람이라고 느껴보긴 처음이지만 그를 알 수 없는 사람이라고 생각하게 된 것은 벌써부터다. 그리고 최근엔 그가 좋은 사람인지 나쁜 사람인지 알 수 없다는 망설임을 갖게 된 동기는 역시 그 예금 문제에 있었다.

설혹 통장은 윤두명의 명의로 되어 있을망정 그 통장에 돈을 부어넣은 사람은 유영희란 여자다. 천칠십여만 원 가운데 자기가 낸 돈은 칠십만 원 안팎이라고 윤두명 자신의 입으로도 분명히 말했다. 그런데 그 돈을 자기 명의의 정기예금으로 고쳐버린 까닭이 무엇일까.

'윤두명은 남의 돈을 가로챌 그런 사람이 아니다.'

하는 짐작이 있었기 때문에 이런 의혹은 내게 괴로운 것이기도 했다. 내 상식으로선 순순히 도장을 찍어주어야 할 일이었다. 그런데 윤두명의 엄필순 모녀에 대한 태도는 이상하기만 했다.

봉천동을 거쳐 은행에 들러온 그 다음다음날 오후, 엄필순 모녀는 윤두명을 찾아와 예금인출증에 도장을 찍어달라고 했다. 처음 만난 그 다방에서 나는 그때 그들관 두어 자리 상거에 앉아 있었는데 윤두명이,

"일 년쯤 지난 뒤에 찍어드리죠."

하고 잘라 말하는 소리를 들었다.

"그 까닭이 뭐죠?"

엄필순의 질문을 나는 당연한 것으로 느꼈다. 이에 대한 윤두명의 대답은,

"내 도장 갖고 내 마음대로 하려는데 까닭은 왜 묻죠?"

하는 냉담한 것이었다. 나는 이 대답을 듣고 그에게 그러한 냉담함이 있었던가 하고 놀랐다.

"그럼 그 돈이 당신 돈이란 말유?"

엄필순의 눈에 핏발이 섰다.

"당신 돈도 아니지 않소."

윤두명은 통명스러웠다.

"내 딸 돈이면 내 돈이지, 누구 돈이란 말유."

엄필순의 앙칼진 소리에 다방 안의 시선이 모두 그리로 몰렸다.

"유영희 씬 당신 딸이 아니오."

살기마저 느껴지는 이 한마디를 토해놓고 윤두명은 일어서서 다방

문을 밀고 나가버렸다.

"내 딸을 죽이고 내 딸 돈까지 가로챌려구? 홍, 안 되지 안 돼. 두고 보자구, 두고 봐."

엄필순은 윤두명의 등을 향해 이를 뿌드득 갈았다. 그러고도 악담을 계속했다. 나는 그 악담을 견딜 수가 없어서 슬그머니 자리에서 일어섰다. 신문사 가까이서 윤두명과 나란히 걷게 된 나는 부득이한 심정으로 다음과 같은 말을 꺼내지 않을 수 없었다.

"윤 선배님, 도장을 찍어주십시오. 무슨 챙핍니까."

윤두명은 우뚝 그 자리에 선 채 나를 노려보았다.

"돈을 돌려주라, 그 말이죠?"

"예, 그렇습니다."

윤두명은 어이가 없다는 듯 얼굴을 찌푸리더니,

"내가 그 돈을 돌려주지 않으려고 하는 것 같소?"

하고 되물었다. 나는 할 말을 잃었다.

"그런 오해를 다른 사람이 할까 봐 나는 서 형을 증인으로 삼으려고 하는 거요. 내가 그 돈을 돌려주기 위해선 일 년이란 세월이 꼭 필요하오. 더두 말구 일 년이오. 그 까닭은 일 년 후엔 알게 될 거요."

여기서 윤두명은 말을 뚝 끊고 신문사 안으로 들어가버렸다.

나는 약간 불쾌했다. 그런 자리마다에 나를 끌고 다니려면 납득이 갈 만한 설명이 있어야 할 것이 아닌가. 윤두명이 만일 범죄에 유사한 행동을 하고 있는 것이라면 나는 영문도 모르게 공범자로서의 역할을 다하고 있는 셈이 아닌가. 물론 윤두명이 범죄행위를 하고 있다고는 생각하지 않았지만 그의 엄필순에 대한 태도나 나에 대한 태도가 상식을 넘어서 있는 것만은 사실이었다.

이런 기분의 탓도 있어서 나는 그날 도서실에 가서 일 년 반 전의 신문을 뒤져볼 생각을 했다.

유영희가 자살한 날짜 4월 20일의 신문을 먼저 챙겨 봤다. 그날 자살은 두 건 있었다. 한 건은 부천에서 있었고 한 건은 서울 돈암동에서 있었다. 유영희란 이름을 자살기사에서 찾아낼 순 없었다. 그 다음 날의 신문엔 자살기사가 없었고, 22일자엔 세 건이 있었다. 목포, 대구, 강릉에서 각각 일어난 사건이었다. 23일자엔 한 건, 서울 양동에서 있던 사건이었는데 이름이 달랐다. 그렇게 해서 서울에서 발행된 신문을 그 달의 월말까지 샅샅이 뒤졌는데 합계 열한 건의 자살 사건을 헤아릴 수 있었으나 봉천동을 주소로 한 자살자도 없었고, 유영희라는 이름의 자살자도 없었다.

신문에 한 줄의 기사를 남기지 않고도 사람은 자살할 수가 있는가 보았다. 신문에 나건 안 나건 별반 차이가 없을 것이지만 한 줄의 기사도 없다는 것이 허망감을 더했다. 윤두명의 얘기를 통해 그 이름을 알았을 뿐인 어느 여자의, 그것도 일 년 반 전의 자살을 슬퍼할 까닭이 없는 것이지만 사람은 없어지고 문제만 남아 있다는 것이 야릇한 심정이기도 했다.

그러나저러나 죽고 싶어하는 자는 죽게 내버려둘 수밖에 없는 것이 아닌가. 죽고 싶지 않은데도 사람은 죽어야 하는데 하물며 죽고 싶어하는 사람에 있어서랴!

나는 신문철을 덮으려다가 말고 그 무렵의 신문을 메우고 있는 '인도차이나' 관계의 기사에 빨려들었다. 프놈펜이 함락되고 론놀이 도망을 쳤다. 사이공이 함락되고 티우도 도망을 쳤다. 프놈펜과 사이공의 아비규환이 귓전에 들리는 것만 같았다.

그런 기사의 교정을 보고 있었던 때는 솔직한 이야기로 아무런 감상도 일지 않았다. '티우'를 '키우'와 혼동해선 안 된다는 직업의식의 탓만이 아니라 신문을 제작하는 단계에 있어서의 기사란 상품을 만들기 위한 원료일 뿐이다. 비누를 다루듯 사건을 다루고 천을 짜듯 기사를 짠다.

그런데 일 년 반을 격한 그날의 신문을 읽고 있으니 역사와 인생의 냄새가 무럭무럭 풍겨왔다. 나는 비로소 잃어버린 시간의 무게를 안 느낌이었다. 그 시간에 분실된 자기가 한없이 안타깝기도 했다.

'수많은 백성을 생제물로 해놓고, 론놀이여! 당신은 지금 무엇을 하고 있느냐. 그 아름다운 사이공을 버려두고 티우여! 당신은 지금 무엇을 하고 있느냐.'

이러한 감상도 내겐 근래에 드문 생생한 감동이었다. 그런 동안 나는 윤두명도 유영희도 잊었다.

사뿐히 누군가가 곁에 와 서는 흔적이어서 나는 꿈에서 깨어난 듯한 얼굴을 들었다. 차성희가 서 있었다.

"퇴근하신 줄 알았는데 여기 계시다기에……."

차성희는 우물우물 말꼬리를 흐렸다.

"그런데 무슨……."

나도 어물어물했다.

"좀더 계셔야 해요?"

차성희의 눈에 애절한 빛이 있었다.

"아니 나가려던 참입니다."

하고 나는 일어섰다.

"오늘 밤 제가 저녁을 살게요. 시간 있으시죠?"

194

"시간은 얼마든지 있습니다만."

하도 뜻밖인 일이라 나는 차성희를 의아한 눈초리로 보았다.

"그럼 저 양지에서 기다릴게요."

하고 차성희는 바쁜 걸음으로 도서실을 나갔다. 양지란 간단한 양식을 파는 집이다.

나는 차성희가 대담하게 초대하는 것으로 미루어 내게 무슨 반가운 일이 있는 것은 아니라고 짐작했다. 그 여자가 만일 내게 다소곳한 정감을 느끼고 있다면 결코 그처럼 대담하게 나올 순 없다는 것을 그의 성격을 통해서 나는 잘 알고 있는 터였다.

그 예상이 틀림없었다. 차성희는 내가 크림수프의 쟁반을 비우자 이렇게 시작했다.

"윤두명 선생과 오늘 같이 나가셨죠?"

"그렇습니다."

"윤 선생에게 무슨 걱정될 일이 생긴 것 아녜요?"

"그렇지도 않을 겁니다."

그러자 차성희는 조금 망설이듯 하더니,

"그럼 오늘 윤 선생에게 있었던 일 얘기해주실 수 없어요?"

하고 나의 눈치를 봤다.

나는 잠깐 생각했다. 그때 윤두명에게 일어난 일은 윤두명 자신과 나와 교정부장밖엔 모르고 있었다. 시간이 지나면 차차 알게 될 테지만 미리 발설할 순 없었다. 그래 나는,

"윤 선배 자신이 말했다면 몰라도 내 입으론 곤란한데요."

하고 난색을 보였다.

"도깨비의 정체는 윤 선생 옛날 애인의 어머니라면서요?"

이렇게 묻는 차성희의 얼굴엔 뭔가를 캐내지 않곤 그만둘 수 없다는 결의 같은 것이 엿보였다. 그런 만큼 나도 만만히 응수할 수가 없었다.

"누가 그런 말을 합디까?"

나는 이렇게 반문해보았다.

그 반문엔 아랑곳없이 차성희는,

"그 애인이 자살했다는데 그게 사실인가요?"

하고 거듭 물었다.

잠자코 있으니 또 물었다.

"그 애인이 많은 재산을 남겼다지요? 그것도 사실인가요?"

나는 따분해서 견딜 수가 없었다.

"나보다 더 많은 것을 알고 있으면서 왜 내게 자꾸 묻습니까?"

뜻하지 않게 내 말투가 거칠었던 모양이었다.

"제가 실례를 하고 있는 것이라면 용서하세요."

차성희는 꺼져드는 듯한 말소리가 되었다.

"그럼 나도 실례를 한번 해야겠소."

하며 차성희를 똑바로 보고 물었다.

"미스 차는 윤 선배를 사모하고 있는 거죠?"

일순 차성희의 얼굴에서 핏기가 가시는 게 눈에 보이는 듯했다. 그리고 얼굴을 숙였다. 아차, 하는 마음이 돋았을 땐 차성희의 어깨가 들먹이고 있었다. 그런데 사과한다는 말이 엉뚱하게 빗나갔다.

"누가 보면 오해하겠소."

차성희는 손수건을 꺼내 눈물을 닦고 얼굴을 들었다.

"무슨 오해를 한단 말예요."

이때까지 울고 있었던 여자라곤 상상도 못할 강한 말투였다.

"이별이라도 하고 있는 장면으로 알지 않겠어요?"

나는 겸연쩍게 말했다.

"같은 직장에 있는 분에게 무슨 걱정스런 일이 생겼을까 봐 물어본 건데 그게 사모하는 증건가요?"

차성희의 말엔 여전히 가시가 돋쳐 있었다.

"그러니까 물어본 것 아닙니까."

어색한 침묵이 잠깐 동안 있었다.

"전 선생님이 신사인 줄 알았어요."

차성희가 중얼거렸다.

"신사? 신사가 못 돼서 미안합니다."

내 마음과는 달리 말이 또 빗나갔다. 차성희는 뭐라고 하려다가 입을 다물어버렸다. 나는 그 이상 그 어색한 시간을 견딜 수가 없었다. 아무 말도 없이 일어서서 카운터 쪽으로 갔다. 차성희가 황급히 뛰어왔다.

"안 돼요, 제가 하겠어요."

하고 핸드백을 열었다. 그땐 나는 셈을 치르고 있었다. 그 돈을 도로 집으며 차성희는,

"이것 넣으세요. 제가 오라고 한 건데요."

하고 애원하듯 했으나 나는 상관하지 않고 밖으로 나와버렸다.

상량한 공기가 우선 구원이었다. 하늘엔 별이 있었다. 나는 곧 차성희에 대한 내 태도를 후회했지만 뒤돌아서서 사과할 의사는 일지 않았다. 그대로 걷고 있었는데 차성희가 뒤쫓아와서 나란히 걷기 시작했다. 몇 미터쯤은 말없이 걸었다. 말을 먼저 꺼낸 것은 차성희였다.

"서 선생님, 어디 맥주홀에나 가요."

"……."

"화 나셨수?"

"……."

"그럼 제가 사과하겠어요."

"사과가 다 뭡니까."

나는 이미 차성희의 그 자그마한 어깨를 안고 울고 싶은 기분이 돼 있었지만 말만은 무뚝뚝하게 했다.

"맥주홀이 싫으면 어디 딴 곳에라도 가요."

"……."

"그냥 이대로 헤어질 순 없어요."

그 기분엔 나도 동감이었다. 선뜻 눈에 띈 '은하수'란 맥주홀 안으로 나는 뒤돌아보지도 않고 들어섰다. 차성희가 따라 들어왔다. 나는 버릇대로 구석진 곳에 자리를 잡고 앉아 맥주를 청했다.

"제일 큰 조끼로 주시오."

어울리지 않게 큰 소리를 지르는 나를 차성희는 불안한 눈초리로 훔쳐봤다. 후덥지근한 내장 속으로 차가운 액체가 흘러들었다. 다소 상쾌한 기분이 되었다. 나는 고의적으론 차성희를 괴롭히지 않을 마음을 다졌다.

"이 큰놈으로 쭉 한 잔 하시구려."

되도록 나는 말을 상냥하게 꾸몄다.

"이걸 마시면 전 저를 감당하지 못할 거예요."

차성희도 상냥하게 나왔다.

그렇다면 내가 감당해주겠소, 하는 농담이 목구멍을 통과하고 있었지만 차마 발설할 순 없었다.

"오늘 도서실에서 뭘 읽으셨죠?"

"프놈펜과 사이공이 함락되는 기사를 읽었어요."

"옛날얘기를 읽으셨군요."

"아라비안나이트처럼 옛날얘기는 아니죠."

"특별히 그 기사를 읽어야 할 이유라도 있었나요?"

"꼭 이유가 있어야 합니까? 헌데 그 기사를 읽으며 많은 것을 생각했죠. 예를 들면 창조하는 것도, 파괴하는 것도 시간이란 것을 안 겁니다. 모든 사물이나 현상엔 끝장이 있다는 것도 알았구요."

"가장 중요한 걸 아셨군요."

드디어 차성희의 얼굴에 화사한 웃음이 돋아났다.

"그건 그렇고 안민숙 씬 어떻게 하고 차성희 씨 혼자만……."

"안민숙 씨가 계시지 않아 기분이 좋지 않은 거로구면요."

"천만에요, 샴의 쌍둥이처럼 항상 붙어 다니는 분이 혼자 이렇게 계시니까 보기에 약간……."

"안민숙 씬 오늘 밤 친척집에 무슨 일이 있나 봐요. 그래 이렇게 외톨이 되었어요."

"부러 외톨이 되길 꾸민 것 아닙니까?"

"그 무슨 뜻이죠?"

차성희의 표정이 단번에 변했다. 나는 당황했다.

"별루 뜻이 있어서 한 말은 아닙니다."

차성희는 석연할 순 없었던 모양 같았으나 또다시 어색한 분위기를 만들지 않기로 작정한 것 같았다.

"서 선생님은 안민숙 씨의 진정을 알아줘야 해요."

"별말씀을."

"아녜요, 안민숙 씬 서 선생님을 좋아하는 눈치예요. 언젠가도 말씀드렸지만요."

나는 헛허 하고 웃었다.

"왜 웃으시죠?"

안민숙은 차성희가 내게 관심을 가지고 있다고 말했었다. 그 말을 탁 털어놓을 수가 있다면 얼마나 속 시원할까 싶었지만 가당치도 않은 일이었다.

"그것은 전연 차성희 씨의 오해라는 것을 분명히 말해두겠습니다."

"어떻게 그런 단정을 할 수 있죠?"

"사람에겐 텔레파시란 게 있습니다. 가장 정직한 인간의 기능이죠. 설사 안민숙 씨가 내게 호의 이상의 어떤 감정을 가지고 있다고 합시다. 그럴 까닭은 물론 없지만요. 그렇더라도 그게 나한테 텔레파시로서 작용하지 않는 한 나완 무관한 겁니다."

"그럴까요?"

차성희는 생각하는 표정으로 되었다. 나는 화제를 돌릴 필요를 느꼈다.

"아까 도서실에서 뭘 읽었느냐고 물으셨죠. 프놈펜과 사이공 얘길 읽은 것은 사실입니다만 도서실에 갈 땐 딴 목적이 있었지요."

차성희의 눈이 호기심으로 빛났다.

"차성희 씨도 대강 알고 있는 것 같아서 말씀드리죠. 윤두명 선배의 애인이 자살한 건 사실입니다. 작년 4월 20일에 자살했대요. 혹시 그 기사가 있는가 해서, 그때의 신문철을 뒤져본 겁니다."

"그래서요, 그 기사가 있었어요?"

차성희의 반응은 뜻밖에도 침착했다.

"없습디다. 그래 생각한 거죠. 사람이란 신문기사 한 줄 남기지 않고도 자살할 수 있는 거라구요."

차성희는 잠깐 고개를 숙이고 생각을 쫓고 있는 듯하더니 얼굴을 들었다.

"서 선생님은 제가 윤두명 선생님에게 특별한 관심을 가지고 있다고 보시는 거죠?"

"정직하게 말하면 그렇습니다."

"그래요, 전 윤 선생님에게 특별한 관심을 가지고 있어요. 그러나 그게 그분을 사모하는 감정과는 전연 다르다는 사실을 이 기회에 밝혀둬야겠어요."

차성희의 말은 침착하고 또박또박 설명했다. 말이 적고 수줍은 처녀라는 인상과 별개의 차성희가 나타난 느낌이었다. 나는 그의 다음 말을 기다렸다.

"관심도 갖가지가 있잖아요? 제가 처음으로 그분을 보았을 때 느낀 인상은 아아, 여기에 한없이 불행한 인간이 있구나, 하는 것이었어요."

"뭐라구요?"

너무나 뜻밖인 말이라서 나는 기겁을 할 정도로 놀랐다.

"윤 선배를 한없이 불행한 사람이라구요?"

"그래요. 그리구 그 생각엔 지금도 변함이 없어요. 그분은 너무나 너무나 불행한 사람이에요."

"과거가 그랬단 말입니까, 지금이 그렇단 말입니까?"

"과거도 현재도 그래요."

차성희의 말은 어디까지나 조용했다.

"그걸 어떻게 압니까. 그분에 관해서 아는 것이 많은 모양인데 어떻게 그런 것을 알았어요?"

"그분에 관해서 전연 아는 게 없어요."

"그런데 어떻게?"

"아까 선생님도 말씀하시지 않았어요? 사람에겐 텔레파시란 게 있는 거라구요."

"텔레파시?"

하고 나는 피식 웃었다. 모처럼 타오른 호기심의 불길이 그 텔레파시란 말로 물을 맞은 기분이었다.

"물론 웃으시겠죠. 그런데 전 이상하게도 남의 불행에 대해서 민감한 감응력을 가지고 있는 것 같애요. 불행하지 않은 사람에겐 전연 작용하지 않는 무슨 촉수와 같은 그런 거라고나 할까요. 수녀가 될까 하는 마음도 그래서 생겨난 거예요."

"그게 바로 윤 선배를 사모하는 감정이란 겁니다. 어떤 책을 보니 사랑도 갖가지로 발현된다는 거였어요. 동정에서 시작하는 사랑, 동경에서 비롯되는 사랑……."

"아닙니다. 제 말을 좀더 들어주세요."

하고 차성희는 맥주잔으로 입을 축였다.

"윤 선생님의 불행은 어떤 동정을 필요로 하는, 아니 동정이 개입할 수 있는 그런 게 아녜요. 자기가 애써 자기의 지옥을 만들고 있는 그런 불행이에요."

"그것도 텔레파시로써 알아낸 겁니까?"

"빈정대지 말구 들어주세요. 말을 하자니까 약간 표현이 어수선해지지만 근본적인 사정이 그렇다는 얘기예요."

"그렇더라도 사정은 마찬가지 아닙니까. 자기의 지옥을 자기가 만들고 있는 사람을, 그걸 알면서 가만둘 수 없는 것 아닙니까? 그러지 말도록 비는 마음과 애쓰는 노력을 수반할 것 아닙니까? 그런데 이 세상

202

에 자기의 지옥을 자기가 만들고 있지 않는 사람이 어디에 있겠소. 모두들 자기가 자길 파괴하고 있는 것 아닙니까? 자기가 자기의 지옥을 만들고 있는 게 아닙니까? 나도 그럴 테구요. 우 부장두, 김달수두, 계수명 씨두, 정 차장두, 더욱이 박동수 씨 같은 사람은 말할 것도 없구요. 그런 가운데서 하필이면 윤 선배 하나만을 골라 그분에게 불행을 느낀다면 알 만한 일 아닙니까. 윤두명 씬 우리 교정부원 가운데선 제일 훌륭하다고 할 수 있는 사람입니다. 잘은 모르지만 원대한 포부를 가진 듯도 하구요. 의지력도 강하구요. 두뇌도 명석하구요. 감화력과 설득력도 강하구요. 하필이면 그런 사람에게 한량없는 불행을 느끼고 있다면 차성희 씬 그분에게 한량없는 사랑을 느끼고 있다는 얘기지 뭡니까."

나는 나도 모르게 흥분했다. 그리고 그 흥분을 나 자신 납득할 수 있었다. 아련히 연정을 품고 있는 대상의 여자가 비록 존경하는 사람일망정 다른 남자를 사랑하고 있다는 열렬한 고백을 하고 있는 것을 들었을 때 멍충이 아닌 바에야 흥분을 가누지 못할 것이 아닌가.

그런데 이상한 것은 차성희의 말똥말똥한 눈이었다. 여느 때의 차성희 같으면 그런 정도 진실을 찔렸을 경우, 얼굴에 핏기를 잃고 어깨를 들먹거리며 울어야 하는 것인데 어디까지나 조용한 얼굴빛이고 침착한 태도로 남아 있다는 것은 쉽사리 납득할 수 없는 경이였다.

"제 말을 꼭 그렇게 오해하실 요량이면 얘기를 그만두겠어요. 그러나 이 말만은 꼭 해두고 싶어요. 윤 선생님은 그 포부 때문에 한량없이 불행한 거예요. 우리 교정부 어느 누구도 그렇게 불행하진 않아요. 그리고 제가 그분에게 가진 관심과 동정은 사랑이니 연정이니 하는 감정관 아득히 먼 거예요. 좀 지나칠지 모르지만 바꿔 말하면 그분은 무서운 사람이에요. 공포심을 일게 하는 사람이에요. 서 선생님 말마따나 동정심은 사랑으로 바뀔 수 있어도 공포심은 사랑으로 바뀔 수 없을 거예요. 전 저의 직감을 믿어요. 분명히 말하겠어요. 전 윤 선생님을 사랑하지도 않거니와 사모하지도 않아요. 앞으로도 다름없을 거예요."

"그런데도 특별한 관심은 계속 지니고 있을 것 아닙니까."

"그렇겠죠."

"그러니 그 까닭이 뭐냐 말입니다."

"불행에 대한 관심이죠. 내일에라도 무서운 일이 발생하지 않나 하는 공포심 탓이지요."

"꼭 그러시다면 윤 선배님을 찾아가서 고백을 하시는 게 어때요."

이렇게 말하는 내 입 언저리에 냉소가 번졌던 모양이다.

"끝끝내 절 모욕하실 작정이구먼요."

차성희의 입술이 파르르 떨었다.

"모욕이라뇨, 당치도 않은……."

내 말이 끝나기도 전에,

"그럼 그 냉소가 뭐죠?"

차성희는 튕기듯 일어섰다. 나는 차성희가 카운터에서 셈을 하고 검은색 바탕에 파란 점점의 무늬가 놓인 코트를 입곤 도어를 밀고 나가는 것을 보고도 움직이지 않았다.

내 마음은 싸늘하게 식어 있었다. 차성희가 백천 마디의 말을 꾸며도 그것은 윤두명에 대한 애정의 표시일 따름이라고 나는 단정했다. 그렇다고 해서 질투의 감정이 인 것은 아니다. 나는 그런 악착스러운 감정과는 무관한 거리에 있는 사람이다. 그러나 윤두명이 무서운 사람이란 차성희의 말은 별개의 빛을 띠고 망막에 남았다. 나도 비슷한 생각을 갖기 시작한 때문일 것이었다.

차성희가 마시다 남은 맥주까지 마저 마시고 '은하수'를 나와 나는 그날 밤 종로에서 신설동 하숙까지 걸었던 것이다. 이렇게 해서 나와 차성희와의 사이는 아침저녁에 인사를 나누지 않을 만큼 동결상태가 되고 말았지만 차성희가 그날 밤 한 말은 다음 다음으로 돌팔매를 맞은 호수의 표면처럼 겹겹의 파문을 이루고 있었다. 이를테면 차성희의 말을 그대로 믿는 것은 아니지만 차성희의 말을 외면한 채 윤두명을 보지 못하게 된 것이다.

'한량없이 불행한 사람!'

'공포심을 일게 하는 무서운 사람!'

이란 차성희의 말이 일종의 렌즈처럼 작용하게 되었다.

윤두명의 눈은 부드러웠다. 그리고 그 말투도 평상시엔 부드러웠다. 그런데 엄필순 모녀를 대했을 때는 냉혹한 눈빛이 되고 혹독한 말투가 된다. 그 위화감이 차성희의 말과 겹치는 것이다.

바로 며칠 전의 일이었다. 엄필순이 수위실에 나타났다는 전화를 받자 윤두명이 여느 때와 같이 내게 눈짓을 했다. 윤두명에 관한 사건을 그 무렵엔 교정부원 전원이 대강 알고 있는 터라 꼭 내가 같이 갈 것은 없지 않느냐는 생각이 들어 나는,

"오늘은 사양하면 싶은데요."

하고 억지웃음을 꾸며 보였다.

윤두명의 얼굴에 살큼 그림자가 끼는 것 같더니 곧 부드러운 표정으로 바뀌며 말했다.

"친구 따라 강남에도 간다는데 그러기요?"

교정부장도 턱을 추켜올리며 알 듯 모를 듯 신호를 보냈다. 나는 일

어서지 않을 수 없었다. 그날은 윤두명도 단호했다.

"일 년 반을 미루어온 일을 갖고 왜 일 년을 더 참지 못하겠느냐."
고 매정스럽게 따졌다.

엄필순 모녀는 입에 게거품을 뿜어가며 졸라댔지만 윤두명은 움직이지 않았다. 그때 내가 한 생각은 이랬다.

'하여간 이 사람은 대단한 사람이다. 저렇게 죄이면 바윗덩어리도 부서질 것이 아닌가. 자기 돈도 아닌 남의 돈을 움켜잡고 저게 무슨 짓인가 말이다.'

승강이는 무려 두 시간 동안 계속되었다.

"세상에 이런 경우가 어디에 있단 말유."
하고 엄필순은 악담을 하다 못해 엉엉 울기까지 했다. 그때 윤두명이 몇 번이고 되풀이한 말을 보다 냉혹하게 거듭했다.

"꼭 그렇게 경우를 따지려면 재판소에 가서 고소를 해요."
나는 교정부장의 말을 들은 적이 있다. 상대방이 고소할 근거도 없거니와 고소를 하기만 하면 그 돈은 윤두명의 것으로 확정되고 만다는 것이었다. 더구나 정기예금으로 바꿔버린 이제에 와선 엄필순이 아무리 덤벼도 윤두명의 마음을 바꾸지 못하는 한 속수무책이라고도 했다. 그때 교정부장은 다음과 같이 덧붙이기도 했다.

"윤두명 씨에게 무슨 요량이 있을 거요. 아무 요량 없이 그 사람이 일 년이란 기한을 두었겠소. 윤 형은 경우 없이 남의 돈을 가로챌 사람은 아니오."

그러나 몇 번이고 승강이의 현장을 보아온 나는, 그리고 윤두명의 냉혹한 태도에 충격을 받은 때문도 있어, 교정부장처럼 호의적으로만 그 사건을 해석할 수 없는 마음으로 기울어 들고 있었다.

그런 참이었는데 나는 아까와 같은 사태를 목격하게 된 것이다. 그 사태가 우발적인 것일까. 아니, 윤두명이 미리 꾸며둔 계교일까. 아니, 윤두명에겐 알리지 않고 이른바 그의 가족들이 꾸민 책략일까.

나는 이것에 대한 해답을 냄으로써 장차 나의 윤두명에 대한 태도가 결정될 것이란 생각을 했다. 그리고 이어,

'차성희가 그 사태를 목격하는 위치에 있었더라면 어떤 판단을 낼까. 차성희는 그 돈을 일 년이 지나지 않고선 엄필순에게 넘겨줄 수 없다고 버티는 윤두명의 행동을 어떻게 보고 있을까.'

하는 상념으로 번졌다.

밀크는 삼분의 일쯤 남은 채 식어 있었다. 먹다 남은 도넛의 형해는 흉물을 닮고 있었다. 번잡하고 손님이 바뀌어 드는 케이크점에 나는 너무나 오래 머물러 있는 것이라고 느꼈다.

셈을 하고 밖으로 나왔다.

거리는 여전히 쫓기는 발걸음으로 붐비고 있었다. 바람은 자고 있었으나 공기는 살얼음을 연상케 하는 차가움이었다. 오늘 밤도 하숙까지 걸어볼까 하다가 그 마음은 곧 얼어붙고 말았다. 한 시간가량의 추위를 감당해야 한다는 예상이 공포처럼 엄습한 탓이다. 그래 서너 대쯤의 버스는 지나쳐야겠다고 생각하면서도 버스 정류장에 늘어선 행렬의 꽁무니에 서서 제자리걸음을 구르기 시작했다.

그러면서도 언젠가의 밤, 하룻밤을 지낸 미스 김이란 아가씨가 그 행렬에 없을까 하는 생각으로 두리번거렸다. 아직 그 아가씨가 퇴근할 시간은 아니란 생각이 뒤따랐다.

구름이 있는가 보았다. 별 그림자는 보이지 않았다. 별이 있어봤자

소용이 없다. 추위 속에선 별의 로맨티시즘도 얼어붙게 마련이다.

'추위를 이겨내는 로맨티시즘이 있을까! 없다, 단연코 없을 거다!'
하는데 "있다."는 말이 뇌리를 스쳤다.

'추위를 이겨내는 로맨티시즘은 등산가의 로맨티시즘이다.'

등산가!

나는 눈이 번쩍 뜨이는 느낌으로 제자리걸음을 멈췄다.

에베레스트의 절정에 선 등산가의 그 고적하고도 고귀한 모습! 알프
스의 상봉에 버티어 선 등산가의 그 청명하고도 우람한 모습!

'너는 뭐냐?'
하는 물음이 비수처럼 가슴을 찔렀다.

'겨울 파리처럼 엉거주춤 거기 서 있는 너는 뭐냐?'

나는 버스를 기다리는 행렬에서 빠져나왔다. 남산을 넘나들며 걸어
서 통근한다는 윤두명의 얼굴이 망막을 스치자 반사적으로 취한 동작
이었다.

'너는 뭐냐?'
하는 물음은 잇따랐다.

'너는 뭐냐, 너는 뭐냐, 너는 뭐냐?'

걸음을 재촉해서 사람들이 뜸해진 곳에 와서야 나는 그 대답을 얻었다.

'나는 그림자다.'

때마침 가등을 등진 위치에서 내 그림자를 발견한 탓일지도 몰랐다.

'나는 그림자다.'

'그럼, 그림자의 주인은 누구냐?'

'나다.'
하는 대답이 선뜻 나오질 않았다.

나? 서재필? 신문사의 교정부원? 겨울 파리? 거리의 먼지? 걸어가는 동물? 반사작용밖엔 할 줄 모르는 의식의 복합체? 희망도 꿈도 상실한 허수아비? 아무튼 그림자로 인해 확인될 뿐인 내가 그 그림자의 주인이 될 순 없는 것이 아닌가.

그림자를 잃은 사나이는 그림자를 팔아먹기라도 했었다. 그런데 그림자만 있는 이 괴물은 주인을 어디에다 분실했단 말인가. 얼룩이 진 책상을 앞에 하고 삐걱거리는 의자에 동여매이듯 앉아 '대大'자가 '견犬'자로 되지 않도록 곤충적인 신경을 쓰고 있는 자가 주인 될 까닭이 없지 않는가. 여기 이렇게 어둠이 깔린 길을 기어서 축축한 이불과 몇 권의 책이 기다리고 있는 마구간 같은 하숙방을 찾아가는 이 꼬락서니가 주인일 까닭이 없지 않는가.

차성희로부터 동정을 받을 만큼 불행하지도 않은, 그러고도 행복할 수 없는 내가 주인일 까닭이 없지 않는가. 그렇다. 내가 내 그림자의 주인이 되려면 윤두명처럼 차성희에게 공포심을 일으키는 존재쯤으론 되어야 하는 것이다.

윤두명은 선인이라고 해도 당당한 주인 자격이 있다. 악인이라고 해도 당당한 주인 자격이 있다. 그에겐 로맨스도 있었다. 그에겐 남의 돈을 가로채고서도 단호할 수 있는 배짱이 있다. 그는 차성희의 말마따나 한량없는 불행을 짊어진 사람이며 그 한량없는 불행으로 해서 당당한 주인 노릇을 할 수 있는 사람이다. 그는 어느 모로 보나 주인이다. 남의 이해를 불허하는 야심으로서도 그렇다. 그 음모의 주인은 되는 것이다.

그런데 내겐 아무것도 없다. 그저 그림자일 뿐이다. 주인이 없는 그림자일 뿐이다. 나는 나의 자기증명을 할 어떠한 재료도 방도도 갖지 못했다.

속엔 불덩어리가 구르고 다리는 쫓기듯 움직였다. 나는 무슨 강박을 당한 사람처럼 하숙집 있는 골목을 그냥 지나쳐버리고 언젠가의 밤에 미스 김과 어울렸던 목로술집을 향해 걷고 있었다. 거기에 나의 자기 증명을 할 증거를 두고 있는 것처럼……. 거기서 시간을 보내다가 통행 금지 시간 가까스로 미스 김의 집을 찾아가볼 속셈을 어느덧 세우고 있었던 것이다.

목로술집의 주인은 나를 아는 체했다. 많은 손님이 드나들 텐데 한 번밖에 오지 않은, 그것도 몇 달 전의 일인데 주인이 나를 기억하고 있다는 것은 이상한 일이었다. 주인은 소주병과 돼지발톱을 갖다놓곤 내 앞에 앉았다. 그리고 한다는 말이 야릇했다.

"그 아가씨가 거의 매일 밤 왔더랬어요."

"그 아가씨가요?"

긴가민가해서 한 대답이고 물음이었다.

"왜 언젠가 한 번 같이 오지 않았어요? 미스 김이라던가 하는 아가씨 말예요."

"그랬던가요?"

"그 아가씨 말론 자기가 나가는 집을 모르니까 젊은이께서 이리로 올 거라는 얘기였는데요. 그래 매일 밤 들렀던 모양인데요."

나는 가슴이 뭉클했다. 때때로 생각은 했었지만 용기가 없었던 탓으로 차일피일했던 것이 후회가 되었다.

"그럼 오늘 밤도 오겠네요."

"당분간 오지 않을 거예요."

술집 주인은 한숨을 쉬었다.

"어디 아픈가요?"

가슴이 두근거렸다.

"아닙니다."

하고 주인은 술 한 잔 달래서 마시더니 이런 말을 했다.

"한 보름쯤 전이었어요. 그 아가씨가 돌연 이상한 소릴 하기 시작하는 거예요. 당신이 간첩일 거라는 거였소. 하두 어이가 없어서 그런 말을 하면 쓰느냐고 하니까 자꾸만 우기더만요. 그러고도 계속 왔는데 올 때마다 당신이 간첩이라는 거예요. 같이 온 친구가 천벌을 받을 소릴 말라고 해도 자긴 그런 짐작이 간다는 거예요."

나는 쓴웃음을 웃을 수밖에 없었다. 그리고 그 여자의 삼촌이 간첩이었다는 것과 그 때문에 일가가 망했다는 것, 그래서 꽤 좋은 집안의 딸인 것 같았는데 윤락의 구렁텅이에 빠졌다는 등 얘기를 하고 나는 덧붙였다.

"그 충격으로 간간이 그런 헛소리를 하는가 봅니다."

술집 주인은 납득이 간다는 듯이 고개를 끄덕이곤 조심스럽게 말을 이었다.

"그랬는데 일주일쯤 전이었어요. 미스 김이 어떤 중년 신사를 데리고 왔어요. 한참 기분 좋게 술을 마시고 있더니 슬그머니 빠져나가지 않겠어요. 나는 변소에 갔나 부다 했죠. 우리 집 변소는 밖에 있거든요. 그래 별 생각하지 않고 있었는데 뜻밖에 그 아가씨가 경찰관을 데리고 오지 않겠어요. 그러곤 같이 온 남자를 가리키며 저게 간첩이란 거예요. 남자는 조그만 가방을 가지고 있었는데 그 가방 속엔 독침과 무전기가 들어 있다는 거예요. 그 자리에서 그 사나이에게 수갑을 채우데요. 물론 사나이는 항의를 했죠. 그러나 신고한 사람이 간첩이라고 우기는 걸 어떻게 해요."

"그런데 그 사람은 간첩이 아니었단 말이죠?"

나는 급하게 물었다.

"그랬던가 봅디다. 독침이란 건 주사기였고 무전기란 건 트랜지스터였는데 그 사람은 시골로 돌아다니는 돌팔이 의사였던 모양이죠. 아마 가방을 두고 변소에 나간 틈에 살짝 열어봤던 모양이죠. 그래서 잔뜩 의심하고 있는데 그 사람이 서울의 지리를 전연 몰랐던가 봐요."

주인은 다시 한 번 휴 하고 한숨을 쉬었다.

"그래서 어떻게 됐습니까?"

"무고죄로 돌돌 말린 모양이데요."

나는 주위가 핑 도는 것 같은 현기증을 느꼈다.

간첩과 잉어

D경찰서에 출입하는 기자의 이름은 양춘배라고 했다. 견습기자의 꼭지가 떨어진 지 두 달밖에 안 되는 애송이 기자다. 나와는 접촉이 있을 까닭이 없었지만 서로 안면은 알고 있었다. 약간 들창코에 소년과 같은 눈이 선량한 인상을 풍기고 있는 그에게 나는 미스 김의 일을 부탁해볼 작정을 했다. 물론 망설임이 없진 않았다.

조금 일찍 출근을 해서 신문사 앞에서 서성거렸다. 인사를 하고 지나려는 양춘배에게,

"양 형."

하고 말을 걸었다.

"예?"

그는 되돌아섰다.

"잠깐이면 됩니다. 드릴 말씀이 있는데요."

"좋습니다."

하고 그는 시계를 봤다. 가까운 다방에 들렀다.

"미스 김이란 여자가 D경찰서에 붙들려 있는데요."

그는 찬찬한 표정으로 내 말을 기다렸다.

"이름은 모릅니다. 간첩신고를 했는데 그게 무고죄로 걸렸답니다."

양춘배의 표정은 진지했다.

"그런 사건이니까 당장 알 수 있지 않겠습니까?"

양춘배는 보일 듯 말 듯 고개를 끄덕였다.

"어떻게 해서라도 그 여자를 도와주고 싶어요. 우연히 알게 된 여잔데, 꼭 하룻밤 같이 술을 마셨죠. 참으로 불쌍한 여잡니다. 삼촌이 간첩이었답니다. 그래 미스 김의 아버지는 불고지죄로 감옥살이하다가 옥사하고, 그 어머니는 자살을 했대요. 백부는 대학교수였는데 역시 불고지죄에 걸려 몰락하구요. 어떻게 하건 돕고 싶어요. 양 형, 힘이 좀 돼주시오."

"최선을 다해보죠."

양춘배는 나직하나마 힘주어 말해놓고 나의 다음 말을 기다렸다.

"오늘에라도 우선 면회를 했으면 하는데요."

"내가 먼저 사정을 알아보겠습니다. 그리고 오후에 면회가 되도록 하죠. 경찰의 양해를 얻게 되면 곧 전화를 하겠습니다."

그런 후 양춘배는 내게 더 할 말이 없을까 하는 태도로 기다렸다.

"그럼 부탁합니다."

하자,

"걱정 마십시오."

하고 그는 일어서 나를 앞질러 카운터에 가서 찻값을 치렀다.

"부탁을 하구 차까지 얻어먹구."

내가 우물쭈물하자,

"서 선배님, 그게 무슨 말씀입니까."

하고 그는 상냥하게 웃었다.

내가 말하는 도중 한마디의 반문 같은 것이 없었던 그의 태도에 믿음이 갔을 뿐 아니라 호감을 느끼기까지 했다.

그날의 큰 사건은 어느 재벌의 아들이 억대 가까운 유흥비를 쓰고 많은 여자를 농락했다는 사건이었다. 교정부의 화제는 자연 그 사건에 집중될 수밖에 없었다.

"배우, 가수, 여대생을 닥치는 대로 해치웠다니 대단한 놈이구먼. 박형, 약간 부럽죠?"

계수명이 박동수를 향해 한 말이었다.

"조금도 부럽지 않소."

박동수는 무관심한 체했다.

"호화맨션을 몇 개나 갖구, 배우와 할 땐 A맨션, 가수와는 B맨션, 여대생과는 C맨션, 그것도 모자라 일류 호텔마다에 전용실을 가지고 있었다니까 알아볼 만하잖아?"

뜻밖에 정 차장도 한마디 끼웠다.

"미친놈이지 그게 제정신 가진 놈야?"

우 부장이 불쾌한 듯 뱉었다.

"노동자 착취해갖고 돈을 벌어선 그따위 짓하는 놈은 죽여버려야 하는 기라."

김달수는 언제나 이렇게 과격했다.

"노동자를 착취한 것만으로 끝났으면 괜찮은 편이지. 정부 돈을 수백억씩 융자 받아가지고 돈 벌었다고 으스대는 놈은 어떻구."

이동기가 오랜만에 한마디 끼웠다. 그러자 박동수가 뜻밖인 발언을 했다.

"그렇게라도 낭비를 하는 놈은 그래도 용서할 순 있어. 돈을 마구 뿌리니까 덕분에 얻어먹는 놈도 많을 것 아냐? 사회복지의 의미는 있거든. 그러나 돈 벌어갖구 구두쇠 노릇하는 놈, 사실은 그게 문제란 말요. 국민들로부터 돈을 거둬갖곤 재분배할 생각은 전연 않는 놈들이니까. 베르사유 궁전 같은 집이나 짓구, 어디 그것도 국산품 갖구 짓나? 목재는 필리핀에서 가져오구, 강철재는 스웨텐에서 가져오구, 욕조는 일본에서 가져오구, 도어 핸들, 자물쇠 등속은 미국에서 가져오구, 심지어는 카펫, 벽지까지 외국에서 들여와 집을 짓거든. 그뿐인가? 양복은 영국제, 모자와 구두는 이태리제, 와이셔츠와 넥타이는 프랑스제, 시계 등 장신구는 스위스제, 내의 종류는 일본제, 자동차는 서독제가 아니면 미국제, 이렇게 해서 고상한 취미를 뽐내고 연구한다는 건 세금 도둑질할 방법이구……. 이런 놈들은 빨갱이 이상으로 반역자가 아닌가 말야. 그런 데 비하면 몇십억 유흥비를 쓴 놈은 그래도 사람이라. 그 돈이 누구에게 갔건 국민에게 갔을 거니까……"

"군자는 삼일 불견不見이면 괄목이상대刮目而相對라더니 박동수 씨가 언제 그런 평론가가 됐지?"

우 부장이 껄껄 웃으며 한 말이다.

"구두에 고장이 난 후로 인생관이 변했나 봅니다."

계수명의 익살이었다.

"계 형, 꼭 그렇게 하기요?"

박동수가 눈을 부릅떴다.

"그만 그만."

정 차장이 손을 휘둘렀다.

이런 말을 들으며 교정지에 손질을 하면서도 나는 전화기에 신경을 보내고 있었다. 그러나 좀처럼 전화벨은 울리지 않았다. 경찰의 양해를 얻어 전화를 건다고 했는데 아직도 양해를 얻지 못한 것일까. 재벌 아들의 유흥행각에 대한 호기심보다도 내겐 전화가 오지 않는 데 대한 초조감이 컸다. 정 차장의 제동으로 한동안 잠잠했는데 도저히 참을 수 없다는 투로 계수명이 불쑥 말했다.

"어어 치사해, 여자란 돈만 보면 사족을 못 쓰는가 보지?"

계수명은 마침 그런 대목의 손질을 하고 있는 모양이었다.

"여자를 낚는 미끼가 돈이란 걸 이제사 알았어? 재키를 낚은 것도 오나스시의 돈 아냐? 하워드 휴즈가 미녀의 숲에서 뒹굴 수 있었던 것도 돈 때문이구. 그런 점에 있어서 여자란 철저하게 유물적·배금적 동물이며 산문적인 동물인 기라."

"박 선생님, 말씀이 지나칩니다."

안민숙이 발끈한 투로 나왔다.

"지나치긴? 모자랄 정도요."

박동수는 능글능글했다.

"남자는 배금주의자가 아닌가요?"

안민숙이 되물었다.

"남자는 돈과 연애를 혼동하진 않아요. 그런 놈도 있겠지만 여자처럼 돈에 미치진 않죠."

"그런 일반론은 성립되지 않아요. 박 선생님 말씀 조심하세요."

"안민숙 씨의 의견이 옳다고 해놓고 토론 중지."

우 부장이 잘랐다.

그때 전화벨이 울렸다. 안민숙이 송수화기를 집어들었다.

"윤 선생님 전화예요."

윤두명은 잔뜩 찌푸린 얼굴로 송수화기를 받았다.

"오늘은 바쁩니다."

하는 말이 있었고,

"백만 번 말해봤자 소용이 없어요."

하며 이어졌고,

"맘대로 해요."

하고 전화를 끊었다. 그 모녀로부터 온 전화임이 틀림없었다.

매일매일 그런 성화를 겪으면서도 돈을 돌려주지 않으려는 윤두명에게 나는 새삼스럽게 두려움을 느꼈다. 어젯밤의 일이 되살아났다. 윤두명이 그 사고를 꾸몄을 것이란 방향으로 짐작이 기울어 들었다.

나는 앞으론 절대로 윤두명의 일에 말려들지 않을 것이란 다짐을 했다. 게다가 내게도 일이 생긴 것이다. 미스 김을 구출하는 일 말이다.

어느덧 일판이 완성될 시간이 되었다. 시계는 열두 시를 가리키고 있었다.

전화벨이 울렸다. 이번에도 안민숙이 송수화기를 들었다.

"서재필 씨 전화예요."

나는 얼른 송수화기를 받아들었다.

"서 선배님이시죠?"

하는 양춘배의 말이 흘러나왔다.

"오후 세 시 정각에 경찰서 정문으로 나오시죠. 거기서 기다리겠습니다."

"오후 세 시, 경찰서로 가겠습니다."

하고 나는 송수화기를 놓았다.

"경찰서엔 왜 가죠?"

안민숙이 불안한 표정을 지었다.

"그런 일이 있습니다."

하며 나는 차성희의 시선이 일순 내게로 쏠리는 것을 느꼈다.

대통령의 사진, '새마을정신'이란 대통령의 필적이 한쪽의 벽에 걸려 있는 것 외엔 장식물이라곤 없다. 아니 어떤 장식도 받아들이길 꺼려하는 바래진 공기로 꽉 차 있는 방이었다.

형사실로 불리는 그 방은 어떠한 장치와 꾸밈이 없어도 가장 결정적인 일이 진행되고 있다는 묘한 자신감 같은 것이 일종의 활기를 띠고 있기도 해서 그 먼지 냄새와 거친 사람들의 동작과 고함과 비명이 교차하는 광경은 살풍경하다고 표현할 수도 없는 어수선한 분위기였다.

아무튼 그 방을 직장으로 하고 매일매일을 지내려면 특수한 신경조직이 필요할 것 같았다.

촌닭이 장에 온 꼴이란 말이 어울릴, 그런 몰골로 나는 양춘배의 뒤를 따라 그 방에 들어가서 무슨 주임이라고 불리는 사람 앞에 섰다. 양춘배의 소개가 있었다. 나는 공손히 절을 하고 자기소개를 했다.

"이리로 앉으시죠."

주임은 자기 옆의 의자를 가리켰다.

형사주임이라는 직업보다도 텔레비전 탤런트를 했으면 어울릴 것 같은 인품이었다. 갈색 세무점퍼를 입고 있는데 와이셔츠의 칼라는 청결했고 넥타이엔 붉은빛에 감색 격자무늬가 놓여 화려했다. 단정하게 포마드를 칠해 빗어 넘긴 머리에서 나는 향긋한 그 냄새에 나는 어떤 위화감 같은 것을 느꼈다.

"괜히 번거로운 부탁을 해서……."

우물우물 내가 말하자 그는,

"번거로울 것도 없습니다."

주임은 이미 저편으로 가서 어떤 형사와 얘길 하고 있는 양춘배를 가리키며,

"약간 번거로운 일이라도 양 기자의 부탁이라면 하는 수 없죠."

하고 웃었다.

미스 김이 불려 나왔다.

블루진 아래 윗도리를 입고 단발머리를 헝클인 채 아무 무서울 것이 없다는 마음을 억지로 꾸미고 있는 것 같은 그 꾸밈이 그대로 노출된 듯한 표정과 동작으로 미스 김은 형사가 가리키는 대로 주임이 있는 곳을 향해 걸어 들어왔다. 여자라기보다 선머슴애라고 해도 좋을 동작이었다. 그런데 나는 미스 김의 모습이 도어 저편에서 나타날 때부터 욕정을 느끼기 시작했다. 일찍이 깨달아보지 못한 맹렬한 욕정이 솟구친 것이다. 블루진에 싸인 그 알몸뚱어리의 촉감과 체취가 기억 속에 생생하게 되살아난 까닭이었는지 모른다. 형사가 내 맞은편에 의자를 갖다 놓았다.

"거기 앉아요."

주임이 말하자 의자에 앉으려다가 그제야 미스 김은 나의 존재를 인식한 모양이었다. 이때까진 정신이 주임에게만 쏠려 있어 그 옆에 있는 나를 몰라보았음이 분명했다.

미스 김은 큰 눈을 더욱 크게 번쩍하더니 얼굴을 숙였다.

"이분을 모르겠어?"

주임이 물었다. 대답이 없었다.

"미스 김은 좋겠다. 대신문사의 기자어른을 빽으로 하고 있으니까

말야."

이렇게 주임이 말해도 미스 김은 고개를 숙인 채 있었다.

아아, 그땐 내 이름도 말하지 않았구나 하는 생각이 선뜻 들었다.

"나는 서재필입니다. 날 알겠죠?"

미스 김은 보일 듯 말 듯 고개를 끄덕였다.

"이때까진 당당했던 여자가 갑자기 왜 이러지? 소영이!"

하고 서 있던 형사가 미스 김의 어깨를 살금 두드렸다.

이름은 소영이었구나, 하는 짐작을 하고 나는 말해보았다.

"소영 씨, 고생이시죠?"

"고생일 것도 없어요."

고개를 들지 않았으나 대답은 또박또박 분명했다.

"소영 씨, 안됐소. 나 때문에 이런 일이 생긴 것 같군요."

이건 나의 본심이었다. 내가 만일 미스 김을 그 후 한 번이라도 만나기만 했다면 이런 불상사가 날 까닭이 없었을 것이 아닌가 싶었다. 그런데 뜻밖인 답이 돌아왔다.

"웬걸요. 난 아무렇지도 않아요. 우리 집안은 형무소와 인연이 많아요. 우리 집 식구는 모두 형무소에 가서 죽게 돼 있어요. 그러니 걱정할 것 없어요. 물론 걱정도 안 했겠지만요."

"걱정을 안 하는데 왜 내가 여기까지 찾아왔겠소. 앞으로 나는 소영 씨를 내 힘 있는 데까지 돕겠소. 그러니 소영 씨도 잘못했다고 사과를 하십시오. 모두 당신을 동정하고 있습니다."

그러자 미스 김은 얼굴을 번쩍 들었다.

"동정 같은 건 싫어요. 그리고 왜 내가 잘못했다고 해요. 간첩을 잡으려다가 돌팔이를 잡은 게 죈가요? 잉어를 낚으려다가 개구리를 낚았대서 그게 죈가요?"

"간첩이 아닌 사람을 간첩이라고 했으니 그게 죄 아니겠소."

나는 타이르듯 말했다.

"간첩에 씨가 있나 뭐?"

소영의 눈에 광기 같은 것이 순간 스쳤다.

"이런 태도니까 좋게 해주려고 해도 좋게 해줄 방도가 없어요."

소영의 등 뒤에 서 있던 형사가 어이가 없다는 표정을 지으며 말했다.

"누가 좋게 해달라고 했나 뭐."

소영은 왼손으로 저고리 앞자락을 비비 꼬고 있었다.

"소영 씨, 말을 그렇게 해서야 됩니까. 관대한 처분을 받고 빨리 나와
야 할 게 아뇨."

"어디 있으나 마찬가지예요."

소영은 어깨를 들먹이기 시작했다. 울고 있는 것이었다. 나는 손수건
을 꺼내 그 손에 쥐어주었다.

"그렇게 자포자길 해선 못써요."

"아버지는 간첩인 동생을 신고 안 했다고 옥살이하다가 죽고, 딸은
간첩 아닌 사람을 신고했다고 옥살이하다가 죽으면 될 것 아녜요?"

"죽긴 왜 죽습니까. 곧 잘 해결될 겁니다. 나는 소영 씨를 위해선 무
슨 일이라도 할 작정이오. 당신을 돕기 위해서요."

드디어 소영은 큰 소리로 울음을 터뜨리고 말았다.

"그러니 잘못했다고 하시오. 어떻게 하다가 그런 실수를 했다구요."

가슴이 막혀 그 이상의 말은 나오지 않았다.

소영의 울음이 진정되길 기다려 주임이 형사에게 눈짓을 했다.

"자, 아가씨 그럼 들어가볼까요."

하고 형사가 소영을 일으켜 세웠다.

　"내일 또 오겠소. 얼마간의 돈을 맡겨놓을 테니 먹고 싶은 게 있으면 사먹도록 하시오."

하며 나는 꾸러미를 소영이에게 건넸다. 그 꾸러미엔 담요 두 장과 털 내의가 들어 있었다. 유치장 안이 춥다고 듣고 내가 동대문시장에서 사 가지고 온 물건들이었다. 김소영이 도어의 저편으로 사라지자 양춘배 가 그 자리로 왔다.

　"참한 색시인데요."

　양춘배는 수줍게 웃었다.

　"참해, 교육이나 받고 몸가짐만 단정하면 귀부인이라도 될 만한 색 시야."

하고 주임이 맞장구를 쳤다. 아닌 게 아니라 화장기를 없앤 그 자리에 서의 소영은 선머슴애 같은 차림이었음에도 아름답다고 할 수 있는 이 목구비와 몸매를 나타냈었다. 그러나 어떤 여자인들 제대로 교육을 받 고 몸가짐을 잘 해서 귀부인이 안 될 여자가 있을까, 하는 생각을 하며 나는 돌연 슬퍼졌다.

　"서 선배님께서 그 여자와 마주하고 있는 것을 보고 선뜻 생각한 게 있어요."

　양춘배는 여전히 수줍은 웃음을 띤 채 말했다.

　"뭣을 생각했는데요."

　"톨스토이의 『부활』을 생각했죠. 네플류도프와 카추샤 말입니다."

　양춘배의 이 말에,

　"맞았어, 『부활』의 한국판이야."

하며 주임이 웃었다.

나는 주임에게 김소영을 석방할 수 없겠느냐고 물어보았다.

"그게 그렇겐 안 됩니다. 간첩을 잡기 위해선 다소의 무고쯤은 허용될 수 있지 않을까도 생각할 수 있지만 무고행위를 방치하면 큰일이 납니다. 아주 악성적인 모략으로 이용되는 경우가 있거든요."

"그러나 미스 김 같은 경우는 얼마든지 동정의 여지가 있지 않습니까?"

양춘배가 한마디 거들었다.

"우리에겐 간첩이란 거리가 먼 얘기지만 미스 김에겐 절실한 문제일 것 아닙니까. 삼촌이 간첩이었고 그 때문에 아버지가 옥사하고 어머니는 자살하고 백부는 몰락하고……. 그러니 간첩이란 게 일종의 강박관념으로서 작용하고 있는 거죠. 어떻습니까, 정신감정을 의뢰해서 그 판단으로 석방할 수도 있지 않겠습니까?"

"내 마음 같아서야 그렇게도 하고 싶습니다. 그러나 이 사건은 경찰서에선 결론을 낼 수가 없어요. 어차피 검찰청으로 넘어가야 할 테니까 거기 가서 좋은 해결을 보도록 하십시오."

이렇게 말하는 주임에게 더 이상 부탁이 있을 수도 없는 일이어서,

"내일 또 면회하러 오겠습니다. 그때 또 편리를 봐주십시오."
하고 일어설 수밖에 없었다.

"하룻밤 술을 마신 인연으로 그렇게 친절할 수 있다는 건 근래에 드문 미담이라고 할 수 있는데요."

주임이 나에게 악수를 청하며 한 말이었다.

"그걸 휴머니즘이라고 하는 겁니다."

양춘배가 어설픈 해석을 붙였다.

"부질없는 센티멘털리즘일지 모르죠."

나는 쓴웃음을 짓고 그 방에서 나왔다. 그리고 오후의 햇살이 밝은 거리로 나오며 심호흡을 했다.

담배연기와 고함소리, 그리고 책상을 치는 소리, 애원하는 소리가 먼지의 냄새에 얽히고설킨 그런 방이 인생 어느 대목에 필요하다는 인식은 새삼스러우면서도 서글프고 사람으로 하여금 생각에 잠기게 하는 것이다.

한 시간쯤 시간의 여유가 있었다. 나는 양춘배를 데리고 종로 4가에 있는 어느 다방으로 들어갔다.

"……고향의 물레방아 지금도 돌고 있는데……."

능청스럽게 늘어뜨리고 꼬아놓은 것 같은 어느 가수의 목소리가 전축에서 흘러나오고 있었다. 그런 소리만 들으면 나는 창자가 비비 꼬이는 것처럼 역정이 돋는다. 그 역정이 나의 찌푸린 표정으로 되었던 모양이다. 양춘배는 민감하게 그것을 지적했다.

"저 노래가 싫으신 모양이죠?"

"싫고 안 싫고 간에."

하고 나는 얼버무렸다.

"나도 딱 질색입니다. 대중의 정서가 저따위 노래 같은 것으로 물들어간다면 정말 야단 아닙니까?"

"난 팝송이란 것도 싫어요."

"나도 그렇습니다. 그러고 보니 우리의 세대는 노래를 잃은 꼴 아닙니까?"

"저런 노래도, 팝송도 모두 우리 또래의 세대들이 부르는 것 아닙니까?"

"우리 또래의 나이라고 해서 우리 세대라곤 할 수 없지요. 그들이 우리 세대를 대표한다면 우리가 세대에서 탈락한 것일 거구요."

이렇게 말하는 양춘배의 얼굴엔 우울한 빛이 있었다. 나는 양춘배가 여간 감수성이 강한 청년이 아닐 것이라고 느꼈다. 그만큼 그에 대한 나의 관심도 깊어졌다.

"경찰서 출입을 하는 기자생활에 보람을 느끼고 있습니까?"

어리석은 질문이라고 생각하면서도 나는 우선 이렇게 물어보았다.

"보람이 있을 까닭이 있습니까. 시키는 일이니까 하는 거죠. 경찰서의 임무는 다원적인 것이지만 사건을 쫓고 있는 우리들에겐 수사관계의 문제만이 중점이 되는 거죠. 그러다 보니 우리는 매일 시민생활의 치부를 들여다보고 사는 꼴입니다."

"그런 만큼 매일매일이 긴장된 내용으로 꽉 차게 되는 것 아닐까요."

"그렇지도 않으니 탈이죠. 우리는 문제를 해결하고 처리하는 입장에 있는 것이 아니고 폭로하고 기사화하는 방관적인 입장에 있으니 이를테면 무책임한 거죠."

"그러나 언제나 생생한 사회와 접촉하고 있으니 정신의 활동이 활발할 것 아닙니까. 나는 교정부에 앉아 있으니까 정신이 침체하게 마련이죠. 배수구가 없는 늪 같은 기분이 들어요. 늪엔 독기와 장기瘴氣가 있게 마련 아닙니까. 그런 점 양 형과 같은 입장이 부러운데요."

양춘배는 쓴웃음을 지었다. 그리고 다음과 같은 말을 했다.

"난 반대로 생각합니다. 언제나 정신을 활발하게 가지려면 관찰하는 입장이 정지되어 있어야 한다고 생각해요. 말하자면 팔랑개비처럼 돌고 있어선 정신은 움츠러들 수밖에 없습니다. 항상 자질구레한 일에 허겁지겁 몰려 있다가 보면 자기를 상실하게 마련이거든요. 가령 이런 겁니다. 누군가가 자살했다고 합시다. 어느 누구의 자살이건 이건 중대한 문제가 아닙니까. 가장 중요한 건 그 자살의 사회적인 의미를 찾아내는 일일 겁니다. 그런데 그런 걸 따지고 살필 겨를이 없습니다. 제일 첫째 할 일은 사진을 구해내는 일입니다. 자살의 동기나 이유, 또는 그 과정을 캐는 건 둘째 문제죠. 그런 건 대강의 경우 비슷비슷하니까요. 죽은 사람에겐 입이 없으니 상상으로 기사를 쓸 수도 있구요. 그러나 사진만은 상상으로 만들어내지 못할 것 아닙니까. 기사의 실질은 사진에 있는 거죠. 그러니 사진을 구하기 위해선 파렴치한 짓까지 감행해야 합니다. 그러다가 보니 자살자의 그 절박한 심정에 대한 동정심 같은 건 깡그리 없어지고 말죠. 말하자면 인간의 기본적인 감정조차 무시되는 겁니다. 그렇게 하는 게 생생한 사회 문제와 접촉하는 게 되는 겁니까?"

"주체적·구조적 취재라는 것도 가능할 것 아닙니까?"

"구조적 취재라구요? 어림도 없는 얘깁니다. 하루에 수십 건씩 사건이 나타납니다. 기사가 될 만한 것을 나름대로 가려내서 기사를 씁니다. 그러나 거의 채택이 안 됩니다. 채택이 안 될 줄 알면서도 써야 하는 거죠. 처음 경찰서 출입을 하게 되었을 때 나는 이런 것을 생각했습니다. 신문기자의 사명은 경찰이 적발한 사건을 보도하는 데 중점이 있는 것이 아니라 그런 사건을 다루는 경찰의 태도에 중점이 있는 것이라구요. 사실 유치장에 갇힌 피의자들보다 그들을 가둔 경찰에 더 많은 문제가 있을 수 있거든요. 그래서 나는 나름대로 그런 기사를 써봤죠. 어떤 절도사건의 내용을 쓰고 아울러 그 절도사건을 취급한 경찰의 태도를 쓴 겁니다. 신고자의 말만 듣고 무작정 족쳐대는데 그런 태도는 좀 뭣하다는 식으로 말입니다. 그랬더니 데스크는 이런 건 중학생의 작문이지 신문기사가 아니라는 겁니다. 어떻게 합니까. 선배들이 만들어놓은 준칙에 따를 수밖에 없는 게 아니겠습니까. 그러나 지금도 나는 그 때의 내 생각이 옳다고 생각해요. 언론의 사명은 권력을 감시하는 데 있기도 하는 것 아닙니까. 수천만 원을 횡령한 놈은 버젓이 대우하면서 트랜지스터라디오 한 대 훔쳤다고 족쳐대는 광경 같은 것은 대조적으로 써야만 기사로서의 보람이 있을 것 아닙니까. 그런데 그게 그렇게 안 된단 말입니다. 그건 논설이나 칼럼은 될 수 있어도 기사는 안 된다는 거죠."

"허나 그런 모순을 매일처럼 느낀다는 것이 자극적인 일 아닙니까. 사회에 대한 인식이 그만큼 깊어지기도 할 것이구요."

"시정할 용의도 용기도 없으면서 인식만 깊어지면 뭣합니까. 이대로 가다간 부정에 대한 불감증이 고질화되지 않을까 두렵기도 합니다. 선악에 대한 구별감정이 없어졌는걸요. 소도둑이 바늘도둑을 나무라고 있는 것 같은 세상을 그냥 용인하고 있는 판이니 그저 따분할 뿐입니다."

"신문기자란 직업에 실망했다는 뜻입니까?"

"실망한 정도가 아니라 신문기자가 직업으로서 성립될 수 있는 것인가 하는 것을 요즘은 생각하고 있습니다."

"요즘 제일 많은 사건이 뭡니까?"

"절도죠. 하도 흔해서 기사감도 안 돼요. 그 다음으로 많은 건 간통입니다. 경찰에서 문제되는 간통이 그렇게 많은 것을 보면 폭로되지 않은 간통 사건이 얼마나 많을지 상상도 못해요. 살기가 조금 나아진 데 대한 수반현상이라고 생각하면 이상하기도 해요. 생활에 여유가 생기니까, 아니 돈과 시간이 남아돌아가니까 엉뚱한 욕망이 돌아나는 모양이죠. 간통 가운데 유부남, 유부녀의 간통도 있지만 유부녀를 노리는 놈팡이들의 교묘한 함정이 도처에 깔려 있는데 그 함정에 빠져든 여자들도 적지가 않아요. 함정이라고 해봤자 물론 일방적인 것은 아니죠. 여자들이 가지고 있는 은근한 유혹에의 기대 같은 마음에 편승한 수작일 테니까요.”

양춘배의 말에 의하면 시내에 있는 삼류쯤 되는 카바레의 주변엔 두서넛씩 한 조로 된 놈팡이들이 그물을 치고 있다. 그러고는 카바레에 드나드는 유한부인들에게 수작을 걸어 밀회를 조작한다. 한 패거리를 시켜 사진까지 찍는다. 그것을 미끼로 금품을 갈취하는 경우도 있다. 직업적으로 그런 짓을 하는 클럽은 여자의 가정 형편을 보아가며 갈취할 금액과 방법을 책정한다. 한 시기 전처럼 무리한 요구를 해서 일을 파탈시키는 등의 서툰 수작은 하지 않고 ‘키워가며 먹는다.’, ‘살려놓고 뜯는다.’는 방법을 쓴다는 것이다.

“푼돈으로 남첩을 둔 셈으로 있는 여자들도 많다는 겁니다.”

양춘배는 그런 지저분한 일들을 알고 있는 것 자체가 부끄럽다는 투로 얘기를 엮었다.

“양 형은 앞으로 소설가가 되는 게 좋겠습니다. 지금 기사화할 순 없더라도 소설의 재료로선 모두 재미있는 것 아닙니까?”

“소설 같은 건 흥미가 없습니다. 현실이 소설보다 더 재미나는 형편인데, 소설이 무슨 소용이겠습니까.”

“소설이 재미있는 얘기만은 아니겠죠. 신문기사는 주어가 없이, 이를테면 가주어로서 씌어지는 거니까 주어를 가지고 그런 경험을 기록해볼 흥미는 있지 않겠습니까.”

“나는 반대로 주어가 없는 문장에 집착합니다. 나, 또는 내가 하고 쓰는 문장에 대한 반발이죠. 별다른 개성을 갖고 있지도 않은 주제에 나는 이렇게 보았다, 나는 이렇게 생각한다는 등속에 소시민근성의 악취를 느끼는 겁니다. 나는 밀도를 가질 수만 있다면 주어 없는 문장이 최고라고 생각해요. 적어도 한 시대의 평균적인 눈과 판단력을 마스터해야 하니까요. 부질없는 자의식의 과잉, 현학적인 제스처를 방지할 수도 있구요. 독창성을 발휘하기 위한 쓸데없는 허영을 배제할 수도 있구요. 광장에서 고독한 내가 아니라 광장에 모인 군중들과 동질인 자기를 발견하는 것이 더욱 중요한 일일 테니까요.”

나는 양춘배의 얼굴을 말끄러미 쳐다봤다. 확실히 그는 나완 이질적인 사람이었다. 나는 광장에서 고독한 나를 발견하는 사람이었고 그것을 당연하다고 느끼고 있었다. 그런데 양춘배는 광장에 모인 군중과의 동질성을 발견하려고 하는 사람인 것이다.

“기계문명이 개성을 말살했느니 어쩌니 하지만 원래 사람의 개성이란 그처럼 대단한 게 아닙니다. 추울 땐 두터운 옷을 입고, 더우면 얇은 옷을 입고, 많이 먹으면 배가 부르고, 돈이 많으면 사치를 하고 싶고……. 그렇고 그런 것 아닙니까. 개성이란 것은 프티 부르주아의 환상이지 실체는 아닌 것 아닙니까. 소설은, 지금 우리나라에 있는 소설은 대개 그런 미망에 사로잡힌 정신병리학적인 데이터에 불과한 것 아닙니까. 저런 유행가가 대중의 정서에 유독하듯이 나는 요즘의 우리 소설도 대중의 정신위생상 대단히 유독한 거라고 생각합니다.”

그때 다방의 전축으로부턴 “물어물어 찾아왔소.” 어쩌고 하는 노래가 흘러나오고 있었다. 나는 양춘배의 개성을 무시하는 말에 더욱 강한 개성을 느끼며 반문했다.

“여간 강한 개성이 아니고서는 양 형과 같은 그런 발언은 할 수 없는 것 아닙니까?”

“내가 하는 말은 개성이 시킨 말이 아니고 광장에서 떠드는 소리를 집약한 겁니다."

"침묵하고 있는 광장의 소리를 들을 수 있는 것도 나는 뛰어난 개성의 소치라고 생각하는데요. 개성은 말의 내용, 또는 주장에만 있는 것이 아니고 인식의 방법, 인식의 감응력에도 있을 테니까요. 그래 나는 양 형의 개성부정론을 패러독스로밖엔 들을 수 없다는 겁니다."

"서 선배께서 그렇게 들으셨다면 하는 수가 없죠. 하여간 나는 광장의 고독을 무시합니다. 그건 개성이 있으니까요. 광장에서 느낀 고독을 분석해보십시오. 거기 뭣이 있습니까. 한 마리의 동물이 있을 겁니다. 아니면 외로운 그림자가 있을 겁니다. 동물은 이미 인간이 아닙니다. 그림자가 인간일 수도 없구요. 그래서 나는 직업으로서의 신문기자는 인정하지 않으면서도 신문기자란 직책에 집착하고 있는 겁니다. 주어 없이 기사를 쓰는 노력에 광장의 군중과 동질화될 수 있는 가능을 보는 겁니다. 나는 어디까지나 군중 속의 하나라는 것을 확인하고 싶은 겁니다. 있지도 않은 개성이 도깨비처럼 고개를 쳐드는 것을 한사코 억제하려는 겁니다."

나는 비로소 양춘배가 무슨 말을 하고 있는지를, 아니 무슨 말을 하고자 하는 것인가를 알았다. 나는 그의 성실하고 진지한 외모와 태도로썬 짐작해볼 수도 없는 깊은 곳에 거창한 분노의 불길이 타고 있다는 것을 알았다.

이렇게 신문사란 곳은 뜻밖인 사상과 뜻밖인 정열과 뜻밖인 의지의 소유자가 그 사상과 정열과 의지를 남몰래 가꾸며 숨도 크게 쉬지 않고 웅크리고 있는 곳이란 생각을 해보며 나는 외포를 느꼈다.

"얘기할 기회는 오늘이 처음이지만 어쩐지 서 선배님관 얘기가 통할 것 같은 느낌을 가졌었죠. 그래 외람한 말도 서슴없이 지껄여댄 겁니다. 양해하시죠."

양춘배는 수줍은 표정으로 돌아가며 말했다. 나는 그를 알게 된 것을 다행으로 여긴다면서 앞으로도 얘기할 기회를 갖자고 했다.

신문사엘 돌아가니 네 시가 훨씬 넘어 있었다. 나는 교정부장의 눈치를 살피며 자리에 앉았다. 윤두명의 자리가 비어 있을 뿐 교정부 전원이 모여 있었다.

"경찰서 갔다는 사람이 돌아오지 않길래 혹시 구속된 것이나 아닌가 했지."

부장이 넌지시 한마디 했다.

"도대체 무슨 일이야?"

김달수가 나를 쳐다봤다.

"로맨스의 시작쯤으로 생각해둬."

하며 나는 차성희를 의식했다.

"로맨스란 말만 들어도 가슴이 훈훈해지는데요."

안민숙이 내 얘길 유도하려는 듯 말을 걸어왔다.

"경찰서에서 로맨스가 시작이야? 무대장치가 그럴 듯한데."

박동수도 한마디 끼웠다.

"그 로맨스 맛을 쬐끔 보여줄 수 없나요?"

안민숙이 수선을 피웠다.

"내 로맨스가 남의 오락이 될 수는 없습니다."

하고 나는 잘라 말했다.

가련한 김소영! 그 가련한 처지를 일시적으로나마 농담의 재료로 한 것을 나는 곧 후회했다.

내가 일거리를 챙겨들자 부장의 말이 있었다.

"네 시까지 서 형을 기다리고 있는 듯하더니 윤두명 씨는 이제 막 나갔소. 아마 그 다방에 있을 거요. 서 형 한번 가보시구려."

"가나마나 아니겠습니까?"

나는 교정지를 펼쳐놓고 일을 하기 시작했다.

"그래두."

하고 부장의 말이 겹치기에 나는 단호히 말했다.

"나는 지금부터 윤두명 선배의 일에 상관하지 않겠습니다. 제게도 일이 생겼습니다. 상당히 중대한 일이에요."

"그렇다면 할 수가 없는 일이지만."

부장은 더 말할 듯이 하더니 중단했다. 일이 한창 바쁘게 되어 나는 잠시 모든 것을 잊었다.

"김장철 보너스를 이백 프로 준다는 말이 있던데요."

하고 박동수가 말했다.

"홍콩보도 아닌가?"

계수명의 응수였다. 홍콩보도라는 것은 알쏭달쏭한 정보란 뜻이다. 홍콩보도는 모택동이 죽었다는 정보를 몇 번이고 흘렸다. 그런데 원수급 인사가 중공을 방문하면 번번이 모택동은 되살아났다. 그래서 터무니없는 보도를 홍콩보도라고 했다.

"홍콩보도일 수야 없지. 다른 신문사에서 다 주는 보너스를 우리 신문사만이 안 줄 턱이 있나?"

박동수의 볼멘소리가 있자,

"주기야 주겠지. 이백 프로란 것이 홍콩보도라는 거야."

하고 계수명이 잘랐다.

"제기랄, 재벌의 아들이 호텔 보이에게 준 팁만도 못한 보너스를 기다려야 하는 팔자니."

김달수는 말소리를 우물우물 입안에서 씹었다.

"제에발, 그 돈 얘기 좀 하지 말라구."

정 차장이 신경질을 부렸다. 가장 돈에 민감한 사람이 돈 얘길 그만 두라는 것도 이상한 현상이라 아니할 수 없다.

퇴근시간이 거의 다 되어갈 무렵에야 윤두명이 돌아왔다. 그 모녀에 게 기름을 짜일 대로 짜였을 것임에도 그의 얼굴과 태도엔 별반 달라진 데가 없었다. 언제나 평정한 그대로의 얼굴이었고 태도였다.

"오늘은 폭력배 같은 놈을 두어 놈 달고 왔던데."

윤두명은 누구에게라고 할 것도 없이 이런 말을 중얼거리며 자리에 앉았다. 우 부장을 비롯해 아무도 그 말에 반응을 보이지 않았다. 나는 거기서 우 부장을 비롯한 교정부 전원이 윤두명의 그런 처지를 결코 탐 탁하게 여기고 있진 않다는 증거를 보는 듯했다.

나는 퇴근시간이 되면 윤두명이 내게 무슨 말을 걸어오리란 짐작을 하고 선수를 칠 필요를 느꼈다.

"부장님, 드릴 말씀이 있는데 퇴근 후 시간이 있겠습니까?"

"말단부원이 예사로 부장 어른께 면회신청을 하는데, 앞으론 내 민 주주의를 시정할 필요가 있을 것 같애."

하더니 부장은,

"다른 사람도 아닌 서재필 박사의 청인데 거절할 수가 있겠소."

하고 너털웃음을 웃었다. 그렇게 해서 퇴근시간이 되자 부장과 나란히 걸어 나오게 되었는데 나는 등 뒤에 윤두명의 시선을 느꼈다.

"내게도 일이 생겼어요."

하는 말을 뱉어놓고 싶은 묘한 충동이 내 가슴을 울렁거리게 했다.

"로맨스 얘길 할 참이오?"

신문사 밖으로 나오자 부장이 물었다.

"괜히 그렇게 한번 뽐내본 겁니다."

하고 나는 언젠가 무단결근한 날의 경과부터 얘기하기 시작했다. 그리고 부장의 단골집 문 앞에 이르렀을 때 김소영에 관한 사전설명을 대강 끝내고 있었다.

술집으로 들어가 골방에 자리를 잡자 부장은 대뜸 물었다.

"그래 그 아가씨를 구출하고 나서 어떻게 할 거야. 결혼이라도 할 텐가?"

"아직 그런 것까진 생각하지 않았어요. 우선 구출해놓고 봐야죠."

"구출이야 문제없을걸. 검찰에 넘어오면 변호사를 대요. 나 아는 변호사가 있어. 강신중이란 사람이지. 사정에 따라선 무료변호라도 해줄 사람야. 포부를 가진 변호사니까."

"무료변호야 어찌 부탁할 수가 있겠어요? 내 성의껏은 하죠."

"하여간 구출이 문제가 아니고 그 뒷일이 문제란 말야. 남녀의 사이란 묘한 것이거든. 그럭저럭 정이 들어놓으면 빼도 박도 못하게 되는 수가 있어."

"그렇게 되면 결혼이라도 하죠 뭐."

그러자 우 부장은 나를 장난스럽게 바라보며 말했다.

"그런 간단한 문제가 아녀."

술과 안주가 들어오는 바람에 한동안 먹고 마시기에 얘기가 끊어졌다. 주인 마담이 들어오자 우 부장은 나와 김소영과의 관계를 침소봉대적으로 과장한 얘기로 꾸며,

"요즘 세상에 이런 순정파가 있겠느냐."

고 익살을 부렸다. 주인 마담은 진심으로 감격한 모양으로 그 결혼식엔 꼭 참석하겠다는 것이며, 이런 일에 종사하는 아가씨들을 격려하는 뜻도 될 것이니 성대하게 선전해서 축하금을 산더미만큼 모아보겠다고도 장담을 했다.

마담의 얘기를 듣고 있으니 나의 센티멘털리즘이 부풀어만 갔다. 이때까진 그런 생각을 해보지 않았지만 김소영과 결혼해서 나쁠 것이 없다는 마음으로 기울어 든 것이다. 김소영이 『죄와 벌』의 소냐처럼 되지 못할 바도 아니란 생각이 들었다. 육체의 순결은 마음의 순결에 비하면 문제가 되지 않는다는 다짐도 생겼다. 이 세상에서 한 여성의 불행을 건지는 것도 장한 일이 아닌가.

그런데 마담이 자리를 비우자 우 부장의 태도가 돌변했다.

"서 형, 일시적인 감상으로 인생의 중대사를 결정할 게 아녀. 그 미스 김인가 하는 여자에게 서 형은 이미 결혼한 사람이란 인상을 주어둘 필요가 있겠는데."

하고 정색을 했다.

우 부장의 이에 따른 설명은 다음과 같았다. 여자나 남자나 순진하면 상대방의 호의를 애정으로 혼동하는 수가 있다. 그래 모처럼 구출을 했는데 그게 애정의 탓이 아닌 단순한 동정이었다는 것을 알게 되면 크게 실망할 것이 뻔하다. 호의를 베풀지 않은 것만도 못한 결과가 될지도 모른다. 몇 년 징역을 치러도 그냥 살아갈 수 있었을 것인데 서툴게 구출해서 절망을 안겨준다면 그 이상 불행한 일은 없다. 그러니 엉뚱한 기대를 갖지 않도록 내가 결혼한 사람으로 행세하라는 것이다. 결혼했다고 둘러댈 수 없으면 약혼을 했다는 정도론 할 수도 있지 않겠는가.

"그럴 필요가 없을 텐데요."

"정신 나간 소리 말아요."

우 부장은 화를 냈다.

"어때 서 형, 이 기회에 참으로 약혼이라도 하지."

"누구하고 합니까?"

"내가 중신을 하지."

나는 정말 어이가 없었다.

"서 형도 잘 아는 사람이야."

"누군데요?"

"약혼할 의사가 있는가 없는가 알아야 이름을 말하지."

"누군지도 모르는데 어떻게 의사를 결정합니까?"

"그것도 그렇군."

하더니 우 부장은,

"차성희 씨면 어때, 아주 어울릴 커플이라고 생각하는데."

하고 나의 표정을 살폈다.

나는 실소를 터뜨렸다.

"왜 웃지?"

"그 사람은 안 돼요."

"왜?"

"그 사람에게는 사랑하는 사람이 있는걸요."

"누군데?"

부장의 얼굴에 놀라는 빛이 돌았다.

"설혹 사랑하는 사람이 없어도 그 사람하곤 안 돼요. 저와는 목하 절 교상태에 있는걸요."

"그런 건 문제가 안 돼. 하여튼 차성희가 사랑하는 사람이 누구야?"

"남의 말은 하기 싫은데요."

"모를 일인데."

하고 부장은 중얼거렸다.

"난 차성희 씬 서 형을 사모하고 있는 것처럼 느꼈는데……. 내 눈치도 예사 눈치는 아닌데."

"눈치에 관해선 저도 선숩니다."

"그럼 안민숙 씨는 어때."

"제겐 너무 강해요."

"요즘 세상을 성공적으로 살아가려면 강한 여자라야 하는 거야."

"그러나 전 강한 여잔 싫습니다. 여자에게 쥐여살긴 싫으니까요."

"하여간 김소영인가 하는 여자를 도와주는 건 좋아. 나도 협력할 용의가 있어. 그러나 그 결과가 피차에게 불행한 일이 된다면 좋은 일 아니잖아? 서 형은 결혼해도 좋다고 간단히 말하지만 나는 반대야. 사람은 무리를 해선 안 돼. 결혼은 처녀와 총각이 만나야 하는 거여. 그런 뜻으로도 또 미스 김인가 하는 그 아가씨가 엉뚱한 기대를 갖지 않게 하기 위해서도 사전의 방비가 필요해. 그 방비책으로 안민숙 씨를 이용할 순 있지 않을까. 미스 안은 활달하니까 그런 조건이면 응해줄 거요. 서 형 대신 면회를 가기도 해서 쓸데없는 기대를 않도록 할 수는 있을 게거든."

"그건 차차 생각해보기로 합시다. 그리 급한 일이 아니니까요."

"급하지 않다니, 그게 무슨 말야. 이런 일일수록 급하게 서둘러야 해. 부장의 말을 듣지 않는 담에야 내게 의논은 왜 하지? 나는 내 부하가 불행한 길을 걷게 될지 모르는 위험한 고비에 있는 상태를 그냥 보아넘길 순 없어."

"누가 부장님 시키는 대로 않겠다고 했어요?"

"그럼 좋아."

부장과 나는 술잔을 주거니 받거니 거나하게 취했고, 오후 두 시간쯤 자리를 비워도 좋다는 허락을 받았다.

그 술집을 나와 헤어지려는 마당에 부장이 물었다.

"차성희 씨가 사랑한다는 사람이 누구야? 부장이 부원의 동태쯤은 알고 있어야 할 게 아닌가. 절대로 비밀은 보장할 테니까 말해봐."

"윤두명 씹니다."

"뭐라구?"

하더니 부장은 고개와 손을 한꺼번에 흔들었다.

"그건 절대로 틀린 정보다. 홍콩보도 정도가 아니라 평양의 대남방송이다. 절대로 그럴 리가 없어."

악에 봉사하는 미덕

영구차는 언제든지 반들반들한 검은 빛깔이다. 게다가 누런 빛으로 무늬를 엮은 장식이 있다. 그런데 그 장식을 지우고 반들반들한 검은 광택이 낡은 먼지 빛깔로 바래면 죄인 호송차가 된다. 피의자는 아직은 죄인이 아니란 법률의 규정이 있는 모양이지만 일단 구속되기만 하면 다른 곳으로 옮겨질 땐 죄인 호송차를 타야 하는가 보았다.

잎을 잃은 플라타너스의 몇 그루 나목이 늘어선 담벼락과 경찰서 건물 사이의 좁다란 뜰에 그 죄인 호송차는 아까부터 대기하고 있었다. 김소영이 그 차를 타고 구치소로 갈 것이란 말을 양춘배로부터 듣고 나는 되도록이면 눈에 띄지 않게 몸을 움츠리고 그 근처를 서성거렸다. 그러고 있으면서 나는 가끔 그 죄인 호송차에 시선을 던졌다. 열어젖혀 놓은 뒷문이 곧 사람들을 집어삼키기 위해 벌린 괴물의 아가리를 닮아 있었다. 그 뒷문이 닫히기만 하면 호송차 안은 캄캄한 어둠이 될 것이다. 좌우 어느 편에도 창이 없다.

나는 언젠가 본 영화의 한 토막을 연상했다. 독일의 나치스가 저런 차에다 유대인을 가득 태워 자동차가 뿜어낸 배기가스를 그 차간으로 들어가게 해서 달리면서 사람을 죽이는 광경이었다. 살해와 시체 운반을 동시에 하는 것이다. 게다가 새삼스럽게 약물이나 탄환을 마련할 필요가 없다. 우수한 두뇌가 고안한 가장 편리하고 효과적인 살인 방법! 악에 봉사하는 미덕의 봉사!

양춘배가 경찰서 건물에서 나와 내 곁에 섰다.

"곧 갈 모양입니다."

그리고 그는 중얼거렸다.

"여긴 추운데 잠깐이라도 안으로 들어오시지 않구."

"추운 것쯤이야."

하고 나는 하늘에 시선을 돌렸다.

엷은 구름이 놀빛으로 물들어 있었다. 짧은 겨울 해가 저물려는 찰나다.

"저기."

양춘배의 말이 있었다.

오랏줄에 동여매인 사람들이 주루루 쏟아져 나왔다. 모두들 사람의 얼굴이 아니었다. 저마다 가면을 쓰고 있는 느낌이었다. 그러니 나이를 분간할 수도 없었다. 노인을 닮은 소년이 있고 소년을 닮은 노인도 있다. 소년이고 노인이고도 없고 넝마뭉치에 대가리와 팔다리를 달아놓은 군상들이다. 오랏줄에 동여매여 있으니 넝마뭉치를 닮은 느낌이 더욱 진하다.

"올라탓!"

"안쪽으로 다져 앉어."

하는 경찰관의 지시에 따라 넝마뭉치들은 차례차례 호송차 안으로 기어들었다. 나는 그것을 한 눈으로 보며 한 눈으론 경찰서 입구를 지켜보았다.

김소영은 세 사람의 여자와 같이 묶여 맨 나중에 나왔다. 호송차 가까이에 오더니 나를 힐끔 봤다. 감정의 빛이란 조금도 엿볼 수 없는 무감각한 얼굴이었다. 하기야 일주일 동안을 매일처럼 면회를 갔는데도 감정의 움직임을 보이지 않던 소영이 호송차를 탄대서 태도를 달리 취할 까닭이 없다.

나도 덤덤히 소영의 시선에 응수했을 뿐이다. 속에 내의를 입지 않았는지 블루진 위아래 차림 그대로 소영만이 넝마뭉치의 인상에서 벗어나고 있었다.

호송차에 오르려면 서너 간 계단을 밟아 올라야 하는데 소영이 맨 끝이라서 오를 무렵에 탄탄한 궁둥이의 탄력을 보였다. 그 순간 나는 솟구쳐 오르는 욕정으로 인해 화끈 얼굴이 달아오름을 느꼈다. 김소영은 그 육체의 마디마디에 감전한 듯 반응하는 관능의 불길을 블루진의 옷에 싸서 저 호송차를 타고 가는 것이다 싶으니 내 몸뚱어리는 불덩이처럼 되었다. 저녁나절이 가까운 겨울의 차가운 바깥에서 이렇게 느껴지는 욕정이란 실색할 만큼 나를 놀라게 했다.

호송차의 문이 닫혔다. 이윽고 호송차는 경찰서 앞마당을 빠져나가고 있었다. 멍하니 서 있는 내 뇌리를 엉뚱하게도 차성희의 모습이 지났다. 무슨 계교를 꾸며서라도 차성희를 밀실로 끌고 가 겁탈이라도 감행할 어처구니없는 생각이 번뜩이기도 했다.

"자 갑시다."

하는 양춘배의 소리에 정신을 차렸다.

"너무 그렇게 염려할 건 없습니다."

걸음을 내디디며 양춘배가 한 소리다. 그는 멍청해진 내 표정을 걱정하는 빛으로 오인한 모양이었다.

"시간이 늦은 것 같으니 택시를 탑시다."

양춘배의 말을 따르기로 했다. 호송차 떠나는 걸 보기 위해 너무 시간을 많이 보낸 것이다.

택시 안에서 내가 물었다.

"똑바로 그 호송차는 서대문구치소로 가는 거요?"

"아니죠. 일단 검찰청으로 갑니다. 거기서 인적사항을 확인하고 입감증을 받아가지고 구치소로 가게 되죠."

"꽤 까다로운 수속인데요."

"수속, 수속, 수속 아닙니까."

하고 양춘배는 껄껄 웃더니 물었다.

"그런데 참, 아까 미스 김과 같이 묶여 있던 맨 앞의 여자 보셨죠?"

"주의해서 보진 못했는데요."

"주의가 온통 미스 김에게만 가 있었군요."

"그런 것도 아니지만……. 왜 그럽니까?"

"그 여자가 바로 한 열흘 전 신문에 크게 났던 심청자란 여잡니다."

"'자'자만 없으면 심청이 아닙니까?"

"그렇군요."

"헌데 그 여자가 어쨌는데요."

"신문을 보시지 않았어요?"

양춘배는 뜻밖인 표정을 했다.

"보긴 봤겠지만 기억이……."

하고 나는 어름어름했다.

"정부와 짜고 남편을 죽인 여자 아닙니까."

"그랬던가요?"

하고 나는 신음하듯 말했다.

"진작 알았더라면 관상이나 똑똑히 봐둘걸."

"관상이랬자 별게 없어요. 그저 평범한 여잔데요 뭐."

평범한 여자가 어떻게 정부와 짜고 남편을 죽이는 그런 끔찍한 짓을 할 수 있었을까.

"같이 살기 싫으면 이혼해버리면 될걸!"

"글쎄 말입니다. 허나, 동정이 안 가는 바는 아닙니다. 남편은 임포텐츠인 모양인데 의처증이 대단했나 봅니다. 매일처럼 때리고 꼬집고 했다니까요."

"의처증이 아니라, 그럼 당연한 질투였네요."

"뒤에 그렇게 된 거죠. 의처증으로 하도 심하게 구니까 이웃에 사는 홀아비가 동정을 한 겁니다. 의처증으로 매를 맞는 것이 여자를 자극하는 결과를 가져온 게죠. 자기가 성적으로 불능이니까 자연 여자를 의심하게도 되는 건데 그 의심이 또한 여자의 욕정을 자극하게 된다면, 이게 심각한 얘기가 아닙니까."

"그렇더라도 간부와 짜고 남편을 죽였다는 건……."

"죽이지 않으면 자기가 죽는다는 강박관념에 몰린 때문인지도 모르죠."

이렇게 시작한 얘기가 성적 범죄 일반에 관한 화제로 번졌다.

양춘배는 성적 범죄가 범람하고 있는 이유로 두 가지를 들었다. 하나는 법률로써 규제할 수 없는 것까지 법률로써 규제하려고 드는 때문에 생겨난 현상이고, 또 하나는 사회가 건전하지 못한 까닭에 생겨나는 현상이란 것이다.

"그러니 양 형은 성적 범죄까지도 그 책임을 사회에다 물어야 한다는 말인가요?"

하고 내가 물었다.

"성적 범죄까지도가 아니라 성적 범죄는 대개 사회에 책임이 있습니다. 뭣 때문에 간통죄란 걸 인정합니까. 뭣 때문에 이혼 문제를 그처럼 까다롭게 만들어놓습니까. 결혼이 민사적인 계약 이상의 의미를 가져선 안 된다고 생각해요. 사랑이 식으면 그 계약은 언제이건 무효가 되는 그런 거여야 합니다. 계약 위반에 따른 보상은 있어야 하겠죠. 보상 가능한 방법으로 말입니다. 나는 섹스 문제를 대단한 것처럼 취급하는 태도도 불순하다고 생각해요. 사회가 건전하게 되면 섹스 문제 같은 건 자연적으로 해결될 줄 알아요. 모든 사람이 건전하게 활달하게 살며 각기 배우자를 사랑 이외의 아무런 조건에도 구애됨이 없이 선택할 수 있다면 무슨 문제가 있겠습니까. 정신병자들이 저지르는 비정상적인 사례는 물론 있겠죠. 그러나 평범한 여자가 정부와 짜고 남편을 죽이는 따위의 사건은 없어질 겁니다……."

그러나 나는 어느 대목에서부터인가 양춘배의 말을 건성으로 듣고 내 생각을 쫓고 있었다.

블루진의 바지가 터질 듯 탄탄한 탄력을 가진 미스 김의 궁둥이, 그 밀 빛깔의 토실토실한 알몸의 군데군데, 그리고 그 군데군데가 감전한 듯 경련을 일으키는 황홀한 시간……. 나는 갈증조차 느끼며 택시가 신문사 앞에 멎은 것도 알아차리지 못할 만큼 되어 있었다.

강신중 변호사는 새하얀 이를 드러내 보이는 상냥한 웃음을 띠고 내게 의자를 권했다. 비좁은 방의 서쪽 창 측으로 세 개 가지런히 기대놓은 의자 가운데의 하나였다.

"우동규 씨의 전화를 받았습니다."

이렇게 말하며 자기도 자리에 앉으려다가 내 눈이 그의 탁상 위의 고무나무에 가 있는 것을 알자,

"그러지 않아도 좁아 죽을 지경인데 이걸."

하고 그 고무나무가 심어져 있는 화분을 들고 칸막이 저편으로 나가더니 전화 받는 계집애의 옆에다 그걸 놓았다.

"한 사흘 놓아두었으니까 가지고 온 사람에 대한 인사치레는 한 셈이다. 여기다 두건 골마루에 내놓건 네가 집으로 가져가건 마음대로 해라."

그래놓고 다시 자리로 돌아와선,

"시골 사는 동창생이 처음으로 오면서 빈손으로 오긴 뭣하다면서 저걸 사들고 오지 않았겠소. 변호사 사무실이라고 하니까 어지간한 회사 사장실쯤은 될 거라고 짐작한 모양인데 보시다시피 고무나무 놓을 계제가 됩니까."

하고 변명하는 투로 말했다.

나는 단번에 강신중 변호사에게 호감을 느꼈다. 새하얀 이를 보았을 때 이미 나는 그에게 호감을 느낄 것이란 짐작을 하고 있었던 터였다.

"어쭙잖은 부탁을 해서 미안합니다."

나는 공손히 말했다.

"미안하다뇨, 그런 부탁이 없으면 변호산 뭐 먹고 삽니까. 되레 이편에서 고맙다고 해야 할 처진데요."

하더니 강신중은 돌연 얼굴에서 미소를 지우며 이런 말을 했다.

"사실은 이런 사건은 맡질 않습니다. 우동규 씨가 하두 부탁을 하기에 대강 알아보았습니다만……. 아무리 변호사를 해서 먹고 산다지만 남을 무고하는 따위의, 더구나 생사람을 빨갱이라고 무고하는 놈 변호할 생각은 없어요. 어떤 죄보다도 무고하는 놈의 죄가 더 큽니다. 도둑

질은 궁해서 하는 거니까 동정의 여지가 있죠. 사람을 죽인 놈은 또 그럴 만한 절박한 사정이 있습니다. 그런데 모함하는 놈, 밀고하는 놈, 무고하는 놈은, 그런 절박한 이유도 없이 남을 해치려고 드는 놈 아닙니까? 나는 극형엔 반대하는 사람이지만 극형을 용인해야 한다면 그런 놈에겐 극형을 주어야 해요. 하여간 무고하는 놈은 용서할 수가 없습니다. 그런데 어떻게 변호를 합니까. 법정에 나서면 변호는커녕 엄벌로 다스려야 한다고 할지 모릅니다. 무고하는 놈은 용서 못해요."

"그러나 제가 부탁하는 사람은 놈이 아닙니다."

"놈이 아니라구요?"

하더니 강신중은,

"그렇지, 여자니까 놈은 아니지."

하고 깔깔대고 웃었다.

"그러니 사람이라고 치지 말고 병자라고 치고 변호해주시면 합니다."

내 말이 간절하게 들렸던 모양이다. 강신중은 도로 정색을 하고 말했다.

"여자라고 해서 병자 취급은 안 됩니다. 무고를 하는 간지感는 여자가 더 발달해 있으니까요. 내가 변호를 해서 무고자를 관대하게 처분하는 선례라도 남겨놓으면 그 결과는 두고두고 화를 만들어냅니다. 내 변호가 그런 보람을 가질 리는 만무하겠지만 이왕 변호를 맡을 바에야 그런 보람이 있을 것으로 믿고 해야 하지 않겠습니까?"

"여자니까 병자가 아니라, 그 김소영이란 여자는 정말 병자입니다."

"그럼 병자라는 점을 제시해서 정신감정을 의뢰해달라는 말씀입니까?"

"그런 건 아닙니다. 병자라고 해도 병원으로 가야 할 병자가 있고 병잔데도 병원에까지 안 가도 될 병자가 있는 것 아닙니까. 마찬가지로 정신병자라고 낙인을 찍을 수 있는 병자가 있고 틀림없이 정신이상인데도 그렇겐 판정을 내릴 수 없을 정도의 병자란 것도 있지 않겠습니까. 일주일 내내 정상이었다가 하루쯤 무슨 자극이 있으면 실성해지는 그런 경우도 있을 것이구요."

"서 선생은 김소영이란 여자를 그런 여자라고 보신다, 그 말씀이죠?"

"그렇습니다."

강신중은 한참 동안을 생각하고 있더니 물었다.

"우동규 씨로부터 대강은 들었습니다만 서 선생과 그 여자와의 관계는 어떤 관곕니까?"

나는 자초지종을 설명하지 않을 수 없었다.

"그럼 서 선생은 그 여자를 사랑합니까?"

나는 그에게 호감을 느꼈던 그만큼 정직할 필요가 있다고 생각했다. 그래 김소영을 보기만 하면 이상하리만큼 욕정을 강렬하게 느낀다는 얘기를 하고,

"다른 여자에 대해선 전연 그런 일이 없거든요. 며칠 전 그 여자가 구치소로 가는 걸 보았는데 추운 날씨라서 약간 몸을 떨고 있었는데도 욕정을 느꼈어요. 추운 날 추위를 느끼는 가운데 그런 욕정을 가져본 것은 처음 있는 일입니다. 그렇다면 전 그 여자를 사랑하고 있는 것이 아니겠습니까."

하는 말을 덧붙였다.

"서 선생께선 그 여자가 처음 경험 아닙니까?"

강신중의 진지한 태도가 내 마음을 탁 트이게 했다. 나는 원주에서 군인생활을 했을 때의 얘기를 하고 김소영은 두 번째 경험이라고 했다.

"그렇다면 처음 경험이나 마찬가집니다. 처음 경험이 되어놓으니까

그런 것이지 별반 이상한 것은 아닙니다. 그런데 이건 변호사의 입장을 떠나서 묻는 겁니다만 이제라도 그 여자가 풀려나오면 서 선생은 그 여자와 또 관계를 갖겠죠?"

"아마 그럴 것입니다."

"그게 문젭니다."

하고 강신중은 나의 어깨 너머로 하늘을 보는 눈빛이 되었다.

"뭐가 문젭니까, 그러다가 사정이 허락하면 결혼이라도 할 작정인데요."

강신중은 엷은 웃음을 띠고 일어서서 자기 책상 앞 의자에 가 앉았다.

"나와 서 선생은 초면입니다. 초면에 이런저런 걱정을 할 처지는 아닙니다만 우동규 씨의 소개가 있었고, 또 사정 설명이 있었기 때문에 실례를 무릅쓰고 하는 소립니다. 우동규 씨의 말은 만일 서 선생이 그런 태도를 취한다면 변호를 맡을 필요가 없다는 거였습니다."

나는 어이가 없어서 웃었다. 상사가 부하를 위하는 마음을 왜 모를까만 모처럼 소개까지 해놓고 앞질러 이래라저래라 변호사에게 지시할 것은 없지 않은가.

"그래서 강 선생님은 이 사건을 맡아주실 수 없다는 겁니까?"

나는 다소 흥분해서 말했다.

"그런데 어쩐지 맡아보고 싶으니 고민입니다."

하고 강신중은 구김살 없이 웃었다.

"그렇다면 맡아주십시오. 뒷일은 내가 알아서 할 테니까요."

"변호사가 뒷일까지 걱정할 필요야 없지. 그러나 서 선생, 우동규 씨의 충고는 오해 말고 받아들여야 할 겁니다."

"우 부장님의 진정이야 제가 잘 알고 있습니다."

강신중은 법정대리인 선임계라는 종이를 꺼냈다.

"그런 서류를 제가 제출해야 합니까?"

"아닙니다. 본인이 도장이나 지장을 찍어야 하죠. 그러나 기재사항만은 서 선생이 기재하도록 하십시오. 교도소에 가서 도장을 찍히는 건 내가 할 테니까요."

기재사항이란 별게 없었다. 날짜와 김소영이란 이름만 기재하면 되었다.

강신중은 그 종이를 받아 파일에 끼워넣으며,

"그 자리에 가서 우리가 써놓아도 되지만 서 선생이 쓴 것이라고 설명하고 싶어서 이렇게 한 겁니다."

하고 웃었다.

"착수금을 드려야 할 텐데요."

내가 말하자,

"착수금요? 그렇지, 착수금을 받아야지."

강신중은 장난스러운 얼굴이 되었다.

"얼마면 되겠습니까?"

"변호사의 입장으로선 다다익선이지만 서 선생의 사정이 어떻소. 심한 부담이 되지 않을 정도로 내시오."

"대강 평균 액수 같은 건 없습니까?"

"있기야 있죠. 그러나 서 선생에겐 그렇게 요구하기가 싫소. 심한 부담이 되지 않을 정도로 내시오."

"그럼 이십만 원이면 되겠습니까?"

"이십만 원? 서 선생 월급이 얼마죠?"

"사십만 원에 좀 모자랍니다."

"이십만 원이면 월급의 반이 넘는 액수 아닙니까. 삼분의 일, 칠만 원만 내시오. 사랑의 대가로선 그만한 정도는 내야 하지 않겠소. 나도 그 정도의 심부름 값은 받아야 하겠구."

나는 십만 원이 묶인 다발을 책상 위에 놓았다.

"이런 건 사무원이 받아야 하는 건데 지금 없으니."

하고 자기가 돈을 세어 삼만 원은 내게 밀어놓고 영수증을 썼다. 그러한 일거일동이 어쩌면 초탈하게 보이기도 해서 친밀감이 더하는 느낌이었다. 강신중은 영수증에 도장을 찍어 내게 주며 말했다.

"착수금이니 사례금이니 할 것 없이 칠만 원으로 청부를 한 셈이니 비용 문제에 관해선 이 이상 신경을 쓰지 마십시오. 그 대신 결과에 대해서도 따지지 말기로 합시다."

"좋습니다."

하고 일어서려고 하자 강신중은,

"비즈니스는 끝냈으니 조금 잡담이나 하고 가시구려."

하며 나를 붙들곤 심부름하는 아이에게 차를 시켜오라고 일렀다.

"바쁘시지 않습니까?"

하고 말해보았다.

"보시는 그대로 아닙니까. 문전에 새집을 친다는 말이 있죠, 왜."

아닌 게 아니라 그곳에 한 시간가량 있었는데 손님 하나 나타나지 않았다. 강신중이라면 유능한 변호사라고 듣고 있었는데 뜻밖인 일이었다. 나는 그 까닭을 물었다.

"무능한 변호사라고 호가 나 있으니까 할 수가 없죠."

하고 애매한 웃음을 띠며 강신중은 말을 이었다.

"난 민사소송은 맡지 않습니다. 갑의 재산이 을로 갔건 을의 재산이 갑으로 갔건 그따윈 대단한 일이 아니니까요. 원래 나는 재산 같은 덴 취미가 없거든요. 자기 재산에도 취미가 없는 놈이 남의 재산 챙겨주는 데 신이 나겠습니까. 아무리 직업이라도 신이 안 나는 일은 못합니다."

"부당하게 뺏긴 재산 같은 걸 정당한 주인에게 돌려주는 것도 보람 있는 일일 텐데요."

"그럴 경우도 있겠죠. 그러나 그런 일은 나 아니라도 변호사가 얼마 든지 있으니 굳이 내가 나설 필요가 없는 겁니다."

"그렇다면 직업에 대한 태만이 아닙니까?"

"변호사를 흔히 자유업이라고 하잖아요? 하기 싫은 일은 안 해도 된 다는 뜻에서 자유업이니까요. 그리고 민사소송을 담당해보면 이 세상 이 얼마나 추한가를 뼈저리게 느낍니다. 한마디로 말해 더러워요. 추잡 하구 간사스럽구…… 그 틈바구니에 끼어들면 부득불 자기 자신도 더 럽혀지는걸요. 그뿐만도 아닙니다. 민사소송을 하지 않겠다고 결심하 기까진 수년 동안은 민사소송을 해왔는데 그 결론은 한가지였어요. 부 자와 가난한 사람이 소송을 하면 십 중에 구는 부자가 이기게 마련입니 다. 백의 경우가 전부 그렇다고 단언할 수도 있지요. 민사소송은 한마 디로 말해 돈 싸움이 되고 마는 겁니다. 언제나 돈 많은 사람이 소송의 칼자루를 쥐고 있죠. 증인을 얼마든지 불러낼 수 있구요, 시일을 얼마 든지 끌 수가 있구요. 유능한 변호사만 대놓으면 칠 년 팔 년은 예사로 끌고 갈 수가 있습니다. 그동안 가난한 사람은 지쳐 죽습니다. 비유적 으로 죽는 게 아니라 육체적으로 지쳐 죽는단 말입니다. 돈 많은 사람 은 변호사와 부하들에게 소송을 맡겨놓고 자기는 골프를 치기도 하고 해외여행도 하지만, 가난한 사람은 하나에서부터 열까지 자기가 해야 하니까요. 조금 희망이 보이면 그렇다고 소주를 마시고, 실망하면 또 그렇다고 소주를 마시고……. 돈 많은 사람은 스포츠처럼, 또는 장난처럼 소송을 하는데 가난한 사람은 생명을 걸고 해야 하니까요. 만에 하나 이겨봤자 실리라곤 없죠. 헤밍웨이 소설에 『노인과 바다』란 게 있지 않소. 그게 바로 가난한 사람 소송에 이긴 꼬락서닙니다. 그래 나는 결심을 한 거죠. 민사소송은 절대로 맡지 않겠다구."

"사회적인 정의감으로 꼭 맡아야 할 그런 성질의 것도 있지 않겠습니까?"

"그럴 땐 흥분을 참아야죠. 돈 많은 사람의 편을 들어 가난한 사람을 때려눕혀보았자 기쁠 것도 아니고, 가난한 사람 편을 들어 돈 많은 사람에게 시비를 걸어보았자 궁극적으론 가난한 사람이 파멸할 것이 뻔한 일이라고 마음을 다지는 거죠."

"그래 형사사건만 맡으신단 얘긴데 형사사건엔 자신이 있습니까?"

"최선은 다합니다. 그러나 자신은 없습니다. 아까 서 선생에게 말하지 않습디까. 결과에 대해선 따지지 말자구. 그건 사건을 맡기러 오는 사람에겐 누구에게나 하는 소립니다. 서 선생에겐 마지막에 가서 말했지만 대강 사건의 내용을 듣곤 곧 말하죠. 결과에 대한 자신은 전연 없는데 그래도 맡기실 거냐구요. 그러면 반쯤은 그냥 돌아가버리죠. 문전에 새집을 치는 까닭을 알겠죠."

"법률이란 논리적으로 된 것이라고 들었는데 그처럼 결과에 대해 자신을 가질 수 없어요?"

"논리적이긴 하죠. 그러나 그 논리의 양편에 꼬리가 하나씩 달려 있습니다. 끄는 힘이 어느 편이 강한가에 따라 논리는 움직입니다. 이를테면 법률엔 양면이 있는 겁니다. 권력의 시녀로서의 측면과 인간을 보호하는 기능으로서의 측면 말입니다. 나는 법률의 인간화를 위해서 나름대로의 노력을 했죠. 그러나…….”

“그러나 어떻습니까?”

“보람이 없었습니다. 피의자를 옹호하려고 법률의 인간화를 서둘다가 보면 어느덧 공범이 되어 있단 말입니다.”

“직업의 한계를 넘어선 게로구먼요.”

“나는 이 직업에 한계가 있다고는 생각하지 않습니다. 의사라는 직업에 한계가 없듯이…….”

“의사라는 직업에 왜 한계가 없습니까. 사람의 생명은 아무리 의사라고 해도 어떻게 할 수 없는 것 아닙니까.”

“그런 뜻이 아니죠. 어디까지 노력해야 최선을 다한 것인지 그 한계를 알 수가 없다는 그런 뜻입니다.”

“그래도 강 선생님은 변호사를 하시는 데 천직을 느끼고 계시는 것 아닙니까?”

“몇 해 전까진 그랬죠. 그러나 지금은 생각이 달라졌소. 적어도 변호사가 천직으로 되자면 개개인의 피의자를 법률의 남용, 또는 오용으로부터 구출하는 노력을 할 뿐 아니라, 말하자면 어떤 경우에 닥쳤을 때마다 개적으로 법률의 인간화를 관철하려고 하는 노력뿐만 아니라 법률 전반이 그 조문부터 인간화된 법률이 되게끔 노력할 수 있어야 된다고 생각해요. 입법을 하는 것은 국회이지만 국회가 법률을 만들어낸다고 해서 무조건 유유낙낙 추종해선 안 되겠다는 뜻입니다. 변호사는 먼저 법의 정신을 수호하는 변호사라야 합니다. 만일 국회가 법의 정신에 있어서 어긋난 입법을 했을 땐 그 부당성을 지적하고 이와 싸우는 변호사의 조직을 가져야 해요. 미국엔 대법원이 제정된 법률의 합헌 여부를 따지는 기능을 가지고 있는데 가능하면 그것에 유사한 기능을 변호사회가 가져야 한다는 겁니다. 그런 입법절차가 되어 합법적인 기능을 가질 수 있으면 더욱 좋겠지만 그렇겐 안 되더라도 변호사회 삼분의 이 찬성을 얻으면 악법의 시정을 요구할 수 있는 그런 관례만이라도 만들어야 하지 않을까 싶어요. 그렇지 않으면 입법과정의 공청회를 변호사회가 의무적으로 또는 필요한 수속으로서 갖도록 하는 편법도 있겠죠. 하여간 주어진 법률에 유유낙낙 추종만 하고 있는 형편에선 변호사가 할 일이란 거의 없는 거나 마찬가지죠."

"아까 법의 정신을 수호해야 한다고 하셨는데 보편적으로 승인될 수 있는 구체적인 내용을 가진 법의 정신이란 게 있는 겁니다. 제가 대학에서 배운 법철학, 지극히 초보적인 것에 불과했습니다만 거기 보면 법의 궁극에 있는 건 권력이라고 되어 있던데 법의 궁극에 있는 것이 권력이라면 법의 정신이란 것도 빤한 것 아닐까요?"

내가 기억을 더듬어 이렇게 말하자 강신중 변호사는 반가운 듯 얼굴을 활짝 펴고 다음과 같이 말했다.

"법의 궁극에 권력이 있다는 말은 법률은 지배계급의 이익을 위한 하나의 표현이란 마르크스의 말을 요약한 겁니다. 지배계급이 타계급을 지배하려면 그 작용은 권력으로 나타나며, 권력 가운데는 채권과 같은 금력도 포함되는 겁니다. 그러니 지배하기 위한 법률을 만드는 힘은 결국 권력이다, 이렇게 되는 것인데 그렇게 딱 잘라 말할 것은 못 됩니다. 그 점 마르크스의 말이 옳다고는 할 수 없죠. 법률은 어떤 사회현상이긴 하지만 법률은 법률 자체의 길을 걸어 독자적인 규범을 갖기에 이른 겁니다. 그 점 예술도 마찬가지 아닙니까. 모든 예술은 시대와 사회의 표현이긴 하면서도 그 발달의 과정에서 독자적인 규범과 방법을 습득하게 되는 것 아닙니까. 마찬가지로 법률도 어떠한 권력, 어떤 경제

력으로서도 침범할 수 없는 그 자체 신성한 규범, 이를테면 법의 정신이라고 할 만한 순수성을 가꾸어온 겁니다. 예를 들면 일사부재리의 원칙, 형벌불소급의 원칙, 자백에 의한 것 외엔 증거가 없을 땐 무죄로 해야 한다는 원칙, 상반된 증거가 나왔을 땐 피고에게 유리한 증거를 채택해야 한다는 원칙, 일관성 없는 증거는 증거 능력이 없다는 원칙, 고문에 의한 자백은 무효로 한다는 원칙, 불법적인 방법으로 채택된 증거도 무효로 한다는 원칙 등은 모두 법률이 줄잡아 오천 년 동안을 자라오는 가운데 획득한 법의 정신의 구체적 성과라고 할 수 있는 겁니다. 그러니 법의 궁극에 있는 것이 권력이라고 해서 체관해버릴 수는 없죠."

"그런데 강 선생님이 변호사업에 천직을 느낄 수 없다면?"

"되도록 빨리 폐업하고 농사나 지을까 합니다. 콩을 심으면 콩이 나고 팥을 심으면 팥이 나는 농사가 내겐 가장 적합하지 않을까 합니다."

"그래도 선생님 같은 분이 한 사람이라도 더 많이 법조계에 계셔야죠."

"아닙니다. 내 힘엔 벅차요. 사람은 벅찬 일, 힘에 겨운 일을 하면 실수를 하게 마련입니다. 니체는 비겁한 일을 기도하다가 좌절한 자를 좋아한다는 엉뚱한 말을 해갖고 많은 청년에게 해독을 주었죠. 사람은 비겁한 일을 택해선 안 됩니다."

"선생님 말씀대로라면 저는 저의 현재 직업에 만족해야겠습니다. 저는 일개 교정부원이니까요. 몇 개의 한자와 맞춤법만 익혀놓으면 그다지 큰 과오 없이 그날그날을 넘길 수 있으니까요."

"좋습니다. 교정부원 좋습니다. 틀린 것을 고친다는 것이 얼마나 좋은 일입니까. 그리고 청소부, 나는 제일 좋은 직업이라고 생각해요. 변호사를 그만두고 농사를 지을 형편도 못 되면 나는 시청 청소부로 들어

갈까 해요. 이건 절대로 농담이 아닙니다."

"만일 그렇게 결심을 하셨을 때는 우동규 부장이나 제게 꼭 연락해 주십시오. 덕택으로 우리 신문의 특종이 되게요. 전직 변호사 시청 청소부로 등장, 틀림없는 특종이 될 겁니다."

"직업근성이 대단합니다."

하며 강신중 변호사는 크게 웃었다. 나도 크게 웃었다. 그러나 나는,

"그만두시더라도 김소영 사건은 끝내놓고 하셔야 됩니다."

하는 말을 덧붙이길 잊지 않았다.

"걱정 마십시오. 서 선생이 주신 힌트대로 변호를 하겠소. 정상인 사람이 아니고 병자라구요. 만일 병자가 아닌 정상적인 인간이 그따위 무고를 했다면 본 변호인은 변호를 포기하고 검찰관을 격려해서 엄벌을 내리도록 하겠소. 무고하는 놈은 박살을 내야 하니까요."

그러고도 강신중과 나 사이에 삼십 분 동안이나 더 얘기가 오갔다.

어디선가 걸려온 전화를 받고 나더니 그는 나를 겨우 해방시켜주었다. 그의 마지막 인사는 이랬다.

"오래간만에 친구를 만난 기분이어서 두서없는 말을 늘어놓게 됐소. 짬이 있거든 또 놀러오시오."

거리로 나와 붐비는 사람 틈을 걸으면서 나는 강신중 씨가 엄청나게 얘기하길 좋아하는 사람이라고 여겼으나 그 말에 두서가 없었다고는 생각하지 않았다. 도리어 나는 그의 고독을 느꼈다. 가슴속에 울결한 것을 나를 향해 토한 것이리라 싶었다. 누구에게나 그런 말을 할 사람이 아닐 것이란 짐작이 내가 그에게 느낀 만큼의 호감을 그도 내게 느낀 때문일 것이란 짐작과 겹쳤다.

내가 구봉우를 만날 생각을 한 것은 그를 통해 담당검사에게 부탁을

하면 혹시 김소영을 기소유예 정도로 만들 수 있을지 모른다는 아련한 희망 때문이었다. 구봉우를 만나기 위해선 접수처에서 십 분을 기다려야 했고 그 방 앞 골마루에서 사십오 분 넘겨 서성거려야 했다.

푸른 옷을 입은 중년의 사나이가 오랏줄에 묶여 간수와 더불어 방에서 나오자 서기인 듯싶은 사람이 내게 들어오라고 했다. 대강 상상을 안 한 바는 아니지만 밝은 창을 등지고 앉아 있는 사람은 분명 구봉우일 것이라고 짐작할 만한 옛날 구봉우의 모습은 말쑥이 사라져 있었다. 윤곽만 다소 짧았을 뿐 전연 별개의 인간이라고 해도 과언이 아니었다. 명동이나 종로의 사람들 틈에서 만났더라면 몰라보고 지나칠 정도로 그는 변해 있었다.

"어이."

하고 그는 의자에서 일어서더니 내게 손을 내밀었다. 맑고 부드러운 귀부인의 손 같은 감촉이 있었다.

"오랜만이군."

다시 자리로 돌아가 앉으며 바로 자기 옆에 놓인 의자를 가리키며 앉으라는 시늉을 했다.

"바쁜데 찾아와서 미안합니다."

내 이 말엔 대답이 없고,

"그런데 어떻게 같은 서울에 있으면서 그처럼 만날 수가 없지?"

하고 내가 아까 디밀어놓은 명함을 집어들었다.

"신문사에 있다는 소린 들었어. 재미 좋은가?"

"재미랄 것도 없습니다."

"요즘 언론인들은 기세가 당당하지 않은가."

"교정부원이 어디 언론인 축에 듭니까?"

"교정부원이건 뭐건 신문사에 있으면 모두 언론인이 아닌가."

빗자국이 고스란히 그냥 남아 있게 단정하게 빗어 넘긴 구봉우의 머리에서 향긋한 내음이 풍겨왔다. 담배를 끼운 손가락의 정교한 반지가 눈에 띄었다.

'저게 결혼반진가?'

하는 생각과 더불어 정진숙의 창백한 얼굴과 정진동의 격한 표정이 엉긴 채 뇌리를 스쳤다.

"무슨 용문가 말해보게."

구봉우의 입에서 그 말이 떨어지자 나는 그곳에 온 것을 후회하기 시작했다. 그러나 그저 일어설 순 없는 노릇이었다. 김소영의 얘기를 간추려 설명했다. 간추리다 보니 요령부득한 말이 되어버렸다. 얘기를 듣자 구봉우는,

"서 군!"

하고 불렀다.

나는 고개를 들고 그의 눈을 보았다.

"이런 곳에 그런 부탁을 하고 돌아다니면 어떤 죄목에 걸리는 줄 아나?"

구봉우의 말은 부드러웠으나 눈빛은 차가웠다. 내 얼굴은 그때 필시,

"……?"

쯤으로 되었을 것이었다.

"모를지 모르니 내가 가르쳐주지. 그런 짓을 변호사법 위반이라 하는 거야. 요즘은 법원 검찰청을 중심으로 한 브로커 단속기간이라 현행범으로 자넬 체포할 수가 있어."

나는 어리둥절했다.

"그러나 내가 어찌 자넬 체포할 수야 있겠나. 사실이 그렇다는 걸 알

렸을 뿐이야."

"미처 몰라 죄송합니다."

"몰랐다고 해서 법이 용서하는 건 아냐. 허나 그렇게 긴장할 필요는 없어. 헌데 그 여자를 서 군은 사랑하나?"

"사랑합니다."

"창녀를 사랑해?"

"창녀를 사랑해선 안 됩니까?"

구봉우는 빙그레 웃었다.

"혹시 자네 휴머니스트를 자처하고 있는 건 아닌가?"

"그런 건 아닙니다."

"선배로서 충고하네만 그런 불장난은 안 하는 게 좋아. 사람은 건실하게 살아야 하네. 서 군은 전도가 있는 청년 아닌가, 자중할 줄 알아야지."

"그러나 가까이에서 그런 불행을 보고 가만있을 수가 있습니까?"

"불행? 불행을 죄다 구제할 셈인가? 어림도 없는 소리 말게. 불행한 사람은 낙오자야. 인생은 승리를 향한 마라톤이다. 낙오한 사람에게 눈을 팔고 있다간 승리는 어림도 없어. 본 척도 말고 뛰어야지. 불행은 제각기 감당해야 할 운명이지 남이 동정할 성질의 것은 아냐."

"알겠습니다."

하고 나는 일어섰다. 그렇게 할 수밖에 없었다.

"이 사람이 왜 이러나. 모처럼 본 김에 조금만 더 있다가 가게. 내 말이 섭섭했던 모양인데 그건 오해네. 차근차근 의논을 해볼 생각으로 있으니 조금만 더 있게."

나는 하는 수 없이 도로 앉았다.

"그건 그렇고 그 여자에게 변호사를 붙였나?"

"붙였습니다."

"누군데."

"강신중 변호사를 붙였습니다."

"강신중?"

하더니 구봉우는 묘한 웃음을 지었다.

"왜 그 사람이 어떻습니까."

"어떻긴, 하필이면 그 사람일까 해서 그렇지. 전부터 그 사람을 잘 아나?"

"이 사건 때문에 처음으로 알았습니다."

"들으니 대단한 사건도 아닌 것 같으니까 변호사야 누구이건 괜찮겠지?"

"대단한 사건이 아닙니까?"

"간첩인데도 신고하지 않는 것보다야 낫지 않은가."

"그럼 기소유예 정도로 될까요?"

"그거야 모르지. 불고지죄보다는 가벼운 죄라는 것이지, 범법을 한 것만은 사실이니까."

"가능하다면 관대한 처분이 되도록 힘써주십시오. 불쌍한 여잡니다."

"법률 앞엔 불쌍하니 불쌍하지 않으니 하는 건 없어. 유죄냐 무죄냐 하는 판단이 있을 뿐야. 허나 이 문제는 이 정도로 해둬. 변호사법 위반이 되는 거니까. 그보다도 내가 알고 싶은 게 있어. 요즘 언론인들의 동향은 어떤가?"

"언론인 축에 끼이지 않는다고 말하지 않습디까. 그런 제가 어떻게 그런 걸 알겠어요."

"언론인들은 언론의 자유가 없다고 불평하고 있지?"

"······."

"언론의 자유가 뭔지를 언론인들은 모르고 있는 것 같애. 언론의 자유만 있으면 그만인가? 국가와 사회가 어떻게 되건 언론의 자유만 있으면 그만이란 사상을 나는 도무지 납득할 수가 없어. 언론의 자유란 보다 살기 좋은 사회를 건설하기 위한 수단으로서 필요한 것 아닌가. 보다 훌륭한 나라를 만들기 위한 수단으로서 필요한 것 아닌가. 그러니 언론의 자유는 그 자체가 목적이 아니고 수단이란 말야. 그런데 언론의 자유가 적을 이롭게 하는 정보를 제공하는 결과, 또는 부산물을 낳을 수 있을 땐 그 자유에 다소의 제동을 걸 필요가 있는 것이 아닌가. 모르고 지나면 평온했을 일반적인 일을 일반이 알았기 때문에 혼란을 초래하는 그런 경우도 있을 것이 아닌가. 그럴 때면 응당 언론의 자유를 얼마쯤 제한하는 건 당연한 일이 아닌가. 언론인이면 이런 정도의 견식은 있어야 할 것인데 괜히 불평을 하는 사람이 많은 모양이니 유감스러운 일이 아닌가."

"그러니까 신문사는 자주 규제를 하고 있는 것 아닙니까?"

"겉으론 그러면서 속으론 불만이 있는 모양이거든. 더욱이 젊은 축에서 말야. 서 군도 혹은······."

"천만의 말씀입니다. 내겐 그런 밸도 없습니다."

"밸? 밸이 있었으면······."

하다가 구봉우는 웃음으로 말꼬리를 바꿨다.

"모처럼 만났는데 이런 쑥스러운 얘기는 그만두지."

그러고 있는데 사환이 차를 날라왔다.

"인삼차야, 마셔봐."

인삼차엔 향기가 있었다. 그러나 나는 인삼의 액체에 설탕을 탄 후텁

지근한 맛을 좋아하지 않는다. 입에 대는 둥 마는 둥 하고 있는데 구봉우의 설교는 다시 시작됐다.

"선배로서 하는 말이지만 서 군도 조심해요. 국가란 배와 마찬가지야. 누가 뭐라고 하건 일정한 방향을 향해 일정한 진로에 따라 항해하고 있어. 더욱이 우리나라는 지금 위험한 해역을 통과 중에 있지. 이럴 때 선장의 명령이나 배가 지닌 질서에 항거하거나 불평하는 놈이 있으면 큰일이 아닌가. 그러니 반체제적인 언동을 하는 놈은 용서할 수가 없는 거여. 이런 단계에서 반체제 활동을 하는 놈은 정면으로 도전해온 적이나 마찬가지야. 적을 가만둘 순 없지 않은가."

말하고 있는 도중에 일어설 수도 없어 나는 맛이 없는 인삼차를 한 입으로 마시고 퇴출할 기회를 찾았다. 그러나 구봉우의 설교는 계속됐다.

"진실한 자유란 체제 속에 있는 자유야. 체제를 긍정하고 분수를 지키고만 있으면 안녕과 자유가 그곳에서 마련되는 건데 괜히 떠들어대고 있는 놈들의 심리를 나는 이해할 수가 없어. 무엇 때문에 파멸을 자초하는가 말이야."

"지금 떠들어대는 놈이 없지 않습니까. 내 주위엔 그런 사람이 없는데요."

나는 이렇게 한마디 안 할 수 없었다.

"그럴까?"

구봉우는 야릇하게 웃곤,

"내 귀에 들리는 소리가 서 군에겐 들리지 않는 게 이상하군. 허나 들리지 않는다면 좋아. 서 군은 실수 없이 행동하도록. 선배로서 그게 부탁이야."

"잘 알았습니다."

하고 나는 일어섰다.

"그럼 바쁠 테니까 가보게."

구봉우는 복도까지 따라나와 자기의 명함을 내게 주었다.

"무슨 일이 있거든 집으로 놀러오게. 미리 전화를 하고. 일요일 오전은 대강 집에 있어."

방에서와는 다른 인간적인 목소리라고 나는 느꼈다.

'저런 분들이 있으니 대한민국은 걱정이 없다!'

긴 복도를 걸어 엘리베이터를 타고 내려오면서 내가 줄곧 생각한 것은 이것이었다. 어느 모로 보나 빈틈없는 신사의 차림. 야무지게 한마디 한마디를 다듬으며 발성하는 그 말소리! 분명 구봉우는 우리나라 엘리트의, 그 가운데서도 대표적인 인물임이 틀림없었다.

나는 약간 지쳤다. 거리로 나와 가까운 다방에 들러 한숨 돌리면서 나는 뭘 한다고 쏘다니느냐 싶었다. 그러나 후회할 생각은 없었다.

'적어도 한 사람의 운명을 걱정하고 있는 것이다.'

싶으니 피로도 고통으로 여겨지지 않았다.

김소영의 얼굴이, 다음엔 그 알몸이 뇌리에 펼쳐졌다. 갈증을 닮은 욕망이 내 하복부로부터 퍼져 올라왔다. 그 불덩어리 같은 관능이 지금 차가운 감방 속에 갇혀 있다고 생각하니 문득 나는 김소영을 위해서 이렇게 애쓰고 있는 것이 아니라 내 욕정의 포로가 되어 갈팡질팡하고 있는 것이란 상념이 돋았다.

나는 오늘 밤엔 어떤 계교를 써서라도 차성희를 유혹하겠다는 엉뚱한 그야말로 어처구니없는 작정을 하며 그 다방에서 나와 신문사를 향해 느릿느릿 걸었다.

김소영의 알몸을 통해 차성희를 유혹할 충동을 느낀다는 것은 아무래도 예삿일이 아니다 싶은 생각이 안개처럼 가슴에 괴기 시작했다.

지구는 숨을 죽여야 했다

나는 김소영을 사랑하고 있는 것일까. 덕수궁 담벼락에 어깨가 스칠 정도로 길을 잡아 걸으면서 생각했다.

사랑이 아니라 그것은 일종의 성적 충동에 불과한 것이 아닐까, 하는 답이 나왔다. 그러나 남자와 여자와의 사랑이란 성적 충동을 마디로 한 감정의 지속된 상태가 아니면 달리 무엇이겠느냐 말이다. 어떤 남자가 어떤 여자를 볼 적마다 성적인 충동을 느낀다면 그로써 사랑의 기본조건은 성립된 것이 아닌가. 동물적인 사랑이 뿌리라면 정신적인 사랑은 꽃과 같은 것이다. 동물적인 사랑만 있으면 정신적 사랑 따위는 얼마라도 뒤에 보충할 수가 있다. 뿌리만 든든하다면 조화를 달아 나무를 화려하게 치장할 수도 있지 않은가.

김소영의 육체를 즐기면서 나의 마음에 들도록 그의 마음을 개발하고 내게 필요한 정도로 지식과 기술을 익히도록 해나가면 웬만한 가정쯤은 넉넉히 만들어볼 수도 있는 것이 아닐까. 그런데도 망설이는 마음이 일고 있는 것은 우동규 부장을 비롯한 일부 사회인들이 대표하고 있는 상식 때문이다.

윤락의 여성은 이를 동정은 할망정 아내로 맞이하긴 부적당하다. 그런 여성은 그런 여성대로 적당히 취급할 일이지 그 이상의 접근은 안 된다. 총각은 처녀를 골라 접촉해야 한다. 윤락의 여성을 사랑하는 건 비극의 시작이다. 처세상으로도 좋지 못한 일이다⋯⋯. 이와 같은 상식의 벽은 의외로 두텁다. 게다가 내겐 꼭 그런 상식의 벽을 뚫어야 하겠다는 적극성도 없다. 가능하다면 이른바 비극의 시작은 피하고 싶다. 그러나 차일피일 김소영이 감옥에서 나오게 되는 날이면 나는 나도 감당하기 어려운 운명에 휘말려들 것이 뻔하다.

이런 마음의 연장선에 차성희의 모습이 나타난 것이다. 김소영을 생각하자마자 느낀 욕정이 차성희를 유혹하고자 하는 충동으로 바뀐다는 것은 이상한 노릇이다. 나는 단단히 마음을 다지기 시작했다. 어떤 일이 있어도 오늘 밤 차성희를 유혹해볼 참이었다. 그러면서도 방법은 모호했다. 대담하게 적극적으로! 어느덧 행복과 비극과의 갈림길에 선 기분으로 나는 긴장하기조차 했다.

나폴레옹은 알프스를 넘었다. 내가 넘어설 곳은 차성희다. 그 언제나 차갑고 얌전하고 세속 밖에 서서 모든 사람을 냉소하는 듯 포즈를 꾸미고 있는 그 여자를 정복하는 것이다. 나는 실패를 예상하지 않았다. 며칠을 두고 말 한마디 교환하지 않은 그 냉전을 일거에 열전으로 화해선 승리의 개가를 올려야만 했다.

그런데 어디로 데리고 간다? 불문곡직하고 택시에 태워⋯⋯. 옳지, 언젠가 일요일에 우이동에 간 적이 있는데 그 골짜기에 방갈로가 이곳 저곳 산재해 있더라. 그곳으로 데리고 가자⋯⋯. 반항하면? 그땐 말하리라!

"당신은 남의 불행을 보아 넘기지 못한다며? 나는 지금 무시무시한 불행의 낭떠러지 위에 서 있다!"

나는 이 대사가 마음에 들어 속으로 웃었다. 그런 기분으로 나는 차성희의 나체를 상상해보기조차 했다. 뜻밖에도 탐스러운 젖가슴과 탄력 있는 허벅다리가 희랍의 여신을 방불케 하는 모습으로 나타날지 몰랐다. 김소영의 육체는 한 가닥 불결하다는 관념으로 해서 더욱 음욕적이고 그만큼 미태가 짙었다. 차성희의 육체는 청순한 에로티시즘으로 향기로울지 몰랐다.

화려한 공상으로 인해 나는 거리에 맴돌고 있는 한기를 잊었다. 쉴 새 없이 떼지어 왕래하고 있는 자동차의 물결을 가소롭게 보아 치울 수가 있었다. 아무런 내실도 없으면서 그저 허망한 무리들처럼 보여 안타깝기조차 했다.

어떤 일이 있어도 나는 오늘 밤 차성희 사업을 결행하리라!

신문사에 들어서면서 나는 다시 한 번 다짐했다.

편집국에 들어가기에 앞서 화장실로 갔다. 용변을 끝내고 나는 정성들여 손을 씻었다. 투명한 물이 탁한 빛으로 변했다. 불과 몇 시간 동안에 내 손은 그처럼 더럽혀져 있었다는 얘기가 된다. 사람이 산다는 건 부절히 손을 더럽히는 일이고 그러니까 자꾸 손을 씻어야 하는 것이다. 더럽히기 위해 손을 씻고 씻곤 다시 더럽게 만들고……. 손을 씻은 다음 나는 손수건으로 손을 닦고 손을 폈다 쥐었다 하며 거울 속을 보았다. 거기엔 음흉한 야심가의 얼굴이 있었다. 음흉한 야심가로서의 얼굴을 지녔다는 발견이 내겐 반가웠다. 모든 계획이 순조롭게 될 것 같아 나는 또 한 번 속으로 웃었다.

화장실에서 복도를 나와 편집국으로 걸어가고 있을 때 방금 계단을 올라선 차성희와 부딪혔다. 나는 소스라치게 놀랐다. 그처럼 당황해보긴 아마 내 평생에 처음 있는 일이 아닐까 싶을 정도로 놀랐다. 그 놀람에서 깨어나기도 전에 싸늘한 시선으로 흘겨보며 차성희는 나를 앞질러 편집국 안으로 들어가버렸다. 나는 차성희의 곱게 컬한 머리, 다소곳이 경사한 어깨, 섬세하게 패인 허리와 넘어지지 않은 궁둥이, 맵시좋은 다리를 멍하게 바라보았다. 옷차림에 싸여 있는 한 차성희의 육체엔 음탕한 기분은 고사하고 관능적인 데가 조금도 없었다. 나체가 되어있어야만 비로소 동물적일 수 있는 수줍은 여체일 따름이었다. 그러니까 더욱 주옥 같은 광휘가 있을지 모를 일이었다.

그러나 나는 나 스스로에게 절망했다. 차성희를 낚아챌 힘이 없다는 것을 너무나 명백하게 인식한 때문이다. 그때,

"미스 차."

하고 위엄 있게 불러 세웠어야 할 일이었고,

"오늘 밤 할 말이 있으니 길다방으로 나와요."

하며 반발의 여유를 주지 않고 일방적으로 선포했어야 옳을 일이었다. 그 정도론 했어야만 계획의 제2단계가 진행되었다고 할 수 있을 것인데, 차성희를 대하자마자 소스라치게 놀라기만 해서 될 일이 아닌 것이다.

그렇게 기회를 놓쳐버린 이제에 와선 적당히 기회를 엿보아 차성희의 뒤를 쫓으며 어름어름,

"미스 차."

하고 궁색스러운 간청을 늘어놓을밖엔 없다. 그럴 때 차성희가 미소를 띤 얼굴로 멈춰 서지 않고,

"왜 그러시죠?"

하고 날카로운 반문을 남겨놓고 귀찮은 듯한 표정으로 지나가버린다면 일은 어이없이 될 것이 분명했다. 그런데도 추근추근 따라가며 차성

희의 마음을 끌어보려고 보채면 잡종견 수컷이 셰퍼드 암컷에 홀려 그 궁둥이를 쫓아다니는 볼품없는 꼴이 될 것은 뻔한 일이 아닌가.

나는 극도로 자기혐오의 기분에 빠져 어슬렁어슬렁 편집국 안으로 들어섰다. 그리고 차성희의 시선을 피하며 내 자리에 앉았다. 우동규 부장의 말이 건너왔다.

"강 변호사는 만났소?"

"예."

"강 변호사란 사람 어때요?"

"……."

"조금 묘한 데가 있는 사람이죠?"

"예."

그러자 김달수가 내 얼굴을 슬큼 보며 말했다.

"네플류도프의 안색이 좋지 않은데 어떻게 된 거여?"

"네플류도프의 안색이 좋아선 네플류도프가 안 되는 것 아닌가?"

계수명이 킬킬거렸다.

나와 김소영의 문제를 모르는 사람이 없게 된 교정부 내의 공기가 내 겐 무거웠다.

잠자코 일거리를 뒤지고 있는데 선뜻 아내를 죽인 남편의 기사가 나 왔다. 나는 그 기사를 단숨에 읽었다.

끔찍한 사건이었다. 아내를 죽여 토막을 내선 가마니에 넣어 산기슭 에 파묻은 것인데 그 범행까진 묻어버릴 수 없었던 모양으로 탄로가 난 사건이었는데, 나는 곧 교정을 볼 생각을 낼 수가 없었다. 그 기사의 교 정을 보는 노릇이 그 범행을 깔끔하게 손질해주는 노릇처럼 생각이 든 것이다. 너절한 사건의 기사는 너절한 대로 두는 것이 어떨까. 오자나 탈자나 물구나무를 선 활자가 있는 그대로 내보내는 것이 되레 도리에 맞는 일이 아닐까. 이런 사건에 관한 기사를 깔끔하게 다듬을 필요가 어디에 있단 말인가……. 이런 엉뚱한 생각이 나를 한참 동안 괴롭혔다.

김달수가 뭐라고 한 것 같은데 이런 정신상태이고 보니 들리지 않았다. 그는 나의 심상이 되게 상해 있는 것으로 짐작을 했는지 거듭 말을 걸어오지 않았다.

아내의 시체를 토막 내고 있는 사나이의 그 밀실의 작업 광경이 자꾸만 눈앞에 어른거렸다. 그 육체를 안고 어루만지고 했을 일들의 기억이 그 사나이의 심상에 어떤 무늬를 놓았을까. 범행 동기로 여자의 외간 남자와의 간통 사실을 들먹이고 있었는데 질투의 감정이란 것이 이처럼 사람을 악마로 만들 수 있는 것일까.

나는 대강 손을 보고서 그 기사를 안민숙에게 밀어놓았다. 안민숙은 그것을 받아들더니 나를 향해 이맛살을 찌푸려 보였다. 그러나 재잘대길 좋아하는 미스 안도 그 기사를 화제로 할 용기는 없는 듯 게라를 광주리 속에 넣어버렸다. 그 다음에 손에 잡힌 것이 또 살인 사건이었다. 어떤 사나이가 달러장수를 호텔의 밀실로 유인해서 돈을 뺏고 죽인 사건이다. 범인의 정체도 행방도 묘연하다고 했다.

이처럼 어처구니없는 사건이 꼬리를 물고 발생하는 것은 아무래도 이 사회가 썩어가는 과정을 증명하는 것인지 몰랐다. 그러나 나는 그런 생각보다는 왜 자꾸만 살인기사가 그날따라 내 손에 걸리느냐 하는 불쾌감에 짓눌렸다.

차성희를 정복할 계획은 포기하는 것이 좋지 않을까, 하는 생각이 가슴에 스며들기 시작했다.

음흉한 야심가의 모습은 온데간데없고 비소한 교정부원의 몰골만이 남았다는 자기인식이 아픔처럼 가슴을 찔렀다.

"서 형, 나 좀 봅시다."

도망치듯 신문사를 빠져나와 지하도에 들어서려는 판인데 등 뒤에서 말이 날아왔다. 윤두명이었다.

나는 엉거주춤 그 자리에 섰다.

"꼭 해둘 말이 있소. 서 형, 오늘 밤 별로 할 일이 없죠?"

무슨 이유를 꾸며낼 기전機轉이 내겐 없었다.

"예, 별루."

"그럼 좋소."

하고 윤두명은 걷기 시작했다. 나도 따라 걸을 수밖에 없었다. 걷고 있는 동안 윤두명은 말이 없었다.

낙지볶음으로 유명한 골목으로 들어서더니 윤두명은 어느 집으로 들어가 자리를 잡았다. 나는 그의 맞은편에 앉았다. 고추 냄새, 마늘 냄새를 마구 풍기는 낙지볶음의 쟁반과 소주가 탁자 위에 놓이자 윤두명이 입을 열었다.

"곽이라는 사람이 옛날에 쓴 소설인데 실낙원이란 것이 있소. 서 형 그것 읽어봤소?"

"아아뇨, 그 이름조차 처음 듣는데요."

"바다에 빠져죽은 시체를 건져냈더니 그 시체의 뱃속에 큼직한 낙지가 들어 있더란 얘기요."

나는 와락 치밀어오르는 구토증을 가까스로 참아야 했다. 윤두명의 싸늘한 시선이 내 이마의 언저리를 핥는 듯했다.

"그런데 그 낙지를 먹을 양으로 잡아가는 사람이 그 소설엔 등장하

죠. 사람의 창자를 파먹은 낙지를 사람이 또 먹으니까 복수의 그림으로
선 완결된 것 아닙니까."

하면서 윤두명은 큼직하게 낙지 덩어리를 찍어 올려선 입 안에 넣었다.
그러곤 사뭇 맛이 있다는 듯 씹기 시작했다.

　나는 소주잔을 들고 단숨에 잔을 비웠다. 그리고 다시 잔을 채우곤
또 비웠다. 낙지가 들어 있는 쟁반은 보기만으로도 거북했다.

　"사람의 창자를 먹은 낙지를 불결하다고 생각하오?"

하고 윤두명이 물었다. 나는 대답을 사양했다.

　"똥을 먹은 돼지도 먹지 않소. 개도 먹지 않소. 거기에다 대면 낙지는
청결한 것이오. 불결한 건 관념이지 사물이 아니오."

　윤두명은 보라는 듯이 또 낙지를 먹었다.

　나는 소주만 마셨다.

　시장한 데다 안주 없이 소주만 마시고 있으니 정신과 육체가 한꺼번
에 핑 도는 것 같았다. 그러나 마음은 대담해졌다. 윤두명이 무슨 말을
하건 대항할 수 있는 용기도 생겼다.

　"서 형, 복수란 걸 아시오?"

　"……."

　"원수를 갚는단 얘기요."

　"정진동의 얘깁니까?"

하고 나도 비로소 윤두명을 정시했다.

　"정진동에게만 문제인 것이 아니오."

　"……."

　"서 형은 복수해야겠다고 생각한 적이 있소?"

　"없습니다."

"행복한 사람이군."

윤두명의 입 언저리에 냉소가 묻어 있었다. 내 가슴속에 아슴푸레 노여움 같은 감정이 괴었다.

"복수할 의사가 없으면 행복한가요?"

내 말이 약간 거칠게 보였다.

"의사가 아니라 복수해야 할 필요와 원인이 없는 상태가 행복하단 말요."

"윤 선생은 꼭 복수를 해야 할 이유와 필요를 가졌단 말입니까?"

윤두명은 대답 대신 발갛게 양념이 묻은 낙지 대가리를 집어 입에 넣었다.

나는 얼른 소주잔을 들이켰다.

익사한 시체의 창자 속에 도사리고 있는 낙지의 그로테스크한 형상이 갑자기 눈앞에 그려졌다. 언젠가 어디선가 복사판으로 본 달리의 그림을 닮아 아주 선명한 윤곽으로 나타난 것이다.

윤두명은 낙지 대가리를 천천히, 그러나 박력 있게 씹어 삼키고 있었다. 나는 그가 사람의 창자 속에 도사리고 있던 낙지 같은 그로테스크한 상념을 씹고 있는 것이라고 짐작했다. 그러곤 이윽고 나를 향해 그 상념의 몇 조각을 뱉을 것이었다. 나는 나의 취기를 인식하면서 침착하려고 애썼다.

무슨 말이라도 해보라! 싶으니 그의 침묵도 별반 두려울 것은 없었다.

어느덧 사람들이 몰려들어 가게는 꽉 찼다. 바다에 사로잡히면 낙지 떼가 사람의 시신을 향해 이처럼 모여드는 것일까. 뭍에 오르면 사람들이 이처럼 낙지를 향해 모여들듯이 말이다. 중구난방이란 말은 이런 경우에도 통한다. 수십 개의 입이 저마다의 소리를 지껄여대는데 그게 합쳐지고 보니 허망의 소용돌이가 된다. 뭣이 그다지도 우스운 일이 있단 말인가. 지껄여대는 소란소리 사이를 형형색색의 웃음소리가 누빈다. 게다가 마늘 냄새, 고춧가루 냄새를 어우른 담배연기……. 그 사이로 포동포동한 살점이 무질서하게 붙은 꼴인 계집아이들이 악을 쓴다.

"낙지볶음 두 개요!"

"소주 세 병이유."

"오번에 낙지 두 개유."

"칠번 계산이유."

나는 그 계집아이들을 보며 비린내 나는 에로티시즘이란 말을 창안해보았다. 차성희의 에로티시즘은 코스모스를 닮은 에로티시즘이라면 안민숙의 에로티시즘은 해바라기의 에로티시즘, 김소영의 에로티시즘이 암소갈비 맛이 나는 에로티시즘이라면 이 집 아이들의 에로티시즘은 비린내가 나는 에로티시즘일 수밖에 없다.

아무리 내가 섹스에 궁색하기로서니 비린내 나는 에로티시즘은 질색이라는 의식과 함께 나는 오만하게 머리를 들었다. 윤두명은 여전히 낙지를 씹어젖히고 있었다. 꽤 큰 쟁반의 거의 삼분의 이가 그의 뱃속으로 옮아진 셈이었다.

"이만 하고 다른 곳으로 갑시다."

했는데 윤두명은 얼른 내 말을 알아듣지 못한 모양이었다. 나는 부득이한 옥타브쯤 음성을 높이지 않을 수 없었다.

"윤 선생! 다른 곳으로 갑시다."

윤두명은 거의 바닥이 난 소주병을 들어 보이며,

"한 병만 더 하고 갑시다."

276

하며 심부름하는 계집애를 부르려고 했다.

"전 안 되겠습니다."

하고 맹렬하게 기침을 조작했다. 입을 손으로 막고 한 손으로 배를 틀어쥐며 연방 기침을 해대는 내 꼴을 보고서야 그도 도리가 없는 듯 일어섰다. 셈을 하는 그의 등 뒤를 비집고 나오면서 나는 속으로 개가를 올렸다.

'이 집에선 내가 이겼다!'

낙지엔커녕 그것이 담긴 쟁반에조차도 젓가락 한 번 대지 않고 그 집을 빠져나올 수 있었다는 것도 나의 승리였다.

"어디를 갈까."

한길에 나와 윤두명이 한 소리다.

나는 어두운 하늘에서 별을 찾다가 말고 언젠가 차성희를 데리고 간 비어홀로 그를 안내했다. 너무나 청결한 분위기가 낙지집과는 대조적이었다. 나는 윤두명을 전에 차성희가 앉았던 바로 그 자리에 앉혔다. 나의 두 번째의 승리였다.

나는 윤두명이 말을 하기 전엔 한마디도 발성하지 않기로 작정을 세웠다. 맥주를 시키는 데도 손가락으로 했고 안주를 시키는 덴 웨이터가 주워섬기는 말을 막아 고개를 끄덕여 보임으로써 보람을 만들었다.

큰 조끼를 반쯤 마시더니 윤두명이 자세를 고쳐 앉았다.

"서 형은 뭔가 내게 오해를 하고 있는 것 같애."

대답은 않고 나는 조끼에 입을 갖다댔다.

"아무래도 나를 오해하고 있어."

그래도 나는 답을 하지 않았다.

"돈 천만 원이 간단한 것인 줄 아시우?"

나는 듣겠으니 계속 말하라는 시늉을 했다.

"절대로 그 돈을 그 노파에겐 주지 않을 거요."

윤두명이 힘주어 말했다. 그리고 말을 이었다.

"일 년의 기한을 둔 것은 그만한 시간이면 진상을 알 수 있을 것이라고 믿었기 때문이오."

"무슨 진상을 말입니까?"

하고 드디어 내가 한마디 했다. 나의 이런 반응이 있자 윤두명은 다시 맥주로 목을 축이더니 다음과 같은 말을 시작했다.

"유영희는 절대로 자살한 것이 아닙니다. 만일 자살을 했다면 무슨 유서가 있었을 것이오. 나에 대한 유서가 꼭 있었을 거요. 나와 유영희는 싸움을 하거나 비위를 상해 헤어진 게 아닙니다. 내가 말없이 피한 거요. 유영희는 왜 내가 자기를 피하게 되었는가의 이유를 알았소. 그래 서로 소식이 끊어진 거요. 그러니 유영희가 내게 감정을 가졌을 리가 없죠. 무슨 감정이 있다면 그저 미안하다는 감정뿐이었을 거요. 사람은 자기가 미안해하는 사람에게 한마디 말도 없이 자살할 순 없는 거요. 만일 자살할 생각을 가졌다면 그 자살행위로써 자기의 미안한 감정을 보상하려고 들 것 아니겠소. 가장 마음에 걸리는 사실을 그냥 두고 어떻게 자살해버릴 수가 있단 말요."

윤두명의 조끼가 비었기 때문에 나는 맥주를 다시 청했다. 그리고 그 말을 끝까지 들어주리라고 마음을 먹었다.

"유영희에게 요부적인 소질이 없었던 것은 아니죠. 그게 그의 비극을 마련한 원인이라고 말할 수 있겠지만 똑바로 말해서 이 세상에 요부 아닌 여자가 얼마나 있겠어요. 유영희를 그 꼴로 만든 건 바로 그 계모였소. 엄필순이란 그 여자 말입니다. 유영희는 야간부를 통해 간신히 어느 여자상업학교를 졸업했죠. 졸업한 후에도 계속 학생 시절에 사환으로 있었던 회사에 근무한 모양입니다. 유영희가 가족을 먹여 살리고 있었던 형편이죠. 그 회사를 그만두게 된 까닭은 모릅니다. 적당한 취직처를 찾고 있던 동안에 부친이 중풍으로 넘어진 거죠. 갑자기 목돈이 필요했나 봅니다. 그 무렵 어떤 일본인을 알게 된 거죠. 서울엔 일본인에게 여자를 소개하는 주선소 같은 게 여러 군데 있는 모양입니다. 유영희와 접촉하게 된 일본인은 고이케라고 하는 사람인데 전자계통의 합작회사의 파트너였죠. 석 달 만에 한 번씩 와선 한 달쯤 묵고 가는 형편이었는데 초로에 가까운 사람으로서 경제사정도 풍부하기도 해서 그런 성질의 여자로선 꽤 많은 돈을 받고 있었던 것 같애요. 유영희도 그 남자를 위해 정숙을 다한 것 같았습니다. 그러나 석 달 만에 한 번씩 오는, 그리고 초로인 사람에게 일생을 의지하려니까 다소 마음이 공허했던 거죠. 그 마음의 공허함이 나와 사귀게 한 원인이 아니었나 합니다. 나름대로의 고민이 있었겠죠. 일본인과의 관계를 청산할 생각도 있었겠죠. 그러나 집안 형편도 곁들여 그게 그렇게 쉬운 일이 아니었던 모양이죠. 차일피일하다가 내게 발각되었는데 내가 그 사실을 알았다는 것을 거의 동시에 유영희도 알게 된 겁니다. 나는 유영희를 만나지 않기로 작정했죠. 그러나 은근히 유영희가 일본인과의 관계를 청산하고 나를 찾아주길 기다렸습니다. 한편 슬프면서도 그녀에 대한 사랑은 조금도 식지 않았으니까요. 한 달이 가고 두 달이 가고 반년이 지나도 유영희는 나타나질 않았소. 나는 그 괴로움을 달래는 동시 유영희에 대한 환멸을 극복하기 위해 미아리고개 저편에 있는 그곳을 찾게 된 겁니다. 유영희보다 더 심하게 윤락한 여자와 접촉함으로써 유영희의 이미지를 살리려고 한 거죠."

윤두명은 여기서 말을 끊었다. 얘기를 늘어놓다가 보니 돌연 쑥스러워진 것이 분명했다.

두 번째의 조끼를 반쯤이나 비우곤 멍청히 내 어깨 너머에 시선을 보내고 있었다. 그러나 나는 윤두명에게 동정해선 안 된다고 마음을 먹었다. 그 마음먹이가 다음과 같은 질문이 되었다.

"사정이야 어떻건 그 돈은 비록 계모라고 할망정 어머니에게 돌려줘야 하는 것 아닙니까."

윤두명이 말끄러미 나를 바라보고 있더니 그 얼굴이 돌연 거친 표정으로 변했다.

"만일 그 계모란 여자가 그 돈을 가로챌 심보로 유영희를 죽였다고 하면, 그 돈의 처분권을 내가 가지고 있을 때, 서 형이 내 입장에 있다고 치고 그 돈을 호락호락 내주겠소?"

"그러나 그건 가정이지 그렇게 결론지을 수는 없지 않습니까?"

"내가 이 두 달 동안을 그들에게 시달리고만 있었다고 생각합니까. 나는 수단껏 조사를 했소. 아마 앞으로 두어 달만 걸리면 완전히 진상을 파악할 수 있을 거요."

"그러나 증거가 문제 아닙니까?"

"유죄를 확정하는 법률적 증거를 잡을 수 있을는지 어쩔지는 모르지만 항변의 여지가 없도록 하는 심증은 모을 수가 있을 거요."

"어떻게요?"

"지금 나타난 자료만 해도 대강의 심증은 갑니다. 유영희가 봉천동 계모 집에서 죽었을 무렵 살고 있던 곳은 한남동 어느 아파트였소. 그 아파트에서 조사한 결과에 의하면 유영희가 병원에서 숨을 거둔 것은 오전 열 시쯤인데 새벽에 계모가 열쇠를 갖고 아파트에 나타나서 딸이 죽었으니 짐을 옮겨야겠다면서 옷장, 책상, 트렁크 등을 샅샅이 뒤지곤 다른 짐은 그냥 뒤두고 트렁크 하나만 가지고 갔답니다. 그 사실로 미루어 이렇게 판단할 수가 있죠. 그들은 새벽에 유영희가 죽었다고 판단한 거죠. 그래 부랴부랴 아파트에 와서 우선 저금통장과 도장을 찾은 겁니다. 거액의 저금을 하고 있다는 눈치를 챈 거죠. 우선 그것부터 챙겨놓고 경찰에 신고를 한 겁니다. 그런데 병원에 운반해놓고 보니 아직 죽지 않고 여명이 있었던 겁니다. 원래 그런 결과를 만들려고 한 것은 아닌데 결과적으로 계모에겐 유리하게 된 거죠. 어떻게 하건 유영희를 살리려는 것처럼 제스처를 할 수 있었을 테니까요. 경찰이 아파트에 와서 자초지종을 캐었더라면 수사 각도를 달리해서 계모를 추궁할 수가 있었을 것이었는데 새벽에 있었던 일이라서 아파트의 숙직원만이 알고 있는 일이라 그 숙직원이 적당하게 대답하는 바람에 단서를 찾지 못한 것이 아닌가 해요. 의문점은 그것뿐이 아니죠. 경찰이 아무리 서둘러도 유영희의 가계부와 일기장 같은 것을 찾지 못했다는 점이 이상하단 말입니다. 유영희는 꼼꼼한 성격이어서 일기와 가계부를 열심히 기록하는 것을 그 친구가 보았다고 합니다. 그런데 그게 감쪽같이 없어졌으니 이상하지 않습니까? 유영희는 글을 쓰길 좋아하는 성품을 가지고 있었죠. 나와 만나지 않을 땐 뒤에 생각하니 일본인이 와 있었을 때로 짐작이 되는데 매일처럼 내게 편지를 썼으니까요. 그 편지를 나는 지금도 보관하고 있습니다. 물론 그 신상이 폭로된 뒤엔 편지도 없었지만……. 그런 사람이 자살을 결의했을 때면 내게 편지 한 장쯤은 쓰지 않았겠소?"

그래도 나의 태도가 냉랭한 탓이었던지 윤두명은 흥분했다.

"뭣보다도 천만 원이란 그 액수가 문제가 되는 겁니다. 나와의 굳은 약속이 있었으니까. 내 짐작으론 그 일본인과의 관계를 청산한 끝에 그 통장을 들고 나를 찾아오든지 아니면 어떤 의논이라도 하려고 기회를 노리고 있었지 않았나 싶단 말입니다. 그리고 만일 그 돈을 계모에게 남겨줄 생각이었다면 그만한 조처를 해놓고 죽었을 것이라고 짐작할 수가 있지 않소. 분명히 계모란 그 여자는 유영희가 거액의 저금을 하고 있다는 사실은 알았어도 그게 내 명의로 되어 있다는 것까진 사전에 알지 못했을 겁니다. 그걸 알고야 당황한 게지. 그래 내 소재를 찾기까지 일 년 반이나 걸린 겁니다. 친구래야 일본인을 상대하는 그런 여자들이었을 것이니 유영희가 나라는 존재를 밝혔을 까닭이 없다면 도대체 어떻게 나의 소재를 알았을까 하는 게 또 흥미 있는 대목 아뇨? 틀림없이 일기장이 있었다는 추측을 해보는 이유가 여기에 있죠. 일기의 어느 곳에 막연히 신문기자라고만 씌어진 대목이 있었길래 그것을 단서로 나를 찾아낸 거라고 나는 생각해요. 이만하면 계모가 유영희를 죽인 것이라고 판단할 수가 있지 않소?"

나는 그런 정도로썬 뭐라고 판단할 수 없다며 다음과 같은 점을 지적했다. 새벽에 아파트를 찾은 것은 혹시 좋은 약이 거기에 있다고 들은 까닭일지 모르고, 저금통장은 깊이 간수해놓았기 때문에 최근에야 발견된 것일지 모르고, 윤두명의 소재는 의동생에게 유영희가 이미 알린 바 있을지 모른다. 유서가 없다고 하나 사람이 자살할 곤경에 휩쓸리게 되면 만사가 귀찮아 일체를 포기하는 경우도 있을 것이 아닌가. 천만 원을 두고 군은 약속이 있었다고 하나 이 년 가까운 동안 절연상태에 있는 남자면 깨끗이 단념하고 있었을지도 모르는 일이 아닌가.

"그러니 윤 선생의 추리나 추측은 자기본위에 치우친 것일지도 모를 일 아닙니까. 나는 윤 선생의 그런 해석을 위험하다고 생각합니다. 객관성이 없으니까요."

하고 덧붙였다.

윤두명은 어이가 없다는 듯,

"서 형은 나를 전연 이해하려고 들지 않는군."

하고 씁쓸하게 말했다.

"윤 선생의 말씀에도 타당성이 있다는 건 인정합니다. 그러나 그 정도로써 결정적인 판단을 하는 건 위험하다는 겁니다."

그러자 윤두명은 자기도 결정적인 판단을 내린 것은 아니라고 하고 말을 이었다.

"만나봐야 할 사람이 둘 있어요. 하나는 고이케라고 하는 일본인이고 하나는 일본인과 결혼해서 현재 일본에 살고 있다는 유영희와는 둘도 없는 친구였다는 여자죠. 뿐만 아니라 경찰에 재수사를 의뢰해놓고 있고 나는 나대로 백방으로 정탐을 시작했으니 조만간 무슨 결론이 날 겁니다. 물론 결론부터 앞세워 증거를 모으려고 하니까 자기중심적인 데가 없진 않지만 감정적 동물로선 어떻게 할 수 없는 일 아니겠소."

"윤 선생은 유영희 씨의 죽음을 타살로 보고 기어이 유영희 씨의 복수를 해야겠다고 생각하고 계시는 것 같네요."

"그렇소."

"복수를 하시는 건 좋겠죠. 그러나 내 생각으론 돈만은 돌려주시는 게 떳떳할 것 같습니다. 유영희 씨가 어떻게 죽었건 그건 윤 선생의 돈은 아니지 않습니까. 정 그 계모에게 돈을 내놓기 싫으시면 사건의 재조사가 끝날 때까지 경찰에다 맡기시는 게 어떨까요. 돈을 그냥 쥐고 엄필순 모녀의 뒤를 캔다는 건 돈이 탐이 나서 하는 짓으로 오해받기

쉬울 테니까요."

"서 형의 말은 잘 알겠소. 서 형이 그런 생각을 하고 있다는 것도 나는 짐작하고 있었소. 그래 오늘 밤 서 형에게 얘기할 기회를 가진 거요."

하더니 윤두명은 반쯤 남은 조끼를 단숨에 비우고 나를 노려보며 말했다.

"서 형! 똑바로 말해서 나는 돈이 탐이 나서 기어이 엄필순인가 하는 여자의 죄상을 캐려는 거요. 천만 원은 내게 있어서 큰돈이오. 나는 그 돈을 기막히게 유용하게 쓸 작정이오. 나는 서 형처럼 순수한 사람은 아니오. 설령 엄필순이란 여자에게 죄가 없었다는 것이 밝혀지더라도 나는 그 돈을 내놓을 생각이 없소. 그 돈을 내가 쓰는 것이 엄필순이 쓰는 것보다 유영희의 뜻에 맞을 것이란 믿음이 있는 탓도 있지만 내겐 그 돈을 필요로 하는 포부가 있소. 단돈 천만 원을 가지고 무슨 잠꼬대 같은 소리냐고 하겠지만 그런 게 아니오. 나는 그것을 미끼로 수억, 수십억을 만들 자신이 있단 말요. 난들 순수하고 결백한 행동을 좋아하지 않을 까닭이 있겠소만 아름다운 연꽃을 피우기 위해선 나는 내가 불결하게 되는 걸 사양할 수가 없소."

나는 본의 아니게 실소했다.

"왜 웃죠?"

윤두명의 취안醉眼이 순간 날카롭게 빛났다.

"천만 원을 가지고 수억, 수십억을 만들어서 뭣 할 겁니까. 그래서 웃은 겁니다."

"무엇을 할 거냐고? 나는 그 돈으로 행복의 탑을 세울 작정이오."

"돈만 있으면 행복할 수 있다는 아주 건강한 사상이십니다."

내 말이 약간 냉소를 띤 것은 어쩔 수 없는 일이었다.

그러나 윤두명이 예고도 없이 일어섰다. 그리고 선 채 말했다.

"나를 그런 사람으로 보시오? 아니, 그런 사람으로 봐달라는 겁니다. 그러니 엉뚱한 선입감을 가지고 나를 오해 말란 말요. 나는 철두철미하게 세속적인 인간이오. 내게 가해진 어떠한 모욕도 참을 수 없는 인간이오. 동시어 철저하게 복수하려는 놈이오. 돈 천만 원을 두고 치사하게 구는 놈이란 확신을 갖고 그 이상의 이미지를 내게 갖지 말라는 거요."

윤두명은 이렇게 말하면서 부들부들 떨기조차 했다. 나는 그러한 그를 쳐다보고 차갑게 말했다.

"지극히 당연한 말씀을 하시면서 왜 그렇게 흥분하십니까?"

"세상 사람이 모두 나를 오해해도 좋지만 서 형만은 나를 이해해주길 바랐소."

하고 나의 답도 기다리지 않고 그는 홀을 걸어 나갔다. 나는 앉은 채로 그의 뒷모습을 지켜봤다. 그리고 그가 사라진 뒤 한참을 앉아 있다가 술이 완전히 깨어버린 스스로를 발견했다. 나는 맥주를 한 조끼 더 청했다.

청한 맥주가 왔기에 조끼를 들이켜려고 하는데 어느샌가 윤두명이 되돌아와 있었다. 나는 정작 놀랐다.

"아무라도 그저 돌아갈 수가 없었소."

"앉으셔요, 그럼."

"아닙니다. 빨리 그 잔을 비우고 밖으로 나갑시다. 꼭 한 가지만 할 말이 더 있소."

나는 맥주를 반쯤 남긴 채 일어섰다. 밖으로 나오자 두어 발자국 걷더니 윤두명이 우뚝 서며 말했다.

"서 형, 오늘 밤 내 집으로 갑시다. 집에 가서 모든 설명을 하겠소. 아무에게도 밝히지 않았고 밝힐 생각도 없었던 것을 서 형에게만은 밝히겠소."

나는 선뜻 대답을 할 수 없었다. 무엇인가는 모르지만 밝힐 의사만 있다면 어느 때, 어느 곳에서나 밝힐 수 있을 것이 아닌가. 그런데 왜 하필이면 자기 집엘 가야 하는가 하는 생각에 잇따른 꺼림한 감정이 괴었기 때문이다. 얼마 전까진 윤두명의 집엘 가보고 싶었는데 어느덧 그런 마음이 가셔진 것이다.

"서 형, 택시를 잡읍시다."

윤두명은 당연히 내가 응낙할 것을 믿는 때문인지 지나가는 택시에 손을 들었다. 택시가 멈췄다. 윤두명이 먼저 타고 재촉하는 바람에 아직도 결단하지 못하고 나는 어물어물했다. 그때 뒤쪽 전신주 그늘에서,

"서 선생님."

하는 소리와 함께 검은 그림자가 튀어나왔다. 차성희였다.

"서 형."

하고 택시 속에서 윤두명이 고개를 내밀었다. 그리고 차성희의 모습을 내 옆에서 발견하자,

"마침 됐군, 미스 차 집을 들러서 갈 테니 같이 타시오."

하고 손을 내저었다.

"서 선생님, 저와 단둘이 할 얘기가 있어요."

차성희는 윤두명도 그 소리를 듣게끔 어조를 높여 말하고 내 옷자락을 끌었다.

"윤 선생 먼저 가십시오. 미스 차가 제게 할 말이 있답니다."

윤두명은 어찌할 바를 모르는 양으로 망설이더니 이윽고 택시의 도어를 닫았다. 운전사가 투덜댄 때문이었을지 몰랐다.

"어떻게 된 거요?"

차성희의 어깨가 내 오른팔 위에 와 닿는 것을 느끼면서 물었다.

"천천히 얘기하겠어요."

"어디에 들어갈까요, 걸으면서 얘기할까요?"

"두어 시간을 줄곧 서 있었으니 어디 가서 좀 앉고 싶네요."

"두 시간 동안을 서 있었다니 도대체 어떻게 된 겁니까?"

차성희의 화사하게 웃는 얼굴이 가로등빛에 떠올랐다. 나는 오늘 오후 덕수궁 담벼락을 돌며 가꾸었던 상념을 한꺼번에 회상하고 한편 당황하면서도 어쩐지 황홀한 기분이 되었다. 차성희의 출현으로 윤두명에 대한 그날 밤의 승리는 결정적이었다는 엉뚱한 생각도 일었다.

한길가 조그마한 다방으로 들어갔다.

"오늘 밤 꼭 만나야겠다고 작정을 했죠. 그래서 선생님이 회사를 나가는 걸 기다려 지하도쯤에서 부르려고 했는데 윤 선생님이 앞질러서 선생과 나란히 가잖아요. 윤 선생과 헤어질 때까지 뒤쫓기로 했죠. 그랬는데 서 선생이 윤 선생과 같이 가게 될 것 같데요. 다급해서 불렀죠."

"뭣이 그렇게 다급했소?"

"내가 불러 세우지 않았더라면 서 선생은 윤 선생 집으로 갔겠죠?"

"그랬을지두 모르구 그렇지 않았을지도 모르지."

"윤 선생 집에 가지 말아요."

"왜요?"

"그저."

"미스 차는 윤 선생 집에 간 적이 있나 보군그래."

"간 적이 있어요."

"그렇다면 왜 가선 안 되는지 이유를 알겠구만."

"윤 선생 하는 일에 말려들면 안 돼요. 그 집에 가면 자연 말려들게 돼요."

"무슨 일인데요."

몇 달 전까지면 혹시 무슨 일인지 몰라도 윤두명의 일에 말려들었을지 모르나 지금은 다르다는 자신이 있어 이렇게 물었다.

"잘은 몰라요."

"모르면서 그런 말을 해요?"

"잘은 모르지만 무슨 음모를 꾸미고 있는 것 같애요. 거창한 음모를요."

"무슨 혁명을 위한 결사 같은 것?"

"그렇게 명백한 것 아녜요."

"도대체 뭔데?"

"확실하게 알 수 없으면서 왠지 무시무시하니까 더욱 곤란하다니까요."

"그것이 뭔지를 알기 위해서도 꼭 윤 선생 집에 가봐야겠는데."

"갈 땐 저와 같이 가요."

레지가 날라다놓은 커피에 입을 대보았다. 향기는 없고 쓰기만 하다. 차성희는 얼굴을 찌푸렸다.

"요즘 커피랍시고 담배꽁초를 배합한 걸 판다는데 혹시 그런 게 아닐까?"

낮은 소리로 내가 이렇게 말하자,

"이 커피는 국산담배로 만든 거냐, 양담배로 만든 거냐 하고 묻는다지 않아요."

하고 차성희는 웃었다.

"이렇게 상냥한 차성희 씨가 어쩌면 그렇게 며칠 동안을 쌀쌀하게 굴었을까?"

"그 책임이 누구에게 있는데요."

"그만둡시다. 오늘 밤은 장난으로라도 싸움 근처엔 가지 맙시다."

"닷콜."

"닷콜?"

"프랑스어로 동의한다는 말예요."

"촌놈 눈이 뒤꼭지에 가 붙도록 하지 말아요."

"대학이 불문과였거든요. 비싼 등록금 주고 배운 건 서 선생 앞에서 나 써먹지 어디다 써먹겠어요."

"많이 써 잡수시오. 그런데 오늘 밤 나를 만나겠다고 작정한 이유나 말해봐요."

"그저 만나고 싶었다면 이유가 안 될까요?"

"그 이상의 이유가 어딨겠어. 그 이상 반가운 이유도 없을 테고. 그러나 뭔가 있을 게라. 말해봐요."

"아까 우리 편집국 복도에서 만났죠? 헌데 그때 왜 그렇게 놀라시는 거죠? 가슴이 쿵하고 내려앉는 것 같았어요. 이 어른께 무슨 일이 있었나 하구요."

나는 빙그레 웃었다. 그 까닭을 바른대로 말하면 차성희의 반응이 어떨까 했기 때문이다.

"묘한 웃음이네요. 그게 카츄샤를 사랑하는 네플류도프의 웃음인가요?"

"빈정대지 마십시오."

"서 선생의 애인 예쁘더란 얘기던데요. 안민숙 씨의 말에 의하면."

"여자치고 예쁘지 않은 사람이 있겠습니까?"

"그 여자가 풀려나오면 같이 살 생각이에요?"

"목하 궁리 중에 있습니다."

"인도적인 기사로서 명망이 높아질 거예요."

"아닌 게 아니라 무교동 어느 술집의 마담이 그렇게만 되면 서울의 접대부를 총망라해서 축하해주겠다고 하던데."

차성희는 생글생글 웃었다.

"털끝만큼도 질투하는 기색이 없는 걸 보니 차성희 씬 내게 전연 관심이 없는 모양이지?"

"그렇게 말하는 서 선생님은?"

"나야 뭐, 오르지 못할 나무는 쳐다보지도 말라는 교훈을 지키고 있는 셈이지. 내 주제엔 삼류 술집의 작부 정도가 제격일는지 모를 일 아니우."

"서 선생은 정말 내가 서 선생께 관심이 없는 사람으로 보여요?"

"그렇습니다."

"그런데도 서 선생을 기다려 두 시간 동안이나 거리에서 서성거렸을까요?"

"내게 불행이 닥친 것을 감지하셨겠죠. 차성희 씨는 남의 불행을 보아 넘기지 못하는 성미라고 하잖았소."

"그렇게 비비 꼬긴가요?"

"아차 실례."

"말은 다르지만요, 난 서 선생이 불행하게 안 되길 빌어요."

"불행이 뭔데?"

"행복의 반대."

"불행하지 않으려면 어떻게 하면 될까요?"

"행복을 만들어야죠."

"어떻게?"

"사전을 만드는 거예요."

"행복의 사전을?"

"행복어사전이라야 될걸요."

"그거 재미있겠습니다."

"재미있겠죠?"

"차성희 씨가 한번 만들어보세요."

"이 세계엔 여자만이 사는 것도 아니고 여자만이 행복할 수 있는 것도 아니니까 아마 행복어사전이 가능하려면 남녀 공저라야 할 거예요."

"그럼 나도 한몫 끼일까? 그런데 참으로 좋은 아이디어이다. 극동의 반도의 어느 신문사, 쓸쓸한 교정부원인 남녀가 먼지를 마시며 한구석에 머리를 조아리고 앉아 인류에게 행복을 주는 사전을 만들었다. 영어를 마스터하려면 O.E.D.를 가져야 하듯이 행복을 마스터하려면 이 사전을 가져야 한다. 불교의 불경, 예수교의 복음, 회교의 코란이 이 사전의 출현과 더불어 그 생기를 잃고 영겁의 먼지를 뒤집어쓰기에 이르렀도다. 이런 서평이 나올 가능성도 있는 것 아뇨?"

나는 차성희의 빛나는 눈동자를 응시하며 이렇게 말했다. 차성희는 소리가 나지 않게 박수를 쳤다.

"서재필 씨를 다시 봤네요. 서재필 씨에게 그런 상상력이 있는 줄 몰랐거든요."

"그건 그렇구 차성희 씨, 행복어사전을 만드는 사람은 충분히 행복한 사람이라야 하지 않을까?"

"그렇겠죠."

"그럼 우리도 행복하게 됩시다."

"닷콜."

"불문과 사 년 동안 그 한마디만 배웠소?"

"그 한마디가 최고예요. 행복의 기초는 닷콜에 있으니까요."

나는 들뜬 기분을 억제할 수 없었다. 덕수궁 돌담을 끼고 걸으며 익혔던 상념 그대로 이 밤에 차성희를 소유해야겠다는 충동을 무럭무럭 느꼈다.

"사실은요, 아까 차성희 씰 보구 놀란 까닭은요……."

"뭔데요?"

"성낼까 봐 겁이 나는데."

"오늘 밤은 성내지 않기로 하잖았어요?"

"그래도 약간 켕기는데……."

"말씀하세요."

"그럼 눈을 감아요."

차성희는 사르르 눈을 감았다. 짙은 속눈썹이 내리깔려 불빛을 받곤 그림자의 무늬를 엮었다. 그 무늬에서 자줏빛 향기가 서려 오르는 느낌에 황홀해서 나는 거의 정신없이 중얼거렸다.

"어떤 일이 있어도 오늘 밤 차성희를 내 것으로 만들 양으로 벼르고 있던 참이었어. 바로 그때 당신과 부딪혀났으니 당황하지 않을 수 있어?"

"그토록 나를 원해요?"

차성희의 말은 까물어 들듯 떨었다.

그 가냘픈 소리를 내 가슴에 새겨듣기 위해선 일순 지구가 숨을 죽여야 했고 시계가 멎어야만 했다.

옥황상제의 등장

지구가 무작정 숨을 죽이고만 있을 까닭이 없지 않을까.

먼저 전축의 음향이 되살아났다. 레지가 찻잔을 거둬 갔다. 그 손톱의 매니큐어가 형광등 불빛 아래 말라붙은 피내음을 풍겼다.

까물어 들듯 가냘픈 소리이긴 했어도,

"그토록 나를 원하세요?"

한 차성희의 말은 이미 나의 가슴팍에 새겨졌을 뿐만 아니라 혈관의 리듬을 타고 내 전신을 돌고 있었다.

아아, 하고 내 마음은 신음했다.

어처구니없게도 우리는 너무나 중대한 얘기를 을씨년한 형광등 아래서 주고받았다. 먼지가 속악한 노래와 어울려 가득 찬 이런 공간에서 우리는 스스로 신성모독을 범한 셈이다.

나는 잠자코 일어섰다. 차성희도 따라 섰다. 그리고 다가서더니 나직이 속삭였다.

"그런 얼굴 말아요, 무서워요."

나는 어이가 없어 말을 잃었다. 도대체 내 얼굴이 무섭게도 되는 것일까. 카운터에서 천 원짜리 지폐를 내선 몇 개 동전으로 된 거스름돈을 받았다. 그런데 그 동전의 촉감이 서글펐다. 너무도 안이한 생활의 버릇 같은 것이 느껴진 탓이다. 왠지 이 밤만은 영화 속의 귀공자를 닮아보고 싶었던 것이다.

거리로 나왔다.

쌩하고 차가운 밤공기가 코끝에 느껴졌다. 하늘엔 별이 있었다. 나는 심호흡을 하고 생각했다. 차성희를 데리고 어디로 갈까.

아홉 시를 조금 지낸 정도니 우이동의 산장으로 못 갈 바는 아니었지만 용기가 부족했다. 그러나 나는 갈 곳을 정하는 데 있어서 차성희와 의논해볼 생각은 없었다. 그런 것을 의논했다간 아련한 꿈이 비눗방울처럼 부서져버릴 것이란 예감이 있었다.

나는 대담하게 차성희의 어깨를 안았다. 안지 않을 때보다 안정감이 더했다. 그리고 그런 동작을 위해 팔을 억지로 높일 필요도, 일부러 낮출 필요도 없었다. 차성희의 어깨는 내게 안기기 위해서 있고 나의 팔은 차성희의 어깨를 안기 위해서 있다고 해도 무리가 없을 만큼 우리의 체격은 서로를 위해 적당한가 보았다.

방향도 정하지 않고 걷고 있다가 나는 돌연 어떤 골목으로 들어섰다. 차성희의 태도와 입에선 반대하는 의사표시가 없었다.

골목을 퍽이나 깊이 걸어들어갔을 때 바로 눈앞에 여관이란 표지를 단 헌등軒燈이 나타났다. 대문은 열려 있어서 여염집 같은 그 내부가 보였다. 한국 사람이라면 대개 그런 집에서 나고 자라고 살림을 하고 그러다가 죽어갈 그런 길이라고 하는 데 마음이 끌렸다. 나는 망설임 없이 그 여관의 대문으로 들어섰다. 그러나 차성희가 조금이라도 반발을 보이면 지체 없이 되돌아서리란 마음의 준비는 하고 있었다.

문간방에서 중년 여자가 나오더니 만사를 다 알고 있다는 너그러운 표정으로 살큼 웃음까지 띠곤 구석진 방으로 안내했다. 한 평 반쯤이나 될까 말까 한 좁은 방이었으나 깨끗한 점에 마음이 놓였다. 훈훈하게 온기가 서려 있는 것도 반가웠다.

그런데 차성희는 방 한가운데 우뚝 서버린 채 움직이지 않았다. 내가 외투와 상의를 벗어 걸고 여관집 사람에게 무엇을 시키는 수선을 떨고 있는데도 차성희는 그 자세를 바꾸지 않았다. 전등이 바로 머리 위에 있기 때문에 얼굴이 그늘로 되어 표정을 살필 수는 없었으나 독일 병사의 외투 모양으로 된 차성희의 외투는 열 개 가까운 단추를 목덜미까지 꽉 채워 잠그고 토치카를 방불케 하고 있었다.

"왜 그러고 서 있지?"

"……."

"싫으면 나갑시다."

"……."

이럴 땐 선의의 폭력이 있어야 하는 게 아닌가, 하는 생각이 들었다. 여자 스스로 옷을 벗을 순 없을 테니까……하고 나는 한 팔로는 그의 등을 안고 한 손으론 그의 외투의 단추를 풀려고 했다.

대뜸 저항이 있었다. 나는 그것을 선의의 저항이라고 짐작했다. 그런 만큼 나의 다음 동작엔 좀더 강한 힘을 보냈다. 그 힘에 비례한 저항이 돌아왔다.

"싫으면 싫다고 말을 해요."

하고 잠깐을 기다렸으나 여전히 답은 없었다.

나는 안간힘을 다해 성희를 안아 꺾듯이 방바닥에 앉혔다. 그리고 외투를 풀려고 했다. 그러나 용이한 일이 아니었다.

"결국 약탈을 해보란 말인가 본데……."

하고 나는 맹렬한 힘으로 성희를 밀어 눕히고 걸터앉은 자세로 외투의 단추를 풀기 시작했다. 그러나 단추 하나를 끄르는 데 오 분 이상이 걸리고 내 숨은 가빠졌다. 슬그머니 화가 나기도 했다.

"그토록 나를 원하세요?"

한 아까의 차성희의 말은 그럼 거짓이었단 말인가. 그렇다면 뭣 때문에 여기까지 따라왔단 말인가. 하지만 나는 그런 말을 입 밖에 낼 수는 없었다. 그 대신 미친 듯이 덤벼 두 개째의 단추를 풀었다. 저항은 더욱 완강해졌다. 나는 수틀리면 단추를 끄를 것이 아니라 뜯어낼 작정까지 했다. 미친 듯한 동작이 미친 사람의 동작으로 격화됐다.

외투의 마지막 단추가 풀리려는 찰나였다.

"안 돼요, 안 돼, 나를 놓아줘요."

차성희는 방바닥에 뒤통수를 비벼 흔들면서 애원을 했다. 그런데 그 애원은 건성으로 하는 것이 아니고 공포에 질린 여자의 결사적인 애원이었다.

나는 내 팔의 힘을 풀었다.

차성희는 날쌔게 상체를 일으켜 나를 밀어젖히더니 앉은 채 외투의 단추를 도로 잠그기 시작했다. 그 동작에 혹시 허점이나 없는가, 또는 선의의 폭력을 바라는, 아니면 허용하는 어떤 암시라도 없는가 해서 나의 신경은 곤두섰지만 차성희의 동작은 단호했다. 나는 조금 물러앉아 벽에 등을 기대곤 홍조를 띤 성희의 얼굴과 분노인지 흥분인지 분간할 수 없는 광기 섞인 눈빛과 날렵한 손가락의 움직임을 속수무책인 기분으로 지켜보고 있었다.

이 이상의 모욕이 없다는 분함이 가슴에 괴기도 했지만 자기혐오의 농도에 비하면 그것은 아무것도 아니었다.

단추를 마저 잠근 차성희는 핸드백에서 거울을 꺼내들고 머리를 고 쳤다.

'이 여자는 지금 어떤 심정으로 자기의 얼굴을 들여다보고 있는 것 일까.'

싶으니 그 머리칼을 덥석 손아귀에 쥐고 짤짤 흔들어보고 싶은 광포한 충동이 일었다. 허나 그런 용기가 내게 있을 까닭이 없다.

머리를 고치더니 차성희는 일어섰다. 일어서선 내 쪽을 보는 것도 그 밖에 무엇을 보는 것도 아닌 시선을 잠깐 허공으로 쏟고 있다가 미닫이문 을 열었다. 그리고 차성희는 몇 자국 하이힐 소리를 남기곤 사라져갔다.

내가 알고 있는 유일한 프랑스 말에 '케스크 세'란 말이 있다. "이게 뭐냐."는 이럴 때의 감정을 이 프랑스 말 이상으로 나타낼 수 있는 말은 아마 없을 것이 아닌가.

비좁긴 했지만 한때 화려했던 그 방은 쓸쓸하기 짝이 없는 평범한 여 관방으로 되돌아가고 욕정에 사로잡힌 곤충 같은 인간이 그 바람벽에 기대앉아 '케스크 세'를 몇 번이고 되뇌고 있는 것이다.

헌데 사실은 내가 욕정에 사로잡힌 것은 아니었다. 하나의 관념을 쫓 아 나름대로의 의식을 치르려는, 생각하기에 따라선 성스러운 목적이 있었다.

―성공한 폭동은 혁명이 되고 실패한 혁명은 폭동이 된다.

이런 말조각이 심상의 표면 위에 뜬다. 그렇게 보면 순진하기 짝이 없는 '베르테르'가 치한으로 타락한 채 여관방에 앉아 있는 꼴이 된다.

나는 하숙으로 돌아갈까 하는 생각을 가졌음에도 여관집의 사람을 불러 소주 한 병과 마른오징어 한 마리를 사달라고 했다. 강간에 실패한 사나이가 자기혐오를 완성하려면 여관방에 쓰레기 덩어리처럼 앉아 마른오징어를 안주로 소주를 마셔야 하는 것이다.

여관집의 중년 여자는 어색한 웃음을 띤 표정으로 한 병의 소주와 한 마리의 오징어를 방에 들여놓아 주었다.

말라비틀어지기조차 한 딱딱한 오징어의 발을 곰팡냄새와 함께 씹으면서 나는 인생을 씹고 있는 것이란 감상을 갖기에 이르렀다. 곰팡냄새가 맛으로 변할 수 있다는 것도 인생이거니와 말라비틀어진 오징어의 발이 씹을수록 감칠맛이 더하다는 것도 인생이다.

그러나 그것은 어디까지나 한국적인 인생일 것이라고 나는 씁쓸하게 웃었다. 식성 가운덴 만국 공통의 것이 있고 국경을 넘어서지 못하는 것이 있는데 마른오징어는 이 나라의 국경을 넘어서지 못한다는 얘길 들은 적이 있기 때문이다.

엘리자베스 여왕이 마른오징어를 씹을 까닭이 없다.

그레이스 켈리가 마른오징어를 씹으며 소주를 마실 까닭이 없다.

사르트르가 자기 원고의 교정을 보며 마른오징어를 씹을까?

이런 상념의 유희에 말려들고 있으면서도 나는 어떤 일이 있어도 차성희를 용서하지 않을 것이란 다짐을 잊지 않았다. 차성희가 끝끝내 저항했대서가 아니라 한마디 말도 없이 사라졌다는 그 사실이 괘씸한 것이다. 몇 발자국 하이힐 소리를 내고 사라진 그 사실, 그 마음을 용서할 수 없다는 것이다.

나는 감옥에서 떨고 있을 김소영을 생각했다. 그 김소영을 여왕처럼 받들고 살 스스로의 앞날을 상상해보기도 했다. 그런데 그 상상의 틈서리를 안민숙이 지나가기도 했다.

'안민숙 같으면 내게 이런 모욕은 주지 않았을 것이다!'

소주 한 병을 다 마셨지만 취하진 않았다. 그 대신 전신에 피로를 느꼈다. 그래도 좀처럼 잠이 올 것 같진 않았으나 자리에 눕기로 했다.

침구가 깨끗한 게 불행 중 다행이었다. 전등을 끌 생각은 않고 나는 눈을 감았다.

어디선가 시종時鐘 소리가 울려왔다. 가만히 헤아려봤다. 열한 번을 치고 끝났다.

지금에라도 하숙으로 돌아갈 수 있겠구나 하는 생각이 들고 그래야 한다고 여기기도 했지만 일어날 기력은 없었다. 전등의 직사를 피하기 위해 왼손등을 눈 언저리에 얹었다.

그럴 무렵이었다. 미닫이문이 살며시 열리는 소리를 들었다. 손등을 치우고 고개를 젖히며 눈을 떴다. 차성희가 들어오고 있었다.

언뜻 나는 지금 꿈을 꾸고 있는 것이 아닌가 했다. 꿈은 아니었다. 소주병이 있고 먹다 남은 오징어가 보였다.

방에 들어서더니 차성희는 선 채 외투의 단추를 끄르기 시작했다. 목덜미의 단추로부터 순서대로 끌러내려갔다. 안간힘을 다해 끄르려고 해도 그처럼 견고했던 단추가 너무나 쉽게 끌러지는 게 이상할 정도였다.

차성희는 외투의 단추를 다 끄르곤 외투를 벗었다. 그러곤 상의까지 벗으려고 했다. 그때 나는 차성희의 동작이 뭣을 뜻하는가를 알아차렸다.

나는 불현듯 일어서서 상의를 벗으려는 손을 멎게 하고 벽에 걸린 외투를 거절할 사이를 주지 않고 입혔다. 그리고 그 독일 병정의 외투 같은 외투의 단추를 등덜미에서부터 아래까지 차례차례로 잠가 내려갔다. 어느 단추엔가서 차성희는 내 손을 뿌리쳤다.

"안 돼, 알았어."

하고 나는 다시 단추를 잠가주려고 했다. 내 손을 뿌리친 차성희의 손
엔 힘이 있었다.

"안 된다니까, 미스 차. 당신의 마음을 알았어, 마음을 알았으면 그만
아냐?"

나는 한사코 그 외투에 매달려 잠그려고 했다. 차성희는 나의 양손을
붙들곤 그의 머리를 내 가슴팍에 댔다.

"이젠 나를 원하지 않으세요?"

그 떨리는 목소리가 내 가슴의 벽을 진동케 했다.

"원하는 것을 얻었소. 이만하면 차성희 씨를 내가 갖게 된 것 아뇨?"
하고 나는 턱으로 성희의 얼굴을 젖혀 그 이마에 가벼운 키스를 했다.

그러면서 나는 서둘러야 한다고 생각했다. 나는 상의와 외투를 입고
신발을 선반에서 내렸다.

"빨리 갑시다."
하고 나는 앞장을 섰다. 긴 골목을 빠져나온 후 나는 그 골목을 한 번 뒤
돌아봤다. 성희와 나와의 사이가 어떻게 되건 나는 그 골목을 영원히
잊지 못할 것이란 생각을 하면서였다.

흰 조각이 가등빛에 휘날렸다. 눈이 내리기 시작한 것이다.

성희는 내 몸에 바싹 붙어서며 중얼거렸다.

"눈이 펑펑 쏟아지면 좋겠어. 눈 내리는 서울 거리를 밤새 돌아다녔
으면 좋겠어, 이렇게."

통행금지까지의 시간이 삼십 분쯤 남았을 뿐이었다. 성희를 집에다
데려다주는 시간적 여유가 고작일 것 같았다.

"성희 씨 집 근처에 여관이 있겠지?"

"그럼요. 헌데 왜요?"

"성희 씰 바래다주고 싶어서!"

"제가 서 선생을 집에까지 바래다드리면 안 될까요?"

"나는 성희 씰 아침에 집에서 나왔을 때의 그 상태대로 고스란히 돌려보내고 싶은 겁니다."

"심술인가요?"

"천만에."

다행히 서교동 방향으로 가는 택시를 잡을 수가 있었다. 택시 안에선 말이 없었다. 차성희의 손이 나의 외투 속에서 말 이상의 정감을 속삭이고 있었다.

택시에서 내렸을 때는 함박눈이 되어 있었다. 그 함박눈 사이를 손을 잡고 걸어 여관을 찾았다. 깨끗한 방, 따뜻한 방, 청결한 침구, 차성희는 앞장서서 주문을 붙였다. 그렇게 방을 정하곤 성희는 자기 집에 전화를 걸었다.

"바로 집 가까이에 와 있어요. 통행금지 시간이 넘어도 집엔 들어갈 것이에요……."

하고 전화통에 대고 어리광 섞인 새살을 늘어놓곤 나를 돌아보고 말했다.

"근처의 방범대원들을 잘 알고 있으니까요, 걱정하지 말아요."

그리고 차성희는 십 분가량 앉아 있다가 함박눈 속을 걸어 집으로 돌아갔다.

"내일 아침 같이 신문사에 출근할 수 있겠네요. 따끈한 커피를 같이 마시구요. 그걸 생각하니 기뻐요."

자리에서 서며 남겨둔 차성희의 이 말을 안고 나는 호젓한 여관방이었는데도 동화 속의 왕자처럼 잠에 빠져들었다.

윤두명의 신상 얘기를 들은 것은 그로부터 한 주일이 지난 뒤의 일이다.

"굳이 나를 이해해달라는 말은 아니오. 그러나 어쩐지 서 형에게만은 내가 어떻게 자란 사람인가를 꼭 얘기하고 싶군요."

이런 전제를 하고 시작한 윤두명의 얘길 듣지 않겠다고 할 순 없었다.

윤두명의 고향은 이 나라의 남쪽, 지리산 가까이에 있는 어느 산촌이었다. 그의 아버지는 윤두명이 다섯 살이 되는 해의 여름에 죽었다. 그 사정을 윤두명은 다음과 같이 말했다.

"아버지는 내가 세 살이 되던 해 감옥에 들어갔소. 당시 한창이던 좌익운동에 가담한 모양이었소. 형기는 이 년 남짓했던 모양으로 6·25동란이 났을 무렵이 그 형기가 완료될 시기가 아니었던가 해요. 그땐 내나이가 다섯 살이었는데도 어제 일처럼 선명하게 기억하고 있죠. 어느날 어머니가 깨끗한 옷을 입고 내게도 좋은 옷을 입히더니 오늘은 자동차 타고 읍내에 가서 아버지를 만난다는 것이었소. 우리 모자는 오 리쯤 산길을 걸어 신작로에까지 나가서 버스를 탔죠. 난생처음으로 타는 버스였습니다. 한창 모심기를 하고 있는 철이었는데 차창 밖으로 보이는 그 모심는 풍경이 얼마나 신기했던지 손뼉을 치며 좋아했죠. 읍내까지는 오십 리의 거립니다. 집도 많고 사람도 많은 데 놀랐죠. 이 많은 사람 가운데 아버지를 어떻게 찾을 것인가고 어린 마음에도 걱정이 되어 어머니께 그렇게 물은 기억이 있습니다. 그때 어머니가 뭐라고 대답했는가는 잊었습니다만 붉은 벽돌담을 두른 큰 집 앞에 가서 그 속에 아버지가 있다는 소릴 듣곤 놀랐습니다. 어머니는 나를 한군데다 두고 가끔 어딜 갔다 오곤 했었는데 아침에 그처럼 기뻐했던 얼굴이 차차 어둡게 물들어가는 것을 어린 지각으로도 눈치챘지요. 해질 무렵에야 어머니는 나를 꼭 껴안으며 아버지는 아마 오늘은 못 나올 것 같다고 하면서 눈물을 흘렸습니다. 그럼 언제 나오느냐고 물었더니 그것도 알 수 없다는 얘기였소."

그땐 6·25동란이 터진 직후라서 좌익수는 만기가 되었어도 내보내지 말라는 지시가 있었다. 윤두명 모자는 울며불며 시골집으로 돌아갔다. 그런데 그 이튿날부터 윤두명의 할머니가 읍내로 나와 형무소 앞에서 아들을 기다렸다. 근처의 집에 가서 구걸도 하고 더운 철이라 노숙도 하며 노인은 아들이 나올 문을 지켜보고 있었다.

다시 윤두명의 말을 빌리면,

"어느 날 밤이었소. 할머니는 물귀신처럼 처참한 몰골을 하고 집으로 돌아왔소. 얼마나 울었는지 목이 쉬어 할머니의 말은 한마디도 알아들을 수가 없었소. 뒤에 알고 보니 아버지는 철사줄에 묶여 자동차에 실려 어디론가 가선 총살을 당한 겁니다. 할머니가 그걸 확인한 거죠. 주위의 사람들에게 이런저런 일에 관한 얘기도 들었을 게구요. 시체라도 찾으려고 애를 쓴 모양입니다만 그게 그렇게 쉬운 일입니까. 어머니도 광란상태가 되었죠. 매일매일 눈물로 지새는 그 어두운 환경 속에서 어린 나도 죽음이라는 것을 알았고, 내겐 아버지가 없다는 사실을 깨달았습니다."

그러나 사람들의 동정도 있고 해서 얼마 되지 않는 농사였지만 그럭저럭 지을 수가 있었다. 괴뢰군이 약 석 달 동안 그 지방을 휩쓸었지만 워낙 산촌이 돼서 눈에 띌 만한 변화는 없었다. 그러니 윤두명의 괴뢰군에 대한 인상은 전연 없다.

윤두명이 그 다음에 받은 충격은 어머니의 재혼이었다.

"어느 날 밤이었소. 그해 내가 학교 가게 될 것이란 말을 듣고 있었으니까 일곱 살 되던 봄이었죠. 자다가 눈을 떠보니 어머니는 장롱에서 옷을 꺼내놓고 울고 있었습니다. 난 당장 짐작했죠. 아마, 어머니가 떠날 작정인가 보다 하구요. 할머니와 어머니 사이에 간혹 언쟁이 있었던 것을 보기도 하고 듣기도 했거든요. 할머니는 걸핏하면 서방도 없는 젊은 년, 보기도 싫다는 말을 예사로 했으니까요. 할머니는 결코 나쁜 사람이 아니었는데 어머니를 청상과부로 늙게 하는 게 안타까워 부러 매정스럽게 굴었던 것 같애요. 나는 엄마 가지 말라고 부둥켜안고 엉엉 울고 싶었으나 어쩐지 그렇게 할 수가 없는 사정이어서 자는 체하고 있었죠. 어머니는 보퉁이를 싸놓고 내 곁으로 와서 자는 내 얼굴을 지켜보고 있다는 것을 나는 느끼고 있었소. 몇 방울의 눈물이 내 뺨 위에 떨어졌으니까요. 나는 목구멍까지 솟아오른 통곡을 참느라고 무진 애를 썼습니다. 할머니의 태도로 보아 어머니는 집을 떠날 수밖에 없는데 내가 보채서는 뻔한 결과를 두고 어머니의 마음만 괴롭게 할 것이란 나름대로의 지각이 있었던 거죠. 어머니는 울먹이며 두명아, 두명아, 하고 두세 번 나직이 불렀습니다. 그래도 내가 들은 척을 안 하니까, 어머니는 두명아, 너는 빨리 커서 훌륭한 사람이 되어 느그 아버지의 원수를 갚아야 한다고 했어요. 그리고 나를 부드럽게 안아주곤 보퉁이를 들고 밖으로 나갔습니다. 문이 닫히자 나는 벌떡 일어나 문틈으로 밖을 보았소. 새벽달이 있어 뜰은 환히 밝아 있었소. 어머니는 마당 한가운데에 꿇어앉아 할머니 방을 향해 절을 하시더면요. 뛰쳐나가고 싶은 마음을 억지로 참고 어머니가 사립문을 열고 사라지는 것을 지켜보았죠. 그때의 떨리던 가슴이 지금도 그때를 생각하면 떨려요. 아침이 되었습니다. 할머니가 밥을 지으셔서 먹으라고 하데요. 나는 어머니에 관한 얘길 할머니 앞에선 들먹이지 않기로 했죠. 할머니는 어미를 들먹이지 않는 손주가 더욱 안타까웠던 모양이죠. 밥숟갈을 들다 말고 나를 부둥켜안고 엉엉 울었습니다."

할머니의 뒷바라지로 윤두명은 십 리 길 남짓한 거리에 있는 학교에 열심히 다녔다. "빨리 커서 훌륭한 사람이 되어 아버지의 원수를 갚아라."는 어머니의 말이 한시 반시도 그 뇌리를 떠나지 않았다. 윤두명은 신동이라는 갈채 속에서 평온하게 학교생활을 할 수가 있었다.

"그러나 내 마음은 언제나 무겁고 어두웠소. 어려운 살림을 꾸려 나가는 할머니의 고생이 언제나 마음을 아프게 했고 어머니의 일이 궁금해서 견딜 수가 없었던 겁니다. 여름방학의 어느 날 나는 할머니 몰래 이십 리 길을 걸어 외갓집이 있는 동네에 갔습니다. 외갓집 사립문을 빤히 바라보면서도 그 문을 들어설 수가 없어 앞 개울에서 그 동네 아이들과 어울려 한나절을 놀았죠. 헌데 그 가운데 나를 알고 있는 나보다는 나이가 든 아이가 있었죠. 우리 외갓집과는 친척이 되는 집의 아이였소. 나는 그 아이를 통해 어머니가 우리집 바로 등 너머 마을, 엄씨란 사람의 집에서 살고 있다는 사실을 알았습니다. 그래 집으로 돌아와선 매일 뒷산에 올라 등 너머 마을을 내려다보곤 했습니다. 등 너머 마을이라곤 하지만 군과 면이 다를 뿐 아니라 빤히 바라보인달 뿐 이십 리는 훨씬 넘는 거리에 있었던 거죠. 나는 미칠 듯이 어머니가 보고 싶었지만 무슨 구실을 찾을 수가 없었습니다. 그래 뒤뜰의 감이 익기를 기다렸습니다. 감이 빨갛게 익으면 어머니는 곧잘 그 감을 장대로 따선 평상 위에 놓고 주먹으로 갈라선 내게 먹이고 자기도 먹고 하던 기억이 있었기 때문입니다. 감은 떫은 감이었지만 잘 익기만 하면 달콤한 과육이 떫은맛을 곁들인 풍미가 그럴 수 없었던 겁니다. 나는 그 철이 되면 어머니가 꼭 감 생각을 하리라고 믿었던 거죠."

그렇게 감이 익기를 기다려 어느 가을날 학교에서 돌아오자 윤두명은 할머니가 밭에 간 틈을 타서 한 보따리 감을 싸가지고 등을 넘었다. 십 리 길 학교엘 다니기에 익숙한 다리여서 일곱 살 난 어린이의 걸음인데도 쉽게 그 동리에 다다를 수 있었다.

작은 동리라서 엄씨의 집을 찾기는 그다지 힘들지 않았다. 울타리 밖에서 어머니가 혼자 있는 것을 확인하자 윤두명은 집 안으로 들어갔다.

"나는 그날처럼 운 적은 없습니다. 우리 모자는 마루까지 갈 여유도 없이 마당의 땅바닥에 얼싸안고 쓰러진 채 통곡을 했던 것입니다. 흙손으로 눈물이 질펀한 얼굴을 쓰다듬는 바람에 얼굴이 말이 아니게 되었죠. 정신을 차리고 어머니가 떠다주는 물로 세수를 했지요. 세수를 하고 얼굴을 닦으니 어머니는 또 한 번 나를 껴안고 울음을 터뜨렸소. 이렇게 잘난 너를 두고 내가 집을 나오다니 나는 천벌을 받을 년이라고 넋두리를 하시더만요. 어머니는 뭣을 먹일까 하고 궁리하는 눈치더니 헛간으로 들어가 감자를 한 바가지 꺼내왔죠. 그걸 구워 먹일 작정이었던 게죠. 감자 굽는 동안에 감을 먹었죠. 마룻바닥에 감을 놓고 어머니가 주먹으로 쾅 치자 감은 먹음직하게 쪼개졌죠. 그 감 조각을 나와 어머니 다 울먹이며 먹었소. 그동안 할머니의 안부도 묻고 내 공부가 어떠냐고도 물었소. 나는 자랑으로서가 아니라 사실대로 얘기했죠. 공부는 일등이라고 그러자 어머니는 떠나던 날 밤의 얘기를 다시 한 번 되풀이했습니다. 훌륭한 사람이 돼서 아버지의 원수를 갚아야 한다는 겁니다. 감자가 그럭저럭 구워져 그것을 마루에다 갖다놓고 재를 털고 있었을 때였습니다. 나뭇짐을 거창하게 짊어진 어른이 들어왔습니다. 어머니의 당황하는 모습으로 보아 그 사람이 어머니의 남편인 엄씨일 것이라고 눈치를 챘습니다. 어머니는 부엌으로 나가 한 그릇의 찬물을 떠서 나뭇짐을 풀어놓고 다가선 그 사나이에게 주며 뭐라고 말을 하고 나더러 인사를 하라고 시켰소. 나는 마루 아래로 내려가 꾸벅 절을 했죠. 그런데 그 사나이는 나의 인사엔 아랑곳하지 않고 마루에 뒹굴고 있는 감자가 눈에 띄자, 씨할 감자를 먹어버리면 어떻게 할 것이냐고 호통을 칩디다. 나는 반사적으로 달리기 시작했죠. 사립문을 빠져나와 비탈진 골목길을 냅다 뛰다가 하마터면 곤두박질을 해서 크게 다칠 뻔한 겁니다. 동리를 빠져 들길로 나오자 어느덧 해가 지고 황혼이 깔리기 시작했습니다. 나는 와락 겁이 났죠. 이십 리의 산길을 어둠 속에 걸어야 할 생각을 하고 말입니다. 그런데 누가 뒤따라오는 기척이 있었습니다. 돌아보니 어머니의 남편이었죠. 그는 헐떡거리며 내 가까이로 오더니 밤에 산길을 걸을 수가 없을 거니까 자고 가라고 합디다. 나는 내일 학교도 가야 하니 집으로 가야 한다고 우겼죠. 그랬더니 자기가 바래다주겠다면서 같이 걷기 시작했어요. 그럴 필요가 없다고 했지만 막무가내였죠. 걸으면서 엄씨는 내게 사과를 했습니다. 씨할 감자가 아니라 그보다 더한 것이라도 줘야 할 건데 작년 씨감자를 못 구해 애를 먹은 일이 있어 본의 아닌 소릴 했다는 것과 어머니가 바래다주려는 것을 자기가 나섰다는 것 등의 사연을 들먹여 진정 미안하다고 거듭 말하는 것이었소. 그리고 아내의 아들이면 자기의 아들이기도 하다는 것과 앞으로도 종종 놀러와서 어머니를 위로해주라는 말도 있었죠. 그런데 엄씨가 내 아버지를 극구 칭찬하는 덴 형언할 수 없는 복잡한 감정이 일더구먼요. 아버지는 그 근방에선 윤 장군으로 소문이 나 있는 씨름꾼이었어요. 씨름판이 있기만 하면 황소를 땄다는 얘기니까요. 당시 우리 집이 가난하면서도 그냥저냥 살아갈 수 있었던 것은 아버지가 상품으로 얻은 소 때문이라고 듣기도 했습니다. 내가 아버지에 관해 간직하고 있는 유일한 기억은 추석이었다고 생각되는 어느 날, 황소를 타왔다고 기뻐하면서 나를 자기의 등말에 태워 뜰을 빙빙 돈 일입니다. 어머니의 남편 엄씨는 우리 동리의 어귀에까지 와서 내 손에 돈 백 환을 쥐어주고 돌아갔습니다. 그 당시의 백 환이라면 몇 달 전 만 원으로 바꾼 돈으로서 시골에선 꽤 큰 돈이었죠. 나는 엄씨 같은 좋은 사람과 같이 사는 어머니에게 안심을 느끼면서도 한편 강한 질투 같은 것도 느꼈던 겁니다."

이 대목에서 윤두명은 눈물을 흘렸다. 눈물을 닦고 이어진 얘기는 다음과 같았다.

"그 뒤 나는 어머니를 만날 생각을 하지 않았소. 그랬는데 일 년쯤 후 소를 먹이러 뒷산 너머 골짜기에 가서 바로 그 가까이 밭에서 어머니가 김을 매고 있는 것을 보았소. 어떻게나 반가운지 어머니 곁으로 뛰어갔는데 나를 맞이하는 어머니의 동작이 이상했소. 뭔가 부자연스러워 보이더란 말요. 나중에 어머니가 서는 걸 보니 어머니의 배가 부풀어 있었소. 임신을 하고 있었던 겁니다. 그때의 나의 충격은 형언할 수 없었소. 이때까지 신성했던 어머니의 모습이 갑자기 불결하기 짝이 없는 것으로 느껴진 게죠. 지금 생각하면 터무니없는 일이지만 여덟 살 소년의 감수성은 그처럼 비정한 것인가 보죠."

그 후론 윤두명은 어머니를 만나지 않았다. 뿐만 아니라 어머니의 모습조차도 마음속에서나 뇌리에서 사라져 갔다. 윤두명은 어머니 없이도 살아갈 수 있는 소년으로 성장했다. 그는 "슬픈 성장이었다."는 표현을 썼다.

할머니의 뒷바라지로 윤두명은 국민학교는 그럭저럭 마칠 수 있었는데 중학교에 진학할 형편은 되지 않았다. 우수한 학생이라고 해서 장학생으로 뽑힐 법도 했으나 죽은 아버지의 경력이 탈이었다. 불미한 의혹을 사면서까지 윤두명에게 학비를 내줄 독지가는 나타나지 않았다.

윤두명은 부산으로 가서 취직을 하고 야학에라도 다닐 계획을 세워보았으나 할머니 곁을 떠날 수가 없었다. 할머니는 그에게 있어서 어머니이며 아버지이며 하늘이며 땅이었다.

"그런데 뜻밖인 일이 생겼소. 국민학교 선생 가운데 읍내에 집을 가지고 있는 여선생이 있었는데 그 선생이 자기 집에서 밥을 먹고 중학교에 다니라는 제의를 할머니에게 해왔어요. 그 여선생이 그런 제안을 하게 된 동기는 졸업기를 앞두고 쓴 나의 작문에 감동한 때문이라고 했소. 졸업 후의 희망을 쓰란 제목이었는데 나는 내겐 아버지도 어머니고 없고 할머니만 모시고 있다는 사연을 쓴 끝에 할머니를 편하게 모시는 것을 평생의 소원으로 한다고 했죠. 그리고 학교에 가야만 공부를 할 수 있는 것도 아니니 에이브러햄 링컨처럼 독학을 해서 훌륭한 사람이 되어선 그 영광을 할머니에게 돌리겠다고 했죠. 그 치졸한 작문이 직원실의 화제가 되었던 모양이고 더욱이 그 여선생이 크게 감동한 거죠. 그 여선생의 이름은 이정순이라고 합니다. 넉넉한 집안의 딸이었죠. 이정순 선생 제안이 있자 할머니는 내가 먹을 양식만은 대겠다는 조건을 붙여 그 제안을 수락한 겁니다. 덕택으로 나는 수월하게 중학교엘 다닐 수가 있었소."

윤두명은 고등학교도 이정순 선생의 덕택으로 무사히 졸업했다. 고등학교를 졸업하고 서울대학에 입학했을 때는 어느 재단으로부터 푸짐한 장학금을 받을 수가 있었다. 그 기회에 윤두명은 할머니를 설득해서 시골의 집과 논밭을 팔아 지금 보광동 집의 바탕이 된 판잣집을 사서 이사를 했다.

윤두명이 틈틈이 아르바이트를 했고 할머니도 묵, 두부, 콩나물 장사 같은 것을 해서 서울에서의 생활은 그다지 궁색하진 않았다.

"할머니는 내가 대학을 졸업한 해, 유일한 부양의무자란 명목으로 병역 면제의 여건까지 만들어주시곤 돌아가셨소. 팔구십 세까지 사실 건강을 가지신 분인데 손주 하나를 기르시느라고 과로를 한 탓으로 칠십 세를 두 살 넘긴 나이로 돌아가신 겁니다."

윤두명은 이 대목에서도 눈물을 닦았다.

"그런데 할머니의 유언이 있었소. 어떤 일이 있어도 관직에 들어선 안 된다는 것이 첫째의 유언이었고, 옥황상제를 믿고 그 믿음을 널리 전파하라는 것이 두 번째의 유언이었소. 할머니는 어릴 때부터 옥황상제를 믿어왔다는 거였소. 옥황상제의 덕택으로 자기가 병 없이 살 수 있었으며 나를 이 정도로 키울 수 있었다는 거였소. 할머니의 임종엔 이정순 선생도 참석하셨는데 이정순 선생은 할머니의 그 유언을 듣고 옥황상제를 믿고 포교하는 일꾼이 되겠다고 맹세까지 했죠."

이때 나는,

"그 이정순 선생은 어떻게 하고 계십니까?"

하고 질문을 끼웠다.

"지금 지리산 근처에서 옥황상제교를 포교하고 있소."

"결혼은 안 하셨나요?"

윤두명은 고통스러운 표정을 짓더니,

"이 선생은 나와 정신적인 부부 사이가 되어 있습니다."

고 했다.

"정신적인 부부란 게 뭡니까?"

"중학교, 고등학교를 통해 내 뒷바라지를 하다 보니, 그리고 내가 성장해감에 따라 특수한 애정을 내게 갖게 된 거죠. 그러나 열 살이란 연령차가 있는데 현실적으로 부부가 될 수는 없다고 생각한 거죠. 그래서 할머니의 승낙을 받고 옥황상제의 믿음을 포교하는 데 있어서의 정신적인 부부가 된 겁니다."

"그런 사정인데도 윤 선배는 유영희란 여자와 결혼할 생각을 한 겁니까?"

"힐문하는 말로 들리는데 옥황상제교에 있어선 정신적인 부부와 현실적인 부부를 구분해서 생각하기로 되어 있습니다."

"그럼 윤 선배는 그 옥황상제교라는 것을 믿고 계십니까?"

"물론이죠. 할머니의 유언이니까요."

윤두명의 표정은 너무나 엄숙했기 때문에 나는 웃을 수도 없었다. 윤두명은 옥황상제교의 설명은 차차 하겠다면서 우선 다음과 같이 말했다.

"옥황상제교가 우리나라 고유의 샤머니즘에 뿌리를 두고 있는 건 사실입니다. 그런데 샤머니즘이라고 해서 미신 취급을 하는 건 대단한 잘못입니다. 신앙은 원래 토속적인 겁니다. 자기가 살고 있는 풍토와 정신적 환경에 대한 조경과 외포와 사랑의 발현이 곧 기본적인 신앙이 아니겠소. 인도의 불교나 유대의 예수교만이 정통적인 신앙이고 옥황상제교가 우리의 토속에서 자라났다고 해서 미신으로 생각하는 건 대단한 잘못입니다. 신앙 없이 살아갈 수 있는 사람도 있지만 신앙 없인 살아갈 수 없는 사람도 있습니다. 나면서부터 고통을 짊어지고 게다가 원수를 갚아야 할 의무까지 곁들인 사람이 신앙 없이 살아갈 수 있겠어요? 이 땅에 사는 사람에게 가장 강한 은총을 주는 신은 옥황상제를 두곤 없습니다."

종교의 설법에 대해선 나는 본래 무딘 사람이다. 윤두명의 얘기가 종교적 설법으로 변하자 나는 듣고만 있을 수밖에 없었다. 그런데 이야기는 엉뚱하게 비약했다.

"일전에 서 형은 천만 원을 가지고 수억 수십억의 돈을 만들어서 뭣할 것이냐면서 웃었죠? 그때 나는 그 돈으로 행복의 탑을 세울 작정이라고 했소. 옥황상제교를 들먹이면 너무 당돌하게 들릴까 봐 그런 거요. 지금 확실히 말하겠소. 나는 그 돈으로 옥황상제교를 이 나라의 참된 종교로서 포교하는 데 쓸 작정이오."

나는 이 사람이 정상적인 정신을 가진 사람인가 아닌가를 의심하는 눈초리로 윤두명을 보았다. 윤두명은 그러한 나의 표정엔 아랑곳없이,

"서 형도 언젠가는 옥황상제를 믿게 될 날이 있을 거요. 기회가 있으면 교리를 설명하겠소."

하고 자신 있게 말했다.

"옥황상제교와 원수를 갚는 얘기완 어떻게 유관한 겁니까?"

나는 짐짓 경건한 태도로 물었다.

"우리의 포교 목적이 달성되는 날 나의 복수는 완성되는 겁니다."

윤두명은 싸늘하게 말했다.

"꼭 한 가지만 물어보고 싶은데요."

하고 나는 그의 눈치를 살폈다.

"뭐든 물어보시오."

"지금 신도가 몇 명이나 됩니까?"

"독실한 신도, 그러니까 옥황상제에게 제물을 바치는 신도의 수는 약 칠천 명쯤 되오. 그밖에 포텐셜한 신도를 말하면 천만 명이 넘을 겁니다. 우리나라의 사람 대부분은 막연하나마 옥황상제에 대한 얼마간의 신심은 가지고 있으니까요."

"또 한 가지만 묻겠습니다."

"좋습니다."

"윤 선배는 무슨 까닭으로 내게 윤 선배의 과거를 얘기할 생각을 하신 겁니까?"

"서 형에게도 부모가 계시지 않는단 사실을 알았기 때문입니다."

"그뿐인가요?"

"아까도 말했지만 서 형에겐 옥황상제교의 독실한 신도가 될 수 있는 소질이 있다고 생각하고 일종의 동류의식을 느낀 탓도 있소."

나는 윤두명의 그 말을 듣고 마음속으로 허허한 웃음을 웃었다.

윤두명의 이 같은 얘기를 들은 그 이튿날 나는 우동규 부장을 그의 단골술집에 모셔다 놓고 옥황상제교에 관해서 아는 바가 있느냐고 물었다.

우동규 부장은 빙그레 웃으며,

"윤두명 씨로부터 설법을 들은 게로군."

하곤,

"나는 아직 신도가 되어볼 생각까진 안 하고 있는데 내 아내는 입신을 한 모양이라."

고 했다.

나는 어이가 없다는 표정으로 우동규 부장을 바라보고 있었는데 그는 대범하게 다음과 같은 말을 했다.

"풍토도 풍습도 취향도 다른 나라에서 자라난 종교를 믿어 광신하는 사람도 있는데 우리나라의 토속적 종교라면 우리의 생리나 병리에 잘 맞을 것 아뇨. 어떤 종교라도 종교에 관한 한 문외한이 왈가왈부할 성질이 아닌 것 아닐까?"

나는 계속해서 윤두명 씨의 어린 시절의 얘기를 들었느냐고 물었다.

"들은 적이 없는데."

하고 답이 돌아왔다.

그렇다면 윤두명이 내게 특수한 관심을 가지고 있다는 건 거짓이 아니란 생각이 들었다.

"서 형에겐 그런 얘길 하던가?"

우 부장이 되물었다.

"소상한 얘기가 있었죠."

"아마 윤두명 씨는 서 형을 수제자로 삼을 작정인가 보군."

"윤 선배의 수제자가 한번 되어볼까요?"

하고 나는 우 부장의 속셈을 떠볼 셈으로 말해보았다.

"나쁠 것은 없지."

하는 대범한 대답이었지만 우 부장은 다음과 같이 덧붙이길 잊지 않았다.

"그러나 그런 종교에 대한 관심보다 서 형은 사회과학이나 문학에 몰두해보는 것이 어떨까. 이건 윤두명 씨에게도 꼭 같이 느껴보는 감정인데 윤두명 씨의 경우는 뭔가 피치 못할 사정 아니면 종교적인 마음의 경사가 결정적인 작용을 하고 있는 모양 같애. 서 형에겐 그런 것이 없는 것 같으니 종교 따위엔 관심을 두지 말고 학문이나 예술을 해보는 것이 좋을 것 같은데."

얘기가 이렇게 되면 술자리는 따분해지게 마련이다.

"학문이고 예술이고 관심이 없습니다. 나는 교정부원 노릇이나 잘해갖고 장차 우 부장 같은 훌륭한 교정부장이나 될랍니다."

"잘못 들으면 빈정대는 소리같이 되겠군. 그러나 교정부원 되기가 그렇게 쉬운 줄 아나? 재질이 문제가 아니라 인내력이 문제란 말야."

"인내력 같으면야 제게도 자신이 있습니다."

그러자 우 부장은 금방 생각이 났다면서 물었다.

"서 형, 박동수로부터 무슨 얘기 들었나?"

"아아뇨."

"내일쯤 무슨 얘기가 있을 거요. 그땐 딱 거절해버려요."

"무슨 일인데요?"

"그 사람 어디 변두리에 있는 다방의 아가씨를 건드린 모양야. 그 아가씨가 애를 뱄다는 얘긴데 애를 꼭 낳겠다고 고집한다나? 타일러서 낙태수술을 받게 하려면 삼십만 원쯤은 주어야 하겠대. 박동수에게 삼십만 원이 어딨겠어. 만일 빨리 처리하지 못하면 신문사 사장을 찾을 기세라고 하는데 딱하게 됐지. 그 돈을 꿀 양으로 동분서주하고 있는 모양야. 서 형에게도 의논을 할 거요."

"그렇다면 얼마씩이라도 모아서 곤경을 벗어나게 해야 할 게 아닙니까."

"결국은 그렇게라도 해줘야지. 그러나 얼마간 골탕을 먹여야 해. 곤란하다고 해서 곧 도와주면 그 친구의 버릇은 영영 고칠 수 없을 테니까. 이 기회에 그 친구 버릇을 고쳐야 해. 혼을 내줘야지."

"그동안에 사장한테 가면 어떻게 합니까?"

"그전에 나를 찾을 테니까 당분간 그럴 걱정은 없을 거요."

"그래 어떻게 하자는 겁니까?"

"돈 삼십만 원과 사표를 맞바꾸자고 할 참이지. 그래 갖고 골탕을 먹여놓곤 앞으로 그런 짓을 했다고 듣기만 하면 지체 없이 파면시키겠다는 서약서라도 받고 해결짓도록 할 참이니까."

"돈은 어떻게 모읍니까?"

"정 차장이 돈 십만 원 내놨소. 나머지는 부원들이 조금씩 내서 보탤 수밖에 없지."

나는 박동수의 난처한 표정을 상상하고,

"재수 없었던 게로구먼요."

"재수고 뭐고 박동수 같은 놈에게 걸려드는 여자가 있으니까 기가 막힌 노릇 아닌가. 허기야 어수룩한 체해 갖고 돈을 노린 것인지 모르기도 하지만."

하며 우 부장은 혀를 찼다.

"부장님은 외입 같은 것 안 하십니까?"

나는 장난스럽게 물었다.

"나?"

하고 우 부장은 정색을 했다.

"나는 절대로 외입도 오입도 안 해. 외입은 바깥 외外자 외입이고, 오입은 틀릴 오誤자 오입이라며? 나는 결단코 그런 짓은 안 해."

"죄송한 말씀입니다만 그럼 사모님 전문주의란 말씀입니까?"

"그런 건 아니지."

"그렇다면 어떻게 되는 겁니까?"

"나는 연애는 하되 오입은 안 해. 사랑을 하는 거여. 성스러운 행위를 사랑 없이 하는 건 스스로를 모욕하고 상대방을 모욕하는 거야."

"사모님을 두고 외간 여자를 사랑한다는 게 문제가 아닙니까?"

"문제지. 어떤 사람은 사랑 없이 외입 정도 하는 것이 가정의 평화를 위해 좋다는 의견을 말하는 사람이 있지만 나는 반대야. 가정이 파탄해도 할 수가 없다는 정도의 사랑 없이 그런 짓을 하는 건 성애에 대한 모독 아닌가 말야."

"사모님의 고통이 크시겠는데요."

"그럴 기회가 그렇게 흔할라구. 허나 그런 경우가 있기도 하니까 옥황상제교 같은 걸 믿도록 내버려두는 것 아닌가."

이러다 보니 화제는 다시 옥황상제교로 옮아갔다. 우동규 부장의 말에 의하면 옥황상제교의 교리는 성도덕에 관해선 비교적 너그럽다는 것이었다. 정신적 부부관계는 몇 사람하고도 맺을 수가 있고, 정신적 부부가 때론 육체관계까지 발전해도 무방하다는 것이 옥황상제교의 교리라고 했다.

나는 선뜻 차성희와 김소영을 동시에 사랑할 수 있다면 옥황상제교의 신도가 되는 수밖에 없다는 생각을 해보곤 짜릿한 전율을 느꼈다.

그러나 나는 옷에 튀겨온 불똥을 꺼버리듯 황급히 그 상념을 지워버렸다.

잠자는 여자의 머리칼은 아름답다

스캔들이란 무엇이냐?

돌연 이 문제가 교정부원들 사이에 화제로 올랐다. 바깥에선 함박눈이 내리고 있는 어느 날 오후의 한산한 시간에 있었던 일이다. 물론 동기는 있었다.

시카고 마피아단의 두목 돈 샘 지안카나의 정부인 주디스 캠벨이 푸른 눈과 새까만 머리를 한 모습으로 신문기자 앞에 나타나서,

"나는 존 케네디와 아주아주 밀접한 관계에 있었어요. 그는 내게 있어서 대통령이니 뭐니 그런 게 아니고 그저 존 케네디였을 뿐예요."

하고 뽐내 보인 것이 무전을 타고 극동의 반도 서울의 어느 신문사의 먼지가 풀신한 교정부의 탁상 위에 뉴스로서 날아와 앉은 것이다. 그 통신은 또한 주디스는 케네디의 많은 정부 가운데의 하나였을 뿐이라고 하고 여배우 제인 맨스필드와 마릴린 먼로도 케네디의 정부였다고 전했다. 킴 노박, 앤리 디킨슨, 자넷 레이, 론다 플레밍 등 본인들은 부인하고 있지만 케네디와 무슨 관련이 있는 것 같다고 풍기고, 그밖에 무명의 여자들도 상당수가 될 것이라고 했다.

"박동수 씨의 엽색순례와는 조금 다르군."

한 것은 계수명이었고,

"그 친구 정치는 안 하고 연애만 했나?"

한 것은 김달수였다.

"그러고 보니 케네디를 암살한 오스왈드도 그의 연적이었을지 모르지. 이를테면 치정살인!"

정 차장이 이렇게 말하자

"그 해석 퍽 재미가 있군요."

하고 안민숙이,

"나 때문에 살인이라도 할 수 있는 그런 남자 한번 만나봤으면 좋겠다."

고 호들갑을 떨었다.

나는,

'그의 사후 십수 년이 지났는데도 이 스캔들은 워싱턴 정가에 적잖은 파문을 일으키고 있다.'

는 기사를 우동규 부장 앞에 밀어놓았다. 우 부장은 그 기사를 슬쩍 보더니,

"스캔들? 십 년쯤 지났으면 그건 스캔들이 아니고 역사다, 역사."

하고 기지개를 켰다.

"꼭 같은 일인데도 어떤 것은 염문으로 되고 어떤 것은 스캔들로 되는데 그 한계가 어디에 있는 것일까요."

전색벽詮索癖이 있는 계수명이 던진 질문이었다.

"꼭 같은 짓을 했는데도 윤두명 씨가 한 짓이면 염문이 되고, 박동수 씨가 한 짓이면 스캔들이 된다, 그런 것 아닐까?"

어쩐 일인지 이렇게 그날의 정 차장은 말이 많았다.

"박동수가 하는 짓은 이미 스캔들도 아니야. 미자발 빠진 사람이 바

지에 똥을 쌌대서 스캔들이 되나? 박동수는 만성병 환자다."

웃지도 않고 우동규 부장은 단정적으로 말했다. 박동수가 애를 배게 한 변두리 다방의 아가씨 문제를 이 사람 저 사람에게 모금을 해서 해결해준 뒤로는 우동규 부장의 박동수에 대한 태도는 언제나 쌀쌀했다. 그 태도가 조금 지나친 것 같아서 언젠가 나는,

"부장님, 박동수 씨에게 너무하십니다."

한 적이 있는데 그때 우 부장은,

"세상에, 처녀들의 호주머니까지 털어 뒤치다꺼릴 해주었으니 앞으로 일 년쯤은 그 사람 내게 당해봐야 할 거라."

고 했다. 처녀들의 호주머니를 털었다는 것은 그 사건을 해결하기 위해 삼십 만원을 모을 때 차성희·안민숙도 각각 만 원씩 갹출한 사실을 말한다.

"꼭 같은 사건이라도 주간지의 기자가 쓰면 스캔들이 되고 이병주 같은 작가가 쓰면 염문으로 되는 것 아닙니까?"

김달수가 한마디 했다.

"멋진 표현이에요. 이병주란 작가의 손에 걸리면 어떤 추문도 미담처럼 되어버리는걸요."

안민숙이 맞장구를 쳤다.

"스캔들을 스캔들 그대로의 밀도로서 쓰지 못하는 소설가가 어디 작가라고 할 수 있나 뭐."

계수명이 신랄하게 말했다.

"옳은 말씀이오."

하고 김달수가 받았다.

"그건 그렇고 스캔들의 문제는 철저하게 추궁해볼 만한 게 아닐까.

더욱이 신문에 종사하는 사람은."

계수명이 다시 문제를 제기했다.

"우리가 뭐 신문에 종사하고 있나? 교정을 보고 있는 거지."

정 차장은 어디까지나 시니컬했다.

"스캔들이라!"

하고 나직이 중얼거려보더니 우 부장은 맨 구석에 앉아 있는 염해균廉
海均 씨에게 고개를 돌렸다.

"염 박사, 이 머저리들을 위해 스캔들에 관한 강의나 하시오. 지금 별
일도 없구 창밖에 눈은 내리고 하니까요."

염해균은 얼떨떨한 표정이더니 우 부장의 말을 겨우 알아들었다는
듯이 돋보기를 벗고 눈을 껌벅껌벅했다.

나는 지금에서야 염해균 씨를 등장시키는 것을 송구하게 생각한다.
그러나 그것은 내 탓만은 아니다. 등장시키려니 그럴 동기도 건덕지도
없었다. 염해균 씨의 우리 교정부에서의 위치는 먼지를 덮어쓴 채 소리
없이 구석에 놓여 있는 서류함과 조금도 다를 바가 없었다. 쉰 살이 넘
은 나이로 교정부 한구석에 끼여 말도 없고 술자리에 끼는 법도 없이
묵묵하게 일만 하고 있는 그를 우리는 '염 노인'이라고 불렀는데 그렇
게 부를 기회도 극히 드물었던 것이다.

그는 중국·일본 등지를 돌아다니며 몇 개 대학에 다니기도 한 모양
이지만 졸업장이 없었다. 그래도 해방 직후엔 학교의 선생 노릇을 할
수 있었는데 교육제도가 완비됨에 따라 교사자격증이 필요하게 되어
결격사유가 너무나 많은 그는 실직하고 말았다. 다행인지 불행인지 신
문사 사장과는 국민학교 동창관계란 인연으로 교정부원으로 취직하게
된 것이 이십 년쯤 전의 일이었다. 그는 교정부원이라고 하기보단 객원

이라고 하는 편이 옳았다. 정년을 넘기고도 우리 또래와 같은 급료로 일하고 있었으니 말이다.

우동규 부장의 말에 의하면 염해균은 잡학의 대가랄 수가 있으며 특히 언어학의 조예는 어느 전문가 못지않다고 했다. 평생을 독신으로 사는 그는 술도 담배도 안 하고 오로지 책만을 벗을 하고 살고 있다는 얘기였다.

그래 가끔 무슨 어려운 문제가 나타나면 극히 드문 예이긴 하나 염해균 씨의 강의를 청하는 일이 있었다. 그만한 인재를 옆에 두고 왜 활용하지 않는가 하는 의문도 있겠지만 그의 해박한 지식이 전부 사전적인 테두리를 넘어서질 못해 그다지 우리들의 흥미를 환기하지 못하는 탓이었다.

우동규 부장의 청을 받자 염해균은 마디가 굵은 손을 책상 위에 겹쳐 얹어놓고 얘길 시작한다.

"스캔들을 O.E.D에서 찾아보면 겨자알의 반보다도 더 작은 활자로 그 넓은 폭 한 페이지 반을 꽉 채우고 있습죠. 그만큼 복잡한 뜻을 가진 말이라고 하겠는데요. 이 말의 본래의 어원은 희랍어로서, 스캔다론이 뭐냐고 하면 덫이라고 할 수 있지요. 새를 잡는 덫, 쥐를 잡는 덫, 산짐승을 잡는 덫, 영어로 말하면 트랩이지요. 그러니 첫째의 뜻은 덫에 걸려 좌절한다, 즉 종교적 좌절을 말하는 겁네다. 다음은 신앙의 방해라고나 할까요. 이어 어떤 정평을 손상하는 중상적인 소문이란 뜻이 나오고, 신뢰할 수 없는 사정, 또는 일이란 뜻도 있구요, 부도덕하다는 의미로도 쓰입네다. 야비한 또는 비루한 말 같은 것도 스캔들이라고 하지요. 대강 그런 겁네다."

이렇게 염해균의 지식은 해박하면서도 들으나마나 한 것이다. 교양으로 전화되지 못한 재료로서의 지식은 이런 경우를 두고 말하는 것이 아닐까 하는 생각을 나는 가진 적이 있다.

"스캔들이 없는 사회에선 살고 싶지가 않다는 말이 있던데요. 방금 들은 염 박사의 설명으로선 납득이 되지 않는 말 아녜요?"

계수명도 염해균의 말을 신통하게 여기진 않는 것 같았다.

"스캔들은 자극성을 가지고 있는 거요. 스캔들 없는 사회를 자극이 없는 사회라고 번역해보면 알 텐데."

윤두명이 뚜벅 한마디 했다.

"역시 윤 선배가 제일이구만."

김달수가 탄성을 올렸다.

"스캔들도 케네디쯤 되어야 만들 수 있는 거요."

정 차장의 말이었다.

"나폴레옹도 스캔들 제작의 선수가 아닐까요?"

김달수가 또 말을 끼웠다.

"시대가 나폴레옹쯤으로 멀어지면 전설이 되는 거지."

우 부장이 한 말이었다.

"공무원이 뇌물을 먹었다, 도둑질을 했다, 하는 것도 스캔들 축에 드는 것 아닙니까?"

박동수가 어름어름 한마디 했다.

"그건 범죄야, 스캔들 정도가 아냐."

우 부장이 박동수의 입을 봉쇄해버렸다.

"이승만에겐 부정은 있었지만 스캔들은 없었다, 이렇게도 되는 건가요?"

계수명이 제기하는 문제는 항상 진지했다.

"스캔들엔 약간의 애교가 있어야 하는 법이여."

하는 것을 보면 정 차장에겐 뭔가 기분 좋은 일이 있는 것 같았다.

"유럽의 역사는 두 개의 스캔들로써 비롯되었다고 해도 과언이 아닙니다."

하고 돌연 염해균 씨가 입을 열었다. 아까 한 스캔들의 설명이 미진했다고 느낀 때문인지 몰랐다. 모두들 조용히 귀를 기울였다.

"하나는 소크라테스에 관한 스캔들이고 또 하나는 예수에 관한 스캔들입니다. 소크라테스도 조작된 스캔들 때문에 죽었고 예수도 스캔들 때문에 돌아가신 겁네다. 스캔들엔 원래 조작이라는 작위가 따르는 겁네다. 덫이란 뜻의 어원이 그걸 가리키고 있지 않습네까. 소크라테스를 잡기 위한 덫, 예수를 잡기 위한 덫으로서 반대파들이 스캔들을 유포한 겁네다. 케네디의 스캔들은 케네디를 잡기 위한 덫으로서의 의미가 있다고 할 수 있죠. 십 년 전에 죽은 케네디를 왜 잡으려고 하느냐, 앞으로의 대통령 선거를 앞두고 그럴 이유가 있는 거겠죠. 많은 일들이 덮어지고 그냥 망각되어가는데 하필이면 왜 특정한 사실을 캐느냐, 스캔들의 뜻은 바로 여기에 있는 겁네다. 여기 염해균이 앉아 있다. 불미스러운 많은 짓을 했다. 그러나 스캔들은 없다. 그 까닭은 염해균을 잡을 필요가 없다는 얘기일 뿐입네다. 문제는 한 짓에 있지 않고 사람에 있는 겁네다."

뜻밖인 염해균의 웅변은 적이 우리를 당황하게 했다. 자리가 숙연하기조차 했다.

그러나 염해균의 말은 별다른 반응을 일으키지 않고 화제는 프랭클린 루스벨트의 스캔들로 옮아갔다.

그것을 소상하게 알고 있는 것은 안민숙이었다.

"엘리노어 여사쯤 되면 질투의 감정 같은 건 너끈히 소화시킬 수 있었으리라고 생각했는데 그렇지 않더군요."

하고 안민숙은 짐 비숍이 쓴 『루스벨트의 마지막 해』라는 책에 기록된 몇 장면의 얘기를 했다. 나는 그 책을 안민숙으로부터 빌려 읽은 때문에 얘기의 내용은 놀랄 일은 아니었지만 안민숙의 화술에 새삼스럽게 감탄했다.

"루스벨트의 임종을 지켜본 사람은 그의 애인 루시 류더포드와 루시의 친구인 화가 쇼매도프 부인이었대요. 그 사실을 안 엘리노어는 이미 시체가 된 남편인데도 용서하지 않더군요. 하이드파크에 매장을 해놓고 손님들과 같이 떠나다가 엘리노어는 잠깐 걸음을 멈췄어요. 그리고 남편의 무덤을 바라보곤 다시 그곳으로 갈 듯하더니 도로 돌아서버렸어요. 아내로서의 마지막 인사를 거부한 게죠. 나는 이 이상의 스캔들은 없다고 생각해요. 비숍이란 전기작가는 엘리노어를 잔인한 여자라고 말하고 있었지만……. 난 여자이긴 하지만 어쩌면 그 의견에 동조할 것 같은 기분이 되기도 하던데요."

"심각한 얘기로군."

약간 충격을 받은 것 같은 우 부장의 말이었다. 우 부장의 가정은 복잡했다.

아닌 게 아니라 심각한 얘기였다. 그 활달한 엘리노어의 인상을 송두리째 뒤집어놓을 수 있는 얘기였던 까닭이다. 계수명과 김달수가 뭐라고 의견을 말하고 있었지만 나는 내 생각에 빠져들고 있었다.

그랬는데 돌연,

"서재필 씨이!"

하는 안민숙의 말이 들려왔다.

"네플류도프 서재필 씨와 카추샤 김소영 씨와의 관계는 미담일까요? 스캔들일까요?"

차성희의 눈빛이 번쩍하는 것 같았다.

나는 순간 나와 차성희와의 사이에 요즘 있었던 사연을 안민숙이 모르고 있는 것이로구나 하는 생각을 하면서 얼굴을 붉혔다.

그러한 나를 구한 것이 일거리였다. 사환이 한아름 게라뭉치를 교정부의 광주리에 담아놓고 간 것이다. 그리고 한 시간쯤 후에 차성희는 머리가 아파 견딜 수가 없다면서 우 부장에게 조퇴를 신청했다. 망설임 없는 부장의 허락이 있었다. 나는 무슨 사인을 받을 요량으로 차성희의 시선을 쫓았으나 아무런 반응도 없었다.

첫눈이 내리는 밤의 에피소드풍의 일이 있고 난 뒤 나와 차성희는 이상하게도 서로 시간을 같이할 기회가 없었다. 퇴근시간이 가까워지면 무슨 영문인치 집으로부터 차성희에게 전화가 걸려오곤 했다. 어머니가 아니면 오빠가 신문사 문 앞에서 기다렸다가 같이 돌아가는 경우도 있었다.

복도 같은 데서 말을 걸어보려고 해도 차성희는 피하는 눈치마저 보였다. 어느 날엔 퇴근길에 층계를 내려가는 등 뒤에다 대고,

"행복어사전을 시작해야 할 것 아뇨?"

하고 말을 걸었더니 잠깐 머뭇거리곤,

"봄이 오거든 시작해요."

하며 힘없는 웃음을 웃어 보이곤 그냥 내려가버린 일도 있었다.

나는 그 언젠가의 밤의 아방튀르가 부끄러웠던 것이라고 풀이했다. 내 자신 부끄러웠으니까.

그런데 머리가 아프다고 조퇴를 하면서 그럴싸한 사인 한번 보내지

않으니 기가 꺾였다. 나의 볼펜은 기계적으로 활자 사이를 누비고 나의 마음은 헝클어진 심리의 방정식 사이를 헤매고 있었다. 숙제로 된 수학 문제를 잘못 베껴와서 밤새 씨름을 하다가 지친 때의 기억이 났다. 문제의 잘못을 파악하려면 그럴 만한 실력이 있어야 한다.

그럴 만한 실력이 없었고 보니 틀린 문제란 걸 알 리가 없어 밤을 새워버린 것인데 학교에 가서 문제를 잘못 베꼈다는 사실을 알았을 때의 그 환멸! 그래서 나는 수학에 흥미를 잃고 말았지 않았던가.

나는 청진동 여관방에서 마른오징어를 씹으며 소주를 마시고 있었던 스스로의 모습이 수학 문제를 잘못 베낀 학생 시절의 꼬락서니를 닮은 것이 아니었을까, 하는 생각에 전율했다.

한때 나는 순진하고 열성적인 수학도였다. 직선을 그을 적엔 진리에 직결되는 선이란 의식으로 그었다. 원을 그릴 적엔 우주 전체를 그 원 속에 안아 넣는 기분으로써 그렸다. 상미분방정식이니 편미분방정식이니 하며 극한 함수를 찾고 있을 땐 비보를 탐험하는 기분으로 황홀했다. 그런데 그 모든 것이 허망하다는 것을 돌연 깨달은 것이다.

원숭이의 흉내에 불과하다는 것을 깨달은 것이다. 문제를 잘못 베끼고도 그것을 몰랐다고 한다면 뻔한 일 아닌가.

나는 안민숙이 김소영을 들먹였을 때, 차성희의 눈이 번쩍했다는 사실을 상기해보았다. 아무래도 문제를 잘못 베낀 것이 아닌가 하는 생각이 들었다. 가슴이 두근거리는 소리가 들리는 듯했다. 나는 퇴근하는 길로 차성희를 그의 집으로 찾아가야 하겠다고 마음먹음으로써 가까스로 두근거리는 가슴을 진정했다.

퇴근시간이 되었을 때 윤두명이 말을 걸어왔다.

"서 형, 나하고 얘기할 시간 있겠소?"

"오늘은 안 되겠는데요. 차성희 씨의 집엘 가봐야겠습니다. 몹시 앓고 있는 게 아닌가 싶어 걱정이 되어서요."

나는 당당하게 이렇게 말하고 안민숙을 돌아봤다.

"미스 안, 나하고 같이 차성희 집엘 안 가실려우?"

"좋아요."

"그럼 우리 교정부를 대표하는 셈으로 가보시오."

하는 교정부의 부탁도 있었다.

미끄러지기 쉬운 눈길이라서 서로 부축을 해야만 했다. 하이힐을 신은 안민숙이 자연 내 팔에 매달린 자세로 걷게 되었다. 얼마를 그렇게 걷다가 안민숙이 웃음을 머금었다.

"왜 웃는 거요."

"이렇게 걸으니 꼭 애인 같잖아요."

"그게 우스워요?"

"우습지 않구. 억지애인 같아서 더욱 우습구."

"그럼 실컷 웃어요."

안민숙은 금세 시무룩한 표정이 되었다. 여자와 날씨는 어떻다 하는 말이 생각나기도 해서 이번엔 내가 웃음을 참아야 할 형편이 되었다.

"왜 웃죠?"

"나라고 해서 웃지도 못하나?"

"까닭이 있는 웃음 같아서요."

"실컷 웃으라니까 새침해지는 게 우습더라, 그겁니다."

안민숙이 대답이 없었다. 한참을 침묵한 채 걸었다. 차성희의 집으로 가기 위한 버스를 타려면 아직 백 미터쯤은 걸어야만 했다. 버스 정거장 가까이에 와서 안민숙이 물었다.

"서 선생은 눈길을 애인과 같이 걸은 적이 있어요?"

"없는 애인허구 어떻게 눈길을 걷습니까?"

"카추샤완 걸어보지 않았어요?"

나는 침을 꿀걱 삼켰다. 약간 비위가 거슬린 것이다.

"미스 안."

"예?"

"아까 신문사에서 왜 그런 소릴 하셨죠!"

"네플류도프와 카추샤 얘기 말예요?"

"……."

"기분이 나빴어요?"

"악의가 있어서 한 말은 아니라고 생각은 했지만."

"악의? 교정부 사람들 모두 알고 있는 일 아녜요? 스캔들을 만들고 싶지 않아서 내 딴으론……. 기분이 상했으면 미안해요. 사과해요."

안민숙이 풀이 죽은 투가 되었다.

"사과할 것까지야."

버스 정거장은 상당히 붐비고 있었다.

"다방에 조금 앉았다가 가는 게 어떨까요. 지금은 한창 러시예요."

안민숙의 말에 따라 근처의 다방엘 들렀다. 갈채라는 이름의 다방이었다. 공연히 부아가 났다.

"아무리 상상력이 빈곤하기로서니 갈채가 다 뭣구."

"남의 다방 이름 갖고 화내지 말아요. 나한테 성이 났으면 솔직히 내게 화풀이를 하세요."

"미스 안의 오버센스도 무던합니다그려."

"오버센스? 나는 센스만으로 사는 여자예요."

커피를 시켰더니 반 컵이나 되게 황갈색의 액체를 담아 왔다. 성의라 곤 조금도 보이지 않는 상품이며 레지의 태도였다.

"조금쯤은 성실할 줄 알아도 생명에 지장이 있는 게 아닐 텐데."

나는 나도 모르게 혀를 찼다. 안민숙의 얼굴이 근심스럽게 그늘이 졌 다. 그러나 말은 없었다. 전축에서 능청맞은 소리가 흘러나왔다.

태양 없이도 살 수 있지만

달이 없어도 살 수 있지만

그대 없이는 살 수가 없어…….

나는 도저히 견딜 수가 없었다. 후다닥 일어섰다.

"미스 안, 딴 곳으로 갑시다."

"서 선생님, 왜 이렇게 신경질을 내시죠?"

안민숙의 얼굴이 노여움으로 긴장했다. 아랑곳없이 나는 돈을 카운 터에 팽개쳐놓고 밖으로 나왔다. 그리고 안민숙이 나오는 것을 기다려 덥석 그의 팔을 잡았다.

"우리 어디 가 술이나 한잔합시다."

그 말이 터무니없이 절박했던 모양이다. 안민숙은 노여운 표정을 조 심스러운 표정으로 바꿨다.

"좋을 대로 하세요. 저도 한잔하고 싶어졌어요."

나는 안민숙의 어깨를 그야말로 애인의 어깨를 안듯 안고 무교동 골 목으로 들어섰다. 두터운 털코트를 입었는데도 그 어깨의 감촉이 차성 희의 그것과는 다르다는 것을 알 수가 있었다. 일렉트릭 기타 소리가 요란한 술집을 몇 개나 지나쳤다. 대학생으로 보이는 남녀들이 드나들고 있는 술집들인 것 같았다.

"여기가 재수생 골목이란 데 아녜요?"

안민숙이 비틀거리며 걸어오는 청년을 가까스로 피하며 중얼거리듯 말했다.

"아마 그런가 보오."

"재수생 문화란 게 있다면서요?"

"그런 건 모르지만 하여간 문제야. 재수까지 해서 대학에 들어가서……. 그리고 졸업을 해선 뭣을 할 건지."

하고 나도 요령 없는 말을 지껄였다. 한참을 그렇게 걷고 있다가 나는 가장 볼품이 없고 빈약하고 손님도 없는 술집을 골라 들어갔다.

"미스 안 같은 숙녀를 모실 데는 아닌 것 같지만 교정부 쓰레기가 술에 먹힐 곳으론 적당하지 않소."

하고 나는 종이벽 이곳저곳에 다닥다닥 붙은 음식의 품목을 둘러봤다.

빈대떡·홍어찜·홍어회·털게·낙지볶음·족발 하며 열거된 가운데 아나고회·가이바시·가마보코란 것도 있었다.

"소주 한 병, 빈대떡."

이렇게 불러놓고,

"미스 안은 맥주를 하시지."

하며 눈치를 살폈다.

"난 소주 한 잔이면 돼요."

안민숙은 어색한 투로 주위를 두리번거렸다.

"아나고란 게 뭔지 압니까?"

"몰라요."

"바다뱀장어를 일본말로 아나고라고 한답니다."

"왜 일본말을 그냥 쓸까요?"

"글쎄요. 그런데 가이바시가 뭔지 압니까?"

"그것도 모르겠는데요."

"일본말을 잘 아는 선배로부터 들은 얘긴데 카히바시라고 해야 옳답니다."

"이런 데까지 와서 교정부원의 버릇 내지 마세요."

안민숙은 그다지 유쾌한 기분이 아닌 것 같았다. 빈대떡과 소주가 왔다. 나는 안민숙의 잔에 먼저 술을 따랐다. 그리고 내 잔에도 따랐다.

"눈 오는 밤을 위해서."

나는 잔을 들어 안민숙의 잔에 갖다대곤 단숨에 마셨다. 안민숙은 술잔에 입술을 대는 듯했다.

안주로 김치 한 가닥을 입에 넣었는데 얼굴이 찌푸려지도록 짰다. 얼른 또 한 잔 마셨다.

"이거 안 자세요?"

젓가락으로 빈대떡을 가리키며 안민숙이 물었다.

"난 빈대떡 싫어해요."

"싫은 걸 왜 시켰죠?"

"이왕 먹지 않을 바에야 무난한 게 좋다고 싶어서. 미스 안 자세요."

"나도 싫어요. 빈대떡은."

이렇게 되고 보니 묘한 공기가 괴었다.

"아까 왜 신경질을 냈죠?"

안민숙이 정색을 하고 물었다. 솔직해야겠다는 생각이 들었다.

"딱 질색입니다. 해가 없어도 살 수 있고 달이 없어도 살 수 있는데 그대 없인 살 수 없다는, 그 가사가 뭡니까."

"아무려나 저속한 유행가 아녜요?"

"아무리 저속하기로서니 가사가 그렇게 될 순 없는 것 아닙니까. 한 가닥의 진실, 한 오라기의 머리칼만한 진실은 필요하지 않을까요? 태양이 없이도 달이 없이도……. 참말로 그 작사자는 그렇게 생각했을까요? 그런 생각을 하는 사람이 있다고 상상이라도 했을까요? 나는 신성을 모독했대서 분개하고 있는 건 아닙니다. 어쩌면 그렇게 뻔뻔스러우냔 말입니다. 어쩌면 그따위 노래를 능청맞게 부르고 있을 수가 있느냐 그 말입니다. 그대 없이는 못 살겠다는 감정은 태양이나 달을 무시하는 그런 엄청난 가사 아니고라도 얼마라도 표현할 수 있는 것 아닙니까. 한 조각의 가사를 만들기 위해선 어떤 말을 갖다 붙여도 좋다는 신성모독도 아랑곳없다는 그런 사고방식이 불쾌하다, 이 말입니다."

"진정 그 때문에 화를 내신 거예요?"

"그렇습니다. 그밖에 무슨 화낼 일이 있었겠소."

"정 그렇다면 서 선생님은 한량없이 순진한 분예요. 상상 못할 정도의 정의파이고 소녀보다도 더한 감수성의 소유자예요. 이십칠 세의 청년이 그럴 수가 있을까요?"

"그럼 내가 거짓으로 화를 내고 있다고 미스 안은 생각한다 이겁니까?"

"거짓으로 낸 화는 아니겠죠. 화를 낼 이유는 달리 있는데 그 화를 억지로 유행가의 가사에 빙자한 것이라고 봐요."

"그게 센스로 사는 미스 안의 판단이오?"

나는 진정 어이가 없었다. 나는 어설픈 광경이나 노래에 접하면 생리적으로 분격하는 알레르기 증세를 가지고 있는 터였다. 그것을 꾸밈이라고 단정한다면 나는 앞으로 많은 조심을 해야겠다는 경각심을 가졌다.

"서 선생님은 아까 신문사에서 내가 김소영 씨 문제를 들먹인 때문에 화가 난 거예요. 왜 정직하지 못하지요?"

기가 막힐 노릇이었다. 나는 멍청히 안민숙을 바라보고 있다가 중얼거렸다.

"그 때문에 내가 화를 냈다면 어떻게 차성희 씨 집엘 같이 가잔 제의를 했겠소."

"화풀이를 하려고 차성희 씰 미끼로 한 거죠."

안민숙의 말은 단호했다. 세상에 이럴 수가, 하는 말이 목구멍까지 솟아 있었지만 꿀꺽 삼켜버렸다. 자신이 만만한 이 여자 앞엔 어떤 반증도 반론도 역효과만 낼 것이란 두려움이 앞섰기 때문이다.

"갈채라는 다방 이름 갖고 트집을 잡을 때 나는 벌써 짐작했단 말예요."

"배나무 아래서 갓을 고치지 말라는 속담이 있다더니……."

이렇게 어물어물 말하면서도 나는 완전히 풀이 죽어 있었다.

나는 냅다 소주만 들이켤밖엔 없었다. 그리고 어쭙잖게도 눈물을 보이고 말았다. 동시에 아찔했다. 이 오버센스로만 조립된 것 같은 여자가 나의 눈물마저도 일종의 쇼로 치지 않을까 해서였다. 그래서 얼른 표정을 바꿔 털게를 한 접시 갖다달라고 외치곤 가져온 게를 안민숙 앞으로 밀어놓고,

"이 게 한번 먹어봐요. 맛이 있다고 들었어요. 그럴 겁니다. 게는 자긴 비딱비딱 옆걸음질을 하면서도 아이들에겐 바로 걸으라고 교육을 한답니다. 그러나 그게 마음대로 안 되니까 속이 썩을 대로 썩어 그 내장이 별미가 된 거랍니다."

하는 따위의 수선을 떨었다.

그러나 안민숙은 창백한 얼굴로 도사린 채 날카로운 눈으로 나를 노려보고만 있는 것이 아닌가. 그럴수록 나는 수선을 떨어야만 했다. 게다리를 하나 분질러 안민숙에게 줄 양으로 서둘렀는데 어쩌다 그 날카로운 발끝에 손바닥을 찔렸다. 찔린 부위에서 금방 피가 솟았다. 황급히 손수건을 찾았지만 혼란한 탓인지 손수건이 잡히질 않았다. 핏방울이 뚝뚝 떨어졌다. 상상 이상으로 깊게 찔린 모양이었다. 사태의 의미를 알아차린 안민숙은 덥석 내 손을 자기 앞으로 잡아당기더니 재빨리 자기의 손수건으로 나의 손바닥을 감쌌다. 아픔이 남았지만 손등에 느껴진 안민숙의 손의 감촉이 야릇한 감회를 돋우었다.

"깊게 찔린 모양이죠?"

어느덧 무서운 여자가 정다운 여자로 탈바꿈을 하고 있었다.

"게에 대해서 중상모략적인 말을 했더니 단번에 보복을 당한 셈이구먼."

나는 억지 유머를 조작하고 웃었다.

"우리 이 집에서 나가요."

타이르듯 하는 안민숙의 말을 반대할 수가 없었다. 빈대떡은 손을 대지 않은 채, 게는 다리 하나를 분질러놓은 그대로, 술은 반 병 남짓 남았는데도 나는 안민숙을 따라 일어섰다. 안민숙의 잔은 조금도 줄지 않고 있었다. 한 방울도 마시지 않은 게 분명했다.

큰길로 나가자 안민숙이 나를 약국으로 데리고 갔다.

"장소가 장소이구 하니까 혹시 균이 들어갔을지도 몰라요."

하며 옥시풀·탈지면·요오드포름 등을 사서 내 포켓에 넣어주었다. 약

국에서 나와선 안민숙이,

"차성희 씨 집엘 가기엔 시간이 적당하지 않을 것 같애요. 집에 돌아가서 내가 전화를 하죠. 서 선생님이 가시려고 했는데 시간 때문에 못 갔다구요."

하고 내 눈치를 살폈다.

"나도 그렇게 생각하고 있는 참입니다."

"식사를 하셔야 될 테니까, 우리 칼국수집에나 갈까요?"

근처에 유명한 칼국수집이 있었다. 안민숙은 그 집을 두고 말하는 것이었다.

"좋습니다."

하고 나는 동의했다. 안민숙은 내 팔에 자기 팔을 꼈다. 그리고 게다리에 찔린 내 손을 어루만지듯 하며 걸었다. 칼국수집은 꽤 붐비는 집인데도 그맘때는 한산하다. 조그마한 방 하나를 독차지할 수가 있었다.

"우선 술을 하셔야죠."

하고 안민숙은 소주 한 병과 맥주 한 병을 시켰다. 안주론 수육을 주문하고 칼국수는 술이 끝날 무렵에 가져오라고 요령 있게 일렀다.

"아깐 미안했어요."

안민숙이 수줍게 웃어 보이며 한 말이었다.

"천만에요."

"그러나 서 선생님, 조금 전까진 굉장하게 오해했어요. 생각해보세요. 아까의 그 술집. 한마디라도 양해를 구하는 말씀이 있었더라도 내가 그렇게 성내진 않았을 거예요. 뭘 보구 그런 집엘 가는 거예요. 시켜놓은 음식을 먹지도 않을 때 난 더욱 화가 났어요. 일부러 내게 화풀이를 하기 위해서 그런 곳을 골라 골탕을 먹인 거라구요. 남자가 화가 나면 사내답게 화풀이할 줄도 알아야 하잖아요? 난 벌을 받을 만한 짓을 했다고 생각하고 갈채다방에선 어떤 벌도 감수하겠다는 각오까지 했어요. 분명히 오늘 오후 나는 경솔한 말을 했으니까요. 그런데 선생님이 비비 꼬는 것 같았어요. 당당하게 힐난하지 않구 비겁한 짓을 하는구나 하는 생각도 가졌죠. 그런데 이제 생각해보니 그게 모두 나의 오버센스란 걸 알았어요. 진정 유행가 가사 때문에 화를 냈다는 걸 의심하지 않아요. 잘못했어요. 용서하죠? 자 그럼 악수."

안민숙이 내민 손을 나는 감동적으로 잡았다. 이렇게 이해가 있고 활달한 여자는 땅의 소금이란 감동이었다.

"내가 오해를 받을 만한 짓을 했습니다. 그러나 아까의 그 유행가에 대해선 정말 화가 났습니다. 나는 그런 노래를 듣기만 하면 두드러기가 일어요. 직접 육체적으로요. 하지만 다른 사람이 그런 나의 성격을 어찌 이해할 수 있겠습니까. 사과를 올려야 할 사람은 납니다."

"지나간 얘긴 그만둡시다. 지금부터 중요한 얘길 하겠어요."

갖다놓은 술병을 들어 안민숙은 공손하게 내 잔을 채웠다. 나는 맥주병을 들어 안민숙의 글라스를 채웠다. 안민숙이 끊어진 얘길 이었다.

"서 선생님께 말씀을 드리려고 며칠 전부터 벼르고 있었던 건데요. 차성희 씨한테 지금 문제가 생겼어요."

나는 아연 긴장했다. 술잔을 들다 말고 진지하게 귀를 기울였다.

"지금 혼담이 진행 중에 있는가 봐요. 집에선 신문사를 그만두라고 야단이에요. 상대방은 성희 씨의 오빠 친군데요, 어떤 재벌의 뉴욕 출장소에서 근무하다가 요즈음 돌아온 사람이라나요. 그 사람 벌써부터 미스 차에게 마음이 있었던 모양이에요. 미스 차도 한동안 은근한 마음을 가졌던 것 같구요. 미스 차가 신문사에 취직했을 무렵 그처럼 우울했던 것은 바로 그 사람 때문이었나 봐요. 은근히 서로 좋아했는데 의사 표시 하나 없이 뉴욕으로 떠나버린 것이 무슨 배신을 당한 것 같은 감정을 안겨주었던 것이 아닌가 해요. 이건 내 추측입니다. 사실은 다를지 모르죠. 하여간 미스 차를 우울하게 한 원인 가운데 그 사람의 문제가 있었던 것만은 사실이에요. 그 사람도 퍽이나 내성적인 모양이죠. 뉴욕으로 갈 때 의사표시를 안 한 것은 차성희 씨의 자유를 구속하지 않겠다는 뜻이었다고 하니 대강 짐작이 가지 않아요? 그런데 차성희 씨는 지금 전연 그 사람에겐 관심이 없어 보여요. 어머니나 오빠에게 딱 잘라 말도 했구요. 그 사람 문제는 내놓지도 말라구. 처음엔 그 어머니도 오빠도 수줍은 성격이니까 그렇거니 하고 슬슬 뜸을 들일 참으로 있었나 봐요. 그랬는데 열흘인가 이주일인가 전에 차성희 씨의 행동에 이상한 점이 발견된 모양이죠. 온 집안에서 차성희 씨의 행동을 철저하게 감시하기 시작했거든요. 신문사를 그만두라고 해도 듣지 않으니까 부득이 취한 수단 아닌가 하는데 그렇더라도 너무해요. 차성희 씬 절대로 그 사람하곤 결혼하지 않겠다고 하는데도 그런 말이 상대방의 귀에 들어갈까 봐 쉬쉬하면서 자꾸만 압력을 주니 차성희 씨가 배겨내겠어요?"

나는 내 얼굴에서 핏기가 가시는 것을 거울을 들여다보듯 느낄 수가 있었다. 심장이 뛰기 시작했다. 얼떨떨한 뇌리에 문제를 잘못 베긴 학생 시절의 그 장면이 명멸했다. 청진동 여관방에서 독일 병정의 외투를 닮은 외투의 그 많은 단추를 한 개 한 개 끌러내려가던 차성희의 상앗빛 손가락이 눈에 선했다.

"왜 차성희 씨가 완강하게 집안 어른들의 제안을 거부하고 있는가의 그 이유를 나는 알고 있어요. 그건 서 선생님 때문이에요. 서 선생님도 짐작하고 계실 거예요. 그런데 선생님은 김소영이니 뭐니 하는 카추샤를 감싸선 공기를 흐리게 하고 있단 말예요. 김소영 씨를 동정하는 게 나쁘단 말은 아녜요. 한계를 분명히 하란 말예요. 동정과 사랑을요. 내일에라도 서 선생님은 차성희 씨에게 사랑을 고백해야 해요. 그래야만 차성희 씨가 용기를 가질 것 아녜요? 차성희 씨의 집안사람들도 차성희 씨가 그런 태도를 취하는 이면엔 신문사에 누군가가 있기 때문이라고 대강 추측을 하고 있는 것 같아요. 지난 일요일 놀러갔더니 어머니 방에서 오빠의 음성으로 신문기자가 안심하고 평생을 맡길 수 있는 상대가 되겠느냐고 따지고 있었어요. 매일처럼 신문사 근처에서 기다리다가 차성희 씨를 집으로 데리고 가곤 하는 이유도 바로 그런 데 있다고 생각해요. 서 선생님, 과단성 있게 행동하셔야 해요. 평생토록 회한을 남기지 않도록 말예요."

나는 일목요연하게 경위를 파악했다. 첫눈이 내리는 날 밤, 통행금지가 훨씬 지나서 집으로 돌아갔다는 사실, 신문사의 남자와 집 가까이까지 와서 여관에서 얼마간의 시간을 보냈다는 사실, 새벽에 집에서 나와 남자가 묵고 있는 여관으로 갔다는 사실, 이런 것을 종합한 끝에 집안사람들이 차성희를 감시하게 되었으리란 사실을 쉽게 짐작할 수가 있었다. 이럴 때 나는 어떻게 해야 한단 말인가.

"빨리 사랑을 고백해서 차성희 씨에게 용기를 주어야 해요."

맥주를 한 모금 마시곤 안민숙이 다시 한 번 강조했다.

이미 고백했고 나와 차성희와의 사이엔 같이 행복어사전을 엮을 계획까지 서 있다는 말을 안민숙의 성의에 보답하는 뜻으로서도 하고 싶었지만 차성희 자신이 하지 않은 말을 내 쪽에서 할 순 없는 일이었다.

이런 마음의 움직임이 우물쭈물하는 태도로 비쳤던 모양이다. 안민

340

숙이 따지고 들었다.

"서 선생님은 차성희 씨를 사랑하죠?"

그런데 이상하게도 결연한 대답이 나오지 않았다. 마음은 결연한데 그 마음이 말이 되지 않는 까닭은?

지금 구혼하고 있는 그 사람이 차성희의 첫사랑일지 모른다는 의혹, 성희의 마음은 이미 그 사람에게 향하고 있는데 나와의 덧없는 약속에 충실하고자 하는 단순한 의리감만이 남은 것이 아닐지 모른다는 의혹, 끈질긴 권유와 철저한 감시를 구실로 옛사랑으로 돌아가는 마음의 합리화를 모색하고 있을지도 모른다는 의혹, 신문사의 일개 교정부원을 대재벌의 간부 후보생인 그 사나이와 대비할 때 너무나 초라하지 않을까 하는 의혹…… 이러한 의혹들이 뭉게구름처럼 나의 뇌수의 골짜기를 메우는 이런 심상의 상황을 안고 어떻게 결연한 답을 할 수가 있단 말인가.

"서 선생님은 왜 그렇게 솔직하지 못하죠?"

안민숙이 다시 한 번 따지고 들었는데 엉뚱한 대답이 내 입으로부터 나와버렸다.

"패배자의 처지를 보다 선명하게 하기 위해서 나는 솔직해야 할까요?"

"서 선생님이 솔직하기만 하면 절대로 패배자가 되진 않아요. 난 차성희 씨의 성질을 누구보다도 잘 알고 있어요."

나는 내 마음을 정리할 겸 천천히 말을 꾸며보았다.

"미스 안, 생각해보십시오. 만일 차성희 씨가 미스 안 말대로 나를 좋아한다면 감시자에게 보여주기 위해서, 그리고 감시자가 체관을 하게끔 하기 위해서 나와 같이 퇴근을 하고 다방에서 차 한 잔이라도 나눌 수 있을 것이 아니겠소? 뿐만 아니라 자기가 당하고 있는 고초를 솔직하게 내게만은 털어놓았어야 할 일이 아니겠소? 며칠 전에만 해도 차성희 씨가 하도 바삐 서둘러 퇴근을 하기에 불러 세워본 적이 있었소. 그랬더니 대답하는 시간조차 아깝다는 듯 돌아서서 갑디다. 집안사람들의 제안에 결정적으로 반대할 의사가 있다면 먼저 그 감시에 대한 반발부터 했어야 할 일 아니겠소?"

말을 꾸미다 보니 하나같이 옳은 근거를 가진 말처럼 느껴져 나는 나도 모르게 흥분했다.

"서 선생님!"

안민숙의 날카로운 눈빛이 이마에 따가웠다.

"말씀하십시오."

"선생님은 왜 그렇게 독선적이죠? 서 선생님의 태도도 명백하게 안해놓고 그런 요구, 아니 그런 걸 기대한다는 건 너무하지 않아요."

"그럴지도 모르죠. 그런데 이건 가정, 어디까지나 가정으로 물어보는 건데요, 만일 내가 차성희 씨에게 사랑을 고백했을 뿐만 아니라 서로 약속까지 한 사이라면 이제 막 한 내 말은 당연한 거겠죠?"

안민숙은 고개를 갸웃하고 잠시 생각에 잠겼다. 그리고 조심스럽게 말했다.

"가정으로썬 어떻게 말할 수가 없죠. 전제가 가정이라면 결과에 대한 가정도 갖가지가 있을 테니까요."

나는 이 영리한 여자로부터 유리한 충고를 얻어내기 위해선 부득불 솔직할 수밖에 없다는 생각을 가졌지만 사정이 이렇게 되고 보니 더욱 망설이지 않을 수가 없었다.

나는 오늘만 해도 차성희가 돌연한 조퇴를 할 때 그토록 그의 시선을 쫓았는데도 사인 한번 보내지 않은 그 태도를 상기하고 더욱 혼란했다. 그러나 불현듯 가슴에 와 닿는 것이 있었다. 그것은 김소영의 문제였다. 하지만 김소영의 문제는 나와 차성희 사이에 이미 양해된 사항에 속하지 않았던가.

"우리 술이나 실컷 마십시다. 눈 내리는 밤에 술이나 마셔야죠."
하고 나는 나의 잔을 비우고 안민숙의 글라스에 맥주를 채웠다. 안민숙이 계속 차성희를 화제에 올리려는 것을 나는 한사코 말렸다. 얘기가 거듭될수록 내가 처참해질 것 같은 두려움에서였다.

"차성희 씨의 말은 그만하고 안민숙 씨의 얘길 합시다. 미스 안의 사랑은 어떻게 되었죠?"

"언젠가 말씀드리지 않았어요. 남자의 마음을 앞질러가며 사랑하다가 버림을 받았다구요. 나는 그걸 한 남자로부터 버림을 받았다고 생각하지 않아요. 남자의 대표로부터 버림을 받았으니 남자 전부에게 버림을 받은 것으로 치고 있죠."

"그건 너무한데요."

"너무한 것도 없어요. 그렇다고 해서 그걸 불행이라고 생각하지도 않아요. 남자의 사랑을 단념했을 때 새로운 여자가 탄생하는 거예요."

"새로운 여자란 어떤 겁니까."

"남성보다도 억센 동물이겠죠."
하고 안민숙은 단숨에 글라스 한 잔의 맥주를 마셨다.

모처럼 독일 병정의 외투 같은 외투의 단추를 죄다 끌러 송두리째 내게 맡기려던 차성희의 그 외투 단추를 내가 도로 잠가주었을 때 운명은 내게로부터 차성희를 납치해버린 것이 아닌가 하는 상념이 번뜩했다. 잘못 베낀 수학의 한 문제가 수학자로서의 나의 장래를 고스란히 말살해버렸듯이……. 그 일에 후회가 없는 것과 마찬가지로 차성희의 문제도 후회가 없을지 모르는 일 아닌가. 취기의 탓도 있었다.

나는 안민숙에게 다음과 같은 농담을 걸었다.

"나와 미스 안 사이엔 사랑이 불가능할까요?"

간격을 두지 않는 답이 돌아왔다.

"가정법을 쓰지 말아요. 비겁해요. 남의 마음을 저울질하는 건 아주 비겁해요."

거의 열한 시가 되어서야 그 집에서 나왔다. 실히 세 시간 동안을 마신 셈이다. 서로가 서로를 부축하지 않으면 땅바닥에 뒹굴어야 할 정도로 취했다.

그랬는데도 나는 안민숙을 자기 집에까지 바래다주겠다고 우겼다. 안민숙은 안민숙대로 나를 바래다주겠다고 맞섰다. 그러나 두 사람 모두 버스 정거장을 찾을 수도 없었고 택시를 잡을 수도 없었다.

"무작정 걷기만 해요. 같은 방향으로 걷고 있으면 지구를 한 바퀴 뺑 돌아서 본래 자리로 올 테니까요."

한 것은 나였고,

"갈 곳이 있다는 건 다행한 일예요."

한 건 안민숙이었다.

눈이 갠 하늘에 달이 있었다. 그 달이 두 개로도 보이고 세 개로도 보였다.

"왜 초저녁에 그런 집엘 갔죠?"

"영락한 기분이란 좋지 않아요? 낙백한 인생이란 것도 좋구요. 그래서 그래서……."

나와 안민숙은 알쏭달쏭한 말을 줄곧 지껄이며 끌고 끌리고 하는 꼬락서니로 걷고 있었는데 어느덧 동대문 모퉁이를 돌고 있는 것이 아닌가. 취한 의식으로도 나는 지금 하숙으로 돌아가고 있다 싶으니 마음이 탁 놓였다.

"아아, 백설에 명월, 한시적인 밤이다. 그러나 내겐 소양이 없구나. 상가의 개처럼 그저……."

이렇게 지껄여본 것이 기억에 남은 마지막 장면이었다.

…….

잠을 깨어보니 불은 그냥 켜져 있었고 나는 외투까지 입은 옷 그대로 누워 있었는데, 저만치에……. 아뿔싸, 하고 나는 일어나 앉았다.

몇 가닥 머리칼을 헝클인 채 이마에 살큼 땀이 밴 안민숙이 가벼운 숨소리를 내며 잠자고 있었다.

잠자고 있는 안민숙의 얼굴엔 남자 이상으로 억센 동물의 흔적이란 찾아볼 수가 없고, 총명한 슬기까지도 강렬한 개성까지도 슬픔일 수밖에 없는 가냘픈 여자의 안타까운 꿈의 흔적이 연한 복숭아꽃을 닮은 홍조가 되어 아련하게 피어오르고 있었다.

이상하게도 당황하는 마음은 일지 않았다.

어제 줄곧 수학도였던 시절을 생각했던 탓인지 극한함수란 말이 의식의 표면을 스쳤다.

술에 있어서의 극한함수!

인생에 있어서의 극한함수!

엄격한 수학상의 관념이 술의 정도가 극한에 이르면 의식을 잃는다는 내 인생 최초의 경험으로 용해되는 것을 느끼곤 나는 미소마저 지으며 안민숙의 잠자는 얼굴을 오래도록 지켜보았다.

잠자는 여자, 안민숙의 머리칼은 더욱이나 아름다웠다. 릴케의 광채 있는 표현을 닮아서…….

　절대로 스캔들일 까닭이 없었다. 분명히 스캔들은 아니었다.

행복어사전 1

지은이 이병주
펴낸이 김언호

펴낸곳 (주)도서출판 한길사
등록 1976년 12월 24일 제74호
주소 10881 경기도 파주시 광인사길 37
홈페이지 www.hangilsa.co.kr
전자우편 hangilsa@hangilsa.co.kr
전화 031-955-2000~3 팩스 031-955-2005

부사장 박관순 총괄이사 김서영 관리이사 곽명호
영업이사 이경호 경영이사 김관영 편집주간 백은숙
편집 박희진 노유연 김지수 최현경 강성욱 이한민 김영길
관리 이주환 문주상 이희문 원선아 이진아 마케팅 정아린
디자인 창포 031-955-2097
인쇄 예림 제본 예림바인딩

제1판 제1쇄 2006년 4월 20일
제1판 제2쇄 2022년 2월 18일

값 14,500원
ISBN 978-89-356-5944-4 04810
ISBN 978-89-356-5921-0 (전30권)